LOS DÍAS QUE COSEMOS JUNTAS

Los días que cosemos juntas

Lucía Chacón

Primera edición: septiembre de 2023

© 2023, Lucía Chacón McWeeny
© 2023, Penguin Random House Grupo Editorial, S. A. U.
Travessera de Gràcia, 47-49. 08021 Barcelona

Printed in Spain – Impreso en España

ISBN: 978-84-666-7621-2
Depósito legal: B-12.160-2023

Compuesto en Llibresimes

Impreso en Rodesa
Villatuerta (Navarra)

BS 7 6 2 1 2

A Rafa. Cuando sonó «New York,
New York» supe que era para siempre.
Y a mis hijas, mis dos tesoros
más preciados

1

Madrid, septiembre de 1999

Como cada 1 de septiembre de los últimos ocho años levanté la pesada persiana metálica de El Cuarto de Costura y, al empujar la puerta, encontré un montón de correo acumulado en el suelo. Desde hacía un tiempo, el primer día laborable tras las vacaciones de verano suponía para mí el inicio de una rutina que ansiaba retomar casi desde el momento en que Ramón, Daniel y yo nos subíamos al coche a principios de agosto camino de Torremolinos.

Era muy poca la distancia que separaba la estación de Cercanías de Recoletos del número 5 de la calle Lagasca, pero en los escasos minutos que tardaba en llegar a la academia, podía sentir cómo se me aceleraba el corazón. Una vez que cruzaba la puerta, me invadía de nuevo la sensación de estar en casa y reencontrarme con una de las pocas cosas que en los últimos años le daban sentido a mi vida.

Recogí el correo del suelo, encendí las luces y eché un rápido vistazo a mi alrededor para comprobar que todo seguía en orden: las mesas de corte perfectamente alineadas, las máquinas de coser tapadas con su funda para protegerlas del polvo, las sillas dispuestas alrededor de la mesa de centro, la pizarra limpia y la Negrita al fondo, junto a Manoli, el maniquí que había heredado de mi madre y que ahora se me antojaba un vigilante de aquel espacio en mi ausencia. El único lugar donde me sentía yo me daba la bienvenida a su manera.

Me gustaba echar la vista atrás y recordar cómo surgió aquella loca aventura gracias a la generosidad de Amelia; revivir esos días en que les dimos mil vueltas a las ideas que se nos iban ocurriendo hasta dar con el diseño perfecto para el local. Rememorar lo mucho que había trabajado por hacer realidad mi sueño y sentirme merecedora de aquello era un ejercicio que necesitaba hacer cada año al comenzar el nuevo curso. Era mi ritual para empezar cada septiembre con la misma ilusión de aquel mayo de 1991, cuando abrí la puerta por primera vez y todo cobró vida.

Entré en la trastienda, solté el bolso sobre una silla y puse en marcha la cafetera. Mientras el aroma a café recién hecho invadía el cuartito de atrás, volví a la sala y clasifiqué el correo. En un montón apilé las cartas del banco, las facturas y la publicidad, y en otro, las postales de las alumnas. Habíamos acordado hacía ya tiempo enviar una a la academia desde nuestro lugar de vacaciones. Así, cada año, durante los primeros días de septiembre desfilaban ante mis ojos imágenes increíbles de lugares fascinantes que iba sumando a mi lista de los destinos de ensueño que confiaba visitar alguna vez.

Amelia también mandaba postales de sus veranos en San Sebastián y, como se había convertido en una asidua del lugar, había llegado un punto en que, sin haberla pisado aún, estaba segura de que conocía la ciudad y sus playas como la palma de mi mano. En realidad, lo que más me alegraba era leer sus palabras, tan llenas de vida y de optimismo. Si ya me parecía una mujer increíble años atrás, los cambios que había experimentado en los últimos tiempos me parecían dignos de admiración.

Nada la paraba, al contrario; estaba decidida a exprimir los años que le quedaran y a recuperar a toda costa el tiempo perdido. Era un ejemplo a seguir y no podía estarle más agradecida por haberse mantenido a mi lado, codo con codo, hasta ahora. Podía haberse limitado a seguir con su vida tras la muerte de su marido y, sin embargo, había arriesgado su herencia por una ilusión que pronto hizo suya. Por el camino habíamos pasado varios tragos amargos, pero supimos apoyarnos la una en la otra y eso nos dio fuerzas para superarlos.

Café en mano, me dispuse a leer su postal. Por lo que contaba, ese verano había concluido por fin la reforma de Villa Teresa, la casa familiar que su queridísimo amigo Pablo había retirado de la inmobiliaria convencido por Amelia de que juntos podrían devolverle el esplendor de tiempos pasados. Él, que la conocía bien, sabía que aquella batalla la tenía perdida, así que se dejó arrastrar por su entusiasmo y se embarcó en una reforma cuyo resultado yo estaba deseando conocer. Estaba segura de que en cuanto entrara por la puerta tendría un montón de fotos que enseñarme. Daba por hecho que no tardaría en llegar y contarme sus vacaciones con todo detalle.

Calculé que habría unas quince postales. Aún era pronto para que llegara la de Laura; siempre nos decía lo milagroso que le resultaba que nos llegaran sus tarjetas desde Senegal. Lo que sí me extrañó fue no encontrar la de Sara. Desde que se instaló en Londres no había fallado ningún año. Solía enviarlas desde lugares exóticos a donde le gustaba viajar llevada por su alma de periodista. Qué poco se parecía ya a la joven apagada que conocí años atrás, que había renunciado a sus sueños y se había resignado a aceptar una vida que no le hacía feliz. Me alegraba tanto por ella... Es curioso que, aunque estuvo viniendo a clase solo unos meses, ambas nos afanamos por mantener el contacto después de que se marchara de Madrid, y creo que deseábamos con las mismas fuerzas vernos cada Navidad, aunque fuese brevemente, cuando volvía para pasar las fiestas con la familia.

Desde que nos conocimos sentí una conexión muy especial con ella y, con el tiempo y a pesar de la distancia, acabamos siendo grandes amigas. Tanto es así que, cuando nació mi hijo Daniel, Ramón y yo no dudamos en pedirle que fuese su madrina y ella aceptó encantada.

Que faltara su postal no me cuadraba. Revisé el otro montón de correo y entre las facturas encontré un aviso de entrega. ¿Cómo no había caído? ¡Qué cabeza la mía! Ya había pasado antes, sabía que aquel papel cumplimentado con una letra ilegible escrita a toda velocidad estaba relacionado con ella. Apuré el café, le dejé una nota a Amelia por si llegaba en mi ausencia y salí disparada a la oficina de Correos.

Al volver a la academia encontré a Amelia olisqueando todo el local.

—¿Buscas alguna pista? Pareces un sabueso.

—¡Julia! ¿Cómo dices? Ah, no, me pareció que olía a humedad —contestó plantándome dos besos—. ¿A ti no te huele raro?

A punto de cumplir los setenta años, mi socia tenía

una energía y un buen humor envidiables. Al contrario de lo que me sucedía a mí, ella cada día parecía más joven, se ilusionaba con cualquier cosa y estaba dispuesta a apostar por cualquier idea por muy descabellada que fuera. Desde luego, apuntarse a una autoescuela a su edad había sido uno de esos planes locos en los que yo no había puesto ninguna esperanza, y fue precisamente sacarse el carné de conducir lo que le había proporcionado una libertad que no pensaba desperdiciar. No se atrevía con viajes largos, el trayecto hasta San Sebastián lo hacía en tren, pero aprovechaba bien los fines de semana. Engatusaba a alguna amiga también viuda y se hacía sus «escapaditas», como ella las llamaba, que, en sus propias palabras, le daban la vida.

—Pues ahora que lo dices... no sé. ¡Mírate! Estás estupenda, parece que las vacaciones te han sentado fenomenal. Vaya color más bonito que has cogido. ¿Y ese corte de pelo? ¡Te sienta de escándalo! —exclamé.

—Tenía ganas de cambiar de look. Ya sabes que últimamente me ha dado por probar cosas nuevas —rio moviendo la cabeza a derecha e izquierda para que pudiera apreciar su nuevo corte—. Mi peluquero se quedó de piedra cuando le dije que quería un cambio radical.

—Pues ha sido todo un acierto, te has quitado diez años de encima.

—Muchas gracias —contestó con una amplia sonrisa

llena de satisfacción—. ¿Y tú? Me vas a perdonar, pero con esas ojeras y ese tono de piel no parece que hayas estado de vacaciones, más bien todo lo contrario.

Era más que evidente que mis días de descanso no habían sido tales. No me molestó que Amelia lo mencionara, porque saltaba a la vista; lo que me fastidiaba era reconocer que tenía razón. Mis vacaciones dejaron de serlo tras la muerte de la madre de Ramón. A él le pareció una buena idea que mi suegro veraneara con nosotros. El primer año acepté por Daniel; me parecía importante que pasara tiempo con su abuelo, que además era el único que conseguía mantenerlo sentado más de diez minutos. Pero luego se convirtió en una costumbre que nos restaba intimidad y me daba mucha tarea. Era distinto cuando vivía mi suegra. Pasaban una semana con nosotros en el apartamento de Torremolinos y aprovechábamos ese tiempo para salir a cenar solos, cosa que extrañaba desde hacía un tiempo. Pero ahora era todo lo contrario, más trabajo y menos ratos con Ramón, algo muy diferente de lo que yo entendía por vacaciones.

—Así es, a ti no te puedo engañar. Supongo que se me nota mucho. Mis veranos no son nada envidiables, vamos a dejarlo ahí. Pero cuéntame tú, acabo de leer tu postal y quiero saberlo todo acerca de Villa Teresa.

—Ay, Julia, ¡qué verano! He disfrutado como una niña decorando la casa, no te haces una idea. Además, Pablo se fía tanto de mí que me deja hacer y deshacer a mi antojo. Apenas la recordaba porque de joven no estuve más que un par de veces en ella, pero te aseguro que le hemos dado un aire tan bonito que no la reconocería ni su madre si levantara la cabeza. Ha quedado preciosa, me encantaría que la vieras. Mandamos restaurar los suelos y pudimos recuperar algunos de los muebles, la barandilla de madera y los azulejos de la cocina. Alfonso y Felipe fueron desde Barcelona a pasar unos días con nosotros y me dieron algunas ideas, sobre todo Felipe, que tiene un gusto exquisito para mezclar piezas de distintos estilos. Le adoro, tiene una capacidad extraordinaria para crear ambientes especiales llenos de elegancia sin rozar lo extravagante ni lo ostentoso. Hasta me ha propuesto llevar la reforma de mi piso, así que, quién sabe, igual me animo, llevo años queriendo renovarlo.

—¡Qué bien! ¿Y qué tal está tu hijo?

—Alfonso está feliz y da gusto verlos juntos. Me han invitado a pasar la Navidad con ellos. Se han comprado un piso nuevo, se lo entregan en octubre y les apetece mucho que vaya a verlo. Me han enseñado los planos, es una maravilla. Está en pleno Paseo de Gracia, cerca de la casa Batlló; la zona es de lo mejor de la ciudad, muy céntrica y llena de vida.

Ver a Amelia tan radiante me subía el ánimo. Parecía haber borrado de su memoria los años que pasó lejos de su hijo por las desavenencias de este con su padre y toda la tristeza que le produjo su marcha. Fueron años difíciles, sufrió mucho entonces, yo misma fui testigo, pero tras la muerte de don Javier lo vio claro: era el momento de tomar las riendas de su destino. ¡Y vaya si lo hizo! Siempre la he admirado por ello. La vida parecía recompensarla ahora y estaba dispuesta a aprovecharlo.

—No conozco Barcelona, pero cuando Ramón va por trabajo siempre me cuenta que desde las Olimpiadas la ciudad está más bonita que nunca. A ver si tengo ocasión de visitarla.

—Pues tienes que ir, seguro que Alfonso estaría encantado de hacerte de guía, no hace falta que te diga lo mucho que te aprecia. Precisamente durante su estancia en San Sebastián estuvimos recordando viejos tiempos, cuando él era un crío y tú trabajabas en casa, y me confesó que en muchos de los malos momentos fuiste su refugio. Oye, ¿y eso? —preguntó señalando el paquete que había dejado sobre la mesa al volver de Correos.

—Uy, casi se me olvidaba. Lo manda Sara y ya me puedo imaginar de qué se trata. ¡Qué detallista es esta chica!

—¿Y a qué esperas para abrirlo? Cuenta, ¿han llegado muchas postales?

—Sí, las chicas han cumplido con su palabra, como todos los años. Ahí las tienes todas, por si quieres echarles un vistazo —contesté señalando el montoncito que había formado con ellas mientras cogía el paquete de Sara.

Adivinando su contenido, tomé unas tijeras y lo abrí con cuidado. Encontré una carta que me moría de ganas por leer, unos cortes de telas muy exóticas, de cuyo origen estaba segura de que Sara me hablaría en su carta, y algunas revistas en inglés. Ya sabía ella que, aunque no hablara el idioma, me encantaba ver las fotos y sacar ideas de aquellas publicaciones. Cada vez que nos veíamos me hablaba con entusiasmo de lo inspirador que era vivir en Londres, de la cantidad de eventos culturales originales e interesantes a los que acudía y de lo enriquecedor que era sentir que allí se encontraba a la vanguardia de todo lo que acabaría llegando a Madrid. Aquellas revistas eran como un anticipo y yo las agradecía muchísimo.

—¡Buenos días! Ya estoy de vuelta. ¿Cómo han ido esas vacaciones? —Se oyó preguntar a Carmen desde la puerta—. Qué poquitas ganas de volver, y menos con este calor, vengo sudando como un pollo.

Amelia y yo nos miramos y nos echamos a reír mientras nos acercamos a ella para saludarla.

Carmen se convirtió en mi mano derecha cuando estuve de baja durante el embarazo de Daniel. Nos conocimos en la academia donde me saqué el título de corte y confección, y, cuando llegó el momento de buscar ayuda, pensé en ella sin dudarlo. Se encargó de las clases de costura y también de los arreglos. El negocio nos iba bien y decidimos que siguiera con nosotras después de que yo me reincorporara. Eso me permitía dedicar más horas a la confección a medida. Las amigas de Amelia se habían vuelto clientas asiduas y confiaban en mí para vestirse en las ocasiones más especiales.

Era un soplo de aire fresco, tenía muy buen carácter, siempre estaba de buen humor, le encantaba bromear y las alumnas la adoraban. Nuestra historia era similar. Carmen también había aprendido a coser con su madre, que se quedó viuda muy joven. La costura fue lo que sacó a su familia adelante en tiempos difíciles. Luego decidió formarse y así fue como nos conocimos. Después de eso, consiguió trabajo en una franquicia de arreglos, donde se ganaba la vida.

Tenía una cara muy expresiva y siempre iba maquillada. Era una mujer llamativa y le encantaba llevar ropa ceñida y bisutería exagerada y colorida. Ella misma decía que quizá estaba como un tonel, pero que un tonel de colores era mucho más interesante que uno soso y aburrido. Compartía piso con una amiga de juventud y no tenía más objetivo que ser feliz haciendo lo que le gustaba y vivir sin ataduras, por eso había renunciado a casarse y a tener hijos hacía ya mucho, y, según comentaba, hasta el momento nunca se había arrepentido. «¿Solterona yo? Libre como un pájaro, eso es lo que soy». Así solía explicarlo.

Contar con ella me daba mucha tranquilidad y me permitía compaginar el trabajo con mi vida familiar. Gracias a que Ramón había ascendido en la empresa, nuestra economía nos permitía tener ayuda en casa. Marina era la chica que se ocupaba de Daniel mientras yo trabajaba. El niño la adoraba y yo estaba segura de que no podría haber encontrado a nadie mejor para confiarle el cuidado de mi hijo. Pero, aun así, siempre tenía la sensación de que no le dedicaba el tiempo suficiente y de que su infancia se me estaba pasando demasiado deprisa.

—¡Qué morenita vienes! —exclamó Amelia.

—¡Morenita y acalorada! Estas carnes que me envuelven solo me vienen bien en invierno —contestó a carcajada limpia.

—¡Mira que eres exagerada! ¿Te sirvo un café? —le ofrecí.

—¿Un café, Julia? ¿Tú me quieres matar? Me voy a poner un vaso de agua bien fría. Y porque una cerveza a estas horas estaría mal vista, que si no... —respondió mientras pasaba a la trastienda.

Con el agua en una mano y un abanico en la otra, nos interrogó de nuevo.

—Amelia, te veo guapísima, ese corte te da un puntito muy glamuroso. ¡Menudo cambio! Ahora, te digo una cosa: me parece que has acertado del todo. Bueno, ¿qué?, ¿me vais a contar cómo lo habéis pasado? Ya podéis ir largando por esas boquitas, que me muero por saber qué habéis hecho estas vacaciones.

Mientras Amelia le relataba sus semanas en San Sebastián, las visitas a los anticuarios del sur de Francia y lo mucho que había disfrutado renovando la casa familiar de su amigo Pablo, yo iba hojeando las revistas que Sara había incluido en el paquete. La carta me la guardaba para cuando tuviera un rato a solas. Estaba segura de que tenía muchas cosas que contarme, siempre era así. Aunque se hubiese establecido en Londres hacía ya unos años, ella aprovechaba cualquier ocasión para viajar; la envidiaba por ello. Tenía una habitación alquilada en casa de una familia hindú que la había acogido casi como a una hija. Incluso había viajado con ellos a la India en más de una ocasión. Le entusiasmaba conocer otras culturas y descubrir costumbres distintas a las nuestras. Las telas que me enviaba en el paquete eran una maravilla, tan coloridas e inspiradoras que al momento se me ocurrieron un montón de ideas para convertirlas en prendas especiales. Gracias a sus cartas me resultaba muy fácil transportarme a aquellos lugares e imaginar las manos de las mujeres que las habían tejido.

—Y tú, Julia, ¿qué tal por la playa? —La pregunta de Carmen me devolvió a la realidad.

—Bien, como siempre —respondí sin mucho entusiasmo—, aunque cada verano hay más gente y aquello está ya muy saturado. Daniel lo ha pasado genial, allí se reencuentra con los niños de otros años y hacen pandilla. Tenías que ver cómo nada ya, está hecho un pececito. Aunque ha disfrutado un montón, estaba deseando volver porque tiene muchas ganas de empezar a ir al cole «de mayores», como él dice.

—Pues a ti morena, lo que se dice morena, no se te ve —comentó Carmen.

—Ya, es que he pisado poco la playa.

—Chica, pues irte a Torremolinos y volver blanca como la leche ya tiene delito. Tú sabrás qué has hecho en estos días —añadió guiñándome un ojo.

—Te aseguro que nada de lo que te estás imaginando en este momento. —Preferí zanjar la conversación.

—Vale, vale, no pregunto más. Bueno, por aquí todo bien, por lo que veo. A ver esas postales, vamos a cotillear dónde han estado nuestras «agujitas» —dijo alargando la mano para coger el montón.

Fue pasándolas de una en una y leyéndolas por encima hasta que se detuvo ante la fotografía de una preciosa isla caribeña que parecía sacada de un anuncio.

—¡Mi madre, qué playa! Desde luego, Margarita se lleva la palma un verano más. Esta sí que sabe. Mirad, ¿no es una pasada? —preguntó mientras nos enseñaba una postal en la que se veía una arena finísima y un mar de aguas verdes flanqueado por cocoteros—. Pero ya os digo, y no es por poneros los dientes largos, que este año yo me lo he pasado teta.

—Para variar —añadí.

Amelia no pudo contener la risa. Ya estábamos más que acostumbradas a ese espíritu desenfadado y nada contenido de Carmen, pero aun así era capaz de sacarnos una sonrisa casi con cada frase que soltaba.

—Soy una disfrutona, qué le vamos a hacer. Ya sabéis cómo pienso: estamos aquí para pasarlo bien y a estas alturas no tengo intención de perder el tiempo —añadió.

Se nos fue media mañana escuchando las aventuras de Carmen, que describió con todo detalle; era tan exagerada que conseguía hacernos reír a carcajadas. Mientras la escuchaba y observaba las caras que iba poniendo Amelia a medida que el relato avanzaba, miraba a mi alrededor y sentía que aquella academia me acogía y me daba la bienvenida un septiembre más. «Al fin en casa», me decía a mí misma, segura de que, aunque no me encontrara en mi mejor momento, este nuevo curso traería consigo muchas cosas buenas.

2

La vuelta del verano nunca era fácil. Las clases en la academia no empezaban hasta mediados de mes y eso me daba un par de semanas para organizar la casa tras las vacaciones. Aprovechaba para deshacer maletas, organizar el cambio de armarios y conseguir los libros y el material escolar antes de que empezara el curso. Mientras, mi hijo disfrutaba de los últimos días de piscina y se reencontraba con sus compañeros de juego de la urbanización.

Nuestra casa en Las Rozas nos aportaba más espacio y nos permitía relacionarnos con familias muy parecidas a la nuestra, con las que no tardamos en establecer una buena relación. Daniel hizo amigos enseguida y, de vez en cuando, disfrutaba de algún cumpleaños o de alguna merienda improvisada. Yo tenía la sensación de que las madres formábamos una pequeña tribu en la que unas cuidábamos de otras. Vivir en ese ambiente me reforzaba en la idea de que habíamos hecho bien al vender la casa de mi madre para trasladarnos allí. Y no es que fuera algo premeditado. Después de casarnos, Ramón se mudó a mi casa; sin embargo, cuando nació Daniel, el piso se nos quedó pequeño. Por entonces, las urbanizaciones a pocos kilómetros de Madrid empezaban a brotar como setas y nos pareció una buena idea abandonar el centro de la ciudad y tener una vida algo más tranquila y un entorno más próximo a la naturaleza. Dicho y hecho. Además, el dinero que sacamos por la venta del piso en Embajadores nos llegó para dar una buena entrada y conseguir una hipoteca bastante cómoda que nos permitía darnos algún capricho de vez en cuando.

No negaré que me costó despedirme del lugar donde crecí, un barrio bullicioso donde los vecinos nos conocíamos de toda la vida. A pesar de los cambios en la decoración que hice al casarme y, de nuevo, al nacer Daniel, aquella casa conservaba todos mis recuerdos. En ocasiones, cuando estaba sola, me parecía escuchar a mi madre dándole al pedal de la Singer hasta altas horas de la noche; o a mi padre enfermo llamándome desde su cama. Aquellos tiempos, aunque fueron difíciles, me convirtieron en la mujer que soy. Mi madre no se permitió venirse abajo cuando mi padre murió; al contrario, era de esas personas que se crecen ante las desgracias. Su ejemplo fue el que me sostuvo al quedarme sola. Y aunque no heredé de ella su fuerza ni su determinación, por suerte, para entonces ya tenía a Amelia en mi vida y un sueño por el que estaba convencida de que merecía la pena luchar. Echando la vista atrás me parecía muy injusto no tenerla conmigo ahora. Una cosa era que no hubiera conocido El Cuarto de Costura, que albergaba ahora su antigua máquina de coser, sus revistas de figurines y sus reglas de madera; pero otra muy distinta era que no hubiese conocido a su nieto. Eso sí que me dolía en el alma.

El embarazo de Daniel no fue fácil. Mi ginecólogo me había asegurado que era bastante improbable que fuese madre a mi edad y que, si lo conseguía, conllevaría un alto riesgo. Ramón, debido a su juventud, a su desconocimiento o a sus ganas de ser padre, estaba convencido de que lo conseguiríamos y nunca tuvo ninguna duda de que nuestro hijo nacería sano. No hacía ni un año de nuestra boda cuando llegó la gran noticia. Fue la mayor sorpresa que me había llevado jamás.

Tal como predijo el médico, a las veinte semanas me diagnosticaron una diabetes gestacional que enseguida derivó en preeclampsia. La idea de someterme a una cesárea o de tener un bebé prematuro me atormentó hasta el final del embarazo.

Amelia fue mi gran apoyo durante esos meses. Muy a disgusto, tuve que aceptar que mi estado me obligaba a cuidar de mi salud y de la de mi bebé, y que eso implicaba bajar el ritmo de trabajo. Aprendí a delegar por primera vez en mi vida. Ya tenía previsto contar con Carmen, mi compañera de corte, durante mis meses de baja. Sabía que no le costaría hacerse con las clases, así que adelantamos su incorporación y las alumnas se adaptaron sin problema a su nueva profesora. Además, Amelia y ella se organizaron estupendamente.

Mientras tanto, Ramón pasaba cada vez más tiempo viajando de una delegación a otra. Desde que lo habían puesto al frente de la central de Madrid, ese era su día a día. Justo en esos momentos, que era cuando más falta me hacía. Amelia lo sabía bien y por eso me ofrecía quedarme en su casa cuando mi marido pasaba más de una noche fuera. Quizá ella también se sintió así durante su embarazo. Cuando llegó el momento, vivió el nacimiento de mi bebé como si se tratara el del nieto que nunca tendría.

Daniel pesó cuatro kilos y trescientos gramos al nacer. Recuerdo que mi primer instinto fue contarle los dedos de las manos y de los pies. Tenía el pelo muy negro, una naricita respingona y unos ojos que me derretían cuando me miraba. De nuevo un sueño cumplido, esta vez, entre mis brazos. Aun así, me costó hacerme a mi nueva condición de madre. Asistí a clases de preparación al parto y leí mucho sobre el embarazo y el posparto, pero creo que tenía la maternidad muy idealizada. Cuando estás embarazada nadie te advierte sobre las noches sin dormir, la preocupación constante o la soledad que puedes llegar a sentir. Sin embargo, una vez que nace tu niño, cualquiera te da consejos sin que los pidas y te dice lo que tienes que hacer.

Mudarnos un año después fue, sin duda, un acierto. La mayoría de las mujeres de la urbanización eran más jóvenes que yo, trabajaban fuera de casa y además se encargaban de sus hijos. Se desvivían por cumplir con todas sus obligaciones y me recordaban a la Laura de hacía unos años, una profesional impecable, madre abnegada y una mujer que era siempre la última de la lista. Ahora que ya conocía el secreto para llegar a todo me identificaba mucho con ellas. Supongo que eso hacía que tuviéramos un vínculo especial y me sintiera más acompañada en los primeros años de vida de Daniel.

Desde muy pequeño fue un niño inquieto, no paraba ni un minuto, y yo me esforzaba por proponerle todo tipo de juegos que captaran su atención. Correr detrás de él con cuarenta años se me hacía más cuesta arriba de lo que había imaginado. Sin embargo, el cansancio desaparecía y todo el esfuerzo merecía la pena cuando cerraba los ojos y yo permanecía unos minutos a su lado mirando cómo se dormía. Ese momento era como un bálsamo para mí.

Tuve la inmensa suerte de encontrar plaza en una guardería cerca de El Cuarto de Costura y eso me facilitó las cosas los primeros años. Cogíamos el tren en Las Rozas sobre las ocho de la mañana y nos bajábamos en Recoletos. Lo dejaba poco antes de las nueve y lo recogía a las cinco. Como yo seguía dando clases los lunes y los viernes, esos días Amelia se encargaba de recogerlo y le daba un paseo en el carrito hasta que daban las seis. Una vez que echó a andar, Carmen era la que se ocupaba de acercarlo a los columpios del Retiro o lo llevaba a merendar a alguna cafetería cercana. Contar con ellas durante esa etapa fue una bendición.

A los tres años decidimos matricularlo en un colegio cerca de casa, aunque aquello nos obligó a buscar alguien que se ocupara de Daniel las tardes que yo trabajaba. El centro acababa de abrir y la visita a las instalaciones nos convenció enseguida. El profesorado era joven, se los veía con muchas ganas y con ideas innovadoras.

Cuando empezó a ir a clase me costó adaptarme mucho más a mí que a mi hijo. Confiárselo a otra persona para que lo atendiera mientras yo trabajaba no era de mi agrado, pero no tardé en descubrir que ser madre implicaba hacer malabares para cuadrarlo todo. Pronto comprendí que esa nueva circunstancia solo era otra pieza más del puzle en que se habían convertido nuestras vidas. Tan solo tuve que asimilarlo.

Andaba repasando la lista de materiales y libros que iba a necesitar para este nuevo curso mientras mi hijo jugaba en el jardín de atrás cuando Carmen me llamó desde la academia.

—Hola, Julia, ¿te acuerdas del olor a humedad que detectó tu socia? Pues adivina. He visto que asomaba una mancha por detrás del armario de la sala y he pegado la nariz a la pared. He vaciado el armario y he llamado al portero del bloque para que me ayudara a moverlo. ¡Pesa como un condenado el puñetero armario! El caso es que detrás ha aparecido una humedad que pilla media pared.

—¡No me digas! ¿Es que no puede haber un curso que empiece sin sobresaltos? El año pasado, la plaga de cucarachas del edificio y este año, humedades. ¿Qué ha dicho el portero? ¿Sabes si es algo del edificio o es nuestro? —pregunté cruzando los dedos.

—Dice el portero que un vecino del primero ha estado de obras este verano. Por los escombros que sacaban cree que ha cambiado los baños. Quizá hayan tocado alguna tubería. Mira, no sé. Voy a esperar a que llegue Amelia y a ver qué hacemos.

—A un par de semanas de que empiecen las clases esto es un problemón. —Deseé que fuese cosa del vecino y que se resolviera rápido.

—Bueno, tú tranquila, que solo te he avisado para que no te encuentres con la tostada mañana por la mañana.

Seguro que no es nada y podemos solucionarlo antes de que empiece el curso. No te pongas en lo peor, mujer. Cuando llegue Amelia, que hable con el portero y, si acaso, que suban a ver al vecino. Venga, Julia, mañana nos vemos.

—Espera, Carmen, ¿sabes algo de Malena? ¿Ha llamado o se ha pasado por allí?

—Sí, perdona, casi se me olvida. Ha venido esta tarde y ya hemos quedado para organizar los horarios de este año. Enviaré un mensaje de texto a las chicas del año pasado para ver quién sigue y qué plazas quedan libres. Me ha dicho que tiene un montón de ideas nuevas en la cabeza y que está deseando empezar. Traía un bolso monísimo, ya lo verás.

—Estupendo. Bueno, gracias por avisar. Hasta mañana —contesté.

—Nada, mujer, hasta mañana.

Colgué el teléfono preocupada. Esas eran las cosas que llevaba mal. No poder estar al cien por cien pendiente del negocio no me hacía ninguna gracia, pero no podíamos hacer nada hasta saber más. Tenía que asumirlo, era imposible estar en todas partes, eso no me llevaba más que a la frustración y a arrastrar la sensación de no acertar tomara la decisión que tomara. Me alegró saber que Malena estaba ya de vuelta. Según nos contó en julio, se iba a marchar todo el mes con su nuevo novio, un chico que ella describió como «muy de su estilo». No habíamos recibido su postal, lo que por otro lado no era nada raro dado su despiste habitual. Estaba deseando que me contara cómo le había ido.

Su incorporación a la academia había sido un gran acierto. Cuando apareció por El Cuarto de Costura el primer año, me pareció una persona peculiar. Su modo de vestir y de expresarse eran de todo menos corrientes. Nos ganó enseguida, tenía talento y era muy creativa, tanto que, al año siguiente, le propuse que diera unas clases. A ella le fascinaba reciclar viejas prendas, darles una segunda vida, como ella decía. Convertir unos pantalones en un bolso o remozar un antiguo vestido era lo que más le podía gustar. Lo había hecho toda la vida, primero con los vestidos que heredaba de su madre y luego con su propia ropa. Eso distaba mucho de lo que hacíamos en la academia y pensé que podía ser una forma de captar a un público nuevo con el que ella conectaría de inmediato.

Sus ideas originales atrajeron a chicas muy jóvenes, entre ellas algunas de sus compañeras de Bellas Artes, a las que no le costó convencer de que se apuntaran a sus clases. Ahora que ya había acabado la carrera y mientras encontraba un trabajo fijo, Amelia la introdujo entre sus amistades, que comenzaron a encargarle retratos de sus nietos o la decoración de cuartos infantiles. Le encantaba pintar murales.

Decía en broma que la contratamos porque nos sentíamos en deuda con su madre. Es cierto que Patty nos echó una mano cuando el asunto del contrato del local se torció, pero la verdad es que sus clases eran un éxito y las alumnas estaban encantadas. Algunas de ellas vendían luego sus creaciones en el rastro y se sacaban un dinero. Malena lo explicaba con mucha gracia. Decía que te podías gastar veinte euros en unos pantalones vaqueros y, después de usarlos cuatro años, conseguir que te dieran treinta por ellos.

Las revistas que nos enviaba Sara desde Londres le servían de inspiración y sacaba muchas ideas de ellas. También le gustaba recorrer mercadillos, sobre todo cuando viajaba a Italia a ver a su madre, que ya llevaba unos años afincada allí. Había comprado una casa que, según Malena, se caía con solo mirarla y los últimos años estaba dedicándose a restaurarla. Se encontraba en medio de un pequeño viñedo que había vuelto a poner en producción. A ninguna de las dos, madre o hija, les asustaba emprender nuevas aventuras. Me fascinaba el empuje que tenían ambas.

Amelia, que había entablado con ella una buena amistad, había ido a verla hacía un par de años y había vuelto enamorada del lugar. Contaba que parecía que Patty vivía sujeta a un ritmo de vida que ella misma dictaba. Estaba decidida a vivir rodeada de belleza, ya que había descubierto que le hacía muy feliz y le proporcionaba mucha paz. Al margen de eso, solo le interesaba lo que concernía a su hija y poco más.

Cuando Patty hablaba con Amelia por cualquier asunto relacionado con el local insistía en que fuéramos a verla. Malena me invitó a acompañarla en uno de sus viajes, aunque nunca llegué a ir. Se lo comenté a Ramón un año, pero justo entonces falleció su madre y los veranos empezaron a complicarse.

Salí a echarle un ojo a Daniel. Andaba pegándole patadas a un balón y había arrasado las flores que plantamos a principios de verano. A veces me desesperaba su energía. El colegio estaba a punto de empezar y, con un poco de suerte, recuperaríamos la normalidad. Al menos, esa era mi esperanza.

3

Reunirse con Carmen y con Malena a principios de cada curso era llamar a la puerta del entusiasmo y la creatividad. No dejaba de sorprenderme cómo dos mujeres tan diferentes entre sí compartían la misma energía y se involucraban en el negocio casi como si fuese suyo. Siempre tenían propuestas interesantes e ideas nuevas que deseaban poner en práctica. Debo reconocer que la mayoría de las veces lograban convencerme sin mucho esfuerzo.

Carmen coincidía conmigo en que el mejor método para enseñar a coser a las alumnas era conseguir que, al terminar el curso, salieran de la academia con su primera prenda lista para estrenar. Tener un proyecto de costura concreto las motivaba a continuar con las clases y a echarle muchas ganas. Por muchos años que pasaran, me seguía fascinando ver sus caras de satisfacción al acabar de darle el último toque de plancha a sus faldas y salir del probador con una sonrisa difícil de olvidar.

De un tiempo a esta parte, también se apuntaban muchas madres que, más que para ellas mismas, disfrutaban cosiendo para sus hijos, incluso para sus nietos, como en su día le había ocurrido a Catherine. Hacía ya ocho años de su primera clase y, como si el universo la hubiera escuchado, ahora era una feliz abuela que disfrutaba de sus pequeños todo lo que podía.

Además, teníamos un grupo avanzado de alumnas que, aunque no necesitaban tomar más clases, reservaban un par de horas a la semana para coser juntas. La idea de crear el grupo la sacamos de una de las revistas que nos mandó Sara desde Londres. Allí lo llamaban *cosewing* y, al parecer, estaba muy de moda. Carmen les servía de apoyo en lo que necesitaran, pero estaba claro que coser juntas, verse y charlar las motivaba más que seguir aprendiendo. El Cuarto de Costura seguía siendo un oasis de calma ajeno al ritmo frenético del día a día. Así me lo hacían saber nuestras «agujitas», que agradecían contar con un punto de encuentro en el que poder dejar a un lado sus papeles de madre, esposa, hija y trabajadora, y ser solo ellas mismas. A Amelia y a mí nos reconfortaba poder acogerlas en un lugar en el que compartir esa afición que las había unido. La costura tenía ese poder.

—¡Ya estoy aquí! —se oyó de repente desde la entrada.

—Malena, ¡qué alegría verte! —exclamé mientras me dirigía hacia ella para saludarla—. ¡Estás guapísima! Se ve que el verano te ha sentado bien. Vaya bolso original que traes, déjame verlo.

—Flipas, me lo he pasado en grande —contestó con una amplia sonrisa mientras se quitaba la bandolera por encima de la cabeza y la dejaba a mi alcance en la mesa—. Uy, ¿por qué habéis movido el armario?

—Ay, el armario. Últimamente no ganamos para sorpresas. Resulta que el vecino del primero ha estado de obras y tenemos una humedad. Amelia está haciendo gestiones con el seguro para que envíen a un perito. A ver si le damos pronto una solución, porque así no podemos empezar las clases.

—¡Bah!, no será más que raspar y darle un par de manos de pintura, yo misma podría hacerlo —dijo mientras se acercaba a tocar la pared—. Esto está ya casi seco, ¿es de hace mucho?

—Ni idea, cuando volví de vacaciones me lo encontré así. Ojalá tengas razón y sea poca cosa.

—¡Pues claro, mujer! Ya verás como tengo razón, que de pintura algo sé —rio—. Por cierto, mi madre os manda recuerdos. He pasado unos días con ella en Italia y, aunque esté feo decirlo, me parece que cada día está más loca. No sabe qué inventar. Ahora ha acogido a tres chicos jóvenes y dice que quiere ser su mecenas. A mí me da que además de mecenas quiere ejercer de algo más, que hay uno de ellos que está cañón y encima le hace ojitos. Pero, oye, ya es mayorcita. Que aproveche y que disfrute de lo que tiene. ¿No te parece? Verla tan ilusionada es una maravilla. Fíjate que yo pensaba que no aguantaría mucho en Italia, pero se ve que allí ha encontrado su lugar. Enseguida se ha rodeado de gente muy maja y está feliz.

—Es dueña de su vida. Me parece genial que siga teniendo ilusiones y proyectos nuevos, seguro que eso la llena mucho. Después de todo lo que ha vivido y de lo que ha luchado por recuperarse a sí misma, que se embarque en las aventuras que quiera. Me parece envidiable —concluí.

—Me ha comentado que quiere montar una sala de exposiciones para jóvenes talentos, y ya le ha echado el ojo a un local en el pueblecito de al lado. No me extrañaría que en unos meses nos diera una sorpresa, ya la conoces —añadió Malena—: una vez que se decide por algo, va a por todas.

Cuando Malena llegó a la academia el primer año, no imaginé que seguiría con nosotras curso tras curso. Supuse entonces que lo de venir a coser se le pasaría en cuanto encontrara un trabajo estable, pero estaba tardando en llegar y, en el fondo, casi me alegraba. Tenerla en El Cuarto de Costura era refrescante. Con su imaginación desbordante nos descubría nuevas modas, nos decía lo que se llevaba entre la gente joven y nos traía alumnas deseosas de transformar sus viejas prendas. Además, tras unos minutos de charla, tenía la facultad de subirme el ánimo y hacerme ver las cosas de otro color.

—¡Hola, hola! —saludó Carmen abriendo la puerta—. ¿Cómo están estos dos soles?

—Buenos días, Carmen —contesté—. Aquí estamos.

—Hola, ¿un cafelito? —preguntó Malena.

—No te voy a decir que no, se me han pegado las sábanas y vengo sin desayunar. Soy como los críos, me tengo que volver a acostumbrar al horario de trabajo.

Malena entró a la trastienda para servirle un café mientras nos sentamos a la mesa de centro, donde yo había preparado la libreta en la que planificábamos las clases.

—Tenemos una buena noticia. Nuestra perito particular, Malena, me estaba diciendo que esta humedad no tiene mal aspecto, que seguramente solo sea cosa de raspar un poco y pintar.

—Bueno es saberlo, ¿y qué dice la aseguradora? —preguntó Carmen sacando de su bolso una bandeja de minicruasanes—. ¿Queréis?

—Yo sí, me pirran —soltó Malena alargando la mano hasta la bandeja de cartón.

—No, gracias, ya he desayunado. Los del seguro aún no han venido por aquí —añadí—. Pero espero que no tarden. Amelia se está encargando del tema. No quisiera tener que abrir sin haberlo solucionado.

Se oyó la campanita de la puerta y las tres volvimos la cabeza.

—Hablando del rey de Roma... —soltó Carmen en voz alta.

—Buenos días, estáis aquí las tres, ¡qué bien! —saludó Amelia.

Malena se levantó, se apresuró a plantarle un par de besos y a comentar su nuevo peinado.

—Te queda muy guay. No sé qué os pasa a las mujeres de vuestra edad. Mi madre está igual, cada día más joven.

—Se agradece el cumplido, pero creo que exageras —contestó Amelia con una gran sonrisa—. Por cierto, ¿has ido a verla este verano? ¿Ha terminado la reforma?

—Sí, eso le estaba contando a Julia. Os manda muchos recuerdos y me pide que os diga que vayáis a visitarla cuando queráis. Ha dejado la casa preciosa y tiene habitaciones de sobra. El año pasado contrató a un nuevo capataz y está decidida a elaborar su propio vino en cuanto esté preparada. Pasa gran parte del día en el viñedo haciendo mil preguntas y aprendiendo cómo funciona el negocio. Al final se volverá una experta, ya verás.

—No me extrañaría. Con el empuje que tiene, si se lo propone, lo conseguirá —rio Amelia.

Patty y Amelia no habían empezado con buen pie,

pero, una vez que pudieron sincerarse la una con la otra, descubrieron que tenían mucho en común. Ambas habían recuperado el control de sus vidas, después de años a la sombra de sus esposos. Desde que Patty se había hecho con el cien por cien del local que ocupaba El Cuarto de Costura, todas las complicaciones administrativas que habían surgido quedaron resueltas. A partir de entonces mantenían una relación muy estrecha a pesar de la distancia.

—Ahora que caigo, ¿tú no te ibas con tu novio este verano, Malena? —quiso saber Carmen.

—Sí, estuve con él en Teruel dos semanas y le acompañé al trabajo un par de días. Es ayudante de un biólogo que está haciendo un estudio sobre la población de nutrias en el río Bergantes. Esos bichos son adorables y poder verlos en su medio es un lujazo. Aquella zona es una maravilla, un paraíso para un loco de la fotografía como él. Lo pasamos muy bien, me presentó a sus amigos e hicimos algunas rutas muy chulas por allí. Luego ellos se marcharon a hacer el Camino de Santiago y yo me fui a Italia.

—¡Qué modernos, cada uno por su lado! Si hubieran sido todos así en mi época, igual hasta me hubiera emparejado —comentó Carmen con ironía.

Malena era una amante de la naturaleza. Fueron sus padres los que, siendo una niña, le inculcaron el respeto hacia el medio ambiente y el amor por los animales. Tenía un corazón de oro. Detrás de su aspecto desenfadado y su vida algo alocada se escondía una joven muy madura. Lo pasó mal cuando su madre se volvió a casar. Pero, cuando esta enviudó por segunda vez, madre e hija recuperaron su relación. Ahora estaban más unidas que nunca. Se parecían tanto que podrían pasar por hermanas. Compartían la misma sonrisa y ambas tenían una capacidad única para ilusionarse con cualquier cosa. De hecho, creo que ese era el secreto de Patty para mantenerse joven.

—Amelia, ¿sabes algo del perito? —pregunté.

—Ha quedado en llamarme esta tarde para ver cuándo podría pasarse —contestó acercándose a la pared en cuestión para comprobar su estado.

—Yo sigo diciendo que esa humedad ya está casi seca y que raspando un poquito... —insistió Malena.

—Puede que sí, pero vamos a hacer las cosas bien. El seguro se encargará de todo, es cuestión de darles algo de tiempo —señalé.

—Y digo yo: de aquello que hablamos sobre cambiar el probador... ¿no podríamos aprovechar ahora? De todas formas, vamos a tener que pintar... —propuso Carmen.

Los arreglos y los encargos de costura a medida eran ya una parte importante del negocio. En más de una ocasión habíamos comentado entre nosotras la necesidad de tener un probador más accesible. El actual estaba situado al fondo de la trastienda. Para que lo usaran las alumnas no estaba mal, pero hacer pasar a las clientas hasta allí resultaba un poco incómodo.

—Tienes razón, Carmen. Me parece una gran idea. Quitamos la puerta, redondeamos un poco el espacio y formamos un pequeño arco, colocamos el probador a la izquierda y la puerta de la trastienda a la derecha. Hasta podríamos dejar la zona del café a este lado para que las alumnas pudieran usarla. —Parecía que Amelia, tras la reforma de Villa Teresa, se había quedado con ganas de más.

—Ya lo estoy viendo, va a quedar chulísimo y mucho más cómodo —apuntó Malena—. Vamos, que ya sé que yo aquí ni pincho ni corto, pero que sí, que me parece buena idea. Lo tendríamos mucho más a mano.

—Yo no sé de dónde sacáis esa energía, pero a mí se me ponen los pelos de punta solo de pensarlo.

—Tampoco sería mucha obra, Julia. Yo creo que lo podemos hacer en muy poco tiempo y tenerlo a punto antes de que empiecen las clases. Es más, si vemos que lo de poner la puerta resulta complicado y requiere de papeleos o permisos, hacéis unas cortinas monas que separen esa zona de la trastienda. Bastaría con instalar una barra o un riel, y listo. Esta misma noche llamo a Patty y se lo comento. Seguro que no le parece mal, pero como propietaria del local hay que informarla.

—En una de las últimas revistas que mandó Sara vi una cortina con unas anillas de madera hecha de vaqueros viejos y llena de bolsillos con parches de distintas ciudades del mundo. Me pareció una pasada. Si ponemos cortina, yo me encargo de coserla. —Malena estaba entusiasmada con la idea y segura de que a su madre también le gustaría. Lo cierto era que desde el principio mostró su predisposición a apoyarnos en el negocio.

—Bueno, ¿y si dejamos de fantasear y nos ponemos ya a organizar las clases? Os recuerdo que hemos quedado precisamente para eso —dije abriendo el cuaderno—, que no tenemos todo el día.

—Desde luego, Julia, eres única poniéndonos los pies en la tierra —rio Carmen.

—Yo os dejo, que tengo cosas que hacer y aquí soy de poca ayuda. Nos vemos mañana y ya os cuento lo que me digan Patty y el perito —se despidió Amelia.

Una buena organización de los horarios, con cierta flexibilidad para cubrir imprevistos, era esencial para que yo pudiera llegar a todo. Solo podía contar con Ramón los fines de semana. Los demás días solía llegar a casa cuando Daniel ya estaba a punto de irse a la cama. Con suerte, si no estaba de viaje, llegaba a tiempo de contarle un cuento antes de dormir. Qué distinta era esa vida de la que tenía antes... Conocer a Ramón y tener un hijo eran de las cosas más bonitas que había vivido, pero en ese instante me costaba recordar a aquella Julia de los primeros años. Parecía que hubiera desaparecido.

No me quedaba otra que adaptarme y estirar las horas para llegar a todo. No tenía un minuto libre y creo que prefería eso a tener tiempo para plantearme las cosas. Por el momento era mejor seguir así, con el piloto automático, como había hecho en los últimos años. Mi objetivo era que la academia siguiera creciendo a buen ritmo, que Daniel estuviera bien y que el poco tiempo que compartíamos los tres nos permitiera construir recuerdos bonitos. Con eso me conformaba. No había nada más.

Por suerte, contaba con la ayuda de Marina, que llevaba unos años con nosotros. Se había ganado nuestra confianza y también había sabido ganarse a Daniel desde el primer día. Los dos encajaban a la perfección. Ella parecía no cansarse de inventar juegos para entretenerlo, lo cual no era fácil. A veces envidiaba esos ratos de ocio que compartían mientras yo estaba ausente por mi trabajo. El trayecto desde El Cuarto de Costura hasta casa se me hacía interminable. Deseaba abrazar a mi hijo y escuchar de su boca cómo le había ido el día o a qué había jugado aquella tarde. Siempre tenía mucho que contar.

Situé el cuaderno en el centro de la mesa para que Carmen y Malena pudieran ver el *planning*.

—Si os parece, seguimos como hasta ahora; yo me encargo de las clases de los lunes y los viernes por la tarde, Carmen martes y jueves, y Malena la clase de los miércoles.

—Vale —asintió esta última.

—Por mí, bien —añadió Carmen.

—¿Solo eso? ¿Nada que añadir? Anda, que os conozco bien, contadme qué nuevas ideas tenéis para este curso. Porque un «vale» de Malena así, a secas, no me lo trago.

Ambas se miraron y se echaron a reír.

Malena tomó la palabra y nos fue describiendo uno a uno los proyectos que tenía en mente para las alumnas de su clase. Incluían el bolso cruzado que ella misma usaba, un modelo lleno de bolsillos y compartimentos interiores hecho con viejos pantalones vaqueros, cuadros escoceses y aplicaciones en tela. Tan original como ella misma. El resto de las ideas eran igual de novedosas y, aunque sonaban estrafalarias e imposibles, sabía que funcionarían. Siempre conseguía darle un estilo muy personal a cada accesorio que diseñaba. Ese era su sello.

Carmen propuso montar un taller monográfico de arreglos navideños en noviembre que no requería de conocimientos previos de costura y que, bien publicitado, podía convertirse en un éxito. Incluso podríamos repetirlo cada año.

La idea me encantó y contaba con que algunas de las alumnas de costura también se animarían a apuntarse. Encajaba a la perfección con una tendencia de la que Sara me habló hace unos años y que en Londres llamaban DIY, que era algo así como «hazlo tú mismo». La gente se estaba animando con las manualidades en general y cada vez se ofertaban más cursos de decoración de camisetas, restauración de muebles, cerámica... Ese taller nos serviría para comprobar si esa moda calaba aquí también.

Tras un rato con ellas y con los horarios ya claros, me sentía mucho mejor. Solo quedaba que Carmen contactara con las alumnas para empezar las clases en cuanto estuviera solucionado el tema de la humedad. Era muy afortunada de poder contar con esas dos mujeres increíbles. Eran mi gasolina.

4

Carmen se había acercado a Pontejos a comprar hilos, agujas, jaboncillos y alguna otra cosa más mientras yo esperaba al perito, que se suponía que se pasaría esa mañana, cuando apareció Laura.

—¡Hola! —Reconocí su voz desde la puerta.

—¡Laura, qué alegría verte de nuevo por aquí! ¿Cómo estás?

Laura fue una de las primeras alumnas en incorporarse a la academia y no había fallado ni un solo curso. La costura era su válvula de escape, una terapia que la ayudó a superar una depresión posparto a la que, poco después, se sumó el dolor de una separación que no vio venir. Estaba decidida a no dejar de asistir a clase por mucho que ya tuviera una gran destreza con la aguja y se atreviera con proyectos que precisaban cierto nivel. Era tremendamente perfeccionista e incapaz de darle el visto bueno a ninguna prenda hasta que quedaba impecable. Menos mal que con el tiempo había aprendido a relativizar y a ser menos crítica consigo misma.

Su trabajo en el hospital debía de ser tan estresante que desconectar un par de veces a la semana la ayudaba a mantener la cordura y dejar a un lado las duras historias de sus pacientes que rara vez compartía con nosotras. Laura era puro nervio, siempre corriendo, intentando mantener todo bajo control, aunque cada vez más se esforzaba por delegar y tomarse las cosas menos a pecho. Sus hijos, Sergio e Inés, de doce y nueve años, se llevaban estupendamente con Mónica, la nueva pareja de Martín, y con su hermana pequeña, Rocío, y ya no le dolía tanto dejarlos con su padre cuando les tocaba. Al contrario, había aprendido a dedicarse ese tiempo a ella y a su profesión, que era lo que más la motivaba en este mundo.

Ese cambio de actitud ante la vida la llevó a hacerse cooperante de Médicos Sin Fronteras y dedicar las vacaciones de verano a trabajar en una misión en Senegal. Allí prestaba sus servicios en un pequeño hospital, donde asistía, entre otras, a una comunidad de mujeres con historias muy duras a sus espaldas. Cada septiembre regresaba con un millón de anécdotas y compartía con nosotras su experiencia en aquel lugar.

—Vengo muerta de sueño porque estoy saliente de guardia, pero he querido pasarme para ver cómo estáis y preguntaros cuándo empiezan las clases. Me muero por coger la aguja otra vez.

—No sé cómo aguantas ese ritmo: el trabajo, las guardias, la casa y tus dos hijos. Yo no llego a todo y solo tengo uno. Ya me dirás cómo lo haces, porque yo no doy abasto.

—Ya estoy acostumbrada. Cuéntame, ¿qué tal tu verano?

—Nada del otro jueves. Yo diría que el único que disfruta en Torremolinos es Daniel, que se lo pasa en grande con los amigos que tiene en la playa. Ramón ha tenido que hacer un par de viajes y yo me he quedado al cuidado de mi suegro, que ya da más tarea que otra cosa. En fin, que no te quiero aburrir.

—Ni yo hablar de nada que no te apetezca, ya me contarás si surge. Oye, ¿qué sabemos de Margarita, Sara y Catherine? —preguntó con curiosidad.

—Margarita nos ha enviado una postal que es como para enmarcarla, una playa con cocoteros que llegan hasta la orilla, un paraíso —contesté mientras me levantaba para buscar el montoncito de postales que nos habían llegado—. Sara me ha enviado un paquete con unas telas preciosas y un montón de revistas, ya sabes cómo es; y Catherine nos contaba en su postal que su hija dará a luz en estos meses y que se viene a Madrid una temporada, así que en nada la tenemos de nuevo por aquí.

Le entregué las postales y, mientras buscaba las de sus tres compañeras, se excusó por no haber podido enviar la suya. Su trabajo en Senegal había sido especialmente intenso este año y apenas le había dejado tiempo para escribirnos unas palabras.

—¿Cómo van las cosas por la misión? —pregunté—. ¿Apareció Michel?

Laura llevaba cinco años como cooperante. En su segundo verano, al poco de llegar a Senegal, conoció a un médico francés con el que no tardó en entablar una buena amistad. Según me contaba, las largas jornadas en el hospital, las condiciones extremas, los casos desesperados a los que se enfrentaban y el trabajo codo con codo acabaron por unirlos y empezaron una relación. Acordaron que aquello no interfiriera en sus vidas al dejar la misión para regresar a sus casas. En sus despedidas no había promesas y en sus reencuentros no había preguntas. Esa era una norma que ambos respetaban. África les había enseñado a valorar el presente y así habían querido que siguiera. Pero el año pasado Michel no se presentó y Laura, aunque preocupada, se mantuvo fiel a su acuerdo y no quiso indagar. Se centró en atender a sus pacientes e intentar ayudar lo máximo posible. Conociéndola, aceptar que sus fuerzas no eran infinitas y que no podía salvar el mundo, sino solo dar lo mejor de sí, debía de ser todo un reto.

Michel era el pediatra de Ndeye, una niña de cuatro

años a la que ella misma había ayudado a nacer. Su madre, Aminata, fue repudiada por su familia y obligada a abandonar la aldea en la que nació al quedar embarazada a los catorce años. Laura sentía especial cariño por ella. Después de dar a luz la acogieron en la misión y se quedó como ayudante de enfermería mientras criaba allí a su hija. Su relación con Ndeye y con Aminata era muy especial. Soñaba con reencontrarse con ellas cada verano y comprobar cómo crecía la pequeña y cómo su madre se convertía en una mujer valiosa para su nueva comunidad.

—Sí, este año apareció Michel.

—No lo dices muy entusiasmada —señalé.

—Sabes que teníamos un acuerdo, ¿verdad?

—Lo que pasa en Senegal se queda en Senegal o algo así, como lo que dicen de Las Vegas, ¿no? —contesté intentando restar tensión a una conversación que preveía más seria de lo que me hubiera gustado.

—Así ha sido desde que nos liamos, pero necesitaba saber por qué no apareció el año pasado y le pregunté.

—Es normal que sintieras curiosidad. Yo hubiera hecho lo mismo.

—Exacto, pero al preguntar descubrí por qué nos impusimos aquella norma o, mejor dicho, por qué él la propuso y yo no dudé en aceptarla.

Intuía que aquella relación, que para Laura era como un vaso de agua en medio de un desierto, escondía algo que la había decepcionado. Yo no podía ni imaginarme en la misma situación.

Ya sabía lo que era que le rompieran el corazón, cuánto podía doler y cuánto podía transformarte. Por eso, cuando Martín se marchó de casa al poco de nacer Inés, durante un tiempo albergó cierta esperanza de recuperarlo, pero poco a poco se fue acostumbrando a vivir sin él, reorganizó su vida y se dio cuenta de que ya no lo necesitaba. Y, sobre todo, se prometió a sí misma que no se volvería a exponer al dolor de una nueva separación. Aunque la reacción de Laura no fue lo que Martín esperaba y no lo encajó bien, unos meses después ya estaba saliendo con Mónica, una ATS del hospital, amiga de ambos, con quien no tardó en casarse y formar una nueva familia en un tiempo récord.

—Buenas, ¿se puede? —preguntó alguien asomando por la puerta.

—Sí, pase —respondí—. Debe de ser el perito —le comenté a Laura—. Discúlpame un momento, no creo que tarde mucho, pasa a la trastienda y ponte un café mientras tanto si te apetece.

—Me vendrá de perlas, me caigo de sueño.

Julia se acercó hasta la entrada.

—Soy de la aseguradora, ¿es usted doña Amelia?

—No, soy Julia, su socia; Amelia me dijo que se pasaría hoy. Venga, le enseño la humedad.

Crucé los dedos mientras el perito separaba el armario, raspaba la pared y una capa de pintura caía al suelo como si fuese confeti.

—Nada grave, esto ya está seco —comentó después de un minuto—. Me dijo doña Amelia que el vecino del primero había estado de obras. Imagino que en algún momento se filtraría agua, pero no parece que haya nada roto; en ese caso, la pared estaría húmeda y esta está prácticamente seca, la pintura se cae con solo tocarla. Habría que raspar bien, dejar que pasen un par de días, confirmar que sigue seco y luego pintar. No se preocupe, haré el parte para enviarles a los pintores lo antes posible.

—Me da usted una alegría. Mi socia se va a poner muy contenta. Le diré que los llame. Estamos pensando en aprovechar para quitar esta puerta —le expliqué señalando la que daba paso a la trastienda— y moverla al otro lado para cambiar la entrada del cuartito de atrás. En ese caso, habría que retrasar la pintura hasta que hagamos esa pequeña modificación.

—Como quiera, yo dejo el parte hecho y ustedes llaman cuando se pueda venir a pintar; o mejor, les mando a los pintores para que raspen la pared. Ustedes hagan la obra y, cuando acaben, nos avisan para pintar, ¿le parece? Así nos cercioramos de que la pared está completamente seca.

—Perfecto, muchísimas gracias. —«Malena estaba en lo cierto», pensé, y sonreí satisfecha.

Acompañé al hombre hasta la salida, lo despedí y me quedé mirando un rato la pared imaginando cómo quedaría la reforma. El Cuarto de Costura era un lugar precioso al que habíamos conseguido dar un aire acogedor, pero, aunque había resistido bien el paso de los años, no le venía mal una mano de pintura y algunos cambios sutiles para renovarlo. Estaba segura de que Amelia se ilusionaría con la idea y en los pocos días que nos quedaban para empezar las clases estaría todo a punto. Tendríamos que desalojar el altillo y redistribuir la trastienda, pero eso no sería complicado, porque el espacio resultante sería más o menos el mismo. Era cierto que tener el probador abierto hacia la sala resultaría más cómodo para clientas y alumnas. Después de hablar con el perito y confirmar que no era tan serio, ya no me preocupaba tanto la obra.

—Parece que os habéis librado de una buena —comentó Laura, que nos había oído hablar.

—Sí, eso parece. Es un alivio. ¿Te has tomado el café?

—Sí, gracias, me ha espabilado un poco. Cómo se nota la edad en las guardias... Cuando era más joven las aguantaba sin problema y me recuperaba enseguida, pero pasados los cuarenta esto ya es otra cosa. En fin...

—Me estabas hablando de Michel —dije intentando retomar la conversación.

—Cierto. Desde que nos conocimos no había faltado

nunca hasta el año pasado. Como te conté, se me hizo extraño estar en Senegal y que él no se encontrara allí. Nuestra relación no iba de compromisos ni de pedir explicaciones, pero creo que ambos contábamos con vernos agosto tras agosto, o al menos yo. En cuanto lo vi este verano no pude evitar preguntarle qué había pasado. Al principio se mostró reticente, me dio largas y quiso restarle importancia inventando excusas como que necesitaba un descanso. Pero lo conocía y sabía lo comprometido que estaba con su trabajo en la misión. Aquello no me cuadraba. Tampoco quise darle muchas vueltas al tema. Parte de nuestro acuerdo consistía en aprovechar el tiempo juntos, nada más. Sin embargo, tras unos días noté que algo pasaba. Cuando caía la noche y dábamos por finalizado el trabajo, nos aseábamos y nos reuníamos con el resto del personal para comer algo y charlar un poco antes de acostarnos. Había tenido una jornada agotadora, una paciente murió en mis brazos y yo estaba literalmente derrumbada. Nos acomodamos en un lugar más apartado y eso nos dio cierta intimidad. Fue entonces cuando Michel se decidió a contarme lo ocurrido.

—Perdona que te interrumpa, Laura. Lo tuyo es admirable. Me cuesta hacerme una idea de lo que supone enfrentarse a una situación así. Aquí vivimos de un modo tan distinto que parece que me estuvieras hablando de otro planeta. Tienes mucho mérito.

—Es muy difícil transmitir cómo son allí las cosas y muy complicado imaginar, desde la comodidad de nuestro día a día, lo que es vivir en un lugar donde la gente carece hasta de lo más básico. Yo creo que por eso tengo este enganche con la misión. He encontrado un lugar donde me siento útil de verdad y eso me hace sentir bien. También es muy satisfactorio ver que cada vez vamos consiguiendo más recursos y atendiendo a más pacientes. El hospital donde trabajamos ahora no tiene nada que ver con el dispensario que me encontré años atrás. Hay muchos más voluntarios y la población local está muy involucrada en el proyecto. Es tanto lo que te podría contar..., pero no me quiero ir por las ramas.

—No, si es culpa mía, que no hago más que interrumpirte —me disculpé de nuevo.

—Como te decía, no sé muy bien por qué, pero Michel necesitaba sincerarse y me contó el motivo de su ausencia. Estaba casado. La noticia me cayó como un jarro de agua fría, pero le agradecí el gesto. Lo nuestro no era nada serio, pero saber que le estaba siendo infiel a su esposa conmigo me hizo sentir como si fuese yo la que la estuviera traicionando. Su mujer también era médico y mientras él viajaba a Senegal ella volvía a su pueblo natal a ver a la familia. Me contó que su relación de pareja no era muy buena y que esta solución les permitía descansar el uno del otro durante unas semanas.

—Entonces, si ellos tenían sus veranos organizados así, ¿por qué Michel no apareció el año pasado? —No encontraba justificación.

Laura hizo una pausa para tomar un vaso de agua y volvió a sentarse. Respiró hondo y me siguió contando.

—Hace algo más de un año y medio su mujer enfermó, cáncer de cérvix con metástasis ósea. Le dieron muy poco tiempo de vida, estaba muy avanzado y no había tratamiento posible. Me dijo que sintió aquello como una oportunidad de reconciliarse con ella; sabía que no podía arreglar las cosas pero que su obligación era acompañarla y estar a su lado hasta el final. Falleció justo antes de verano, pero después de unos meses tan intensos a su lado le pareció que aún era pronto para volver a África. No sé, Julia, yo no me considero una persona chapada a la antigua, pero desde luego no habría tenido ninguna relación con él si hubiera sabido que estaba casado. Después de conocer la verdad, no ha vuelto a pasar nada entre nosotros. Trabajamos juntos muchas horas en la misión y mantuvimos largas conversaciones, pero no podía dejar que me tocara.

—Lógico —apunté.

Imaginé la desilusión de Laura y su sentimiento de culpa ante una situación tan difícil. Tras separarse de Martín no había vuelto a tener una relación estable, y estaba segura de que esa historia había supuesto una gran decepción para ella.

—¿Y Aminata y su hija qué tal? —Quise cambiar de tema.

—Aminata está muy integrada en la comunidad y se ha hecho imprescindible en el hospital. Es una mujer increíble, parece que no se cansa nunca y siempre tiene una sonrisa para cada paciente. Allí la adoran. Fue una suerte que llegara a nosotros. Y la cría, Ndeye, está preciosa y es muy lista. Ya tiene cuatro años y no para quieta ni un minuto, es como una lagartija. Desde que le dije que su madre era para mí como una hija, me llama *mamie*, «abuelita» en francés.

—¿Abuelita tú? —No pude aguantar la risa.

—No te rías; allí, si pasas de los cuarenta, ya eres una abuela. Ay, Julia, muchas gracias por estos ratos, me encanta charlar contigo y estoy deseando empezar las clases. Ahora ya te dejo tranquila, que tendrás mucho que hacer. Voy a ver si me da tiempo a dormir un rato antes de que mis hijos salgan del cole, que esta tarde aún tengo tarea con ellos.

—Nada, mujer, yo sí que disfruto escuchándote. Le diré a Carmen que te llame cuando tengamos fecha. Imagino que estás deseando terminar la chaqueta que te dejaste a medias.

—¡Cómo me conoces! Suerte con la obra y dales un beso a Amelia, a Carmen y a Malena de mi parte. Nos vemos pronto.

En cuanto se marchó, cogí el teléfono para contarle a Amelia lo que había dicho el perito. Hablando con ella vi mucho más claro lo de la pequeña reforma. Remozar la academia me daría un impulso especial para empezar el curso.

5

Optamos por la solución más sencilla y en cuestión de algo más de una semana El Cuarto de Costura ya estaba listo para recibir a nuestras alumnas. Amelia había conseguido que el seguro actuara con una rapidez sorprendente y la reparación había encajado a la perfección con la reforma. Malena confeccionó una cortina de lo más original, que separaba la trastienda del nuevo probador y evitaba tener que instalar la puerta de nuevo, lo que aligeró el presupuesto y nos hizo ganar algo de tiempo. Aprovechamos para pintar toda la sala de blanco roto y al pequeño mostrador de la entrada y a la celosía les aplicamos un tono lavanda muy relajante. También compramos algunas plantas nuevas.

Aquel cambio en la academia nos había obligado a desalojar el altillo. Allí encontramos algunos objetos que debieron de quedar olvidados durante la reforma inicial, que transformó el local en El Cuarto de Costura. La antigua sombrerería había sido un negocio a la altura del barrio donde se situaba, elegante y distinguido, con una clientela muy selecta. Aunque poco quedaba de aquel esplendor, la primera vez que la visitamos me enamoré del espacio y enseguida vi todo su potencial. Para Amelia, sin embargo, no era un lugar nuevo. Su abuelo era uno de esos clientes habituales que confiaban en la maestría de las manos artesanas de los sombrereros. Ella lo había acompañado muchas veces cuando era una niña.

Aparecieron algunas de las herramientas que usaban para dar forma a los sombreros y tocados, y las colocamos en la estantería como testigos mudos de su pasado. También dimos con unas cajas redondas de cartón forradas de papel que imaginé para guardarlos. A su lado encontramos otra de forma rectangular que por su peso parecía tener algo en su interior. Me sorprendió no haberme topado con ella antes. La curiosidad me empujó a abrirla.

La puse sobre la mesa de centro, le pasé un paño húmedo para retirar el polvo acumulado y la abrí con cuidado. Dentro había una libreta con las tapas de cuero muy desgastadas, que en su momento debió de ser una preciosidad. En el centro se intuían unas letras doradas que apenas podía leer. Deshice el nudo que formaban los dos cordones que la mantenían cerrada y me dispuse a descubrir de qué se trataba.

Tenía ante mí, escrita a pluma, la historia de aquel lugar. Las páginas amarillentas del cuaderno contenían los nombres de sus clientes, las medidas de cada uno de ellos, sus encargos, los pagos realizados anotados con todo detalle. Décadas de trabajo resumidas sobre el papel con una letra impecable de trazo firme y elegante, como si estuviera sacada de un cuadernillo de caligrafía.

Observé que cada una de las líneas empezaba por un «señor don» o por un «señora de» y continuaba, en la mayoría de los casos, con largos apellidos entrelazados por guiones. Me llamó la atención uno que conocía bien: «Rivera y Belloso».

Estaba tan ensimismada en mi descubrimiento que el sonido de la campanita de la puerta me sobresaltó.

—Hola, ¿hay alguien por aquí? —Oí que preguntaban.

Me asomé y vi a una mujer que empujaba la puerta; la luz que provenía de la calle no me permitía verla con claridad, pero me pareció que estaba embarazada.

—¿Julia? ¡Qué alegría! No estaba muy segura de encontrarte aquí, pero pensé que no perdía nada por intentarlo.

—¿Marta? —pregunté acercándome a ella.

No podía creer lo que veían mis ojos. Habían pasado ocho años y, aunque reconocí su voz a la primera, aquella mujer apenas se parecía a la que asistía a mis clases de costura. Marta llegó a la academia empujada por su abuela. No tenía mucho interés por aprender a coser, pero intentaba ganarse su simpatía con ese gesto que apelaba directamente a sus recuerdos de juventud. Aunque solo asistía un día a la semana, no se le daba mal; era muy espabilada y su carácter despreocupado, propio de sus veintitantos, aportaba alegría al grupo de mis primeras alumnas.

—¿Tan cambiada estoy que no me reconoces? —preguntó con cierta sorpresa.

—Bueno, algo sí —contesté señalando su barriga y saludándola con un par de besos.

—Ja, ja, ja —rio con ganas.

—Qué sorpresa verte por aquí. Te veo igual de guapa. Te suponía en Barcelona, ¿qué te trae por Madrid?

—He venido al funeral de mi abuela.

—Vaya, te acompaño en el sentimiento, Marta.

—Gracias, pero esto es más una formalidad que otra cosa. Mi padre ha insistido en que viniera. Quería que estuviera presente toda la familia.

—Ya, recuerdo que me contaste que no aprobaba la relación de tus padres y que nunca os tuvo mucha estima ni a ti ni a tus hermanos.

—Exacto, y por más que lo intenté no conseguí que se le ablandara el corazón. En todas las familias cuecen habas, ¿no es eso lo que se dice? —En su voz no había ni una pizca de tristeza, si acaso de desilusión.

Yo no había conocido a los míos, pero a través de Daniel había comprobado lo importante que era para un niño tener el afecto de unos abuelos. En sus primeros años, cuando mi suegra aún vivía, los padres de Ramón intentaban pasar el máximo tiempo posible con nosotros y el niño los adoraba. Ellos contaban con el tiempo y la paciencia que yo perdía intentando cuadrarlo todo, y daba gusto verlos juntos. Mi suegra siempre aprovechaba para recordar anécdotas de cuando Ramón era pequeño que hacían que se sonrojara. Disfrutaba mucho con esos relatos, conocía muy pocos detalles de la infancia de mi marido y todo lo que contaba era siempre muy gracioso. De nada servía que Ramón le insistiera en que no lo volviera a hacer; ella no dejaba pasar la oportunidad para recordar cualquier pequeño detalle y, de paso, recalcar lo mucho que Daniel se parecía a su padre a su edad.

—Es verdad, pero también tienes buenas noticias. Veo que vas a ser mamá, ¡enhorabuena!

—Uy, no. Mamá ya soy, este será el tercero —dijo acariciándose la tripa.

—¿El tercero? Pero si a ti no te gustaban los niños... —exclamé intentando disimular mi cara de incredulidad.

—Resulta curioso lo que puede cambiar una con el paso de los años, ¿verdad? En realidad, no es que no me gustaran, es que no me veía como madre en aquel entonces. Mi vida ha dado un giro de ciento ochenta grados desde que me mudé.

—Recuerdo que salías con un chico.

—Ah, te refieres a Manuel. Qué va, eso es agua pasada. Aquello no era nada serio y acabó poco después de instalarme en Barcelona. Allí conocí a mi marido, él es el responsable de esta tripita —añadió mientras esbozaba una sonrisa y descansaba ambas manos sobre su abultada barriga.

De repente sentí un gran alivio. Por su forma de hablar me dio la sensación de que nunca llegó a saber que su «rollo», como ella lo llamaba entonces, era en realidad el novio de Sara, su compañera de costura. A pesar de que llevaban unos años juntos, ella se había dado cuenta de que su relación con Manu estaba condenada al fracaso. Descubrir su historia con Marta no hizo más que confirmar lo que ya sabía. En parte gracias a eso, Sara era ahora una mujer libre con una vida muy distinta a la que llevaba cuando ambas se conocieron. Sin duda, las dos habían ganado al despedirse de él. Me alegré de saber que no había acabado con un tipo así.

—Verás, cuando llegué a Barcelona me incorporé a las oficinas que la consultora tenía allí. No sé si te acuerdas, pero no me querían en Madrid y tuvieron el detalle de respetarme el mismo puesto, pero cambiarme de ciudad. Compartía apartamento con unas compañeras de trabajo y los primeros meses fueron de locura. Estaba lejos de casa y todo era nuevo, el sitio, las amistades, el estilo de vida, me sentía mejor que nunca y con ganas de comerme el mundo. Los fines de semana no paraba un minuto en casa, y no es que entre semana la pisara mucho tampoco —rio.

—Suena todo muy divertido —apunté sin entender aún cómo hilar aquello que escuchaba con lo que tenía delante, una mujer casada a punto de convertirse en madre por tercera vez.

—Te preguntarás qué tiene que ver lo que te cuento con lo que hay ante tus ojos, ¿no? —Parecía que Marta me hubiera leído el pensamiento.

—Por propia experiencia sé que la vida te sorprende cuando menos te lo esperas.

—Así es. No llevaba ni un año fuera de casa cuando conocí a Rafa. Me enamoré como nunca en la vida. No te puedo explicar muy bien cómo sucedió. Se apoderó de mí una especie de locura que hizo que todo mi mundo cambiara, que todas mis ideas preconcebidas acerca de lo que consideraba una relación se transformaran por completo. Supongo que eso es lo que le pasa al resto de la gente cuando se enamora, pero a mí no me había sucedido nunca y lo viví con una intensidad tal que me costó poner los pies en la tierra y rendirme a la evidencia de que estaba ante la persona que iba a cambiar mi vida para siempre.

—Qué bonito lo que cuentas, Marta. Es verdad que cuando aparece la persona adecuada tu vida da un vuelco y lo que creías imposible de repente se convierte en una realidad.

Pensaba en mi propia relación con Ramón, en la persona que yo era cuando lo conocí y en lo mucho que nuestra relación me había transformado. Llevábamos juntos algo menos de ocho años y había cambiado tanto que me costaba reconocerme al mirarme al espejo. Ahora tenía lo que siempre había deseado y, sin embargo, pocas cosas eran como había imaginado. Me daba cuenta de que había teñido mis sueños de un color que no se correspondía con la realidad y, aunque no podía estar más agradecida por lo que la vida me había concedido, sentía que me había perdido por el camino. Si echaba la vista atrás, me costaba ser consciente de todo lo que había conseguido. No me quedaban metas por cruzar, todo era ahora como siempre había soñado y, sin embargo, algo no encajaba.

—¡Y tanto! Fíjate en mí, quién lo hubiera dicho; la que no paraba una noche en casa y no pensaba más que en pasarlo bien. Aquí me tienes, convertida en una mujer casada, una madraza que disfruta preparando biberones y bocadillos para el cole. Y no es que haya sido fácil pasar de un extremo al otro, pero las cosas cuestan mucho menos cuando sientes que te llenan más de lo que jamás hubieras imaginado. Y sobre todo cuando tienes al lado a alguien tan especial como Rafa. Tendrías que ver cómo se tira al suelo a jugar con los enanos cuando llega a casa, parece que le falten horas para pasarlas con ellos. Ya puede estar reventado que suelta el maletín en cualquier sitio y se pone a hacer el tonto con los niños hasta que los llamo al orden y los siento a cenar. Me pongo a hablar de mi familia y soy como una cotorra. Cuéntame tú, por lo que veo te casaste. —Señaló mirando la alianza que llevaba en el dedo.

—¡Qué observadora! Sí, con el representante de las máquinas de coser, Ramón. Como ves, todo queda en casa —reí.

—¿Y tienes hijos? —quiso saber Marta.

—Daniel, de seis años, un torbellino que me da mucho trabajo, pero que es un encanto. El médico me dijo que por mi edad iba a ser muy difícil ser madre y fíjate, a base de intentarlo... —Noté que me ponía colorada nada más pronunciar la última frase.

Marta soltó una sonora carcajada que por un momento la transformó en aquella jovencita que conocí años atrás.

—A mí me pasa lo contrario, desde que me casé no paro de tener hijos —dijo entre risas llevándose las manos a los riñones.

—¿Te encuentras bien? Perdona, nos hemos puesto a charlar y no te he ofrecido ni un vaso de agua.

—Me vendrá bien, gracias —contestó sentándose en una de las sillas de la sala.

Se bebió el agua de un trago y seguimos charlando.

—He descubierto que ser madre es el trabajo más bonito del mundo, aunque no te voy a negar que me acuesto cada noche agotada, pero tan feliz que el cansancio se me pasa pronto. Soy muy afortunada: mi marido me adora, mis hijos están sanos y se portan estupendamente, y tengo la inmensa suerte de poder dedicarme a criarlos yo misma. Sé que eso, hoy en día, es un lujo.

—Y que lo digas. Yo siento que, por mucho tiempo que intente pasar con Daniel, en el fondo, me estoy perdiendo su niñez. Ni puedo estar tan centrada en mi trabajo como quisiera ni puedo ocuparme de él como me gustaría. Es frustrante porque tengo la sensación de que no hago bien ninguna de las dos cosas.

—Ese sentimiento lo tenemos todas, Julia. Mis amigas me dicen que no me confíe, que dentro de un tiempo me arrepentiré de haber dejado mi carrera para dedicarme a criar a mis hijos, y me preguntan qué pasará cuando los niños crezcan y ya no me necesiten. A ellas les pasa como a ti, no les queda otra que compaginar trabajo y familia, y a duras penas lo consiguen. Por eso digo que me siento afortunada por haber podido elegir. Quizá dentro de un tiempo tenga que retomar mi vida profesional y sé que no lo tendré fácil, pero podré con ello. Lo que no podré hacer jamás es volver atrás y recuperar el tiempo perdido con mis hijos. La vida pasa deprisa y en este momento estoy tan segura de que estoy haciendo lo correcto que nadie me puede hacer dudar; la prueba es que me siento más feliz que nunca —sentenció acomodándose en la silla.

—Espera, ¿te saco un cojín?

—No, déjalo, si me tengo que marchar ya, te estoy entreteniendo. Pero no quiero irme sin que me cuentes cómo va esto —dijo mirando alrededor—. Lo veo aún más bonito.

—Acabamos de pintar y de hacer un pequeño cambio —contesté señalando el cambiador—. El negocio va muy bien, tengo dos profesoras nuevas que me ayudan con las clases y los arreglos, y yo estoy más volcada en la confección a medida. Ya sabes que Amelia está muy bien relacionada y tenemos clientas que no escatiman en gastos al vestirse para las grandes ocasiones.

—¡Qué bien! ¡Cuánto me alegro! Y mis antiguas compañeras, ¿siguen viniendo a clase?

—Unas sí y otras no. Margarita se mudó hace un par de años. A su marido le dieron otro destino y tuvieron que marcharse de Madrid, pero mantenemos el contacto. Nos escribe una postal en verano y un *christmas* en Navidad, y nos va contando qué tal. Le ha costado despedirse de esta ciudad porque se encontraba muy a gusto aquí, pero tiene asumido que la carrera de Diego es así. Sara vive en Londres desde hace unos siete años y está a punto de terminar la carrera de Periodismo. Asoma por aquí a finales de diciembre, cuando viene a pasar las Navidades en familia. Nos hemos hecho muy amigas.

—Era muy maja, sí. ¿Y las demás?

—Laura no se ha saltado ni un solo curso, sigue igual de aplicada, y Catherine va y viene. Su hija está a punto de dar a luz y me llamó hace poco para decir que vendría pronto por aquí.

—¿Y Amelia?

—Amelia está mejor que nunca. Parece que los años no pasaran para ella, está rejuvenecida, ilusionada, decidida a exprimir la vida como nunca. Si la vieras...

—¡Cuánto me alegro! Salúdalas a todas de mi parte —me pidió levantándose de la silla—. Qué bien que me decidiera a pasar a verte, me voy muy contenta sabiendo que esto va viento en popa y que estáis todas bien. No fueron muchas las clases que compartimos, pero guardo un recuerdo muy bonito de aquellas tardes. Aunque no encajara tan bien con unas compañeras como con otras, yo creo que éramos un grupo muy majo.

Aquel comentario me hizo recordar las tensiones que vivió con Laura cuando esta descubrió su asunto con el novio de Sara, pero eso quedaba ya muy lejos. Marta era una persona completamente distinta y todo había salido tan bien que no merecía la pena ni pensar en ello.

La acompañé a la puerta y cuando nos estábamos despidiendo llegó Amelia cargada con varias bolsas llenas de revistas.

—Hola, Amelia, ¿te acuerdas de Marta?

—¿Marta? ¡Claro! Tú eres una de nuestras primeras «agujitas», como os llama Carmen.

—Qué alegría coincidir contigo, Amelia —saludó Marta—. ¿Quién es Carmen?

—¿No te ha contado Julia? Es una de nuestras nuevas profesoras.

—Sí, bueno, hemos estado charlando mucho rato, me ha contado un montón de cosas, entre ellas que os va genial. Me alegro muchísimo.

—¿Tu primer hijo? —preguntó Amelia.

—El tercero, pero es una historia muy larga, ya te contará Julia. Ahora tengo que irme. Me alegro muchísimo de verte tan bien y de que El Cuarto de Costura siga siendo un lugar con tanto encanto. No suelo venir por Madrid a menudo, pero a partir de ahora, cuando tenga ocasión, me pasaré a saludaros.

—Por supuesto, nos encantará saber de ti. Que sea una horita corta, como se suele decir. Os dejo, que voy cargada y necesito soltar estas bolsas —añadió Amelia entrando a la sala.

—Gracias por pasarte, Marta; ha sido estupendo volver a saber de ti, espero que sigas siendo igual de feliz. Por cierto, no te he preguntado, ¿de cuánto estás?

—Treinta y siete semanas. A punto de explotar, como quien dice —rio.

—Pues que vaya todo fenomenal y mucha salud para criarlo.

—Eres un encanto, Julia —contestó con una sonrisa.

Me despedí de Marta con un par de besos y, mientras la veía alejarse por la calle, volví a pensar en las vueltas que da la vida. Cuánto había cambiado aquella chica y cuánto había cambiado yo misma casi sin darme cuenta. En ese instante fui consciente de que en cualquier momento la rueda podría volver a girar y presentar ante mí algo inesperado.

6

Cuando Daniel comenzó las clases pude recuperar mi horario habitual y llegar a la academia no tan temprano como me gustaba, aunque sí lo suficiente para arañarle al día unos minutos antes de abrir las puertas. Ese era mi momento. Dejaba el bolso, encendía algunas luces y ponía en marcha la máquina de café. Mientras, regaba las plantas y comprobaba que todo estaba en orden. No me acostumbraba a ver el probador en su nueva ubicación y, sin embargo, consideraba que había sido un gran acierto trasladarlo allí. Además, tanto las alumnas como las clientas parecían opinar igual.

—Traigo el *Diez Minutos* calentito para que le veas la cara al nuevo nieto de los reyes. —Así de efusiva anunció Carmen su presencia en El Cuarto de Costura esa mañana—. Juan Valentín le van a poner al chiquillo. Esta Cristina es un poquito más sencilla que su hermana.

—Buenos días, compañera —repliqué.

—Ay, sí, perdona, que vengo como una moto. Buenos días, Julia —contestó dejando sobre la mesa la revista, el bolso y la rebequita que se apresuró a quitarse nada más entrar.

—¡Qué pendientes más monos!

—¿Te gustan? —preguntó apartándose el pelo para que los viera mejor—. Me los compré en un puesto hippy este verano; pensaba que los había perdido, pero ayer, terminando de deshacer las maletas, me los volví a encontrar.

—¿No me digas que todavía no habías deshecho el equipaje?

—Pues no, no todas somos tan organizadas como tú —dijo en tono burlón—. Mira, yo hacerlas, las hago en un pispás, pero deshacerlas me da una pereza enorme. Y, total, ¿qué prisa hay? ¿O tú te vas a volver a poner el biquini antes de agosto?

—Uy, el biquini. A mi edad yo ya no estoy para biquinis. —Carmen siempre me hacía reír.

—Pues te voy a decir una cosa: en tu vida vas a estar más joven que ahora.

—En eso te doy la razón —asentí mientras ponía dos tazas de café sobre la mesa.

—Las madres perdéis la coquetería después de dar a luz.

—¿Qué dices? Si es precisamente por coquetería por lo que una no enseña ya la barriga.

—Delante de mí no digas esas tonterías, que me da la risa. Anda que, si yo tuviera ese tipín... Que no digo yo que no tenga éxito con este cuerpo serrano, ¡ojo!

—A ver ese bebé a quién se parece —dije para cambiar de tema acercándome la revista.

—Yo diría que se parece más al padre que a la madre, ¿no crees? ¡Cuatro kilos y cincuenta y tres centímetros! ¡Si ha nacido criado!

—Mira que eres exagerada. Qué elegante va siempre la reina y qué discreta, me encanta.

—La discreción que no tiene el rey le sobra a la reina, la pobre.

—¿Por qué dices eso? —pregunté.

—Julia, por dios, que es *vot populis*. ¿Te tengo que explicar lo de la fama de los Borbones?

—*Vox populi*, Carmen, *vox populi* —la corregí aguantándome la risa.

—Y yo qué sé, tú me has entendido, ¿no? Pues eso, que todo el mundo sabe lo que hay en ese matrimonio. Bueno, lo que hay y lo que no hay —puntualizó.

—Anda, déjalo ya.

Apuramos el café mientras terminábamos de hojear la revista. Carmen estaba siempre al tanto de la vida de los famosos y le encantaba comentarla con Amelia, que compraba el *¡Hola!* religiosamente cada semana. La excusa era fijarse en los modelitos que llevaban las famosas en los eventos, pero yo sospechaba que disfrutaba más de los chismes que de otra cosa.

Me levanté para darle la vuelta al cartelito de la puerta y nada más terminar de encender todas las luces oí que entraba alguien. Por suerte, en esa época del año siempre llegaban muchos arreglos y la academia por las mañanas era un no parar.

—¡Buenos días!

Esa voz tan dulce y ese acento solo podían ser de una persona.

—¡Catherine! ¡Qué ilusión verte! ¿Cómo estás? —pregunté sin poder disimular mi alegría.

—Muy contenta de volver a veros. ¿Y vosotras?

—Aquí estamos —contestó Carmen mientras se acercaba para darle dos besos—. Al pie del cañón.

—Muchas gracias por tu postal. Qué maravilla que hayas podido visitar a tus hermanas este verano. Se habrán alegrado mucho de verte.

—Así es, era importante para mí; las dos han pasado unos años complicados. Me hubiera quedado allí más tiempo, pero mi hija Teresa está a punto de dar a luz y me ha pedido que venga —añadió.

—¿Cuándo sale de cuentas? —preguntó Carmen.

—A mediados de octubre, pero siempre hay cosas que

hacer a medida que se acerca la fecha de parto. Así también está más tranquila —explicó—. Ya está de baja y eso nos deja tiempo para estar juntas y disfrutar de estas últimas semanas. Además, no le viene mal algo de ayuda con mi nieta Sandra. Teresa está preocupada porque no quiere que la niña se sienta desplazada cuando nazca su hermanito. Con seis hijos a mis espaldas creo que podré echarle una mano con eso.

—Nosotras acabamos de tomarnos un café, pero, si quieres, te pongo uno —le ofrecí.

—No, gracias, mejor un vaso de agua —contestó Catherine.

La invité a sentarse mientras Carmen entraba en la trastienda a buscar el agua. El paso de los años se nos notaba a todas, pero ella había mantenido esa vitalidad que la hacía parecer siempre la misma. Su actitud ante la vida y su espíritu optimista eran su gran tesoro y estaba segura de que eso nunca lo perdería. Era una persona que había aprovechado cada revés de la vida para aprender algo. Las reflexiones y las experiencias que había compartido me habían servido de inspiración para sobreponerme en mis momentos más bajos. No conocía a nadie como ella y volver a tenerla cerca me reconfortaba de una manera especial. Carmen solía decir que tenía un aura muy bonita, signifique eso lo que signifique. Su serenidad para afrontar las dificultades y su modo de enfrentarlas eran dignos de admiración.

—¿Vas a venir por aquí a darle a la aguja? —preguntó Carmen alargándole el vaso de agua—. Tenemos novedades para este curso y seguro que te van a gustar.

—Eso suena muy bien, me apetece dedicar alguna tarde a la costura mientras esté en Madrid. Quiero coser un par de cosas para mi nieto. Los arrullos que le hice a Sandra ya están un poco viejos.

—Entonces te puedes apuntar a mis nuevas clases los martes y jueves, de seis y media a ocho, en las que cosemos proyectos sencillos para que las alumnas cojan soltura con la máquina, o engancharte con Julia, lo que más te apetezca.

—Las plazas se han cubierto muy rápido, pero a ti te hacemos hueco sin problema. Nos encantará tenerte de nuevo en El Cuarto de Costura. Laura sigue viniendo los lunes y los viernes por la tarde, te lo digo por si te apetece coincidir con ella —sugerí.

—Eso sería fantástico. ¿La clase sigue siendo de cuatro a seis?

—Sí —contesté—. En ese grupo encajarás bien, son todas alumnas muy aventajadas y cada una cose su propio proyecto. Yo estoy cerca por si necesitan ayuda, pero la verdad es que ya son bastante diestras con la aguja y casi van por libre.

—Pues contad conmigo. No sé si podré venir dos veces a la semana, pero desde luego lo voy a intentar. ¿Malena sigue también con sus clases?

—Sí, está a tope con el reciclaje de ropa vieja; bueno, ella lo llama *upcycling*, que eso lo entenderás tú mejor que nosotras, que no hablamos inglés —añadió Carmen riendo—. Tiene un montón de ideas muy chulas para este curso. La chica es un culo inquieto. No sé de dónde saca tanta imaginación, no deja de sorprender a las alumnas y ellas responden encantadas a todo lo que les propone.

Carmen se levantó para atender a una clienta que venía a recoger un arreglo y aproveché para preguntarle a Catherine por sus hermanas. A ella le encantaba echar la vista atrás y hablar de su familia, supongo que tenerla tan lejos no era fácil, aunque desde que se casó se sentía ligada a este país. Alguna vez le pregunté si no le apetecía volver a su tierra ahora que su marido había fallecido y sus hijos eran mayores.

—Mis raíces están en Inglaterra, pero mis flores crecen aquí —me contestó entonces.

No podía describirlo mejor.

Me había contado la historia de su familia en una tarde de costura. Sus padres se conocieron en el santuario de Lourdes, donde coincidieron como voluntarios acompañando a un grupo de peregrinos enfermos. Ambos provenían de familias de inmigrantes católicos que salieron de Irlanda huyendo de la hambruna que asoló el país a mediados del siglo XIX. Se establecieron en la zona industrial de Yorkshire, que por entonces era uno de los centros más importantes de la industria de la lana, donde no faltaba el trabajo. Catherine vivió la Segunda Guerra Mundial y, aunque era muy niña, me contó que recordaba con claridad el sonido de las alarmas antiaéreas y el olor de las máscaras antigás que su madre guardaba en la balda de la mesa de la entrada.

«Cuando sonaban, toda la familia salía de casa y corría a refugiarse en el sótano de los vecinos, que era medio metro más profundo que el nuestro. Allí pasábamos las horas entreteniéndonos como podíamos. Para nosotros, los niños, era casi como un juego», me había contado.

Al conocer su historia me pareció aún más increíble que fuese una mujer tan alegre y positiva, aunque suponía que haber vivido esas experiencias era precisamente lo que había forjado su carácter.

Cuando terminó la guerra y tras unos años de duro trabajo, sus padres abrieron una residencia de ancianos en su pueblo natal. Ella era la mayor de cinco hermanos y, al acabar la educación secundaria, se marchó a estudiar Enfermería a Leeds. Allí conoció a las que años después fueron sus damas de honor cuando se casó y que aún hoy siguen siendo sus mejores amigas. Por desgracia tuvo que dejar los estudios y volver a casa cuando su madre enfermó para ponerse al frente de la residencia junto con su padre. Llevaba muy poco tiempo de vuelta en casa cuando recibieron una noticia devastadora.

«Ocurrió un viernes por la tarde. Mi padre estaba reunido con el contable que les llevaba el negocio cuando sonó el teléfono. Yo estaba terminando de ordenar el pequeño despacho donde se veían a finales de cada mes para cuadrar las cuentas. Después de descolgar el auricular y saludar, permaneció callado e inmóvil durante un buen rato. Recuerdo que tan solo le oí decir "Entiendo, gracias". Apuntó un número de teléfono en un papel, colgó y volvió a la mesa con la cara desencajada. Cuando acabaron, me pidió que acompañara al contable a la puerta y que volviera al despacho».

El hermano de Catherine murió en un accidente de moto camino de Londres, a donde iba a pasar el fin de semana con un amigo. Aquello terminó de hundir a su madre, cuya salud mental la había llevado a ingresar en un psiquiátrico. Su padre se refugió en el cuidado de su hermana Amy, que por entonces tenía siete años, y lo convirtió en el bálsamo que le permitió sobreponerse a la pérdida de su hijo. Catherine fue quien se ocupó del resto de sus hermanos.

«Mi madre había sufrido cinco abortos en su vida, todos debidos a incompatibilidad de su grupo sanguíneo con el del bebé. Ahora eso no pasa, pero entonces aún no se sabía nada del factor Rh. A eso se le sumaban los duros años de la guerra y la posguerra, y una medicina que trataba la menopausia de las mujeres con electrochoques. Sé que parece inconcebible, pero así eran las cosas en esos años. Cuando volvió a casa y retomó su vida normal, yo pude regresar a Leeds para acabar mi carrera».

En el relato de Catherine sobre la vida de su familia reconocía la misma fuerza y confianza que ella misma demostraba. A mis cuarenta y seis años tenía claro que cada uno de nosotros somos resultado de lo que hemos vivido y de las cosas que hemos superado. Me di cuenta al poco de conocerla de que, aunque adoptar esa actitud ante la vida era una elección personal, no era un camino fácil y no todo el mundo era capaz de aprender de sus malas experiencias. Era una de las cosas por las que admiraba profundamente a aquella mujer.

—Ea, despachada. La clienta se ha ido feliz y se ha llevado un par de tarjetas para unas amigas —anunció Carmen sentándose de nuevo con nosotras.

—Tengo la intuición de que este va a ser un buen curso, y me alegro muchísimo de que te hayas decidido a venir a clase. Para Laura va a ser una sorpresa encontrarse de nuevo contigo, ya sabes el cariño que te tiene. Seguro que tenéis mucho que contaros.

—Estoy convencida —asintió—, a mí también me encantará compartir tardes de costura y conversación con ella.

Nos despedimos de Catherine y volvimos cada una a nuestras cosas.

Si algo había aprendido después de recordar la historia de su familia era que podía superar cualquier problema y que tenía todos los medios para ello, así que, dentro de lo posible, iba a intentar tomármelo con calma. No estaba pasando por un buen momento, por mucho que intentase que todo funcionara como un reloj. Debía aceptarlo y admitir que es humano no llegar a todo y que lo estaba haciendo lo mejor que podía. Sentía que demasiadas cosas dependían de mí y que había asumido un peso que no me correspondía del todo. El mes de veraneo fuera de casa no había ayudado a que me sintiera mejor; al contrario, en cierta medida, era el culpable de que mi estado de ánimo estuviera bajo mínimos. Estar de nuevo en El Cuarto de Costura, rodearme de mis alumnas y volver a la rutina que tanto me gustaba era justo lo que necesitaba para retomar el ritmo normal del día a día. Estaba segura de que ahí se hallaba, en parte, la clave para encontrar la energía que necesitaba.

7

La pequeña reforma de la academia terminó de animar a Amelia, que se decidió a redecorar su casa. La idea le rondaba por la cabeza desde hacía tiempo y creo que la había ido alimentando a medida que remodelaba Villa Teresa junto a su amigo Pablo. Supongo que se sentía muy distinta a la persona que era cuando se mudó junto a don Javier a Claudio Coello desde el pequeño piso que ocuparon de recién casados. Había llegado la hora de hacer unos cuantos cambios.

Amelia vivía en un ático hermosísimo, con mucha luz y estancias amplias, en una de las mejores calles del barrio de Salamanca, a escasos metros de El Cuarto de Costura. Había dejado de usar algunas de las habitaciones tras la muerte de su marido, como el despacho; otras estaban decoradas con pesados muebles oscuros que ya no le gustaban. En todos esos años tan solo había cambiado el dormitorio de Alfonso meses después de marcharse de casa, y de eso hacía mucho. Sin embargo, para su hijo resultaba demasiado impersonal y ahora tendría la oportunidad de renovarlo a su gusto. Al fin y al cabo, seguía siendo también su casa y Felipe y él lo ocupaban cada vez que iban a Madrid.

Se compró todas las revistas de decoración que había en el quiosco e iba marcando cada idea que le gustaba con un pósit para tenerla localizada en el momento en que tocara sentarse con su yerno, como ella lo llamaba, y empezar a tomar decisiones sobre la nueva decoración.

—No sabes qué ilusión me hace renovar mi casa, Julia. Con Felipe al frente del proyecto sé que el resultado será maravilloso, y eso me da mucha tranquilidad. La reforma de Villa Teresa nos ha dado muchos quebraderos de cabeza, pero estoy convencida de que poner esto en sus manos va a ser un gran acierto y que resultará un paseo comparado con lo que nos ha costado la casa familiar de Pablo. Me apetece muchísimo hacer limpieza y desprenderme de muchas cosas que ya no significan nada para mí. Mi casa guarda demasiados recuerdos que no me hacen bien. Mira, empecé por un corte de pelo, ahora una reforma, ¿quién sabe dónde acabará esto? —rio Amelia mientras hojeaba *El Mueble*—. Me apetecen ambientes menos cargados y colores más neutros que llenen la casa de luz y transmitan una sensación de paz, con piezas más ligeras, cortinas menos pesadas... un cambio radical. Quiero que mi casa sea un reflejo de quien soy ahora y de como me siento.

—Qué bien suena todo eso y qué suerte poder contar con Felipe; tiene muy buen gusto y seguro que acierta.

—¿Me ayudarás a elegir las telas? —preguntó a su socia.

—Sí, claro. Yo no sé mucho de decoración, pero de tejidos y de formas de combinarlos sí.

Ramón y yo habíamos sido muy prácticos a la hora de comprar los muebles para nuestra casa. Ni siquiera podía decir que disfruté decorándola porque se trataba de tener lo necesario para mudarnos y luego ya se vería. Con el tiempo fui perdiendo el interés y ahora mismo aquello era una mezcla de recuerdos que había conservado de la casa de mi madre y de los que no me quería desprender y de muebles nuevos bastante funcionales, que habíamos comprado sin ton ni son. Pensar en redecorar una casa entera me daba una pereza horrible, pero entendía que a Amelia le hiciera ilusión quitarse de encima el mobiliario de toda una vida y objetos inútiles que ya nada tenían que ver con ella.

—Le pediré a Felipe una lista de sus firmas de decoración favoritas; entre eso y las ideas que voy sacando de estas revistas creo que me lo voy a pasar en grande. Seguro que también nos puede indicar algunas tiendas de tejidos para hogar. Aquí mismo, en la calle Velázquez, hay una que me encanta. Me muero por ir de tienda en tienda buscando la pieza perfecta para cada rincón de la casa. Será muy divertido, ya verás.

Tenía demasiadas cosas en la cabeza, entre ellas el inicio de curso de Daniel, y, aunque en otro tiempo me habría servido de distracción, ahora mismo no necesitaba involucrarme en algo así. Yo seguiría a Amelia al fin del mundo si me lo pidiera, pero lo cierto era que participar en la redecoración de su casa cuando ni siquiera había puesto interés en la mía no me ilusionaba lo más mínimo. Ella debió de notármelo, pero no dijo nada y siguió hablando.

—Además, me lo voy a tomar como un autorregalo para mi setenta cumpleaños. Me lo merezco. Cuando acabe la reforma dejará por fin de ser la casa de la «señora de» para convertirse en la casa de Amelia Rivera y Belloso. No sé cuántos años me quedarán para disfrutarla, pero los que sean buenos son. Nunca es tarde para sacarse de encima lo viejo y, además, me hace mucha ilusión.

—Pues eso es lo que importa, que lo disfrutes y que te ilusione. Eso sí, tómatelo con calma porque las obras tienen lo suyo, qué te voy a contar.

—Tengo tantas ganas que no me asustan lo más mínimo; además, tampoco va a ser para tanto, será más redecorar que hacer una gran obra. Alfonso me ha pedido que vaya buscando los papeles de la casa para empezar a gestionar los permisos para la reforma. La idea es que le lleve todo cuando vaya a verlos en Navidad y así Felipe puede empezar a trabajar. Los planos originales deben de estar en algún sitio, porque mi marido lo guardaba todo. Me tendré que meter en su despacho e ir cajón por cajón. La verdad es que nunca me he ocupado de nada que tuviera que ver con papeles, ni siquiera desde que él falleció, porque don Armando se ofreció a hacerse cargo y, con la confianza que le tengo después de tantos años, lo dejé todo en sus manos.

—Qué bien poder contar con una persona así, que te quite preocupaciones. Todavía recuerdo lo bien que manejó el tema del contrato de la academia cuando surgieron los problemas con los arrendatarios; si no llega a ser por él y por tu insistencia en hablar personalmente con Patty, no sé qué hubiera pasado —apunté.

—Así es, don Javier confiaba en él a ciegas. Desde que yo recuerdo, siempre fue su mano derecha. Era mucho más que un empleado, un amigo leal con el que sabía que podía contar para cualquier cosa —añadió Amelia sacando una nueva revista de la bolsa.

—Buenos días o tardes casi. Qué entretenidas os veo —comentó Carmen empujando la puerta de la academia con el codo.

—Vaya, tú también vienes cargada. ¿Qué traes ahí? —pregunté.

—Un montón de muestrarios que he pedido en la tienda de telas de Gran Vía; nos van a venir de perlas para el curso nuevo.

—¿Un curso nuevo? —preguntó Amelia—, no me habías contado nada, Julia.

—Perdona, no he encontrado el momento.

—Ahora mismo te lo cuento yo —intervino Carmen soltando las bolsas y recogiéndose el pelo con una pinza—. Le he estado dando vueltas este verano: las labores están de moda, no hago más que ver revistas de bordados, *patchwork*, punto de cruz... Malena ya nos tiene acostumbradas a cosas originales y pensé: «¿Por qué no incluir algo así en nuestras clases?». Catherine me dio la clave el año pasado: quería regalarle una canastilla a su nieto y no le gustaba nada de lo que veía en las tiendas. Se me ha ocurrido que podríamos montar talleres monográficos para hacer cosas para bebés, cojines, mantelitos para casa, bolsitas, neceseres... Son cosas muy sencillas y resultonas que precisan de muy poca tela y que se pueden hacer en un par de horas. Las alumnas nuevas aprenderían así a manejar la máquina desde el primer momento, sin mucha teoría. Saldrían de aquí con su primer proyecto de costura acabado, y eso mola. De esa forma las enganchamos a la costura y, más adelante, cuando se vean más sueltas, seguro que se animan a hacerse su propia ropa.

—Además de una gran profesora eres una buena estratega —rio Amelia.

—Este año vamos a tener un montón de novedades y las chicas no se van a poder resistir —contestó Carmen con una gran sonrisa de satisfacción—. Renovarse o morir, ¿no es eso lo que dicen? Pues hay que aprovechar el tirón.

—Por supuesto, estoy contigo —dijo Amelia entusiasmada.

—No sé de dónde sacáis tanta energía, pero es una bendición teneros a mi lado.

—¿Y esas revistas? —preguntó Carmen.

—Voy a reformar mi piso y a redecorarlo de arriba abajo. Va a ser un punto y aparte, y necesito coger ideas, porque de aquí a unos meses mi casa no la voy a reconocer ni yo misma.

—Fuera lo viejo y dentro lo nuevo, un buen mantra para el final del milenio —apuntó Carmen.

—¿Un buen qué? —pregunté mientras Amelia se partía de la risa.

—Nada, cosas mías. Oye, Amelia, que me parece muy bien, hay que renovarse y rodearse de cosas nuevas que nos hagan ilusión. Bueno, voy a ver cómo coloco todo esto en el armario y a terminar de avisar a las chicas. Hice algunas llamadas, pero no he conseguido contactar aún con todas. Enviaré un mensaje de texto a las que no han contestado todavía. Sin alumnas no hay clases, así que me voy a aplicar.

—Esta mujer siempre me hace reír —me susurró Amelia al oído en cuanto Carmen desapareció en la trastienda.

—Casi se me olvida: mira lo que encontré el otro día moviendo las cajas del altillo —cogí la caja rectangular, saqué la libreta con las tapas de cuero y la puse en la mesa.

—¿Qué es esto?

—Ábrelo y verás —le indiqué mientras apartaba las revistas y se lo acercaba.

Amelia deshizo el nudo de los cordones, abrió la tapa y empezó a pasar las hojas amarillentas del cuaderno con mucho cuidado, como el que desenvuelve un regalo. Tras un instante, colocó ambas manos sobre ellas, cerró los ojos y aspiró el olor que desprendía. Cuando los volvió a abrir se le escapó una lágrima.

—Julia, no sabes qué recuerdos me trae esto. Cuando era pequeña...

—Espera, no digas nada. —Pasé un par de páginas más y señalé uno de los nombres que figuraban en la libreta de encargos de la antigua sombrerería.

Amelia se llevó ambas manos a la boca intentando contener la emoción.

—¡Es mi abuelo! —exclamó.

En aquella línea se describía el encargo, la cantidad pagada a cuenta, la fecha de entrega y el nombre completo del cliente: «Sr. D. Eduardo Rivera y Belloso de Carvajal».

Qué ironía, acabábamos de estar hablando de la importancia de deshacernos de lo viejo, de renovarse, de ilusionarse con cosas nuevas y de repente aparecía algo que transportaba a Amelia a su niñez, sesenta años atrás, y que le traía el recuerdo de su abuelo. Pocas veces la había visto emocionarse de esa manera. No necesité hacer un gran esfuerzo para imaginarla de niña, como ella misma me había relatado tiempo atrás, entrando en la sombrerería, cogida de su mano, dando los buenos días y esperando pacientemente a que don Eduardo fuese atendido.

Se habían dado tantas coincidencias para que El Cuarto de Costura se estableciera justo allí que casi sentía que era el local el que nos había elegido a nosotras, como si de alguna manera el universo quisiera que mi socia siguiera unida a aquel lugar que tan gratos recuerdos le traía. ¿Era posible aquello?

Carmen, que salía de la trastienda en ese momento, se paró en seco al ver la escena.

—Me vais a perdonar, pero esto es una señal; no sé muy bien qué quiere decir, pero las cosas no pasan por casualidad. Yo conocía a una señora que...

Me volví hacia ella indicándole con la mirada que no dijera una palabra más y, dando unos pasos hacia atrás, se metió de nuevo en la trastienda intentando no hacer ruido. Carmen tenía muchas cualidades, pero la discreción no era una de ellas.

Amelia no parecía haberla escuchado, tan absorta como estaba en aquel descubrimiento. Le brillaban los ojos y le temblaban las manos. Supongo que, después de todo lo vivido, volver a ese instante en el que había sido tan feliz era como un regalo.

—Mi abuelo era una persona muy peculiar —comentó con la voz entrecortada—. Siempre vestía de traje, llevaba chaleco y sombrero, y un bastón con empuñadura de plata con el que conseguía un aire más distinguido. Según me confesó en alguna ocasión, no lo necesitaba para caminar, pero consideraba que le daba cierta prestancia. En casa yo era la única niña y siempre supe que era su favorita. Con mis hermanos era más seco, pero a mí me tenía un cariño especial. Le encantaba llevarme de paseo, me compraba dulces y aprovechaba para contarme cosas de su infancia y de su juventud que a mí me daban siempre mucha risa. Luego supe que la mayoría se las inventaba para hacerme reír, pero eso nunca me importó. Cuando el timbre de casa sonaba el sábado a media mañana, corría a la puerta deseando que fuera él. «Arregladme a la niña, que me la llevo», solía anunciar desde el recibidor. Entonces salía mi madre y lo invitaba a pasar mientras iban apareciendo mis hermanos para saludar. Sin embargo, a él lo único que parecía importarle era que yo estuviera lista para llevarme de paseo. Creo que era su excusa para salir de casa y perder de vista a mi abuela durante un rato.

—Qué entrañable, Amelia; no me extraña que te hayas emocionado al rememorarlo. Los recuerdos de la niñez los guardamos siempre con una nitidez increíble.

—Así es, yo ya no sé lo que hice ayer y, sin embargo, te puedo hablar con todo detalle de mis tiempos de jovencita. Aunque cambie de look y mis ganas de vivir sigan intactas, los años van pasando muy rápido y momentos como estos me hacen recordar que ya no soy una niña.

—Anda, no te pongas melancólica; se te ve estupenda y tienes muchas ilusiones que cumplir aún —añadí cerrando aquel cuaderno y devolviéndolo a su caja—. ¡No te queda guerra que dar!

Por mucho que nos conociéramos desde hacía ya años, yo la miraba y seguía viendo a aquella señora elegante y amable que nos recibía en casa con una sonrisa. Me encantaba observarla mientras mi madre le iba probando las prendas en la salita y, aunque ya había llovido desde entonces y habíamos pasado mucho juntas, para mí seguía siendo esa doña Amelia que siempre me hablaba con dulzura. Aquella que me regaló la Mariquita Pérez con la que ni siquiera me permitía soñar y que jamás hubiera tenido porque no estaba al alcance de mi familia. Esos años los tengo grabados a fuego.

—Bueno, yo ya he terminado —anunció Carmen saliendo de la trastienda—. Todas las alumnas del año pasado han confirmado que vuelven a clase, menos una. Estoy deseando empezar.

—¡Qué buena noticia! Si es que tenéis a las chicas enganchadas a la aguja... —exclamó Amelia mientras se disponía a recoger las revistas y a devolverlas a las bolsas.

—Eso ha sonado un poco raro —comentó Carmen soltando una de sus carcajadas contagiosas.

—Tú y tus dobles sentidos, siempre sacándole punta a todo. Yo también estoy deseando coger el ritmo de siempre y volver a dar clase. Os parecerá una tontería, pero echo esto tanto en falta que me paso medio mes de agosto deseando volver.

—Las chicas enganchadas a la aguja y vosotras enganchadas a las chicas.

—Mira que eres rara, Julia. No es que yo no disfrute con mi trabajo, pero no le quitaría ni un solo día al mes de agosto. Es más, en cuanto empiezo a perder el morenito —añadió Carmen acariciándose ambos brazos— me pongo a pensar en el verano que viene. Ya sabéis...

—Que soy una disfrutona —coreamos todas a la vez sin poder dejar de reír.

—Bueno, os dejo, que he quedado a comer con una amiga y antes quiero pasar por casa a dejar las revistas para no ir cargada con tanto peso. Tenemos que ponernos al día después de verano y por lo que me ha adelantado tiene mucho que contarme. Según parece, la viudedad le ha sentado estupendamente y está viviendo una segunda juventud.

—El muerto al hoyo y el vivo al bollo —sentenció Carmen.

—Pero mira que eres bruta... —intenté reprenderla con cariño.

—Di que sí, llevas toda la razón; si alguna se piensa que después de los cuarenta es todo cuesta abajo, que se vaya preparando, y no quiero mirar a nadie —añadió Amelia.

—La vida te da sorpresas, sorpresas te da la vida —canturreó Carmen soltándose el pelo y marcándose unos pasos de baile improvisados.

Esos ratos me daban la vida. Envidiaba el optimismo de Carmen, su facilidad para reírse con cualquier tontería y relativizarlo todo, sus ganas y su empuje. Me maravillaba ver cómo Amelia, a pesar de que pasaban los años, no se permitía envejecer; al contrario, encontraba con facilidad un nuevo reto o una nueva ilusión que daba sentido a sus días. Parecía haber rescatado a esa niña que fue, olvidando sus años más tristes y recuperando esa misma alegría. Me hacía mucho bien tenerlas cerca. Su espíritu me recordaba al mío de unos años atrás, cuando abrimos El Cuarto de Costura y me veía con fuerzas para superar cualquier cosa que se me pusiera por delante. Por aquel entonces era yo la que siempre pensaba en positivo y confiaba en que las cosas acabarían encajando. Era cuestión de unos días que empezaran las clases y todo volviera a la normalidad que echaba de menos, lo estaba deseando. El contacto con las alumnas y retomar la costura me daría esa energía de la que ahora mismo carecía, de eso estaba completamente segura.

8

Estaba en lo cierto, las clases empezaron con buen pie y volví a sentir mariposas en el estómago al verme frente a la pizarra hablando de costura. Muchos años me separaban de esa primera vez en que me presenté ante mis alumnas y, sin embargo, las sensaciones eran las mismas que aquel día en que comenzó nuestra aventura.

Las clases de Malena y de Carmen recibieron pronto la acogida esperada y la maquinaria volvió a ponerse en marcha. Tocaba hacerse con el ritmo habitual. Daba gusto ver que el negocio marchaba sobre ruedas en cuanto levantábamos la persiana un año más.

Ese día tenía reunión con la nueva tutora de Daniel. Llamé a Carmen para avisar de que no me pasaría hasta la tarde y aproveché la mañana para terminar de poner orden en los armarios. Ya empezaba a refrescar y, aunque en Madrid no solíamos pasar del verano al invierno en cuestión de días, prefería tenerlo todo listo y quitarme una preocupación de la cabeza.

El autobús que pasaba por la entrada de la urbanización y que me dejaba en la estación de Cercanías también tenía una parada cerca del colegio. Como vi que llegaba pronto, busqué una cafetería para hacer un poco de tiempo. Atisbé un luminoso en la misma acera, a escasos metros de donde me encontraba, y me dirigí hacia allí. Según me aproximaba noté que los cristales estaban forrados de papel kraft, me acerqué a la puerta y, con la mano en la frente a modo de visera, miré en el interior. Había unos obreros trabajando. Era más que evidente que se trataba de un café nuevo, pero aún no estaba listo. Me di la vuelta y eché un vistazo rápido para intentar localizar otro lugar en el que esperar hasta la cita con la tutora.

En ese momento oí a mis espaldas que se abría la puerta y alguien me llamaba por mi nombre.

—¿Julia? ¿Eres tú?

Me giré extrañada e intenté reconocer aquella cara. Me resultaba familiar, pero no acertaba a saber quién era la persona que me sonreía como si hubiera descubierto un tesoro. No conocía a mucha gente por la zona y supongo que debí de poner cara de tonta.

—Soy yo, Fernando. Venga, ¿no me digas que no te acuerdas de mí? No me lo trago —añadió sin perder la sonrisa—. Han pasado muchos años, pero no puedo estar tan cambiado como para que no me reconozcas.

Treinta, treinta años en concreto. No había vuelto a ver a Fernando desde que era jovencita. ¿Cómo era posible que volviéramos a encontrarnos después de tanto tiempo y tan lejos de nuestro barrio? No salía de mi asombro.

—¡Fernando! —exclamé— perdona, claro que me acuerdo de ti, lo que pasa es que estoy alucinada. ¡Y qué vas a estar cambiado! ¡Qué alegría toparme contigo! Eres la última persona que esperaba encontrarme por aquí.

Intenté disfrazar mi incomodidad tras una sonrisa que no era falsa del todo, aunque me hacía sentir extraña y me mantuvo a cierta distancia de él.

—Vaya, espero que eso no sea malo —bromeó al tiempo que se acercaba para darme dos besos.

Me quedé tiesa como un palo y recordé ese hormigueo que sentía en el estómago cada vez que nos despedíamos en la plaza y yo esperaba un beso que nunca llegó. No era más que una cría que había visto algunas películas románticas y que no sabía nada de la vida. Se me hacía muy raro estar allí hablando con Fernando, que poco se parecía a aquel muchacho tímido que conocí hacía ya demasiado tiempo.

—Te invitaría a pasar y a tomar un café, pero aún no hemos abierto —añadió.

—¡Ah! ¿Es tuya? —pregunté señalando la cafetería con la cabeza.

—Así es, creo que en un par de semanas podremos inaugurar, ya solo quedan los últimos toques, amueblar, terminar de instalar las luces y algún otro detalle que espero rematar pronto. ¿Vives por aquí cerca?

—Sí, a unos minutos —contesté sin dar más detalles—. Nos mudamos hace algo más de cinco años.

—Entonces espero verte a menudo. Seguro que tenemos muchas cosas que contarnos.

—Claro, claro, otro día. Me vas a perdonar, tengo una reunión en el colegio de mi hijo y no quiero llegar tarde. —Me sentí aliviada por tener una excusa creíble y fundada para despedirme.

—No quiero entretenerte. Lo dicho, nos vemos pronto. Esta vez no te me vas a escapar —dijo con una amplia sonrisa que reconocí al instante.

Crucé la calle a toda pastilla y, cuando fui consciente de lo rápido que caminaba, aminoré el paso para que no pareciera que intentaba huir de él. Encontrarlo allí tanto tiempo después me resultaba bastante increíble. Estábamos a veinte kilómetros del lugar donde nos criamos, en una ciudad a las afueras de Madrid. Aquello era una de esas coincidencias que no se suelen dar.

Los dos habíamos crecido en el mismo barrio, éramos amigos y lo pasábamos bien juntos. Solíamos quedar en el quiosco de la plaza. Creo que en algún lugar guardo una foto de aquel entonces en la que llevaba unos pantalones de campana de pana verde caqui y un jersey de lana de rombos. ¡Qué tiempos! Todos esos recuerdos volvieron de repente y me vi como aquella chiquilla de catorce o quince años que hacía pompas con un chicle Bazooka mientras pasábamos la tarde entera charlando de nuestras cosas.

Llegué a la valla que rodeaba el centro, entré en el edificio y, con la ayuda del bedel, no tardé en localizar el aula donde me había citado la tutora de Daniel. Llamé a la puerta y oí una voz que me invitaba a pasar. Aquel colegio era muy convencional, distinto al que había acudido mi hijo hasta ahora en su etapa de infantil. En la mesa me esperaban dos mujeres algo más jóvenes que yo, o eso me pareció.

—Julia, ¿verdad? Siéntate. Yo soy Dori, la tutora de tu hijo, y esta es nuestra pedagoga, Virtudes —comentó a modo de presentación.

—Hola —contesté dejando el bolso sobre el respaldo de la silla y tomando asiento—. Venía con tiempo de sobra, pero al final me he retrasado sin querer.

—No te preocupes, no hemos citado a más mamás hoy, así que no hay prisa.

Me chocó la presencia de la pedagoga en la reunión. Según tenía entendido, su tutora y yo solo íbamos a ponernos cara. En principio era una toma de contacto por si tenía algo especial que comentar sobre mi hijo. Aquello me inquietó.

—Estamos encantadas de conocerte y te damos la bienvenida a nuestro colegio. Antes de nada, queremos decirte que Daniel es un niño encantador, educado y muy correcto con sus compañeros. Ha encajado muy bien en el grupo y parece que ya está haciendo amigos.

Empezaba a sospechar que tanta cordialidad era una forma de prepararme y que en algún momento algo se iba a torcer. Conocía perfectamente a mi hijo y sabía que el comportamiento de un niño en casa podía ser muy distinto del que luego tiene en el colegio. Desde los tres a los seis años había asistido a un centro bastante peculiar en el que primaba su desarrollo como persona por encima de los conocimientos y destrezas que otros sistemas de enseñanza consideraban que era imprescindible dominar antes de pasar a Primaria. Imaginaba que sus comentarios irían por ahí.

—¿En algún momento de la etapa educativa de Daniel alguno de sus maestros te ha comentado que tuviera algún problema de aprendizaje? —preguntó la pedagoga sin dar ningún rodeo y con bastante poco tacto.

Dori, la tutora, debió de notar mi cara de desconcierto e intervino intentando suavizar la pregunta.

—Lo que Virtudes quiere saber es si tu hijo ha necesitado apoyo especial en alguna ocasión. Hemos detectado que es un niño bastante inquieto y que le cuesta mantener la atención; por otro lado, aunque no es obligatorio que los niños entren en primero sabiendo leer y escribir con fluidez, hemos observado que va algo retrasado con respecto a sus compañeros. Quizá no sea nada y puede que en unos meses que Daniel coja el ritmo, pero queríamos comentarlo contigo por salir de dudas y saber si se trata de un comportamiento nuevo o de algo que ya te hubiesen hecho notar sus maestros de Infantil.

—Desde siempre ha sido un poco trasto y en casa no para quieto ni un minuto, pero en el centro a donde iba nunca nos mencionaron que tuviera problemas de aprendizaje. Sobre lo de leer y escribir, pensaba que sería en Primaria cuando aprendería. Tengo entendido que los planes de estudio van así, ¿no? —Empezaba a ponerme a la defensiva.

—En efecto, no queremos alarmarte, solo queríamos hacernos una idea. El curso acaba de empezar y aún nos queda mucho por delante, estoy convencida de que Daniel conseguirá centrarse y coger el mismo nivel que sus compañeros —añadió Virtudes buscando con la mirada la complicidad de Dori—. Observaremos su desarrollo y volveremos a vernos dentro de un par de meses.

—Eso es, por el momento vamos a estar pendientes de él y observar cómo se desenvuelve este primer trimestre. Quédate tranquila, cualquier cosa rara que notemos lo comentaremos contigo.

—¿Cualquier «cosa rara»? No entiendo. ¿A qué te refieres? —pregunté.

—Perdona, quizá no me he expresado con propiedad. Me refiero a que, si vemos algún indicio de lo que sea, si tiene alguna dificultad en particular o cualquier cosa, estaremos alerta y pondremos todos los medios para corregirlo. De todos modos, nunca está de más comentarlo con su pediatra o con un psicólogo infantil, por si considera pertinente hacerle alguna prueba.

—¿Un psicólogo? ¿Qué tipo de prueba? —Cada vez estaba más confusa.

—No quisiera preocuparte ni adelantarme, pero en ocasiones estos comportamientos pueden deberse a un problema de hiperactividad —intervino Virtudes—. Como dice Dori, puedes comentarlo con el pediatra. Lo que pretendemos no es angustiarte, sino encontrar una explicación y poner todos los medios para que Daniel pueda seguir el ritmo de la clase sin problema y consiga acabar el curso con todos los objetivos cumplidos.

No me esperaba algo así. Había aceptado que desde pequeño mi hijo era muy inquieto y revoltoso, pero nunca había considerado que tuviera un problema de hiperactividad, y mucho menos que eso pudiera influir en su etapa escolar de la manera en que me lo estaban explicando. Mi hijo era como era, y para mí era algo normal. Los niños son niños, nadie espera que se queden sentados en una silla durante horas.

—Si hay algún cambio en casa o en la familia que pueda afectarle, es importante que lo sepamos. Los niños no siempre encajan las cosas a la primera y eso puede influir en su rendimiento. Estamos a tu disposición para lo que necesites. —El tono de Dori era ahora tan condescendiente que empezaba a molestarme.

—En casa todo va bien, mi hijo es un niño feliz y hasta ahora nadie ha detectado nada «raro» —enfaticé esta última palabra para dejar bien claro mi malestar.

—Julia, no estamos diciendo nada en particular, solo queremos transmitirte que maestros y padres debemos formar un equipo y que es importante que haya comunicación entre nosotros por el bien de los alumnos —señaló Dori intentando rebajar la tensión.

Respiré hondo con la intención de calmarme y asimilar sus palabras con una actitud más abierta. En el fondo no les faltaba razón; todos queríamos lo mejor para Daniel, eso me quedaba claro. El contenido de la conversación me había cogido por sorpresa y quizá por eso había reaccionado así.

—De acuerdo, consultaré con su pediatra, como

sugerís, y estaremos en contacto por si hay algo que comentar.

—Gracias, estamos aquí para ayudar, de eso no tengas ninguna duda —añadió Virtudes.

Ambas se levantaron y Dori me abrió la puerta. Me despedí de ellas con la mayor corrección de la que fui capaz y salí del colegio muy angustiada. La incertidumbre que habían sembrado en mí con esas observaciones me impedía pensar con claridad y al mismo tiempo, si estaban en lo cierto, ¿cómo no me había dado cuenta antes? ¿Por qué ninguna de sus maestras había dicho nada al respecto? En menos de quince minutos ellas habían diagnosticado a mi hijo de hiperactividad y estaban sugiriendo que vivía en un hogar roto. Empezaba a dudar de que la elección de ese colegio fuese la acertada, aunque por el momento no teníamos otra alternativa.

En cuanto salí del centro me invadió tal sentimiento de culpa que no pude evitar que se me saltaran las lágrimas. ¿Tanto me había alejado de Daniel como para no detectar algo así? Llevaba un tiempo volcada en mi trabajo, la situación lo requería; había que conseguir que El Cuarto de Costura funcionara y cogiera ritmo. Intentaba compaginar mis obligaciones de la mejor manera posible, pero estaba claro que en algo estaba fallando, y nada podía dolerme más que eso afectara a mi hijo, lo más importante de mi vida.

Decidí caminar hasta la estación de tren, aprovechar el paseo para tranquilizarme un poco y llamar a Ramón. No solía molestarlo cuando estaba de viaje, pero esa vez necesitaba hablar con él.

—Hola, preciosa, qué raro que me llames desde el móvil. ¿Pasa algo?

—Ay, cariño, no sé qué decirte. —Intenté poner mi mejor voz para que no notara que había llorado—. Acabo de salir de hablar con la tutora de Daniel y me ha dejado muy preocupada.

—¿Le ha pasado algo?

—No, tranquilo. Verás, la tutora y la pedagoga, que también estaba en la reunión, me han insinuado es posible que tenga algún problema de aprendizaje, que no está al mismo nivel de sus compañeros. Me han sugerido que lo comentemos con el pediatra o con un psicólogo.

—¡Bah! Tonterías. No les hagas ni caso. Es nuevo en el colegio, tendrá que pasar un tiempo hasta que se adapte. Vamos, digo yo. Qué van a saber ellas, si no llevan más que un par de semanas de clase.

—No te lo tomes así, Ramón, que se han puesto muy serias al respecto, incluso me han preguntado si teníamos buen ambiente en casa.

—¿Ves? Lo que te digo, esas dos no tienen ni idea. En casa estamos perfectamente. Nuestro hijo es una maravilla y es listo como nadie. Algo travieso, inquieto, pero muy despierto. Anda, anda, no te preocupes, que qué sabrán ellas.

—Si hubieras estado allí estarías tan preocupado como yo —apunté sin ninguna intención concreta.

—¿Me estás echando en cara que no te haya acompañado? Te recuerdo que estoy a trescientos kilómetros de casa y no precisamente en un viaje de placer —contestó en un tono bastante seco.

—Que no, cariño, no te enfades. No es eso lo que quiero decir. Ya sé que estás trabajando y que lo haces por nosotros, ¿cómo te voy a echar eso en cara? Lo que digo es que no es lo mismo que te lo cuente yo que tener que oír cómo la maestra y la pedagoga te hablan de tu hijo como si fuera un bicho raro, necesitara ayuda y nosotros no lo hubiéramos notado. Me han hecho sentir muy culpable —añadí.

—Bueno, mira, ahora no puedo seguir al teléfono. Cuando llegue a casa esta noche lo hablamos tranquilamente. Eres la mejor madre del mundo, que nadie te haga dudar de eso, y, además, Daniel te adora casi tanto como yo. De verdad, no le des más vueltas. De todos modos, pide cita con el pediatra y a ver qué opina, tampoco te cuesta nada, ¿no?

Que Ramón le restara relevancia no me hacía sentir mejor, pero desde tan lejos poco más podía hacer el hombre.

—Un beso, que tengas buen viaje de vuelta. Te quiero.

—Adiós, preciosa. Nos vemos esta noche.

Colgué el teléfono algo más serena y tomé el tren a Madrid. Hablar con Ramón me había tranquilizado un poco, pero aun así sentía que él no se daba cuenta del problema, que no le daba la importancia que se merecía y que era muy probable que el colegio estuviera en lo cierto.

De pronto recordé la carta de Sara que había guardado en el bolso hacía ya varias semanas. Leerla me ayudaría a evadirme. Abrí la cremallera y busqué entre las mil cosas que siempre llevaba conmigo. Allí estaba, en el fondo, arrugada. Saqué los folios del sobre e intenté aplanarlos apoyándolos sobre mis piernas y planchándolos con la palma de la mano. Busqué las gafas y me dispuse a leerla.

En ella me hablaba del origen de las telas que me había enviado y de la sofisticada técnica con la que habían sido tejidas. Siempre me descubría cosas nuevas y, con cada paquete que enviaba, despertaba mi curiosidad. Me contaba sus aventuras de verano y siempre incluía una lista de sus lugares favoritos, según ella con la intención de que los visitara alguna vez. Era muy generoso de su parte compartir sus viajes conmigo y más aún tomarse la molestia de enviarme telas tan especiales desde puntos muy distintos del mundo que yo no llegaría a conocer jamás de no ser por ella.

A pesar de que nuestras circunstancias eran muy diferentes, yo no perdía la esperanza de poder viajar así cuando Daniel fuese algo mayor, pero por ahora me tenía que conformar con los veranos de Torremolinos. Soñar es gratis, como decía Carmen, y, quién sabe, sueños más complicados se habían hecho realidad a base de constancia y esfuerzo. Igual aquel podría ser uno de ellos.

Iba tan distraída que el trayecto se me hizo más corto de lo habitual. Cuando llegué a la academia me encontré a Carmen eufórica bailoteando alrededor de la mesa.

—¿A qué viene tanta celebración? —pregunté.

—¡Ay, Julia! Acaba de llamar Catherine para avisarnos de que ya ha nacido su nieto.

—¡Qué buena noticia! ¿Ha ido todo bien?

—Los dos están estupendamente. Me ha contado algo del parto y de unos fórceps o no sé qué, pero le he dicho que se ahorre los detalles, que yo me pongo mala con esas cosas.

—Mujer, cómo eres.

—Quita, quita, yo con saber que la criatura ha nacido sana no necesito más, que las madres sois muy pesadas contando los partos.

—Imagino que no veremos a Catherine por aquí en unas semanas. Tenemos en la agenda el teléfono de casa de su hija; cuando pasen unos días la llamo para que me cuente.

Un nacimiento siempre era una buena noticia, pero en este caso aún más, porque era un niño muy deseado y nuestra amiga, que había criado a seis hijos, estaba deseando volver a tener un bebé entre sus brazos.

9

Los viernes por la tarde era mi momento preferido de la semana, cuando más disfrutaba de mi trabajo. Tenía la clase de las alumnas aventajadas. Llevaban unos años asistiendo a la academia y ya cosían sus propios proyectos prácticamente solas. Resultaba muy gratificante ver cómo interactuaban entre ellas y comentaban cada una de las prendas que tenían entre manos. Cuando les surgía una duda o se topaban con una dificultad, yo me encargaba de explicarles la solución en la pizarra. Incluso si entonces aquello no les servía para algunas de sus prendas, todas aprovechaban para aprender algo nuevo que seguramente podrían aplicar más adelante. Ya no tenía que supervisar cada paso que daban ni tenía que repetirles que plancharan cada costura o que hilvanaran cada pieza. El ambiente de esas clases era más distendido y me gustaba acompañarlas. Era justo lo que necesitaba para finalizar la semana.

La complejidad de las prendas que se veían en El Cuarto de Costura era un indicador de lo mucho que avanzaban en su aprendizaje las chicas, y eso me llenaba de satisfacción. Atrás quedaban las faldas rectas y las blusas de verano que no revestían ninguna dificultad. Ahora cosían diseños muy elaborados con telas más complicadas, las pinzas quedaban todas en su sitio, los pantalones no tenían bolsas y las chaquetas lucían perfectas. Me solían decir que yo era la responsable de su determinación a la hora de elegir cada nuevo proyecto, que les daba mucha confianza tenerme cerca para consultar, aunque la realidad era que ya se valían prácticamente por sí mismas. Me sentía muy orgullosa de ese grupo.

Aprovechaba aquellas tardes para adelantar mis propias costuras. Nos sentábamos todas juntas a coser alrededor de la mesa de centro, como me contaba mi madre que solían hacer las mujeres de su generación en las tardes de invierno. En esas clases surgían todo tipo de conversaciones que nos desconectaban de nuestro día a día, como si el resto del mundo no existiera. Creo que era algo que todas agradecíamos, tener un lugar común en el que las cosas se sucedían a un ritmo distinto; un espacio donde, después de tantos años, más que compañeras nos sentíamos buenas amigas.

Después de dos horas de aguja y charla, me despedí de las alumnas y empecé a recoger la sala.

—Julia, ¿te importa que me quede esta tarde un ratito más? Este forro me está dando mucha guerra y, si no me hago con él ahora, soy capaz de mandar la chaqueta a paseo. Me está sacando de mis casillas. ¡Maldita sea! —exclamó Laura soltando la prenda sobre la mesa.

—Pero, bueno, esa actitud no es propia de ti. Con la paciencia que sueles gastar y lo constante que eres, me extraña verte tan furiosa por algo así. ¿Quieres que te eche una mano?

Había visto a Laura hilvanar el forro durante la clase, levantarse de la silla y entrar en el probador para ver cómo le sentaba la chaqueta, ir de la plancha a la mesa, descoserlo y volver a hilvanarlo. Llevaba semanas cosiendo la prenda y no le quedaba nada para acabarla. Pero esa tarde me pareció notar que algo se le estaba torciendo y estaba casi segura de que no era la tela. Algo la preocupaba y no tenía la cabeza en su sitio.

—Perdona, Julia. Hoy no es mi día.

—A todas nos pasa, tranquila; es muy normal atascarse en algún punto, lo mejor es descansar y volver a la costura cuando estés menos angustiada. ¿Recuerdas lo que os decía el primer año de academia? Coser y descoser son partes de la misma labor. La mejor manera de aprender es equivocándose. A veces hay que dejar que las costuras reposen y retomarlas más adelante.

—Puede que lleves razón, aunque no es solo eso. Tú

sabes que una vez que entro por esa puerta —dijo señalando hacia la entrada— mis pacientes se quedan fuera y mi tiempo aquí es solo mío. Mis compañeras del hospital siempre se ríen cuando les digo que voy a terapia mientras les hago el gesto de coser con ambas manos. Sin embargo, hoy ha sido un día muy complicado y no consigo quitármelo de la cabeza.

—¿Quieres hablar de ello? —pregunté acercándome a ella.

Le costaba pedir ayuda. Supongo que era su forma de enfrentar las cosas. De niña había sido el gran apoyo de su madre en el cuidado de sus hermanos y lo mismo le había ocurrido de mayor. Siempre había sentido que era ella quien debía tirar del carro. Esa necesidad suya de ser autosuficiente y de mantener el control sobre todo lo que la rodeaba fue el detonante de su depresión cuando dio a luz. Viéndola ahora, pagando su frustración con aquella prenda, parecía que no hubiese aprendido la lección.

Era muy raro que comentara algo acerca de su trabajo, si acaso por encima y sin entrar en detalles. Una vez empezada la clase, se entregaba por completo a la costura y no volvía a sacar el tema. Me daba la sensación, tras años de conocerla, de que ese día se trataba de algo especial. Se la veía afligida y derrotada, como si sintiera que le había fallado a algún paciente.

—Es un poco largo de contar y no quiero darte la

brasa con mis problemas, Julia. Gracias por preocuparte. No será nada que no pueda superar, aunque esta vez me cueste más de lo normal. Mi profesión es así, unas cosas te afectan más que otras. Por eso nos enseñan a mantener una distancia con los pacientes que nos permita seguir adelante.

Dejé de recoger, tomé una silla y me senté a su lado. La conocía, sabía que le sentaría bien hablarlo.

—Te escucho.

—Tienes un corazón de oro, Julia. Gracias.

Laura me contó que hacía unos meses había llegado al hospital una mujer de mediana edad que había ingresado en coma y no parecía mejorar. Al parecer, tras una discusión con su pareja, su hija se la encontró tumbada en el suelo de la cocina inconsciente, en un charco de sangre que parecía provenir de una herida en la cabeza. Fue ella la que llamó a urgencias.

Cada tarde acudía sin falta a visitar a su madre hasta que llegaba la hora de marcharse a casa. Laura había entablado cierta relación con ella, ya que siempre la veía sola.

—Debe de tener unos veintitrés o veinticuatro años, acaba de terminar Magisterio y da clases en un colegio privado de Hortaleza. Es un amor de niña. Siempre llega con una sonrisa, saluda a su madre, le da un beso y se sienta a su lado a contarle cómo le ha ido el día. Algunas veces le lleva revistas y le comenta los cotilleos del momento o le lee algún libro. Así un día tras otro, con el ánimo intacto, como si la paciente pudiera escucharla y fuese a despertar en cualquier momento. Aunque estoy segura de que en cuanto vuelve a casa se desmorona, sería lo lógico. No sé de dónde saca las fuerzas para ir cada tarde al hospital, saludarnos a todos tan cariñosa y mantener el tipo delante de su madre, que, perdóname la crudeza, está más muerta que viva.

—¡Qué tremendo! Los médicos estáis hechos de otra pasta. A mí me resultaría imposible convivir con historias tan trágicas.

—Tienes que hacer de tripas corazón, estás ahí para ayudar a salvar vidas, no hay tiempo para pensar si puedes o no con cada caso. Sencillamente, es lo que haces. Con los años te vas acostumbrando; no es que te vuelvas insensible, es que tienes que sobreponerte y hacerte cargo de las necesidades de tus pacientes. Pero no me quiero ir por las ramas. El caso es que anoche la paciente empeoró y, cuando su hija ha venido a verla, antes de que pasara a la habitación, nos hemos visto obligados a informarla de que, hoy por hoy, lo único que la mantiene con vida son las máquinas a las que está conectada. Y no solo eso, también teníamos que hacerle ver que la esperanza de que su madre despierte es cada día más remota y que quizá debería ir valorando tomar una decisión definitiva. Pero ella se niega a ver la realidad, se aferra a la más mínima posibilidad de recuperarla. Nosotros hemos visto casos similares y conocemos las estadísticas. Aun así, es tan duro tener que dar este tipo de noticias, más aún cuando has visto que su hija no ha dejado de visitarla un solo día y que ha mantenido siempre la esperanza de que su madre, en algún momento, saliera del hospital por su propio pie. No tiene padre ni hermanos, y la única familia que le queda son sus tíos y sus dos primos.

Laura apoyó ambos codos sobre la mesa y escondió la cara entre las manos. Nunca la había visto tan hundida y, aunque era comprensible que se sintiera mal, no acababa de entender por qué ese caso en concreto la afectaba tanto. Era una persona muy sensible, pero también muy profesional, y sabía manejar bien esa distancia con los pacientes cuando cruzaba la puerta de El Cuarto de Costura. Pero, por alguna razón que se me escapaba, esa vez era diferente.

—Hace solo unas semanas —continuó Laura—, durante una visita, coincidí con ella en la máquina de bebidas que hay en el descansillo de las escaleras. Era raro que saliera de la habitación de su madre, pero aquella tarde me dijo que necesitaba un café. Con la excusa de que no tenía cambio empezamos a charlar. La vi distinta, ella que siempre sonreía y que saludaba tan cariñosamente a todo el personal con el que se cruzaba en la planta, estaba... no sé cómo describirlo. Tenía mala cara, como de no haber dormido; parecía, más que triste, apagada. Estaba claro que toda esa angustia le estaba afectando. Nos sentamos en la fila de sillas de plástico que había en la sala y empezó a hablar sin parar. Tuve la sensación de que solo necesitaba que alguien la escuchara y le daba un poco igual quien fuese.

—Conozco esa sensación —señalé.

—Doctora, a usted no le puedo ocultar la historia de mi madre. Habrá visto su historial médico y ya sabrá que no fue precisamente un accidente casero lo que la trajo aquí.

—No tienes que darme más explicaciones —le contesté. Pero ella seguía hablando, necesitaba hacerlo.

—Al morir mis abuelos, mi madre se quedó con la casa familiar y Ricardo, su novio, se mudó con nosotras. Yo debía de tener unos trece o catorce años por aquel entonces. Durante algún tiempo las cosas fueron más o menos bien, pero él se quedó sin trabajo y no daba la impresión de que tuviese ninguna prisa por buscar otro. No sé cómo lo hacía mi madre, pero con su sueldo nos daba para vivir los tres holgadamente, aunque sin lujos. Él dormía hasta mediodía, salía por la noche y llegaba a casa de madrugada. Las broncas con mi madre empezaban a ser frecuentes y ella siempre intentaba disculparle.

La joven hizo una pausa para darle un sorbo al café que sostenía entre las manos y siguió hablando:

—Se quedó embarazada de nuevo y aunque a mí Ricardo no me gustaba ni un pelo, la idea de tener un hermano me hacía muy feliz. Somos una familia muy pequeña, imagínese lo que supuso para mí saber que no iba a ser hija única. Desgraciadamente, cuando estaba de seis meses se cayó por las escaleras y perdió al bebé. Según me contó entonces, tropezó con un escalón. Yo me lo tragué, pero empecé a fijarme en pequeños detalles y con el tiempo comprendí que entre ellos había algo más que voces y amenazas.

Se levantó para tirar el vaso de cartón, respiró profundamente y volvió a sentarse junto a mí.

—Como ya ha podido deducir, cuando la encontré aquel día inconsciente tirada en el suelo de la cocina sabía lo que había pasado. Llamé a una ambulancia y, mientras esperaba a que llegara, avisé a mi tío. La tapé con una manta y permanecí a su lado hasta que aparecieron los sanitarios. El resto lo tengo todo muy confuso. Hablamos con la policía y dieron con él enseguida. Sabían bien dónde buscar, tenía antecedentes y había estado en la cárcel. Vamos, que era un crápula, el muy desgraciado. Pasados unos días desde el ingreso de mi madre, mi tío se encargó de cambiar la cerradura y sacar todas sus cosas de casa para que no volviera jamás. Después supimos que le sacaba los cuartos a mi madre y se lo gastaba en jugar. Espero que pase unos cuantos años a la sombra y que no pueda volver a hacerle eso a ninguna otra mujer en su vida —concluyó la joven con los ojos llenos de lágrimas.

—Pobrecita, no imagino el miedo que habrás pasado, pero has sido valiente para venir cada día al hospital y estar a su lado.

—Así es —dijo sonándose la nariz—. He pasado mucho miedo y mucha tristeza al pensar en el calvario que debió de vivir mi madre. No dejaré de venir a verla mientras ella siga respirando.

Se puso en pie, cogió aire, se secó las lágrimas y me dio las gracias por haberle dedicado ese ratito antes de volver a la habitación.

—Después de aquella conversación se me ha hecho mucho más complicado tener que hablarle con esa dureza hoy. Es muy frustrante saber que hay gente buena a la que la vida le niega una segunda oportunidad —concluyó Laura, que en ese momento luchaba por contener las lágrimas.

—Ahora entiendo que estés así, es normal. Le afectaría a cualquiera, por muy profesional que fuera. Pobre chica. Suerte que tiene a su tío.

—Sí, además parece un buen hombre. Al principio iba

al hospital casi todas las tardes, pero hace ya tiempo que no le veo. Supongo que le resulta durísimo ver a su hermana postrada en la cama y que prefiere no pasar por ese trago. Ocurre a menudo, para la familia es cada vez más duro enfrentarse a la realidad.

Algo me decía que la conversación no iba a acabar ahí. Laura seguía muy afectada incluso después de compartir aquello conmigo.

—Hay más —añadió tragando saliva y respirando hondo—. La historia no me es ajena.

Dejé que siguiera hablando.

—De niña no te fijas en determinados detalles y cuando te vas haciendo mayor empiezas a entender que algunas cosas no eran normales, que lo que vivías podía distar mucho de lo que sucedía en realidad.

—Me vas a perdonar, Laura, pero no entiendo muy bien qué quieres decir.

—Esto nunca se lo he contado a nadie y creo que eso es lo que me está doliendo tanto. La historia de esta paciente me ha traído a la memoria recuerdos de los que ni siquiera tenía conciencia. He hilado situaciones que vi de pequeña en casa y me he encontrado con episodios que había borrado de mi cabeza por completo y que mi madre me confirmó en su última visita, cuando vino al cumpleaños de Sergio la semana pasada. Le costó mucho hablar de ello, pero, después de tantos años y ya siendo yo adulta, creo que a ella también le vino bien poder soltarlo.

Las palabras salían por su boca como si no pudiera contenerlas y se alternaban con largos silencios que preferí no romper. De joven había oído a las vecinas comentar alguna historia parecida mientras colgaba la ropa en el patio, pero no prestaba mucha atención. Además, cuando se percataban de mi presencia, bajaban la voz o cambiaban de conversación con una facilidad aprendida a base de callar asuntos no aptos para determinados oídos.

—Entiendo, no me digas más. —De pronto comprendí por qué estaba tan afectada.

—Qué silenciosa puede ser la violencia hacia las mujeres, Julia, y cómo nos han enseñado a taparla con vergüenza, como si fuese culpa nuestra. Es increíble cómo nos deshacemos de los recuerdos dolorosos.

—Supongo que es la forma que tenemos de seguir hacia delante. Si cargáramos con todo, nos volveríamos locas, ¿no crees?

Me levanté y entré a la trastienda a buscarle un vaso de agua. Tras bebérselo de un trago, se secó las lágrimas y se apartó el pelo de la cara.

—Anda, deja la chaqueta en el armario y el próximo día sigues con ella. Te está quedando preciosa, tuviste mucho ojo eligiendo esa tela. Me encanta.

—Gracias, Julia; siempre tienes una palabra amable —contestó mientras seguía mis indicaciones y cogía el bolso del perchero.

Laura se había desahogado y parecía más calmada. La acompañé hasta la puerta y me dio un abrazo de despedida. Me resultó extraño, porque no era una persona especialmente cariñosa. Interpreté aquel gesto como una señal de agradecimiento.

Terminé de recoger lo más rápido que pude. Se había pasado la tarde volando y empezaba a anochecer. Daniel ya estaría preguntando por mí y Marina a punto de irse. Tenía que llegar al tren lo antes posible. Habíamos hecho planes para el fin de semana y quería tenerlo todo listo para disfrutar en familia del descanso que todos nos merecíamos.

10

—Buenos días, ¡qué bien huele a café recién hecho!
—exclamé al entrar por la puerta de El Cuarto de Costura.

—Marchando un cafelito para la jefa —oí decir a Carmen desde la trastienda.

—Muchas gracias —contesté soltando mis cosas—.
¿Qué tal tu fin de semana?

—Un no parar —respondió sirviéndome una taza de
café—. Me he ido con una amiga a un retiro de diosas en
la sierra de Gredos y vengo con el aura bonita bonita.
Pisar naturaleza me eleva la energía.

—Espera, ¿un retiro de diosas? ¿Aura bonita? Eso me
lo tienes que contar con pelos y señales.

Carmen siempre lograba sorprenderme. Era muy afi-
cionada a todo lo que sonara esotérico. No era una persona religiosa, pero sí muy espiritual. Me hablaba a me-

nudo de *chakras*, de rituales para conectar con la madre tierra, de nuestra fuerza creadora... Cosas que a mí me sonaban a chino, pero era tanta la pasión que ponía al hablar de ellas que no me quedaba otra que asentir con la cabeza como si lograra entender algo. Lo cierto era que rara vez comprendía lo que me explicaba, pero no dejaba de prestarle atención. Más que por intentar asimilar sus explicaciones, por demostrarle el mismo interés que ella ponía cuando le daba la paliza con mis historias sobre Daniel, el cole nuevo o el día a día de una madre trabajadora. Seguro que, a ella, mis cosas le eran igual de ajenas y no decía ni mu.

—Anda, vente para la plancha, que te cuento mientras repaso estos arreglos. Si te digo la verdad, estoy un poquito harta de ajustar uniformes de colegio; parece que a todos los críos les dé por crecer en verano. Aunque, al fin y al cabo, el trabajo es trabajo, y si toca sacar bajos y hacer dobladillos es lo que hay. No vayas a pensar que me estoy quejando, que, mientras haya tarea, yo contenta.

—Te vas por los cerros de Úbeda, Carmen. Cuéntame ese fin de semana de diosas, que me muero de curiosidad. ¿Qué es eso del aura bonita?

Dejó sobre la mesa varias prendas en las que había trabajado la semana anterior y enchufó la plancha. Le gustaba entregarlas bien dobladas y envueltas en el papel que nos hizo comprar y estampar con el logo de El Cuarto de

Costura a pocas semanas de empezar a trabajar con nosotras. Nos convenció de que un papel blanco, como el que usaban las tintorerías, nos daría un aire más profesional. A Amelia le hizo tanta gracia que recién llegada hiciera ese tipo de sugerencias que se dejó persuadir.

—Este verano en Galicia conocí a un grupo de mujeres mágicas y conectamos enseguida. Una de ellas es de Ávila y organiza retiros. Imagínate, no tardé ni un minuto en darle mi teléfono. El viernes por la tarde me llamó para contarme que le quedaba una plaza libre y que se había acordado de mí, y ya sabes cómo soy yo, que enseguida cojo el petate y me planto donde haga falta. ¡Qué bien me lo he pasado! Ha sido muy interesante.

—¿Y eso del aura? —pregunté con curiosidad.

—El retiro iba de sincronizar nuestra energía femenina con los ciclos de Selene a través de danzas y charlas sobre técnicas de respiración para despertar nuestro poder femenino. Había varias monitoras y una de ellas era experta en limpieza de auras.

—Ya me he perdido —reconocí.

—Bueno, da igual. Resumiendo, que me lo he pasado estupendamente el fin de semana y que vuelvo renovada. ¿Y tú? Teníais planes, ¿no?

Lo más cerca que yo había estado de ese mundo en el que Carmen se movía como pez en el agua era una clase de yoga que nos dio una vecina de la urbanización.

La chica era majísima, pero yo no conseguí relajarme ni un minuto. La retahíla de palabras en sánscrito no ayudó mucho y salí más tensa de lo que llegué. No me veía en mallas adoptando posturas imposibles mientras les daba vueltas en la cabeza a las mil cosas que me quedaban por hacer antes de que acabara el día.

—Llevamos a Daniel al planetario. Me costó horrores que se estuviera quieto en la butaca durante la proyección, no paraba de moverse y hacer preguntas: que si en todos los planetas había gente, que hasta dónde viajaban los astronautas, que dónde vivían los marcianos... Aun así, lo disfrutó mucho. Tendrías que haber visto las caras que ponía. Le compramos un mapa estelar y lo quiso colgar en su cuarto nada más llegar a casa.

Ramón apenas estaba en el día a día de Daniel, por eso yo insistía tanto en que hiciéramos cosas en familia los fines de semana, aunque los dos estuviéramos cansados. Me parecía importante que mi hijo tuviera buenos recuerdos de su niñez. Imagino que no quería que nos recordara siempre trabajando, como me ocurría a mí con mi madre. Me afanaba por encontrar actividades divertidas y planes que le pudieran hacer ilusión. Él parecía no cansarse nunca y yo acababa cada domingo al límite de mis fuerzas. Llegar a la academia los lunes por la mañana era casi un descanso, y eso me hacía sentir culpable.

En una de nuestras largas charlas de costura, Laura me

dijo una vez que la culpa es inherente a la maternidad. «Aunque te esfuerces al máximo, siempre habrá algo se te escape, algo en lo que no hayas cumplido al cien por cien. Es inevitable», me confesó. Era un gran ejemplo como madre y como profesional, y me hacía mucho bien hablar con ella cuando sentía que no podía con todo.

—¡Buenas!

Ese saludo y ese tono alegre y despreocupado solo podían ser de Malena.

—Hola, guapa, ¿qué haces tú por aquí a estas horas? —preguntó Carmen.

—Compi, que, si molesto, me voy por donde he venido —contestó Malena guiñándome un ojo.

—Anda, anda, ¿qué dices? —añadí.

—Tenía que pasarme por la galería que está aquí al lado, parece que me ha salido un encargo. —Cruzó los dedos invocando a la suerte—. ¿Quién me iba a decir a mí que iba a acabar pintando retratos a todos los críos del barrio de Salamanca? Nunca me interesaron mucho durante la carrera, pero les he acabado cogiendo el gustillo. Además, a las madres y a las abuelas les encanta tener retratos de los chiquillos de la familia, y los niños tienen esa carita de persona a medio hacer que me flipa, nada que ver con pintar a personas mayores. Por cierto, anoche me llamó mi madre para contarme que se viene a pasar las Navidades conmigo. Nos vamos a reservar una habitación en un hotelazo y a disfrutar a tope, que hace mucho que no viene por aquí y dice que echa de menos Madrid. Me ha dado recuerdos para vosotras. Se quedará por lo menos dos o tres semanas, así que ya se pasará a saludar.

—¡Qué bien! Seguro que lo pasáis en grande. Patty sí que sabe disfrutar de la vida. Nos encantará verla.

—¿Ver a quién? —Se oyó a Amelia preguntar mientras empujaba la puerta de la academia.

—¡Buenos días! Vaya ojo que tienes, siempre nos pillas de charleta. Menos mal que eres buena jefa —rio Carmen—. ¿Te pongo un café?

—No, gracias; ya me he tomado uno esta mañana y me ha dicho el médico que no abuse. A mi edad todo el mundo empieza a decirte lo que tienes que hacer, es un fastidio —contestó divertida.

Mi socia gozaba de una salud de hierro. No recuerdo haberla visto enferma más allá del típico resfriado de primavera. Se había cuidado toda la vida y se mantenía activa e ilusionada. Según ella, ese era el secreto para estar tan joven: no perder la ilusión. Quizá por eso había decidido embarcarse en la reforma de su casa.

—Estoy deseando ver a tu madre y que nos cuente cómo le va —añadió—. Dile de mi parte que traiga fotos del viñedo y de la casa. Me encantaría ver cómo ha quedado. ¡Qué ganas tengo de volver por allí! A ver si este verano hago una escapadita; Italia siempre es un destino apetecible.

—¡Guay!, le darás una alegría. A ella le encanta tener gente en casa, ya la conoces —apuntó Malena—. No me enrollo, que tengo que irme; quiero pasarme por Chopo a comprar unos pinceles nuevos. Ya nos vemos mañana.

—Hasta mañana —contestamos a coro Carmen y yo.

—Adiós, bonita —se despidió Amelia.

Carmen terminó de planchar los arreglos, acabó de envolver cada una de las prendas y las colocó en el armario.

—Me voy a acercar a comprar entretela, que se nos ha acabado y nos va a hacer falta esta semana. En un momento estoy de vuelta. Si vinieran a recoger algún arreglo, están todos ahí —indicó señalando el lugar donde los había dejado.

—Descuida, Carmen, yo me encargo.

Después de marcharse, noté que el gesto alegre que traía Amelia al llegar a la academia se iba desvaneciendo. Era algo que ya había visto antes. Supongo que por el ambiente en el que se crio y en el que se había movido toda su vida estaba acostumbrada a mostrar siempre su mejor cara. Cuando nos quedábamos a solas era cuando podía cambiar el gesto y permitir que su rostro expresara su estado de ánimo real.

—Te veo preocupada —dije con la intención de que me contara a qué se debía ese cambio.

—Más que preocupada, estoy algo intranquila, Julia. Alfonso me pidió que buscara algunos papeles que necesita Felipe para solicitar los permisos de obra para la reforma. Yo siempre me desentendí de eso, Javier y su abogado se ocupaban de todo. Me he pasado un buen rato en el despacho de mi marido y, salvo los planos originales, creo que tengo todo lo que necesito. Sin embargo, hojeando la escritura he visto que la casa no está a mi nombre, sino a nombre de una sociedad. Imagino que no hay de qué preocuparse. Don Armando me aseguró que todo lo relativo a la herencia tras el fallecimiento de mi esposo estaba en orden, pero no acabo de entender por qué no soy la titular del piso.

—Seguro que hay una explicación sencilla.

—Supongo que en su momento sería lo más conveniente. Quizá era una fórmula que ideó para que no tuviera que pagar tantos impuestos sobre la herencia. En todo caso, yo debo figurar como la administradora de la sociedad. No sé, he firmado muchos papeles desde que murió mi esposo y aún más en este último año con el lío ese del efecto 2000. Los directores de las empresas de mi marido no han dejado de enviarme documentos.

—En la tele están muy pesados con lo del cambio de milenio, parece que el mundo se vaya a acabar el 31 de diciembre.

—No entiendo a qué viene tanto lío. Se están gastando

un dineral en asegurarse de que los ordenadores no se van a volver locos cuando llegue el Año Nuevo. A mí estas cosas se me escapan; es más, no las entiendo ni falta que me hace —añadió Amelia considerablemente más relajada que cuando había empezado a hablar.

—¿Y ya tienes claro lo que vas a hacer en tu casa?

—Lo he dejado todo en manos de Felipe. Cuando vaya a verlos en Navidad me enseñará algunas ideas en las que está trabajando. Para empezar, baños y cocina nueva, eso lo tengo claro, y lo demás será cuestión de redecorar más que de redistribuir espacios. Me voy a deshacer de casi todos los muebles, salvo alguna pieza especial que Felipe sabrá integrar en la nueva decoración; con eso tiene mucha mano. En las revistas he visto unos estucos preciosos que creo que quedarían ideales, ahora se llevan mucho. Tengo tantas ideas en la cabeza que me costará decidirme.

—Estoy segura de que te va a quedar todo precioso, más ligero y alegre. Más como «la Amelia del siglo XXI».

Las dos nos echamos a reír. Nos conocíamos muy bien y, aunque teníamos vidas muy distintas, empatizábamos mucho.

—Cambiando de tema, cuéntame, ¿tienes novedades sobre Daniel?

Amelia adoraba a mi hijo desde casi antes de que naciera. Aún recuerdo cómo se le saltaron las lágrimas cuando

Ramón y yo le dimos la noticia de mi embarazo. Ella se sentía parte de nuestra historia de amor, y con razón, porque, si no hubiera sido por la academia, nunca nos hubiéramos conocido. En cierto modo nosotros también lo sentíamos así. No habíamos pasado más que de un tonteo y algún paseo por el Retiro al poco de conocernos y ella ya decía que veía claro que acabaríamos juntos. Por aquel entonces, ni se me pasaba por la cabeza casarme y formar una familia. Nunca había tenido novio y no me esperaba que llegara a mi vida alguien tan especial como él.

—Su pediatra nos ha dicho que no le demos ninguna importancia, que hay niños «movidos y punto», con estas palabras. Que lo de la hiperactividad es un invento moderno para medicar a los críos. Se echó las manos a la cabeza cuando le conté que en el colegio habían sugerido que visitáramos a un psicólogo. Me quedé de piedra al oírlo. Es bastante mayor y hasta ahora nos ha ido muy bien con él; sin embargo, Ramón y yo hemos decidido consultar con otro médico. Después de ver a su pediatra, en vez de tranquilizarme estoy aún más preocupada. No me parece normal que la pedagoga del colegio y él tengan opiniones tan dispares.

—No pierdes nada por pedir una segunda opinión —apuntó Amelia.

—Por mi hijo, lo que sea. Pensar que puede tener un problema que no he sabido ver me angustia mucho.

—No te pongas en lo peor, seguro que dais con un pediatra que sabe orientaros. ¿Se lo has comentado a Laura?

—Sí, se ha ofrecido ayudar en lo que pueda. Ahora que ya hemos decidido el siguiente paso, volveré a hablar con ella por si puede recomendarme algún médico de confianza. Quizá si yo hubiera estado más pendiente de Daniel en vez de dejárselo a Marina por las tardes, me hubiera dado cuenta de que su comportamiento no era normal. Ramón me dice que ni se me ocurra echarme la culpa de nada, pero no puedo dejar de pensar en ello. Es verdad que es muy inquieto y que cuesta que se centre, pero yo creía que era cosa mía, que por mi edad me costaba más estar con él. Si es cierto que sufre de alguna cosa, no me lo voy a perdonar.

—Eso ni pensarlo, Julia. Eres la mejor madre del mundo y una gran mujer. No tienes que cargar con ninguna culpa. Siempre has hecho lo mejor para tu familia y te esfuerzas cada día por sacarlo todo adelante. Nunca te ha faltado determinación para nada, así que vayamos paso a paso. Estoy a tu lado para lo que haga falta. ¿Entendido?

—Entendido —contesté zanjando el tema.

Sabía que sus palabras eran sinceras. Desde que falleció mi madre, nadie había estado tan cerca de mí como Amelia. Lo cierto era que siempre nos habíamos apoyado la una en la otra, especialmente cuando surgían problemas; eso nos había hecho fuertes y nos había enseñado a confiar en que juntas podíamos superar cualquier adversidad. Pero esa vez se trataba de mi hijo. No había nada en mi vida más importante que él y no podía fallarle.

—¿Todavía estáis de cháchara? ¡Anda que no os gusta darle a la sinhueso! —exclamó Carmen, que ya estaba de vuelta de la mercería.

—Ja, ja, ja. Tienes toda la razón, nos ponemos a charlar y se nos va la mañana. Os dejo, que tengo un par de recados que hacer y luego voy a la peluquería para retocarme el color —comentó Amelia atusándose el pelo.

Se despidió de nosotras y Carmen y yo retomamos nuestras tareas. Tenía que terminar de preparar la clase de la tarde. Las chicas me habían pedido que les diera una clase práctica en la que les enseñara a coser «telas difíciles», como ellas las llamaban. Casi todas estaban cosiendo algo especial que ponerse en Navidad y habían elegido tejidos algo complicados. Carmen me había llevado una selección de muestras de telas que incluía terciopelo, lentejuelas, gasa, organza, y tenía que repasar mentalmente los trucos de costura que mi madre usaba cuando confeccionaba trajes de fiesta y de ceremonia para sus clientas. No quería que se me pasara ningún detalle.

—¡Qué gusto! ¿Te imaginas, Julia, que nos sobraran los billetes y fuésemos a una de esas peluquerías en que te sirven café mientras esperas y te dan un masaje en la cabeza entre lavado y lavado? ¡Qué digo yo en la cabeza!

En el cuero cabelludo —matizó con tono burlón—. Aunque, si hay que elegir, prefiero arreglarme la cabeza por dentro en un retiro y apañarme yo misma los pelos con un buen cepillo y un secador, que para eso tengo maña.

—Eres la bomba, Carmen; contigo todo acaba en un chiste. Esta vez tengo que darte la razón: peinarte no lo veo complicado, arreglarte la cabeza ya es otro cantar.

—Y que lo digas —añadió con una gran carcajada que acabó contagiándome.

Mi compañera tenía una facilidad pasmosa para hacer que me olvidara de mis preocupaciones. Admiraba ese carácter desenfadado y estaba convencida de que había sido su tabla de salvación para sortear algunos capítulos difíciles de su vida que aún no había compartido conmigo. Estaba segura de que, tras esas risotadas incontrolables que soltaba, había mucho más que lo que estaba dispuesta a dejar entrever. Hubiese lo que hubiese, ella me recordaba sin saberlo que unas risas nunca están de más y que reírse de uno mismo es un ejercicio muy saludable.

11

Habíamos decidido cerrar la academia durante la semana del puente de diciembre. La mayoría de las alumnas aprovechaban para irse de viaje y a nosotras nos venían bien unos días de descanso. Para mi sorpresa, Ramón se había cogido la semana de vacaciones que le quedaba por disfrutar y pensábamos pasar esos días en su pueblo. Daniel no veía a su abuelo desde el verano y se lo pasaban tan bien juntos que le entusiasmó el plan. Con suerte podríamos tomarnos una tarde para los dos mientras él se quedaba con mi suegro. Nos hacía falta, lo habíamos hablado en alguna ocasión. El ritmo de vida que llevábamos hacía que ambos echáramos de menos algunos ratos más de intimidad; sin embargo, no conseguíamos sacar tiempo para nosotros.

Apenas quedaban unos días para el puente cuando al volver a casa después del trabajo encontré un vehículo que no reconocí aparcado frente a la puerta. Los vecinos de la urbanización cumplíamos con una regla no escrita según la cual cada uno usaba su acera para aparcar el coche. Me extrañó no ver el nuestro en su lugar y me quedé un momento mirando aquel «intruso» por si lo reconocía. Era bastante grande y parecía recién sacado de un concesionario. No conocía a nadie en la urbanización que tuviese uno así.

Sin darle más vueltas subí los tres escalones hasta la puerta de casa y busqué las llaves dentro del bolso. Antes de que pudiese encontrarlas, Marina abrió la puerta.

—¡Ah! Hola, Julia, acaba de llegar Ramón y me ha dicho que podía irme —dijo sobresaltada al encontrarme de frente.

—¿Ya ha vuelto del trabajo?

—Sí, ahí están los dos tirados en el suelo jugando. Daniel ha merendado fruta y un vaso de leche, ha hecho los deberes y después hemos ido un rato al parque. Traía una nota del cole con una lista de materiales que tiene que llevar en cuanto pueda. Por lo que me ha contado, parece que van a preparar algunas manualidades para Navidad. La he dejado pegada al frigorífico con un imán.

—Vale. Gracias, Marina. Eres un sol. Nos vemos mañana.

Colgué la chaqueta y el bolso en el perchero del recibidor y dejé las llaves en una bandeja de madera que teníamos en la mesita de la entrada. Los chicos estaban pasándoselo tan bien que ni siquiera me oyeron llegar. Me quedé un instante mirándolos, apoyada en el marco de la puerta del salón. Me encantaba observarlos sin ser vista, tenían una conexión muy especial. Jugaban a perseguirse a cuatro patas y a revolcarse por la alfombra cuando se encontraban. Tras unos instantes, viendo que no se percataban de mi presencia, carraspeé.

—Pero ¿qué es esto? —pregunté haciéndome la enfadada—. Tú deberías estar en la bañera y tú, grandullón, ¿qué haces aquí tan pronto? ¿Hoy no tienes trabajo?

—¡Mami! —Daniel corrió a abrazarme y Ramón se puso en pie tan rápido como pudo.

—Hola, preciosa, tengo una sorpresa que te va a encantar —anunció dándome un beso en la mejilla.

—¿Ah, sí? ¿Y qué sorpresa es esa? ¿Me habéis preparado la cena? —pregunté intrigada.

—Anda, ponte otra vez la chaqueta, que no quiero que cojas frío —me indicó Ramón mientras me señalaba el perchero.

—¿Adónde vamos? —quise saber.

—No preguntes y hazme caso. Ven con nosotros.

Cogió a Daniel en brazos, le echó la parka por encima y abrió la puerta. Me tomó de la mano y me indicó que bajara hasta la calle.

—¡Sorpresa! —exclamó señalando el coche que había aparcado delante de casa.

—No entiendo —contesté.

—Disculpa, haré las presentaciones como corresponde. Julia, coche nuevo. Coche nuevo, Julia. ¡Es nuestro! ¿No es una preciosidad? —preguntó mientras accionaba el mando para abrirlo—. Lo encargué después de verano y me lo han entregado hoy mismo, a tiempo para estrenarlo este puente. ¿Qué te parece?

—Pero no me habías dicho nada.

—Mujer, quería que fuera una sorpresa.

Daniel ya se había sentado en el asiento del conductor y simulaba conducir mientras Ramón se afanaba en enseñarme lo amplio que era y lo bien equipado que estaba.

—Vamos a viajar como señores. Fíjate qué maletero tiene y qué cómodos son los asientos. Venga, pruébalos. Y esta pantalla que he pedido que le instalaran, ¿qué me dices? Daniel puede ver pelis y así no se aburre en los viajes. Mira, reposabrazos en los asientos delanteros, como si estuviésemos sentados en la butaca del salón. Fíjate, la puerta trasera es deslizante y el techo panorámico. ¡No me digas que no da sensación de amplitud!

Me senté en el asiento del copiloto sin decir ni una palabra. Asentía con la cabeza mientras Ramón enumeraba todas las ventajas del vehículo y yo calculaba si podíamos permitirnos un coche así.

—Venga, di algo —insistió.

—No sé qué decir, Ramón. ¿Cómo vamos a pagarlo?

—De eso no tienes que preocuparte, ya me he encargado.

No quise entrar en más detalles. El niño se movía de un asiento al otro e iba comprobando para qué servía cada botón que encontraba a su alcance. Estaba casi tan emocionado como su padre y yo no tenía intención de romper la magia del momento.

—¿Queréis dar una vuelta?

—¿Ahora? Mejor mañana, se nos hace tarde para la hora del baño —dije mirando a Daniel.

—Vale, como quieras —contestó Ramón algo decepcionado.

Entramos en casa y comenzamos el ritual de todas las noches. Era una rutina agotadora, pero por suerte ese día estaba Ramón para ayudarme. Tomé a Daniel de la mano y nos dirigimos escaleras arriba.

—Esperadme, que ahora voy.

—Ramón, por favor, no tardes, que vengo muerta y todavía tengo que preparar la cena. ¡Y recoge un poco el salón, que lo habéis dejado hecho un desastre! —grité.

—Claro, ahora mismo subo. Es un momento. No tardo.

Me daba la sensación de que me pasaba el día dando órdenes. A nadie más parecía importarle que en la casa estuviera todo manga por hombro, que nos saltáramos los horarios o que cenáramos cualquier cosa. Me desvivía por mantener el orden y el ritmo que creía mejores para Daniel. Era importante que tuviera una rutina y yo sabía que, si conseguía cumplirla, podría relajarme un poco delante de la tele antes de acostarme. Necesitaba ese ratito, especialmente en ese momento, en que sospechaba que Ramón y yo íbamos a tener una larga conversación antes de irnos a la cama.

Como era de esperar, me tocó bañar a Daniel sola y ayudarlo a ponerse el pijama. Había dado por imposible dejar que lo hiciera solo. Se distraía con cualquier cosa y, si quería que se acostara pronto, no me quedaba otra. A esas horas no estaba de humor para discutir con él y solo confiaba en que, repitiendo el ritual una y otra vez, consiguiera sentarlo a cenar cada noche antes de las nueve.

Cuando bajamos, Ramón aún estaba en el salón hojeando el manual de instrucciones del coche.

—Tiene capacidad para cinco CD. ¿Te imaginas? ¡Hasta Torremolinos escuchando música sin parar! ¿No es genial? Y podemos conectar una neverita al encendedor para llevar bebidas frías.

Típico. El día que yo quería acabar con la cena cuanto antes, a él le daba por leerse el manual del coche nuevo. A veces me sorprendía cuánto podían parecerse padre e hijo.

—Anda, déjalo ya. Vamos a cenar y a acostar al niño, que se está haciendo tarde —le recriminé en el tono más contenido que pude.

Me miró extrañado, soltó el manual en la mesa del salón y se apresuró a seguirme hasta la cocina. Cenar los tres juntos entre semana era algo insólito y Daniel lo celebró alargando el momento todo lo que pudo, hasta acabar con mi paciencia.

—Acuéstalo tú mientras yo recojo este lío. Hoy no doy para más —le pedí.

—Venga, dale un besito a mami, que te llevo a la cama y te leo un cuento antes de dormir —le indicó Ramón al crío.

Daniel obedeció sin rechistar y ambos desaparecieron escaleras arriba.

Convertirme en madre fue un sueño más que se hizo realidad y, aunque los comienzos habían sido difíciles, estaba convencida de que mi hijo era lo mejor que me había pasado nunca.

Cogí la lista de materiales que Marina había dejado en el frigorífico y la metí en el bolso con la esperanza de acordarme de pasar por la papelería al día siguiente. Recogí la cocina, fregué los cacharros y programé la lavadora.

—¡Ya está! Le he leído el cuento y se ha dormido del tirón. Este niño es un ángel —oí decir a Ramón bajando las escaleras—. Anda, deja ya eso y vamos a sentarnos.

—Lo dices como si disfrutara recogiendo la cocina después de pasarme el día trabajando. —Aquello me salió del alma.

—Mujer, no te pongas así —contestó sorprendido.

Respiré hondo y me senté frente a él en el salón. Intuía que la conversación iba a ser más larga de lo que podía soportar a esas horas, pero estaba decidida a llegar al fondo del asunto.

—¿No te vienes al sofá? Anda, siéntate aquí conmigo y te doy un masajito en los pies.

—No estoy para masajes, Ramón. Si no es mucha molestia, ¿me puedes explicar por qué has comprado un coche sin decírmelo?

—Ya te lo he dicho, quería darte una sorpresa.

—Pues lo has conseguido. Ha sido toda una sorpresa. ¿Y se puede saber de dónde vamos a sacar el dinero para pagarlo? Nuestro coche está bien, ¿qué necesidad había de comprar otro?

—Julia, no entiendo por qué te pones así. Desde luego... se le quitan a uno las ganas.

Tenía a mi marido por una persona sensata. Manejábamos las cuentas de la casa conjuntamente y, hasta el momento, siempre habíamos hablado las cosas antes de tomar decisiones importantes. Vivíamos con cierto desahogo, meternos en un coche nuevo me parecía un despilfarro. Algo del todo innecesario.

—Vamos, te escucho —señalé cruzando los brazos y acomodándome en el sillón.

La explicación consiguió enervarme todavía más. Ramón había pedido una ampliación de la hipoteca de la casa para comprar el coche. Era una práctica bastante extendida, los bancos ampliaban los créditos alegremente y la gente aprovechaba la circunstancia para darse algún capricho. Pero en realidad de esta forma endeudaban aún más a sus clientes. Una de las cosas que más me preocupaban cuando nos planteamos comprar el adosado era no empeñarnos demasiado y tener un margen para las vacaciones, permitirnos algún extra de vez en cuando y hacer frente a imprevistos con cierta soltura. Por eso había invertido el dinero de la venta de mi casa familiar en dar una entrada generosa, y así podríamos quitarnos el préstamo pronto. La idea de tener que pagar una hipoteca hasta los sesenta años me horrorizaba.

De mi boca no salieron más que sapos y culebras durante un buen rato. Aquello me parecía una traición en toda regla, sin mencionar que era inadmisible que el banco hubiese aprobado la operación sin mi consentimiento, al fin y al cabo, ambos éramos titulares de la hipoteca. Era evidente que la firma de mi marido valía mucho más que la mía.

Ramón intentó tranquilizarme utilizando todo tipo de argumentos e inventando mil excusas que respaldaran su decisión de comprar un coche nuevo ante mi cara de estupor. ¿Cómo habíamos llegado a eso? ¿En qué momento habíamos dejado de ser un equipo? Me sentía ninguneada. Era una deslealtad por su parte.

—No pensé que te lo ibas a tomar así, pero ya no hay nada que hacer, el coche está comprado y no hay más que hablar.

—Te equivocas, sí hay más que hablar. Por lo pronto, este puente Daniel y tú os vais solitos a casa de tu padre. Yo me quedo aquí para intentar asimilar esto.

—Pero ¿qué dices? ¿Cómo voy a plantarme en el pueblo yo solo con el niño? ¿Qué va a decir mi padre?

—Que qué va a decir tu padre. ¿Eso es lo que más te preocupa? Mira, me voy a la cama porque como sigamos discutiendo voy a decir cosas de las que me puedo arrepentir. No me esperaba algo así, Ramón, de verdad, no me lo esperaba. Pensé que tenías más cabeza.

—A ver, Julia, no te pongas así —contestó con un tono tan condescendiente que terminó por sacarme de quicio.

—Déjalo, Ramón, por Dios te lo pido. ¿No te das cuenta de que vamos a estar pagando una hipoteca hasta que cumplamos los sesenta, que si las cosas nos van mal nos las vamos a ver y desear para llegar a fin de mes? ¿Dónde queda todo el esfuerzo que habíamos hecho justo para evitar eso?

—Julia, te lo estás tomando a la tremenda. De verdad que no te reconozco.

—Debe de ser eso, que ya no me reconoces. Las cosas están cambiando mucho entre nosotros o quizá sea yo, que me he vuelto una caprichosa que no se preocupa por su familia y solo piensa en darse a la buena vida —contesté sarcástica—. Pero, oye, puede que no sea malo hacer algunos cambios. Así que mejor os vais los dos y lo hablamos a la vuelta.

—Esto es increíble —contestó levantándose del sofá y arrojando un cojín con rabia al suelo.

—Así es, absolutamente increíble —repetí—; que dispongas del resultado de mi esfuerzo para darte el capricho de comprar un coche nuevo sin consultármelo antes no tiene nombre. Y no me vengas con que lo has hecho por nosotros, que esa cantinela ya me la sé de memoria.

Detestaba irme a la cama tan alterada. La Julia de hacía unos años hubiese reaccionado de forma más conciliadora. Apenas me reconocía y eso me inquietaba. Tenía todo lo que había soñado, ¿por qué no era feliz? La responsabilidad, el cansancio, las tareas del día a día, ¿podían haberme cambiado hasta este punto? Me había esforzado tanto por crear una familia y sacar adelante un negocio que encontrarme en esa situación me desconcertaba.

Estaba convencida de que Ramón era el hombre de mi vida y un padre ejemplar para Daniel; sin embargo, me costaba aceptar que nuestra relación no era la de antes. Necesitaba reflexionar sobre ello. Deseaba volver a sentirme capaz de recuperar la complicidad que teníamos, el gusto por cuidarnos y el hecho de buscarnos para estar juntos. Habíamos construido una familia preciosa, pero las piezas parecían no encajar del todo.

Fui a la cocina, me preparé una tila y me senté un rato a solas. Era noche cerrada y tan solo entraba por la ventana la luz de la farola de la acera de enfrente. Poco a poco conseguí que mi respiración recuperara su ritmo normal y me fui serenando. Me preguntaba si mi reacción era debido a algo puntual o si detrás había algo más. Quizá un cúmulo de cosas a las que no había prestado suficiente atención en esos últimos años. Deseaba haber medido más mis palabras. De nuevo me invadía la culpa.

Me sentí identificada con Laura, con lo que me contaba en nuestras tardes de costura juntas. Ahora entendía la angustia que le producía tratar de sacar adelante su casa, sus hijos, su trabajo y su relación con Martín. A ella le costó su matrimonio y una depresión, pero yo creía haber aprendido la lección y no estaba dispuesta a pasar por lo mismo. Estaba segura de que daría con la fórmula para recomponerme en cuanto lograra encontrar un momento de calma para pensar con claridad.

No me había separado de Daniel desde que nació y no estaba segura de poder soportarlo. Pensé que quizá me había precipitado al negarme a acompañarlos. Sin embargo, algo me decía que unos días sola en casa me vendrían bien para aclarar las ideas.

Cuando entré en nuestro dormitorio, Ramón dormía como un tronco. Envidiaba esa facilidad para dejar los problemas a un lado. Puede que hubiera sido demasiado dura con él, pensé mientras me metía en la cama con cuidado de no despertarlo. Deseé ver las cosas de modo diferente por la mañana.

12

Cuando era niña, en las semanas previas a Navidad se acumulaba el trabajo. Mi madre se pasaba las noches dando los últimos retoques a los encargos y yo cuidaba de mi padre. En Nochebuena horneaba un pollo que aderezaba con unas ramitas de tomillo y romero, y le ponía dentro medio limón. De la cocina llegaba un aroma que llenaba toda la casa y anunciaba una cena especial. De postre preparaba un flan de huevo riquísimo, con mucho caramelo líquido, que, ese día, acompañaba con un poco de nata. No había muchos dulces, pero lo que no podía faltar en nuestra mesa era el turrón duro y las bolitas de coco. Poco más nos podíamos permitir, lo suficiente para hacer de aquellos días algo especial. Me sorprendía la nitidez con la que recordaba aquellos momentos felices que, aunque despertaban mi nostalgia, también me reconfortaban de un modo especial. A pesar de la enfermedad de mi padre y del sobreesfuerzo que suponía para mi madre, esa noche éramos felices. O al menos así lo sentía yo.

Quise despedirme de Ramón y de Daniel, y asegurarme de que no se les olvidaba nada. Al abrazo de mi hijo, que estaba entusiasmado por viajar en el coche nuevo viendo películas, le siguió la fría despedida de mi marido con un beso en la mejilla y una actitud airada, su forma de hacerme saber que aquel plan no era de su agrado. En el fondo estaba convencido de que cedería y me iría con ellos. Ni yo misma me creía lo que acababa de hacer. Estaba demasiado disgustada para ignorar lo ocurrido y pasar una semana de vacaciones en familia como si nada.

Era casi mediodía cuando llegué a El Cuarto de Costura y, aunque era un día soleado, empezaba a sentirse el frío de diciembre. Algunos comercios de la zona ya lucían la decoración navideña en los escaparates y las calles eran un bullir de gente. Nada que ver con la calma que solía encontrarme a primera hora de la mañana.

—A la chica le queda un poco grande de pecho, habría que meterle de aquí y luego cortarlo a esta altura —oí comentar a Carmen mientras entraba—. Casi da pena tocarlo con lo bonito que es. Qué bien aguanta los años una buena confección.

—Buenos días —saludé.

—Hola, compañera, no te vas a creer lo que ha pasado —se apresuró a anunciar Carmen.

—Buenos días, Julia —contestó Amelia—. Creo que tenemos una sorpresa para ti.

—No me asustéis, que bastantes sorpresas llevo ya en el cuerpo y ninguna buena.

Me quité el abrigo, dejé mis cosas en la trastienda y me reuní con ellas en la sala. Estaban echándole un vistazo al vestido que habían llevado a arreglar. Una chica joven del barrio lo había rescatado del armario de su abuela y quería hacerle algunos retoques para lucirlo en Nochevieja.

—¿Qué sorpresa es esa? —pregunté—. Venga, contadme. No me tengáis en vilo.

Carmen cerró la cremallera y dispuso el vestido con mucho cuidado sobre la mesa, alisándole las arrugas con la mano e intentando que luciera lo mejor posible. Cuando terminó dio unos pasos hacia atrás. Las tres permanecimos de pie mirándolo unos segundos. Era un vestido de cóctel, confeccionado en tafetán negro con los hombros caídos y escote corazón, con costadillos que ajustaban el cuerpo a la cintura. La falda era entallada, con una abertura trasera. Estaba bien conservado y no costaba imaginar cómo debió de lucir en su día. Sin duda, el modelo era una maravilla. Su elegancia atemporal era incontestable y recordaba a la alta costura de los años cincuenta.

Amelia se acercó a mí, me puso las manos sobre los hombros y tomó la palabra.

—Julia, estamos ante una pieza única.

—Sí, ya lo veo, un vestido precioso —repliqué asombrada ante tanta ceremonia.

—Digno de un museo —añadió Carmen.

—Así es, digno de un museo —Amelia hizo una pausa que se me hizo eterna y mirándome a los ojos acabó la frase—, si Nati tuviera un museo propio.

La afirmación de Amelia me dejó perpleja. ¿De qué estaban hablando esas dos mujeres? ¿Qué tenía que ver mi madre en esa historia?

—¿Cómo? Explícame eso.

—Julia, este vestido es de tu madre. Lo he reconocido nada más verlo. Todo cuadra, lo he comprobado. Es suyo.

Me quedé inmóvil, mirándolo como si de verdad estuviera expuesto en un museo. Cogí aire y me acerqué, lo tomé con las dos manos y lo levanté para verlo mejor. Le di la vuelta para observar la espalda y después lo volví del revés para buscar su firma. Era un secreto entre nosotras; sin embargo, no me parecía una traición revelarle ahora a Amelia ese pequeño bordado en forma de bodoque que ella escondía hábilmente en alguna de las costuras de cada prenda. Esa era la prueba de que, en efecto, habían sido sus manos las que habían cosido el vestido. Primero comprobé el dobladillo, pero no lo encontré. Entonces recordé el momento exacto en el que surgió aquella idea. «Este corte se llama "corte princesa" y para averiguar si la señora que lo va a vestir es una princesa auténtica, le voy a coser un guisante en el costadillo. Si le molesta, sabremos que es de sangre azul», me explicó mi madre cuando apenas era una niña y disfrutaba compartiendo conmigo cada paso de la confección.

Ella sabía cuál era mi cuento favorito y había elegido bien dónde esconder aquel «guisante». Esa fue la primera vez que «firmó» un encargo y, a partir de entonces, continuó dejando su marca en cada prenda, también en la última que confeccionó para Amelia y que yo misma terminé de coser. Por fuerza, en ese vestido la firma debía estar en alguna de las costuras del cuerpo. Me senté en una silla y las repasé una por una hasta encontrarla.

—¡Aquí está! —exclamé con los ojos llenos de lágrimas al encontrar el diminuto bodoque—. ¡Es suyo!

—Te lo dije, lo reconocí en cuanto lo vi. Este vestido lo cosió para la esposa de un socio de don Javier. Si la memoria no me falla, se llamaba Eugenia. Solíamos coincidir en actos sociales y algunas cenas, pero, aparte de eso, no teníamos mucho trato. Era algo mayor que yo. En una de esas fiestas se fijó en mi traje y me preguntó quién era mi modista. Si mal no recuerdo, Nati le confeccionó más de un vestido. Este se lo llegué a ver puesto en una ocasión.

Sentí que, en cierto modo, me reencontraba con mi madre tantos años después y rompí a llorar.

—Perdonadme —me disculpé, y corrí a refugiarme en la trastienda.

—Tranquila, niña —dijo Amelia mientras me ofrecía un pañuelo de papel y me abrazaba—. Tienes todo el derecho del mundo a llorar, es lógico que te emociones.

—Gracias —contesté aceptando el pañuelo y sonándome la nariz—. Sí, llevas razón. Es algo con lo que nunca hubiera soñado: volver a tener en mis manos uno de los vestidos que seguramente cosió durante esas noches en las que oía el pedal de la Singer desde mi dormitorio. Me trae tantos recuerdos de golpe...

—Entiendo, es normal. No te reprimas.

—Ay, Amelia, es que se me juntan tantas cosas. Daniel, Ramón...

Me conocía tan bien como para intuir cuándo me pasaba algo sin que yo tuviera que decir una sola palabra. A fin de cuentas, formaba parte de mi vida desde que era una niña. Delante de ella no tenía sentido disimular.

—Anda, lávate la cara. Le pedimos a Carmen que cierre ella al mediodía y tú y yo nos vamos a comer juntas, ¿te apetece? Nos vendrá bien a las dos.

Amelia siempre encontraba la manera de animarme. Entré al baño aprovechando que ella iba a avisar a Carmen. Abrí el grifo del agua, coloqué las dos manos debajo del chorro y me las llevé a la cara. Noté que mis ojos agradecían aquel baño de agua fría y mis mejillas perdían su color rojizo y recuperaban su temperatura habitual. Me miré en el espejo y me vi triste y cansada. Mi rostro hablaba de años de esfuerzo y dedicación. Tendría que profundizar en esa tristeza durante los próximos días. Intuía que no iba a ser fácil.

Cuando salí, Carmen estaba colgando el vestido en el armario y organizando los arreglos que tenía pendientes.

La mañana se me pasó volando. Eran casi las dos cuando volvió Amelia. Terminé lo que estaba cosiendo y me preparé para salir.

—Gracias por encargarte de cerrar, nos vemos a la vuelta del puente. Disfruta mucho de estos días, te lo has ganado —dije.

—Nada, mujer, qué trabajo me cuesta. Descuida, que aprovecharé estas minivacaciones a tope. Y tú descansa, que se ve que te hace falta. Espera.

Entró en la trastienda cogió su bolso y lo puso sobre la mesa de centro, revolvió un rato y sacó un neceser en el que no cabría un alfiler.

—Ven aquí, vamos a darle un poco de color a esa cara —dijo aplicándome en las mejillas una brocha cargada de colorete antes de que yo pudiera negarme—. Hombre, esto ya es otra cosa.

Me cogió de la barbilla y me giró la cara a derecha e izquierda.

—Solo te falta un toque de brillo de labios. Toma, esto dátelo tú —añadió ofreciéndome el aplicador—. Ahora sí. No sé por qué te empeñas en no arreglarte un poquito.

Un día de estos te doy una clase magistral para que te saques más partido.

—¿Sacarme partido? Ya no estoy para eso. Que conste que te he dejado maquillarme porque me has pillado desprevenida.

—Tienes toda la razón del mundo —asintió Amelia—, un poco de colorete le sienta bien a cualquiera. Y ahora, nos vamos.

Nada más salir por la puerta me pidió que la esperara y volvió a entrar. A través del escaparate la vi hablando con Carmen, que apuntó algo en un papel y se lo entregó.

—¿Qué pasa? —le pregunté cuando volvió a salir.

—Nada, pensé que me había olvidado el fular.

—Pero si lo llevas puesto —observé confundida.

—Sí, sí, me acabo de dar cuenta. Tengo la cabeza cada vez peor. Enhebra, Julia —me pidió ofreciéndome el brazo.

Caminamos hasta la calle Alcalá, bajamos hasta la plaza de la Independencia y tomamos Alfonso XIII. A esa hora, el tráfico era una locura. Desde que nos habíamos mudado a vivir a Las Rozas llevaba fatal los ruidos de la ciudad. Por suerte, el restaurante no quedaba lejos. Hacía esquina y tenía unos ventanales grandes que ofrecían una preciosa vista del Retiro.

—Qué sitio tan elegante —exclamé al entrar fijándome en el tapizado de las sillas y las suntuosas cortinas de terciopelo que enmarcaban cada ventana.

—¿A que es bonito? Aquí es donde suelo comer con Patty cuando viene a Madrid.

—No tenéis mal gusto, no. Muy palaciego para mí, pero elegante, muy elegante.

El camarero nos dio la bienvenida, saludó a Amelia por su nombre y nos acompañó a una mesa. Tomó nota de la bebida y, después de hacernos unas recomendaciones, nos dejó las cartas.

—¿Te apetece algo en especial o quieres que pida yo?

—Sí, pide tú, que conoces el sitio. A mí me vale cualquier cosa.

—Antes has mencionado a Daniel y a Ramón, ¿va todo bien? —preguntó Amelia.

—He llevado a Daniel a varios pediatras, pero aún no tenemos ningún diagnóstico claro. De cada visita salgo aún más confusa, es muy angustiante. Algunas madres de la urbanización me han advertido de que últimamente los médicos tienden a recetar pastillas para que los niños no den tanta guerra. Me asusta la idea de tener que medicar a mi hijo, pero más aún la de no encontrar a alguien que pueda ayudarlo, si es que realmente le pasa algo. Todavía no hemos visto al psicólogo, puede que él tenga la clave para explicarnos su comportamiento.

—Entiendo, los hijos son lo que más nos duele. No desesperes, es una situación a la que nunca te has enfrentado y por eso te parece tan complicada. Verás como dais con alguien que os pueda orientar. Con los niños nunca se sabe, puede que sea solo una etapa complicada.

—Ramón se ha empeñado en normalizar su conducta, se muestra reacio a consultar con un especialista y eso no ayuda mucho. Se van de puente a casa del abuelo, quizá después de pasar una semana entera con él cambie de opinión.

—¿Así que te quedas sola todo el puente? ¿Y eso?

—Ni yo misma sé bien cómo ha pasado. Ramón y yo discutimos y esta vez nos va a costar solucionarlo. Me siento engañada, como si él no contara conmigo como antes. Creo que estar a solas me va a ayudar a aclarar algunas cosas. Puede que mi matrimonio haya tomado un camino equivocado o puede que se trate de mí. En estos últimos años sin darme cuenta he podido descuidar a mi familia y volcarme demasiado en el trabajo. Es difícil encontrar un equilibrio, pero hasta ahora parecía que lo estaba logrando. Por eso te digo que puede que el problema sea yo. Tengo mucho que pensar.

—Conozco las consecuencias de que la balanza del trabajo o la familia se incline demasiado hacia un lado, Julia. No permitas que ocurra eso. Si crees que necesitas bajar el ritmo en la academia, podemos hablarlo y seguro que encontramos una solución.

No solía comentar mis asuntos de pareja con nadie, pero Amelia era mucho más que una amiga y sabía que había pasado por varias crisis en su matrimonio con don Javier.

—Gracias, lo tendré en cuenta. No quiero amargarte el almuerzo con mis cosas. Cuéntame tú, ¿cómo va el papeleo para la reforma de tu piso?

—No sé qué decirte, la verdad. Alfonso me dejó bastante preocupada cuando hablé con él anoche. Ha intentado ponerse en contacto con don Armando, el abogado, para que le explique lo de las escrituras y no le coge el teléfono ni le devuelve las llamadas. Ya está jubilado, pero con la amistad que lo unía a mi difunto marido me parece extraño que ahora nos dé la espalda de esta manera. Él es quien mejor conoce sus asuntos. Mi hijo me comentó que hoy llamaría a las oficinas para hablar con el director general, aunque yo creo que ese señor ni siquiera sabe de su existencia y no creo que lo atienda. Al final tendré que pasarme por allí a ver si consigo aclararlo todo. En fin, solo son papeles. Nada que no se pueda arreglar, supongo. Estoy centrada en buscar ideas y en decidir qué estilo quiero para mi nueva casa. Porque va a parecer nueva, de eso no te quepa duda.

—Uy, ninguna duda, Dios me libre —reí.

Acabamos con un tiramisú delicioso y un descafeinado. Dejé a Amelia en la puerta de su casa y volví a la academia deseando empezar la clase de las cuatro. En los escasos minutos que me separaban de El Cuarto de Costura me di cuenta de lo mucho que necesitaba hablar con ella sobre cómo me sentía. Aunque no me era fácil describir con palabras mi estado de ánimo, hacerlo era una forma de indagar en la razón de esta apatía que me invadía y que estaba segura de que no podía achacar solo al cansancio. Para lograrlo debía ser sincera conmigo misma.

Las chicas llegaron todas puntuales y más habladoras que de costumbre. Me reconfortaba comprobar que se había creado un grupo tan bien avenido con mujeres tan distintas. Les había prometido una clase para compartir trucos de costura y resolver las dudas que tuvieran sobre algunos de los tejidos que estaban empleando en sus proyectos.

—Empezaremos por las lentejuelas, veo que varias habéis elegido brillar esta Navidad.

Las alumnas iban tomando nota sobre el tipo de aguja, el largo de puntada, el hilo más indicado, la tensión de la máquina... Después de tantos años asistiendo a clase no perdían el interés; al contrario, cada vez se las veía más entregadas a la costura. Pasamos parte de la tarde dedicadas a destripar los secretos de aquellas telas entre risas e hilvanes.

Laura me había comentado que no tenía planes para el puente y me extrañó que no apareciera esa tarde. A los niños les tocaba con su padre y contaba con ella. En más de una ocasión me había hablado de lo rara que se sentía sin sus hijos los primeros fines de semana después de divorciarse y de lo poco que había tardado en acostumbrarse a estar sola. Imaginé que quizá se hubiese apuntado a un viaje de última hora con alguna compañera del hospital.

Poco antes de cerrar, llamó Ramón para confirmar que habían llegado bien. Se me hacía raro escuchar esa voz tan seria, pero no esperaba otra cosa. La conversación no duró ni un minuto, enseguida me puso a Daniel al teléfono para saludar. Lo había pasado en grande en el coche nuevo y el abuelo le tenía preparados muchos juegos. Estaba feliz y eso era lo que importaba.

Cuando bajé la persiana de la academia me invadió una sensación desconocida. Imaginé el telón de un teatro que cae anunciando el descanso. Ahora me esperaba un nuevo acto sin ensayo previo. No tenía ni idea de cuál era el guion, pero creía conocer bien a la autora de la obra. Tenía unos días para descubrirlo y no los iba a desaprovechar. Durante el trayecto en tren me dediqué a hacer una lista de cosas para las que nunca tenía tiempo, empezaría por ahí. Me sentía extraña, pero estaba convencida de que esos días serían decisivos.

13

Hacía mucho tiempo que no me despertaba sola en casa. Me estiré en la cama como cuando era pequeña y miré el despertador para comprobar si ya era hora de levantarse. Me tomé un momento para disfrutar de la sensación de silencio y quietud a mi alrededor. No pensé que fuera a sentirme tan bien. Me di una ducha rápida, abrí las ventanas para ventilar el dormitorio y, con el pelo aún húmedo envuelto en una toalla y en albornoz, bajé a la cocina para prepararme un café. Se me hizo muy raro desayunar en silencio. Entre semana todo eran prisas, tenía que salir pronto de casa para dejar a mi hijo en el colegio, coger el tren hacia Madrid y llegar a la academia con margen para comprobar que todo estaba listo antes de abrir. Sin embargo, los fines de semana solíamos tomárnoslos con calma. Ramón se encargaba de poner la mesa y preparaba el desayuno mientras mi hijo venía a la cama a hacerme cosquillas para que me levantara.

Me tomé un par de galletas con forma de dinosaurio mientras hojeaba con calma una revista de patrones que me había llevado de la academia. Me gustaba consultar las últimas novedades para sacar ideas de prendas que proponer a las alumnas y que estas siempre recibían con entusiasmo. Me daba cuenta de lo que me costaba dejar a un lado el trabajo. Después de hablar con Amelia, la idea de dedicar menos horas a El Cuarto de Costura y más a mi familia me rondaba la cabeza. El negocio funcionaba y Carmen y Malena formaban un gran equipo. Una decisión así redundaría en el bien de Daniel; sin embargo, intentaba imaginar hasta qué punto eso me haría feliz o me frustraría aún más.

Hacía un día precioso y estaba deseando sentir el sol de diciembre en la cara, así que, luchando contra mi propia costumbre de recoger la casa antes de salir, dejé todo tal cual y subí a vestirme. Estaba decidida a deshacerme de la rutina del día a día que se me hacía tan cuesta arriba y a conseguir que esos días fuesen realmente míos. Me iban a servir para mucho más que organizar unos armarios o hacer unas costuras. Estaba sola, mi tiempo era solo mío y algunos pensamientos a los que no solía prestar atención parecían estar más presentes que nunca.

Sonó el teléfono:

—Hola, mami —escuché al otro lado.

—Daniel, cariño, ¿cómo estás?

—Estoy con el abuelo, vamos a ir a ver a las ovejas y a hacer queso. ¿Vas a venir?

—No, hijo, no voy a poder. Pero ya verás qué bien lo vas a pasar con papá y el abuelo.

—Papá no está, se ha ido, pero dice que vendrá luego.

Eso no me lo esperaba. No podía creer lo que estaba oyendo. Tuve que contenerme para no pedirle que me pasara inmediatamente con mi suegro e hice de tripas corazón para mantener un tono de voz relajado mientras seguía hablando con él. Estaba intrigada. Se suponía que estos días eran para pasarlos con su hijo y a las primeras de cambio se lo endosaba a su padre. Estaba deseando escuchar qué explicación iba a darme.

—Seguro que vuelve pronto. Pero cuéntale a mamá, ¿tú sabes hacer queso?

—No, pero el abuelo dice que no es difícil y que me va a enseñar y que luego nos lo podemos comer porque las ovejas son muy buenas y nos dan leche y lana.

—Qué bien, cariño. ¿Y hace mucho frío?

—No, pero el abuelo dice que me si no me pongo el gorro no podemos ir a ver a las ovejas, y yo quiero ver a las ovejas.

—Hazle caso al abuelo, Daniel, y pórtate bien. ¡Ah!

Y guárdame un trozo de queso, que a mí el queso me gusta mucho, ¿vale?

—Sí, mami, ya lo sé, como al ratoncito Pérez.

—Eso, como al ratoncito Pérez. Anda, pásame con el abuelo, que así lo saludo. Te quiero mucho, mi vida, nos vemos prontito. Un beso.

—Mua.

Daniel colgó el teléfono sin más. Me quedé sin saber si había sido cosa suya o de mi suegro, que estaría a su lado escuchando la conversación. Quizá le había sentado mal que no hubiera acompañado a su hijo. Desconocía qué le habría contado Ramón para justificar mi ausencia, aunque tenía cosas más importantes de las que preocuparme. Eran mis razones y punto.

Fui a por el móvil y llamé a mi marido, pero no conseguí hablar con él. Parecía que las cosas, lejos de suavizarse, se ponían más tensas. No me había dado motivos para pensar mal ni estaba dispuesta a que aquello me amargara el día, de modo que decidí no darle importancia y seguir con mis planes. Me sequé un poco el pelo y me vestí. Al ponerme los vaqueros noté que me quedaban grandes y lo achaqué a las preocupaciones de esas últimas semanas. Desde que Daniel había empezado el curso y su tutora sacó el tema de sus problemas de aprendizaje andaba muy angustiada y me faltaba el apetito. Las visitas de un pediatra a otro no habían servido de mucho hasta el momento y eso me tenía intranquila. Sabía mantener la calma en situaciones difíciles, pero esa vez se trataba de Daniel y me estaba pasando factura. Abrí el altillo del armario y cogí unas botas que aún no había sacado, me puse un jersey de lana y un pañuelo al cuello. Estiré el edredón y bajé las escaleras. Intenté aligerar un poco el bolso y saqué todo lo que no iba a necesitar, me puse el abrigo y cerré la puerta con llave.

Ya en la calle, empecé a caminar sin rumbo fijo. Me apetecía pasear tranquilamente, disfrutar de un día soleado y no pensar en nada, si es que eso era posible. Cuando quise darme cuenta estaba a unas calles del colegio de mi hijo. No tenía oportunidad de pasear por el centro del pueblo a menudo y menos todavía con tiempo para pararme a mirar escaparates y descubrir tiendas curiosas. Caminar sola y sin prisas se me hacía raro, pero pensé que podría acostumbrarme con facilidad.

—Treinta años sin verte y ahora nos tropezamos cada dos por tres, Julita. —Reconocí su voz al instante.

—Ja, ja, ja. Hola, Fernando. Hacía mucho que nadie me llamaba así. ¿Cómo estás?

—Encantado de encontrarme contigo. Esta vez no te libras de que te invite a un café. Abrimos hace unos días y tienes que ver cómo ha quedado todo. Además, estoy deseando que me cuentes qué ha sido de ti todo este tiempo —contestó—. He salido a hacer un recado, pero ahora ya voy para el local. ¿Me acompañas?

No supe negarme. Después de tantos años éramos prácticamente dos desconocidos, pero parecía que Fernando no estaba dispuesto a aceptar ninguna excusa. Nadie me esperaba en casa y no tenía nada mejor que hacer. Decidí dejarme llevar pensando solo en mí. Por primera vez en semanas sentí que la vida me daba una tregua.

Me quedé de pie cerca de la puerta mirando alrededor mientras Fernando entraba tras la barra a dejar las bolsas. El local había quedado precioso, muy cálido y acogedor. Tenía unas cortinillas a media ventana que le daban cierta intimidad. Las mesas y las sillas eran de madera y en cada una había un pequeño jarrón con flores frescas y un servilletero también de madera. Era de esos lugares en los que puedes charlar durante horas con una amiga sin darte cuenta. Las cafeterías de París, por lo que me había contado Sara tras visitar la capital francesa, debían de ser muy parecidas a esa, o así las imaginaba yo. En el mostrador había una selección de tartas muy apetecible que me recordaron que apenas había comido dos galletas para desayunar.

Fernando me invitó a quitarme el abrigo, me acompañó a una mesa y retiró la silla para que me sentara.

—Bueno, ¿qué te apetece? Las tartas son caseras y tenemos todo tipo de cafés —dijo entregándome una carta—. ¿Quieres echar un vistazo?

—Gracias, un café con leche está bien.

—¿No vas a comer nada? Creo recordar que te encantaba el dulce. Prueba una de nuestras tartas, no te vas a arrepentir. La de chocolate es mi favorita.

—Si insistes, probaré la de chocolate —contesté intentando disimular las ganas.

—Insisto, insisto —añadió riéndose.

Me hablaba como si no hubiésemos perdido nunca el contacto, como si fuésemos viejos amigos que se ven casi a diario. Me sorprendió su desparpajo porque le recordaba algo tímido. Claro que de eso hacía muchos años y los dos habíamos cambiado bastante.

Regresó a la mesa enseguida con un trozo de tarta y dos cafés. Ahora que estaba delante de mí podía fijarme en él. Tenía la cara muy angulosa y una nariz algo aguileña que le daba un aire aristocrático muy divertido. Le veía más flacucho de lo que yo le recordaba, lucía algunas canas en las sienes y una barba de dos días que le hacía parecer muy interesante. Me fijé en que, a la altura de la clavícula derecha, parecía tener la piel quemada. Al notar mi mirada, se tapó cerrando el cuello de la camisa.

—Cuéntame, ¿qué es de tu vida? —preguntó mientras vaciaba un sobre de azúcar en su café y lo removía con la cucharilla—, soy todo oídos.

—Tengo una academia de costura en Madrid a medias con una socia.

—Entonces ¿elegiste la profesión de tu madre? Estará muy orgullosa de ti.

—Ella no llegó a conocerla. Falleció unos años antes de que la abriera.

—Cuánto lo siento, Julia. Disculpa, no lo sabía —se excusó posando brevemente la mano sobre mi brazo.

—No te preocupes, ¿cómo ibas a saberlo? —le disculpé retirando el brazo discretamente.

Intenté resumirle qué había sido de mí desde la última vez que nos habíamos visto. Quise limitarme a enumerar los grandes hitos de mi vida, pero pasados unos minutos estaba tan a gusto charlando con él que parecía que hubiéramos retomado nuestras vidas justo donde las dejamos. Me vi sentada frente a un viejo amigo y la conversación fluyó de una forma muy natural. Le hablé de los últimos años de mi madre, de mi trabajo en casa de Amelia, de El Cuarto de Costura, de Ramón, de Daniel... Era como si quisiera, sin pretenderlo, recuperar el tiempo perdido.

Creo que a él debió de pasarle algo similar, porque cuando llegó su turno me relató su vida con pelos y señales. Me habló de su familia, del fallecimiento reciente de sus padres, de los años que estuvo fuera trabajando... No me dijo si estaba casado y supuse que no tendría hijos, dando por hecho que los hubiera mencionado; es algo que todos los padres hacemos a las primeras de cambio. Temía que en algún momento me preguntara por qué no aparecí la última vez que quedamos siendo unos críos, aunque, por fortuna, no lo hizo. Era absurdo, pero todavía me daba apuro pensar en que le planté y que por eso dejamos de vernos de la noche a la mañana. Fantaseé algún tiempo con la idea de que volviéramos a quedar; sin embargo, la situación en casa hacía muy complicado que lo nuestro llegara a nada. No era más que una amistad entre adolescentes, por mucho que yo quisiera sentirme a veces como la protagonista de alguna película ñoña de la época.

Debimos de pasar al menos un par de horas charlando. En ese rato recuperamos la complicidad que teníamos treinta años atrás. Volvíamos a ser los mismos de entonces, como si el tiempo no hubiera pasado. Era agradable compartir conversación con un amigo con el que de pronto me sentía tan cómoda y tan ajena a mis preocupaciones.

—No quiero entretenerte más, imagino que tendrás mucho que hacer. Me ha encantado hablar contigo.

—Tranquila, no tengas prisa, creo que le caigo bien al jefe —contestó guiñándome un ojo.

—Oye, la tarta estaba riquísima —comenté consultando el reloj—. Tengo que traer a Daniel alguna tarde a merendar. Es un goloso sin remedio.

—Ven siempre que quieras, será un placer y me encantará conocer a tu hijo. Si se parece a ti será adorable. ¡Me alegro tanto de volver a verte! —añadió—. Qué suerte encontrarte otra vez. ¡Quién me lo iba a decir!

—Sí, una suerte —repetí—, y toda una sorpresa. Lo

he pasado muy bien recordando viejos tiempos. No me esperaba nada parecido al despertarme esta mañana, desde luego me has alegrado el día. Muchas gracias por el café y por la tarta. He hecho bien en fiarme de ti, me ha encantado.

—Toma, llévate una tarjeta por si algún día quieres encargar uno de nuestros panes artesanales o una tarta de cumpleaños.

Me ayudó a ponerme el abrigo, me acompañó hasta la puerta y nos despedimos con dos besos. Sentirle tan cerca me puso nerviosa. Por un instante imaginé que volvía a tener quince años y que no éramos más que dos críos tonteando en mitad de una plaza sin que nada más existiera a nuestro alrededor.

Seguía luciendo el sol y, tras pasar un rato tan agradable, lo cierto era que no tenía ganas de volver a casa. Por primera vez en mucho tiempo no me sentía cansada, sino con ganas de hacer cosas. Quería aprovechar la tarde para organizar los juguetes de Daniel antes de que llegaran los Reyes Magos. En unas semanas no cabrían en las estanterías. No había Navidades en las que Ramón y yo no discutiéramos sobre la cantidad de regalos que le íbamos a hacer. Él siempre se excedía, como si tuviera que compensar a su hijo por los que él no había recibido de pequeño o por los días que estaba lejos de casa. Por más que le insistía, siempre acababa comprándole todo lo que se le antojaba. Además, había que sumar los regalos del abuelo, de Amelia y de Carmen, que solía comprarle un detallito. Quería hacer limpieza, llevar a su antigua guardería todo lo que ya no usaba y dejar espacio para los juguetes nuevos. Aligerar el espacio me vendría bien para despejarme.

Al llegar a casa, saqué el móvil del bolso y volví a llamar a mi marido. Esperé un número prudente de tonos y colgué sin más. Estaba segura de que había tenido tiempo suficiente para contestar y que intentaba hacerme pagar el no haberlos acompañado al pueblo. Su actitud estaba empezando a resultarme muy infantil.

Nunca habíamos tenido una discusión tan seria y eso me tenía un poco revuelta. Que no me cogiera el teléfono y que hubiera dejado al niño solo con mi suegro no me ayudaba a sentirme mejor; al contrario, me confundía más. No entendía su reacción y lo más triste era que sospechaba que nada de lo que dijera le haría reflexionar.

Cuando decidimos casarnos y crear una familia contaba con que habría muchos cambios en mi vida, pero nunca imaginé que me sentiría como en ese momento. Ramón casi no paraba en casa a causa de sus continuos viajes. Su trabajo parecía estar en primer lugar y, si me quejaba, me reprochaba que no comprendiera por qué lo hacía.

«¿Crees que a mí me gusta pasar tantos días fuera?

—me preguntaba cada vez que surgía la conversación—. Mira, Julia, soy el primero que os echa de menos, el primero que daría cualquier cosa por poder trabajar menos y dedicarme a mi familia, pero así son las cosas y gracias a ello vivimos así de bien. He trabajado mucho en la empresa para llegar a donde estoy, lo único que te pido es un poco de comprensión».

Evitaba este tipo de conversaciones y más cuando intuía que Daniel podía oírnos desde su habitación. Me parecía injusto que Ramón olvidase que éramos un equipo, que yo también trabajaba muy duro y que vivíamos así de bien, como a él le gustaba recalcar, en parte porque yo había invertido todo mi dinero en comprar un adosado a pocos kilómetros de Madrid. A veces sentía que, después de lo mucho que me había costado poner la academia en marcha, él no valoraba mi esfuerzo. Quizá consideraba que más que un negocio propio era un entretenimiento. Nunca lo habíamos hablado, pero puede que contara con que lo dejara cuando nació Daniel y que viviéramos de su salario. Al fin y al cabo, era suficiente para mantener a la familia, pero no se trataba solo de eso. Esa no era la vida que habíamos imaginado juntos. Nosotros no parecíamos los mismos. En algún momento que no conseguía identificar, nuestros caminos daban la impresión de haberse separado.

Al fin sonó el móvil.

—Hola, he visto que me has llamado, ¿querías algo?
—Su voz era la más seca que había escuchado jamás.

—Solo saber cómo estabais, pero ya he hablado con Daniel esta mañana y me ha contado que estaba con el abuelo y que tú te habías marchado. Pensé que estos días eran para dedicárselos a tu familia.

—Sí, yo también pensé que serían unas vacaciones en familia, pero ya ves, no he sido yo quien ha cambiado los planes.

—Ramón, no empieces. Sabes muy bien lo que nos ha llevado a esto. ¿Adónde has ido esta mañana?

Justo después de que la última frase saliera de mi boca me arrepentí de haberla pronunciado. Intuí que no le iba a sentar bien.

—¿Llamas para controlarme? No creo que deba darte explicaciones de lo que hago cuando tú no estás, ¿no te parece?

—Disculpa, no he querido que sonara así. Solo quería saber por qué has dejado a Daniel con tu padre y te has marchado sin él.

—He ido a echar gasolina. Puedo ir a echar gasolina, ¿no? He vuelto enseguida y he estado con ellos haciendo queso. Daniel lo ha pasado en grande y mi padre ha disfrutado mucho con él. A eso hemos venido, a que disfrutaran el uno del otro y a descansar. No sé a qué viene este interrogatorio.

—Ya te he pedido disculpas. Si estás enfadado no lo pagues conmigo, no soy yo la que ha provocado esta situación.

—Julia, vamos a dejarlo, ¿vale? Ya lo hablaremos tranquilamente.

Me sentí fatal al colgar el teléfono. Era cierto que aquello había parecido un interrogatorio. Entonces entendí que esos días separados eran más necesarios de lo que yo pensaba en un principio. Nuestra relación era sólida y teníamos muy claro que lo que habíamos construido juntos era muy valioso como para ponerlo en peligro. Mi vida giraba en torno a ello y no tenía ninguna intención de que dejara de hacerlo. Quizá solo debía cambiar algunas cosas para recuperar la ilusión.

Subí al primer piso, abrí el cajón de mi mesita de noche, cogí la vela que Daniel me había hecho en el cole por el día de la madre y me preparé un baño de espuma. Me ayudaría a relajarme. Me desnudé frente al espejo y me quedé un rato observando mi cuerpo. «Los años no pasan en balde», pensé. Recordé a la Julia que se citaba con Fernando, ¿qué quedaba de aquella muchacha y de sus sueños? Dejé que mis pensamientos fluyeran en todas direcciones, no había nada que controlar, nada que tuviese que ser de una manera concreta. Me fijé en mi pelo, en las arrugas de mis rodillas y levanté la vista hasta fijarme en mi mirada. No añoraba la tersura de mi piel, sino el latir de mi corazón. La alegría. Era eso. El tiempo había marcado mi rostro, había deformado mis caderas y mi pecho, pero eso carecía de importancia. Lo más grave era que se había llevado mi alegría. No podía retrasar todos los relojes ni dejarme llevar por los recuerdos, pero iba a hacer lo imposible por volver a encontrarme con esa chiquilla que hallaba motivos para sonreír incluso cuando su vida no era perfecta.

«Estos días son míos», me repetía mientras me sumergía en la bañera.

14

El fin de semana a solas me permitió hacer casi todo lo que me había propuesto. Resultaba increíble cómo cundían los días cuando no tenías que atender a nadie ni estar pendiente de comidas ni de horarios. Estar ocupada y dedicarles tiempo a tareas pendientes me ayudaba a poner mis ideas en orden. En algunos momentos me sorprendía a mí misma hablando en voz alta, como si necesitara escuchar mis pensamientos para encontrar un poco de calma en medio de la confusión que parecía envolverme. Esa soledad, a la que no estaba acostumbrada, me estaba haciendo más bien de lo que imaginaba. Aún quedaba una semana de vacaciones y decidí bajar a Madrid ese lunes y dedicar la mañana a adelantar algunos encargos para que no se me acumularan y tener que ir con prisas en el último minuto. Me esforzaba mucho para que las clientas, en especial las amigas de Amelia, confiaran en que cumplíamos con las fechas de las pruebas y de entrega de las prendas. Con los años había conseguido hacerme un nombre en su círculo social y eso me garantizaba una clientela que me permitía dedicarme a lo que más me gustaba. Coser para aquellas mujeres me conectaba con mi madre y me transportaba a mi niñez y adolescencia, cuando nació mi pasión por la costura. Era muy reconfortante saber que ese mismo sentimiento estaba anidando también en nuestras alumnas y que era la razón de que volvieran curso tras curso a las clases con la misma ilusión del primer día.

Recordé cuánto me gustaba estar a solas en la academia. Era algo que no hacía desde que nació Daniel. Los primeros años solía llegar muy temprano y aprovechaba ese rato hasta que abríamos para coser arreglos y preparar las clases de la tarde. Trabajar en silencio en un espacio diseñado con tanto cariño era un auténtico lujo, un privilegio que, como tal, disfrutaba. Coser a solas, sin prisas y sin otra cosa en que pensar era el regalo que había decidido hacerme esa mañana.

Me puse a trabajar en el diseño más complicado que había tenido entre manos hasta la fecha. Se trataba de un vestido de fiesta entallado, con escote barco en el delantero y espalda descubierta. La tela era tan bonita a la vista como difícil de coser. Le había dedicado muchas horas; sin embargo, estaba segura de que el esfuerzo merecería la pena y que me iba a sentir muy orgullosa del resultado. La clienta había quedado muy satisfecha con cómo iba avanzando la prenda en la última prueba, y eso siempre me animaba.

Con la tela sobrante, Carmen había confeccionado un bolso bombonera e iba a utilizarlo como modelo en sus clases de costura de complementos. Estaba empeñada en no desperdiciar ni un centímetro de tela y siempre encontraba la forma de lograrlo. «Aquí no se tira ni un retal», repetía a todas horas a sus alumnas, que parecían encantadas con el curso que ella misma había bautizado con el simpático nombre de «Costura de ocasión» y que había enganchado a un buen puñado de chicas.

En la radio se escuchaba de fondo a un grupo de tertulianos comentando el vaticinio fallido del diseñador Paco Rabanne, que había augurado la caída de la estación espacial MIR el verano anterior sobre París y otras muchas predicciones que yo consideraba absurdas, pero que se multiplicaban a medida que se acercaba el final del año y se anunciaba un nuevo e incierto milenio.

Me pareció oír que alguien intentaba abrir la puerta, pero no atinaba a meter la llave en la cerradura; luego el sonido del llavero cayendo al suelo y de nuevo en la cerradura. No esperaba que ninguna de mis compañeras apareciera por allí, así que me asomé y vi entrar a Amelia, que, para entonces, ya había conseguido abrir.

—Hola, Julia, me ha parecido verte al pasar. Qué bien que estés aquí.

—Sí, quería aprovechar esta calma para coser a mi aire. ¿Estás bien? Te veo muy pálida, parece que hubieras visto un fantasma. Siéntate, anda —le pedí mientras le acercaba una silla.

—Te lo agradezco, no sé ni cómo he llegado hasta aquí. De camino pensaba que me iba a desmayar en cualquier momento y he tenido que parar y apoyarme en la pared para no caerme. No sabes qué disgusto tengo, Julia. ¿Me acercas un vaso de agua, por favor?

Jamás había visto a Amelia tan derrumbada y falta de fuerzas, ni siquiera cuando temimos estar a punto de perder la academia y que todos nuestros sueños se vinieran abajo.

Entré a la trastienda y le serví un vaso de agua. Sacó un pastillero del bolso, tomó un sorbo y, echando la cabeza hacia atrás, se tragó una pastilla.

—A ver si consigo tranquilizarme, dame un minuto y te cuento. Iba a irme directamente a casa y a llamar a Pablo, pero para qué voy a preocuparle, desde tan lejos poco puede hacer y esto no es plato de buen gusto, por muy amigos que seamos.

Aguardaba impaciente a que Amelia me contara lo que fuese que la había llevado hasta allí en ese estado; sin embargo, no quería atosigarla. No era de las que se alteraban por cualquier cosa. Fuera lo que fuera lo que la tenía así, debía de ser algo importante. Esperé un tiempo prudente hasta que recobró el aliento y algo de color en las mejillas, dejé a un lado la costura y me senté cerca de ella.

—Ya sabes que estos días he estado reuniendo papeles para poder empezar la reforma de la casa. Pues incluso después de poner patas arriba el despacho de don Javier seguía sin dar con los planos. Sabía que los debíamos tener en algún sitio porque recordaba que los consultamos para hacer una pequeña obra cuando compramos el piso hace más de treinta años. No me preguntes por qué, empecé a pensar que podrían estar en nuestro antiguo piso de la calle Castelló. Recordaba que mi marido había llevado allí algunas carpetas y que lo usaba como archivo, para guardar la documentación antigua de sus empresas.

—Pensaba que lo habías vendido cuando falleció —comenté.

—Lo estuve sopesando, pero llevaba muchos años cerrado y había que adecentarlo antes de ponerlo en el mercado. Luego, Alfonso me convenció de que me quedara con él por si en algún momento me veía en un aprieto. Me pareció una buena idea, sobre todo considerando que él podría volver a Madrid en un futuro. Anoche revolví media casa hasta que encontré un puñado de llaves y esta mañana he ido hasta allí —contestó apoyando un codo en la mesa y sosteniéndose la frente con la mano.

Cuando don Javier y Amelia se prometieron, los padres de esta les buscaron un piso cerca de la casa familiar. Por entonces, su marido aún no era el exitoso hombre de negocios en el que se convirtió unos años más tarde, aunque ya apuntaba maneras. El padre de Amelia había puesto todas sus expectativas en que así fuera. La buena posición social de su prometida era una garantía de que entraría en los círculos adecuados para prosperar rápidamente y hacerse un hueco entre los empresarios más destacados de Madrid. Durante los primeros años de matrimonio, la pareja asistió a cuantas cenas y actos sociales fueron invitados para crear lazos con los apellidos más relevantes del mundo empresarial.

Amelia comentaba, a toro pasado, que intuía que su matrimonio tan solo fue parte del plan de un hombre ambicioso calculado al detalle para conseguir su propósito, y que podía contar con los dedos de una mano las ocasiones en las que se había sentido plenamente feliz a su lado. Aun así, permaneció fiel a su promesa y fue la esposa y madre que se esperaba de ella.

—No había vuelto a entrar en ese piso desde que nos mudamos. Imagina la cantidad de instantáneas que se agolparon en mi cabeza tan pronto abrí la puerta. Desde la entrada, vi el pasillo en el que Alfonso dio sus primeros pasos y recordé esos años de recién casada que tan pronto dejé atrás. Tuve que contener las lágrimas. Ver aquella casa tan desangelada y descuidada me dio mucha pena, me recordó a mí misma hace años, la mujer que era hasta que llegamos juntas a este lugar.

—Cuánto lo siento, Amelia. Imagino que después de treinta años aquello debía de estar cubierto de polvo y telarañas —apunté sin entender todavía cómo algo así podía haberle afectado tanto.

—Es curioso porque, ahora que lo mencionas, no me pareció que llevara tantísimos años deshabitada. Y probablemente no me falte razón.

—¿Qué estás sugiriendo? No te sigo.

Le costaba hablar. El tono de su voz escondía una mezcla de tristeza, desengaño y vergüenza que no conseguía comprender. Ante mí no tenía a la mujer decidida y alegre que conocía, sino a una señora mayor vencida por recuerdos de un pasado que le pesaba demasiado.

—Julia, desde bien pronto fui consciente de que en mi matrimonio había muchas mentiras, era algo que yo toleraba y que, en cierta medida, me hacía la vida un poco más fácil. Mirar para otro lado y poner buena cara no se me daba mal. Era mi forma de estar en una vida que yo había elegido, aunque distara mucho de lo que imaginé que sería. Lo que no podía concebir era semejante traición.

Avanzando por el pasillo, Amelia entró en el despacho de don Javier, una habitación pequeña y oscura, iluminada por una bombilla desnuda que colgaba del techo y que estaba amueblada con un escritorio, una silla y un archivador metálico de los que hay en las oficinas. Su marido tenía la costumbre de guardar cualquier papel que pasara por sus manos, nunca tiraba nada. El suelo de la habitación estaba lleno de cajas. Al abrirlas, encontró libros de cuentas y agendas antiguas en las que figuraban grandes cantidades de dinero junto a unas iniciales que hacían sospechar que sus negocios eran mucho más turbios de lo que Amelia imaginaba. Entre sus páginas encontró facturas de hoteles de lujo y de costosas cenas en restaurantes de distintos países, prueba de una vida social más que ajetreada. Al tomar una de ellas entre las manos, varias tarjetas de visita cayeron al suelo, en una de las cuales reconoció el nombre de uno de sus socios; el resto eran de agentes de bolsa, inversores y abogados, con los que suponía que se relacionaba para cerrar tratos de dudosa legalidad. Los archivadores de cartón estaban debidamente etiquetados con la descripción de su contenido. En uno de ellos se podía leer CLAUDIO COELLO.

—Allí encontré los planos, el contrato de compraventa del piso y algunos papeles más. Podía haberlos cogido y haber salido del piso en ese momento, ya tenía lo que buscaba. Sin embargo, un archivador más pequeño que el resto y sin pegatina identificativa llamó mi atención. Si la curiosidad mató al gato, a mí me ha partido el corazón.

—Amelia, todo eso pertenece al pasado, de nada sirve ya remover aquellos años, ¿no crees? Sobre todo, si eso te hace daño o te angustia. Además, tú eres más de mirar hacia delante. —Intenté animarla, pero cada frase que pronunciaba parecía sumirla una tristeza cada vez más profunda.

—Desde que Alfonso se marchó de casa por su culpa, hacíamos vidas separadas. Nunca, a partir de ese instante, volvimos a compartir cama. Daba por hecho que tenía escarceos amorosos y, la verdad, estaba tan dolida que incluso acabé agradeciéndolo, así me dejaba en paz. Pero lo que he descubierto en ese piso es mucho grave que una infidelidad cualquiera.

Sacó un pañuelo del bolso para secarse las lágrimas y me pidió que le acercara un caramelo de los que teníamos en el mostrador de la entrada.

—Perdona, Julia, con lo que tú tienes en casa y yo cargándote con mis problemas.

—No digas eso. Sigue, por favor, te escucho.

En aquel archivador anónimo Amelia encontró un buen taco de recibos a nombre de una mujer con una firma ilegible. Había un recibo mensual en el que figuraba siempre la misma cantidad. Miró la fecha del primero y del último y confirmó que los separaban ¡quince años!

—Se me cayeron al suelo y casi voy yo detrás. Estuvo manteniendo a una querida durante quince años. ¿Te lo puedes creer? Consuelo se llamaba o se llama, vete tú a saber. Qué ironía, Consuelo. Mientras yo mantenía la cabeza bien alta y fingía que nuestra familia era perfecta, él llevaba una doble vida. Quién me mandaría a mí abrir esa carpeta. En ese momento me puse a repasar mentalmente los nombres de las esposas de nuestros amigos, de sus socios y conocidos, pero no di con ninguna Consuelo. Supongo que se trataría de alguna jovencita oportunista, alguna pobre a la que consiguió engatusar y que le estuvo sacando los cuartos. Javier solo se quería a sí mismo; si no fue capaz de querer a su hijo, dudo mucho que ninguna mujer consiguiera su afecto por mucho que le diera lo que él buscaba.

Amelia estaba hecha un mar de lágrimas y yo no encontraba el modo de consolarla. No tenía sentido que el pasado volviera ahora para herirla de esa manera. Nadie se merecía algo así, y menos ella, que tanto había sufrido en su matrimonio. Claramente había cosas que era mejor no saber y esa era una de ellas. Creía con firmeza que la fidelidad debía ser uno de los pilares más sólidos en una relación de pareja. No sé cómo reaccionaría yo si descubriera algo así de Ramón.

—¿Tú crees que lo sabrían nuestras amistades? —me preguntó.

—Yo creo que eso da igual, que el que obró mal fue don Javier. Tú hiciste lo que debías y me alegro de que la vida te haya dado la oportunidad de vivir unos años a tu aire y liberarte de la carga que tu posición te había impuesto.

—No te quito la razón, Julia, pero descubrir esto ahora después de tapar tantas cosas... Ni siquiera puedo decir que estoy enfadada, más bien triste y decepcionada. ¿Cuántos más trapos sucios habrá que yo desconozca? Lo único que quiero ahora es que se queden como están. Casi diez años después de enterrar a mi marido no necesito destapar más secretos. Me va a estallar la cabeza. Necesito volver a casa y echarme un rato. ¿Te importaría acompañarme?

—Pues claro que no —contesté.

Pasó al baño a refrescarse y al salir buscó una barra de labios en su bolso. Usaba el mismo carmín rojo desde siempre. Lo que consideraba un signo de rebeldía era ahora una forma de recordarse a sí misma que la vida aún tenía mucho que ofrecerle y que no iba a renunciar a ello. La ayudé a ponerse el abrigo y nos encaminamos hacia Claudio Coello.

Aunque se negó, insistí en subir con ella y le preparé una tila antes de irme. Se quedó sentada en la salita, esa habitación en la que yo misma había estado tantas veces de niña junto a mi madre tomándole medidas y probándole vestidos. Todo seguía igual que entonces. Ahora era su refugio, el lugar en el que su hijo le sonreía desde las fotografías que colgaban de la pared y que mostraban tiempos felices.

—¿Quieres que te ayude a acostarte? —le pregunté.

—Gracias, Julia, no es necesario. Bastante has hecho ya. Estoy bien aquí. Voy a tomarme la tila y luego me acuesto yo solita y descanso un rato. Me ha hecho mucho bien hablar contigo. ¿Quién me iba a decir a mí que esa niñita dulce que venía a casa de la mano de su madre se acabaría convirtiendo en mi amiga del alma? Tengo mucha suerte de tenerte.

—Suerte la mía, amiga, suerte la mía.

A pesar de la diferencia de edad, de las vidas tan distintas que habíamos vivido y de lo alejado de nuestros orígenes, nos sentíamos muy unidas. Ella me hizo de madre cuando perdí a la mía, de socia cuando quise montar mi negocio y de amiga siempre que la necesité. Era desolador verla tan hundida, pero poco podía hacer yo por ayudarla salvo estar a su lado.

Volví a la academia, guardé el vestido que estaba cosiendo, recogí y me marché a casa. Después de escuchar semejante historia pensé que necesitaba un poco de aire fresco en la cara y algo más de distracción. Durante el trayecto en tren no me la quitaba de la cabeza. Don Javier nunca me había caído bien, supongo que ser testigo de cómo despreciaba a Alfonso por no ser el hijo que él soñó y ver lo mal que lo llevaba Amelia no ayudó a que sintiera por él ninguna simpatía. Era un señor arrogante y presuntuoso que consideraba que no había nada más importante en la vida que estar bien situado. Pero, como solía decir mi madre, el hábito no hace al monje. Detrás de sus trajes impecables no había más que un tipo ambicioso dispuesto a triunfar a toda costa, y quizá fue eso lo que le llevó a la tumba.

Al llegar a la estación decidí ir caminando hasta casa. Solía hacer el trayecto en autobús porque siempre iba con prisas por llegar pronto, relevar a Marina y atender a Daniel. Ese día, sin embargo, podía darme el lujo de disfrutar de un paseo tranquilo bajo el sol, algo que tanto se agradecía en esas fechas.

Mi recorrido pasaba irremediablemente por delante de la cafetería de Fernando, pero a esa hora no contaba con que estuviese allí. Sin embargo, cuando me encontraba a la altura del local, algo me impulsó a mirar hacia dentro. En cuanto me vio, me saludó y salió de detrás del mostrador.

—Estamos perdiendo las formas, Julita. ¿Qué es eso de pasar por aquí sin saludar? —preguntó plantándose delante de mí y guiñándome un ojo.

—Mira que eres... ¿Cómo voy a saber yo si estás o no? A estas horas lo normal sería que estuvieras comiendo.

—Pues ya ves que no. ¿Vas para casa?

—Sí, he bajado esta mañana a Madrid a trabajar un poco. Ramón y Daniel están en el pueblo con el abuelo y, aunque la academia está cerrada estos días, he aprovechado para adelantar algo de tarea.

—Pues te acompaño y estiro las piernas, si no te importa —comentó.

—¡Vale! Si te apetece, por mí perfecto.

Elegimos la acera más soleada y charlamos durante todo el camino.

—¿No se te hace raro estar sola en casa? Debes de echar mucho de menos a tu familia.

—Eso pensé yo, que no podría pasar ni un día sin ellos, pero le estoy cogiendo el gusto —contesté riendo—. ¿Sabes, Fernando? Me he dado cuenta de que no he disfrutado de un momento de soledad en casa desde que nació Daniel.

—Fernando solo me llamaba mi madre cuando estaba enfadada, prefiero Fer.

—Pues a partir de ahora, Fer —concluí con una amplia sonrisa que él me devolvió al instante.

Me dio apuro que me acompañara justo hasta la puerta de casa, así que nos despedimos en la entrada de la urbanización. Al llegar colgué el abrigo y el bolso en la entrada, me quité los zapatos y me tumbé en el sofá, ese mismo que a diario tenía que compartir y que en ese momento era solo mío.

15

En los días siguientes me impuse una nueva rutina que me hacía muy feliz, por mucho que echara de menos a mi hijo y que a ratos comenzara a pensar que quizá me había excedido con Ramón. En primer lugar, ignoré el despertador y me abandoné al ritmo que mi propio ánimo dictaba. Me levantaba sin horario fijo, disfrutaba de un café en pijama con la casa en silencio, de una ducha lenta y de algunos cuidados que solo me permitía en contadas ocasiones. En los últimos años, había abandonado gestos tan sencillos como darme crema en el cuerpo o ponerme una mascarilla en el pelo.

Abrí el armario del baño e hice limpieza de todos los botes caducados y espumas de pelo que había comprado y ni siquiera había usado una sola vez. Habían quedado relegados al último estante junto con las leches limpiadoras, tónicos, cremas hidratantes y las lacas de uñas ya resecas que ni recordaba haber comprado.

Nunca he sido muy presumida; sin embargo, cuando Ramón apareció en mi vida, comencé a concederme algunos caprichos cosméticos que me hacían sentir que me preparaba para una cita especial. Por aquel entonces empecé a cuidarme la piel y las manos. Siempre llevaba las uñas muy cortas y me las dejé crecer un poco para pintármelas de un tono muy discreto, nada llamativo, al que no tardé en acostumbrarme. Al nacer mi hijo, puede que incluso antes, abandoné los pequeños rituales de belleza que había adoptado, si es que podía llamarlos así, y volqué todas mis energías y mi escaso tiempo en él. No me supuso ningún esfuerzo renunciar a cosas tan mundanas, prescindí de esos momentos sin ninguna dificultad y casi sin darme cuenta. Echando la vista atrás comprendía que dejar de lado esos cuidados era una forma de decirme que yo ya no era lo importante, que a partir de ese momento había alguien en mi vida a quien debía todo mi tiempo y toda mi atención.

Igual que nunca imaginé cómo sería la maternidad y lo mucho que me cambiaría, tampoco podía hacerme una idea ahora de cómo serían estos próximos años. Sentía cierto vértigo. Lo había hablado con Laura varias veces y ella me siempre decía que se trataba de una fase más, que a medida que Daniel se fuera haciendo mayor yo iría recuperando mi espacio. Costaba creerlo; sin embargo, albergaba esa esperanza. En ese momento tenía la sensación de que mientras mi hijo iba pasando de una etapa a otra y volviéndose cada vez más autónomo, yo me quedaba estancada en aquel instante en el que la naturaleza nos separó físicamente, aunque nuestro vínculo siguiera existiendo y se hiciera más fuerte cada día. Lo más triste es que había necesitado separarme de mi familia durante unos días para poder reflexionar sobre ello.

Me di cuenta de que existía una expresión para describir ese momento en que te sientes invisible y no dedicas más de un minuto a hacerte una coleta frente al espejo para salir corriendo de casa cada mañana. Las mamás del cole la usaban a menudo y me parecía tan cruel como cierta: «estar muy dejada». «Fulanita o menganita está muy dejada», comentaban impunemente a espaldas de cualquiera que no luciera impecable a las ocho y media de la mañana, es decir, cualquiera que apareciera en la puerta del colegio en chándal, con una pinza en el pelo y la cara lavada. Ese era el uniforme que algunas mujeres vestían cada mañana, y era comprensible. Dejarse, abandonarse, descuidarse, olvidarse de una misma era la consecuencia de esforzarse al máximo en cuidar de nuestras parejas e hijos y lograr que se sintieran queridos.

No entendía bien por qué a las puertas del siglo XXI las mujeres seguíamos exigiéndonos alcanzar un ideal de perfección que nos alejaba de la posibilidad real de ser felices. Puede que pensáramos que era la única forma de validarnos de nuevo como mujeres. La maternidad, a ojos de la sociedad, parecía mermar nuestras capacidades y, según mi experiencia, era todo lo contrario. Nos dotaba de nuevas capacidades de las que no éramos conscientes, nos despertaba facetas que desconocíamos y nos hacía más capaces que nunca. Sin embargo, la mayoría no le dábamos valor. Había aceptado que las cosas eran así, aunque necesitaba creer en las palabras de Laura y convencerme de que en algún momento las cosas cambiarían, que conforme Daniel creciera dependería menos de mí, podría dedicarme algo más de atención a mí misma. Ese pensamiento empezaba a calar y me agradaba, aunque era consciente de que lo prioritario ahora era encontrar un diagnóstico y poder brindarle a mi hijo la ayuda que necesitaba. Si llevaba años relegada a la última de la fila, podía seguir allí algún tiempo más.

Lo cierto es que la idea de ser madre no entraba en mis planes hacía diez años. Estaba centrada en lo que había visto y aprendido de pequeña: trabajar para salir adelante. Apenas me relacionaba con gente de mi edad, las vecinas del barrio y los comerciantes de Embajadores eran las pocas personas con las que intercambiaba algunas palabras cada día. Las amigas habían quedado atrás cuando dejé el colegio. Por eso Ramón fue una sorpresa, un regalo inesperado que llegó cuando ya no contaba con encontrar una pareja y formar una familia, y Daniel una bendición. En muy poco tiempo, mi vida dio un giro inesperado que me convirtió en alguien diferente, con otras prioridades y otras preocupaciones. Y yo acepté el trato agradeciendo el nuevo camino que se abría ante mí.

Nada te enseña a ser madre, nadie te cuenta cómo te transformas el día que traes una nueva vida a este mundo. Confías en que millones de mujeres a lo largo de los siglos han criado a sus hijos y que ese instinto y amor incondicional del que sí has oído hablar serán suficientes. Sin embargo, a cada instante te asaltan las dudas. No puedes evitar preguntarte si lo estarás haciendo bien o cómo hacer para evitar que tu hijo sufra.

Catherine me dijo en cierta ocasión que los hijos no son nuestros; aunque vienen a través de nosotras no nos pertenecen. Se nos entregan durante un tiempo a cambio de dejarlos encontrar su camino llegado el momento. A pesar de que aún quedaba mucho para soltar a Daniel de la mano, las dudas se repetían casi a diario cuando le daba el beso de buenas noches.

El acto de amor más grande será dejar que se aleje de mí. En el fondo criarlo es enseñarle a alejarse, algo que no quisiera que sucediera nunca y que constituye el fin último de tener un hijo, dejar que se convierta en una persona que viva por sí misma armada con las enseñanzas que le has inculcado. Dueña de sus propias decisiones. No sé si hay alguna forma de prepararse para ello.

Estaba terminando de organizar el armario del baño y tirando todo lo que ya no servía cuando sonó el teléfono. Pensé que sería Daniel para saludar y contarme qué planes había organizado el abuelo para ese día.

—¿Dígame?

—Hola, Julia —contestó Amelia al otro lado de la línea—. Te he llamado al móvil, pero como no lo cogías he probado con el fijo.

—Disculpa, lo tengo en la cocina y no lo he oído. ¿Qué tal te encuentras hoy? ¿Estás más descansada?

—Sí, he dormido bien, pero me he levantado con la misma angustia con la que me acosté. Esto no se me va a pasar hasta que llegue al fondo del asunto. No sé cómo digerirlo, me ha afectado más de lo que imaginaba. Han pasado tantos años que debería darme igual, pero no es así. Te llamaba por si estabas en la academia y te apetecía que comiéramos juntas. Necesitaba despejarme un poco, pero ya nos vemos otro día.

—Pues justo ahora me estaba vistiendo para coger el tren a Madrid —mentí—, puedo estar allí dentro de una hora si te va bien.

Me quedaba más tranquila viéndola en persona. Era difícil imaginar el trago tan amargo por el que estaba pasando. En el fondo sentía una profunda rabia hacia su marido más que lástima por ella. El muy cretino no tuvo suficiente con hacerle daño en vida y volvía a hundirla ahora que ya llevaba tanto tiempo muerto y enterrado. Me preguntaba cómo se podía mantener a una amante durante quince años y seguir haciendo vida normal, como si nada. No concibo una traición mayor en un matrimonio; aunque en el suyo lo más importante fuesen las apariencias y se mantuviera más por conveniencia que por amor, le debía un respeto.

—¿Estás segura? —preguntó.

—¡Claro! No tenemos muchas oportunidades de vernos fuera del trabajo y a mí también me vendrá bien pasar un rato contigo. Te recuerdo que estos días estoy de rodríguez. ¿Quieres que me pase a recogerte o quedamos en algún sitio?

—Si no es mucha molestia, prefiero que me recojas.

—Pues nada, en una hora más o menos estoy allí.

—Gracias, Julia, te lo agradezco en el alma. —Su voz sonaba más triste que de costumbre.

Solté el inalámbrico sobre la cama, me vestí corriendo, me recogí el pelo en una coleta alta y me di un poco de brillo en los labios aprovechando un labial que acababa de rescatar del olvido. Bajé las escaleras mientras en mi cabeza repetía la lista de cada mañana: llaves, teléfono, pañuelos, abono de transporte... ¡Lista! Cogí el abrigo y cerré la puerta tras de mí. El autobús era la forma más rápida de llegar a la estación de Cercanías, no tenía tiempo para paseos.

Cuando llegué a casa de Amelia estaba hablando por teléfono con su hijo. La noté muy apurada. Me hizo unas señas para que me quitara el abrigo, me sentara y la esperara un momento. Por lo que oí, Alfonso iba a venir a Madrid en los próximos días. El tema de la titularidad del piso se estaba complicando y quería hablar con el administrador de las empresas en persona.

Tras encontrar las cajas llenas de agendas y papeles en el piso de Castelló era fácil llegar a la conclusión de que la razón última para no tener la casa a su nombre estaría relacionada con la evasión de impuestos o de pagar los menos posibles. Parecía evidente que la contabilidad en las empresas de don Javier no era todo lo transparente que debía ser.

Amelia recorría el pasillo de arriba abajo hecha un manojo de nervios y se podía intuir que Alfonso estaba intentando calmarla sin mucho éxito. Se paró en la puerta de la salita donde yo esperaba, me hizo un gesto con la mano para que le acercara un poco de agua y se sentó en el salón principal, que apenas pisaba.

Me fijé en la estancia. Cada jarrón de cristal, cada marco de plata, cada figura de porcelana y cada cuadro tenían su sitio, como si el tiempo se hubiera olvidado de ese lugar. Estaba segura de que tan solo lo frecuentaba la asistenta cuando entraba a limpiarlo una vez a la semana. Fijándome en el estilo de los muebles grandes y recargados, en las oscuras cortinas y en las barrocas tapicerías, podía entender que mi socia tuviese tanta ilusión en aquella reforma.

Fui a la cocina a por el vaso de agua y se lo acerqué al salón. Para entonces ya había colgado el teléfono y me esperaba sentada en el chéster.

—Amelia, ¿por qué lloras? ¿Es Alfonso? ¿Le ha pasado algo? Me estás asustando.

Me senté a su lado, le di el vaso de agua y le animé a que bebiera un poco para ver si se calmaba. Apenas podía hablar y le temblaban las manos. Era la segunda vez que la veía tan alterada en los últimos días.

—Mi casa, Julia, voy a perder mi casa.

—¿Cómo que vas a perder tu casa? Espera, tranquilízate y cuéntamelo todo desde el principio.

Acabó de beberse el agua y se secó las lágrimas con un pañuelo que tenía en la mano. Noté que empezaba a respirar a un ritmo más pausado.

—En vista de que el piso no estaba a mi nombre, Alfonso hizo una consulta al Registro de la Propiedad y acaba de recibir la nota simple. Esta casa está embargada.

—¿Cómo que está embargada? No puede ser.

—La sociedad que figura como propietaria está en liquidación y tienen que vender su patrimonio para pagar a los acreedores. Así me lo ha explicado Alfonso. En otras palabras, que tienen que deshacerse de las propiedades para saldar deudas y luego cerrar. El piso saldrá a subasta en breve.

—Pero ¿no se puede hacer nada? Es tu casa.

—No, no es mi casa, ese es el tema, y me resulta tan difícil de creer como a ti. Debí prestar más atención a los papeles y documentos que he estado firmando todos estos años. Me dejé asesorar por don Armando y me fie de que las cosas se harían bien tras el fallecimiento de mi marido. No tenía por qué desconfiar y tampoco estaba interesada en enterarme de todo. No era mi mundo y delegué en su hombre de confianza. Desde entonces recibo ingresos periódicamente en mi cuenta bancaria cada vez que el grupo de empresas reparte beneficios. Con eso he vivido hasta ahora, sin preguntar ni preocuparme por nada más, confiando en que la gestión era correcta y que estando don Armando por medio velaría por mis intereses como lo hizo siempre por los de don Javier. Está claro que me equivoqué —concluyó.

Se escondió la cara entre las manos mientras movía la cabeza de lado a lado y murmuraba algo que no alcancé a entender.

—Maldito seas, Javier, ¡maldito! —repitió dando un

manotazo en el sofá—. ¿Cómo has podido? ¿No era suficiente con alejarme de mi hijo y pisotear mi dignidad?

No encontraba cómo calmarla. Me levanté a prepararle una tila con la esperanza de que eso la ayudara. Era desolador verla así. No sabía con exactitud de qué medios disponía Amelia ahora, pero estaba segura de que Alfonso conseguiría encontrar una solución o al menos una salida a este enredo. Él gozaba de una buena situación económica y no iba a consentir que su madre pasara ningún apuro.

—¿Te imaginas que me entero de todo esto con la reforma ya en marcha? —preguntó cuando me vio entrar de nuevo en el salón con la tila.

—Mejor no pensarlo. ¿Le has contado a tu hijo lo que encontraste en Castelló?

—Solo le he dicho que estuve allí y que localicé los planos, no necesita saber nada más. No tiene a su padre en alta estima ni yo tengo por qué salvaguardar su honor; sin embargo, de nada serviría contarle lo que descubrí salvo para causarle más dolor. No es necesario que sufra nadie más. Ay, Julia, ¿qué voy a hacer ahora? ¿Cómo voy a salir de esta?

—Por lo pronto, tómate la tila antes de que se enfríe, que te va a sentar bien. De lo demás se encargará Alfonso, puedes estar segura. A mí me tienes para lo que necesites, tanto si es para que maldigamos juntas a tu marido como para que nos vayamos por ahí a comer —contesté intentando relajar un poco el ambiente.

—Perdóname, mira qué hora es ya. Te hago venir para que comamos juntas y te tengo aquí famélica a las tres y pico de la tarde —se excusó echando un rápido vistazo a su reloj de pulsera.

—Tranquila, era un decir. —No había medido mis palabras—. No te preocupes, si te apetece salir para que te dé un poco el aire, salimos y, si no, preparo cualquier cosa de comer en un momento y nos quedamos aquí tan a gusto.

—Te he hecho venir desde Las Rozas para que al final nos quedemos en casa. Vaya amiga. Además, ni siquiera sé qué tengo en el frigorífico.

—De eso me encargo yo. Vamos, ahora lo que necesitas es tranquilizarte un poco. Déjame que cocine para ti como en los viejos tiempos. Ponte cómoda, que enseguida estoy de vuelta con algo rico.

Se quitó los pendientes, los dejó sobre la mesa de centro, se descalzó y se reclinó en el sofá donde estaba sentada.

—¿Te traigo las zapatillas de la habitación?

—Sí, gracias. Siempre estás en todo.

—Somos socias, ¿no? Tú cuidas de mí y yo cuido de ti. En un momento estoy de vuelta con algo de comer.

Ahora que lo mencionas, sí que estoy muerta de hambre —añadí con una sonrisa intentando provocar la misma reacción en ella.

Mientras buscaba en la nevera intenté recordar alguno de sus platos favoritos. Amelia siempre había cuidado mucho su alimentación y, aunque no era de mucho comer, sabía apreciar la buena cocina y disfrutaba con un buen plato. Encontré algo de verdura hervida, la salteé en la sartén con un poco de jamón y calenté un consomé que había en un táper. Imaginé que después de semejante disgusto nada de lo que hiciera podría abrirle el apetito; aun así, preparé una bandeja para cada una y me acerqué al salón.

La encontré dormida y no quise despertarla. La tapé con la mantita que colgaba de uno de los brazos del orejero de piel y me quedé un rato observándola. Al fin su respiración era tranquila y su gesto relajado. La conocía bien y tenía la certeza de que conseguiría superar ese embrollo como había superado todas las dificultades que, pese a su privilegiada posición, la vida había puesto en su camino.

Le dejé una nota y me marché cerrando la puerta del piso con cuidado de no hacer ruido. Pasé a comprar unos sándwiches de camino a la academia; tenía toda la tarde por delante para coser a mi ritmo, con la radio de fondo, sin oír un «mamá» o atender a nadie. Estaba deseando entregar aquel vestido y, si se daba bien la tarde, conseguiría acabarlo a tiempo para volver a pasarme por casa de Amelia y comprobar que estaba bien antes de coger el tren de vuelta a casa.

16

Pasadas las vacaciones, todo volvió a la normalidad. Ramón y Daniel volvieron a casa y los días recuperaron su ritmo habitual. Abrir la puerta el domingo por la tarde para recibirlos después de haber pasado unos días separados fue muy emocionante. Daniel me abrazó con todas sus fuerzas y yo le correspondí cubriéndolo de besos. Cuando me soltó, se quitó la chaqueta y empezó a hablar sin parar de las pelis que había visto por el camino y de lo que me iba a gustar el queso que me traía. Mi marido me miró con una sonrisa algo forzada. Supuse que pretendía mostrarse distante y a la espera de ver cómo reaccionaba yo. Ambos sabíamos que teníamos una conversación pendiente; sin embargo, no era momento de reproches. Me puse de pie y, como si hubiésemos pactado una tregua, me acerqué a él y le besé en la mejilla. Estaba feliz de tenerlos de nuevo en casa y no tenía sentido disimularlo.

Mi hijo lo había pasado tan bien en el pueblo que cada día, de camino al colegio, me contaba alguna anécdota con su abuelo. Ramón, por su parte, permanecía bastante más callado de lo habitual. Conociéndole, seguramente dejaría correr el asunto hasta que pasara la tormenta.

Una vez que dejé a Daniel en el cole, en vez de coger de nuevo el autobús a la estación, me sorprendí a mí misma caminando en dirección a la cafetería de Fernando. No había tenido tiempo de desayunar en casa y por primera vez en mucho tiempo pensé que tampoco tenía por qué llegar la primera al trabajo. Carmen tenía llave de la academia y yo me merecía disfrutar de un café tranquilo, que, con suerte, iría acompañado de una charla agradable con un buen amigo. Durante los días que estuve sola había decidido concederme pequeños placeres como aquel, que me permitieran evitar que los días se sucedieran sin más uno tras otro. En eso se había convertido mi existencia en los últimos tiempos y estaba en mi mano cambiarlo.

—Buenos días, Julita —oí nada más empujar la puerta del café.

—Vas a tener que dejar de llamarme así si no quieres que me comporte como una cría de quince años —contesté con una sonrisa.

—De acuerdo, lo dejamos en Julia —respondió guiñándome el ojo—. ¿Cómo tú por aquí a estas horas?

—Con las prisas he salido de casa sin desayunar y si no como algo antes de coger el tren creo que me desmayaré por el camino. —No me fue difícil inventar una excusa para justificarme.

—Pues toma asiento —dijo acompañándome a una mesa y retirando la silla para que me sentara—. Estás en el sitio adecuado. Acabamos de sacar del horno un pan de semillas riquísimo, te pongo un café y un par de tostadas, ¿te parece?

Se acercó a la barra y al momento estaba de vuelta con dos cafés humeantes cargados de espuma.

—No te importa, ¿verdad? —preguntó sentándose a la mesa.

—¿Qué dices? Al contrario, me sentiría ridícula tomando un café sola, no tengo costumbre.

Unos minutos después una camarera me acercó el resto del desayuno. El plato estaba decorado con una blonda de papel, el pan tenía una pinta exquisita e iba acompañado de dos tarritos de loza blanca.

—Mantequilla de los verdes pastos asturianos y mermelada casera, aquí nos gusta cuidar los detalles —explicó Fernando.

—Ya veo, ya —confirmé alabándole el gusto.

Pasamos casi una hora charlando. Como en ocasiones anteriores, el tiempo transcurría sin que me diera cuenta. Sentí que, desde que nos habíamos encontrado unas semanas atrás, se había instalado entre nosotros una reconfortante sensación de familiaridad que me transportaba a un tiempo que ambos parecíamos añorar. Un tiempo en que éramos felices y teníamos toda la vida por delante.

Miré el reloj y vi que eran casi las diez.

—Se me hace tarde. Me quedaría aquí toda la mañana, pero el deber me llama. Creo que podría acostumbrarme a esto: un desayuno riquísimo y una compañía muy agradable —añadí.

Mientras me levantaba de la silla di un último sorbo al café ya frío y dejé la taza sobre el plato. Cuando levanté la cabeza y terminé de ponerme en pie me encontré la cara de Fernando a escasos centímetros de la mía, tan cerca que nuestras narices casi se rozaron.

—Disculpa, solo quería retirarte la silla —se excusó dando un paso atrás.

Noté que las mejillas me cambiaban de color y se me aceleraba el corazón. Emití una risa nerviosa y, poniéndome el abrigo tan rápido como pude, salí de la cafetería como alma que lleva el diablo. Ni siquiera recuerdo si me despedí de él, lo único que quería era irme de allí lo antes posible y sentir el aire frío en la cara para deshacerme de esa sensación.

Era consciente de que me había comportado como una chiquilla y, lo que es peor, de camino a la estación recordé que me había ido sin pagar la cuenta, lo que me obligaba a pasar de nuevo a la vuelta del trabajo.

Cogí el tren casi de milagro, justo antes de que las puertas se cerrasen. A esas horas iba mucho más vacío. Me quité el abrigo, lo doblé y lo coloqué en el asiento de al lado. Guardé la tarjeta de transporte en el bolsillo interior de mi bolso y respiré profundamente intentando recobrar el aliento. El trayecto hasta Madrid duraba poco más de media hora, tiempo suficiente para recuperar la sensatez y evitar que Carmen notara cambios en el tono de mis mejillas.

Justo cuando salía de la estación de Recoletos sonó el móvil. Era Ramón.

—¿Diga?

—Hola, Julia, te he llamado a la academia y, al ver que no estabas, he probado con el móvil.

—Sí, bueno, he salido un momento.

—No es eso lo que me ha dicho Carmen —contestó un tono muy seco.

¿Qué estaba haciendo? De pronto me vi escondiendo algo que no tenía nada de malo. Ramón y yo no nos mentíamos, era un pacto que habíamos hecho hace mucho tiempo: decirnos las cosas a la cara, aunque doliera. Cuando comenzamos a salir éramos ya mayorcitos como para andarnos con juegos de niños y acordamos ser sinceros el uno con el otro siempre.

—Quiero decir que me he entretenido, tenía unas cosas que comprar... Bueno, da igual. ¿Qué querías?

Me di cuenta de que mi tono era casi hostil. No tenía ninguna intención de discutir; sin embargo, estaba a la defensiva para evitar que la conversación se me fuera de las manos.

—Te llamaba para preguntarte si te apetecía que pasara a recogerte a las dos para comer juntos y arreglar esto, pero parece que hoy no es el mejor día. En otro momento.

Y colgó. Marqué su número, sonó hasta que se cortó y nada. ¿Cómo había podido dejar que la situación se enredara aún más por una tontería así? No entendía qué me estaba pasando. Seguía enfadada con él y lo continuaría estando hasta que entendiera que lo que había hecho nos perjudicaba a ambos. Comprar un coche nos alejaba de nuestro objetivo de acabar de pagar la hipoteca de la casa cuanto antes y vivir con menos preocupaciones. No iba a olvidarlo sin más, aunque deseaba con todas mis fuerzas que encontráramos la ocasión para hablarlo tranquilamente. No soportaba la tensión que se había creado entre nosotros y, desde luego, no deseaba por nada del mundo que terminara afectando a Daniel.

Era una suerte que la academia quedara tan cerca, porque me apetecía poder quitarme el tema de la cabeza y centrarme de nuevo en el trabajo me vendría de perlas.

—Buenos días, jefa —saludó Carmen al verme llegar—. Uy, ese poquito de rímel y ese brillito de labios ¿a qué se deben?

—No se te escapa una —reí—. He hecho limpieza y he recuperado algunas cosillas del fondo del armario del baño.

—Pues a ver si lo tomas como costumbre, que una siempre está más mona arregladita y seguro que a Ramón también le gusta verte así. Si es que no te sacas partido; si me dejaras maquillarte un día, no te iba a reconocer ni tu madre. Uy, perdona, no he querido decir eso —añadió a modo de disculpa—. Soy una bocazas.

—Nada, mujer, ya sé que es una forma de hablar. En cuanto a Ramón, vamos a dejarlo tranquilo —contesté para zanjar el asunto.

—Ay, ay, ay. Me huelo que aquí hay tomate.

—Pues deja de oler y cuéntame, ¿cómo van esos arreglos?, ¿qué tal llevas el vestido de fiesta?

—¿El vestido que cosió tu madre? —preguntó nerviosa—. Ni dos minutos hace que vinieron a por él. Ha quedado precioso, me ha costado arreglarlo porque era una monada y, ya se sabe, las obras de arte se miran, pero no se tocan. Pero, oye, mejor retocado que olvidado en un armario.

—¡Qué pena! Me hubiera encantado ver el resultado final.

—Mala suerte. Ya te digo que lo acaban de recoger —repitió Carmen—. Le he tenido que insistir a la chica para que se lo probara antes de llevárselo. Le quedaba ideal. Se ha ido muy contenta. En Nochevieja será la envidia de todas sus amigas, estoy segura. Te lo has perdido por los pelos. Me sorprende que no te hayas cruzado con ella por la calle.

Quizá fuera mejor así. Volver a tener entre mis manos esa pieza me hubiera traído viejos recuerdos y seguramente me hubiera vuelto a emocionar. No era eso lo que necesitaba en ese momento. Parecía que el pasado se había empeñado en volver y mi ánimo no era el mejor para afrontarlo.

Dejé que Carmen siguiera con sus cosas. Estaba probando algunas ideas que quería enseñar a sus alumnas del curso de retales. Había puesto todo su empeño en buscar los proyectos más novedosos, la mayoría sacados de las revistas que Sara enviaba. Aquello era mucho más creativo que dedicarse a los arreglos y estaba entusiasmada con la buena acogida que estaban teniendo sus clases. Las alumnas aprendían rápido y, tal como Carmen preveía, le estaban cogiendo el gusto a la costura. Parecía muy probable que acabaran sumándose a las clases de confección de ropa.

Me extrañó que Amelia no hubiera aparecido aún por la academia. Cada día encontraba un motivo para salir de casa y asomarse por allí a saludar. Supuse que aún estaría decaída y la llamé para ver qué tal se encontraba. Me costaba asumir que, aunque se conservaba muy bien, ya no era tan joven y sabía que agradecía un poco más de atención. Los últimos acontecimientos le habían afectado mucho y yo intentaba estar más pendiente de ella.

Comimos juntas, la acompañé hasta su casa y volví a la academia con el tiempo justo para revisar que todo estuviera listo para las alumnas de la tarde. Era una suerte que las chicas llevaran tantos años viniendo a clase porque eso las había convertido en buenas amigas. Las tardes se pasaban volando y ellas disfrutaban de su momento de recreo en torno a la costura hablando de sus cosas.

Sin embargo, ese día, justo cuando la clase acababa de empezar, sonó el teléfono. Se trataba de Marina, llamaba para avisar de que había tenido un contratiempo y no iba a poder recoger a Daniel.

—Lo siento muchísimo, Julia —dijo muy apurada—. Mi hermano se ha caído y estoy con él en urgencias esperando a que le hagan unas radiografías. Mi madre no ha llegado todavía y no puedo dejarlo solo. Quería haberte avisado antes, pero me ha sido imposible. Es una rotura abierta en la pierna, el pobre se muere de dolor, aún no sabemos qué ha pasado. La monitora del patio del colegio no se explica cómo ha sucedido. De verdad que lo siento.

—No te preocupes. Tú atiende a tu hermano, eso es lo primero. Me las apañaré. Mañana ya me contarás todo con más calma.

Colgué el teléfono angustiada. Aquel se estaba convirtiendo en uno de esos días en los que me arrepentía de haberme mudado a Las Rozas. Por mucho que quisiera, aunque dejase a Carmen al frente de la clase, me era imposible llegar a tiempo al colegio. Tampoco Ramón, en el supuesto de que estuviese en las oficinas centrales, podría hacerlo.

Mi hijo era nuevo en el centro y yo no tenía confianza con ninguna de las madres de sus compañeros como para pedirles que se encargaran de él hasta que yo llegara. Las clases extraescolares acababan a las cinco y el colegio estaba a punto de cerrar. De repente encontré una solución: haciendo un par de llamadas conseguiría salvar la situación.

Saqué la cartera del bolso y miré en los compartimentos. Nada. Revolví todo su contenido y al fondo, pegada a la tira adhesiva que cierra el paquete de pañuelos de papel, encontré la tarjeta. Marqué el número sin pensarlo dos veces.

—¿Fernando?

—Sí, soy yo. ¿Quién eres? —preguntó.

—Hola, soy Julia. Tengo que pedirte un favor. No te

molestaría si me quedase otra opción, pero es que no tengo a quien recurrir.

—Sin problema, dime, ¿qué puedo hacer por ti?

Le expliqué la situación sin entrar en muchos detalles para no perder tiempo; tenía que hacer una llamada más y debía darme prisa.

—Claro, mujer, cuenta con ello. Yo estoy a un paso. ¿A qué hora sale?

—A las cinco. ¿No te importa?

—En absoluto, me lo traigo aquí, le doy de merendar y lo distraigo hasta que vengas. No tengas prisa, se me dan muy bien los críos.

—No te lo pediría si no estuviera muy apurada. No se me ocurre otra solución.

—Venga, déjalo ya. ¿Quieres que te llame cuando le recoja y así hablas con él?

—Sí, muchas gracias, así me quedo tranquila. Guárdate mi móvil —contesté.

Ya solo me quedaba avisar en el colegio, pedir que le explicaran a Daniel que un amigo de mamá se pasaría a recogerle y que tendría que esperarme un ratito en una cafetería a que volviera de Madrid. Crucé los dedos para que mi hijo colaborara y todo resultase como había previsto.

Me excusé con las alumnas y dejé a Carmen a cargo del grupo.

Tan pronto llegué a Las Rozas, tomé un taxi en la estación que me dejó en la puerta de la cafetería. En cuanto me bajé, a través del cristal vi a Fernando dibujando algo en un papel mientras mi hijo le miraba con atención. Me parecía un milagro que hubiese conseguido mantenerle entretenido hasta que yo llegara. Ya me avisó de que se le daban bien los críos, pero eso era algo inaudito.

—Hola, mami —exclamó Daniel en cuanto me vio entrar por la puerta.

—Hola, tesoro. ¿Qué tal lo has pasado? Veo que a ti también te ha gustado la tarta de chocolate de Fer —comenté observando los restos que quedaban en el plato que había sobre la mesa.

—Está muy rica y dice que va a enseñarme a cocinarla para que hagamos una igual en casa.

—Pues qué bien, ¿verdad? Anda, recoge los lápices, que nos tenemos que marchar ya.

Me volví hacia Fernando.

—No sabes cómo te lo agradezco. Marina, la chica que le cuida por las tardes, ha tenido que acompañar a su hermano al hospital porque al parecer se ha fracturado la pierna. Me avisó con muy poco tiempo y por más que hubiera querido me era imposible llegar antes de que cerraran el colegio. De no ser por ti no sé qué hubiera hecho.

—Nada, Julia. Nos hemos divertido un montón y Daniel me ha contado muchas cosas de su cole. ¿A que sí? —preguntó mirando a mi hijo y acariciándole la cabeza.

—Dime qué te debo, esta mañana con las prisas me olvidé de pagarte el desayuno.

—Estáis los dos invitados, ha sido un placer tener aquí a tu hijo. Se ha portado muy bien y nos hemos reído mucho juntos. Es un crío encantador. Claro que de tal palo...

—No, Fer, bastante es que me hayas hecho el favor de recogerle. Cóbrame, por favor —insistí—. Así al menos no sentiré que estoy abusando tanto.

—Como quieras, pero a cambio me tenéis que prometer que vendréis los dos a merendar otra tarde para que os pueda enseñar a hacer la tarta de chocolate.

—¡Sí, sí! —gritó Daniel entusiasmado.

—Ea, pues no hay más que hablar —comentó Fernando zanjando el asunto.

Terminé de recoger sus cosas, le ayudé a ponerse la parka y me acerqué a la caja a pagar.

—Anda, dale un beso a Fer y di «gracias por todo».

Fernando se agachó para decirle adiós a mi hijo y al levantarse se despidió de mí con dos besos que me pillaron por sorpresa.

Salimos del local, cruzamos la calle para coger el autobús hasta casa y al llegar a la parada observé que nos miraba desde la cafetería. Cuando se dio cuenta, sonrió y movió la mano diciendo adiós. Contesté con el mismo gesto y me volví hacia mi hijo para que se despidiera, pero estaba distraído mirando el dibujo que habían hecho juntos. Articulé un «gracias» silencioso que esperaba que él pudiera descifrar desde el otro lado de la calle. Volvió a sonreír.

17

Estaba sirviéndome un café cuando oí el sonido de la campanita de la puerta y una voz, que *a priori* no identifiqué, pero que saludaba desde la entrada. A continuación, Carmen recitó un rosario de piropos a cuál más entusiasta, que me reafirmaba en la idea de que mi compañera jamás aprendería a ser discreta ni reservada, más bien al contrario. Puede que fuera una de las cualidades que más me gustaban de ella.

—Pero ¿qué haces para estar cada día más guapa? Mírate, cada vez que apareces por aquí te veo más mona. No será por lo que comes, que precisamente la cocina por allí no tiene mucha fama o, mejor dicho, sí la tiene, pero no de la buena. Y qué moderna, oye, ese pelo, esa chaqueta... En una de estas me vuelvo contigo, que me muero de ganas por saber qué se cuece por Londres.

Esas frases solo podían anunciar una cosa. Solté la taza y me fui derecha hacia ella.

—¡Sara, qué sorpresa! Imaginaba que estarías a punto de volver a Madrid, aunque no esperaba que fuese hoy. Ya podías haber avisado, te lo tenías muy callado —añadí feliz de tenerla delante.

Nos fundimos en un largo abrazo. Sara era de esas amigas a las que puedes no ver durante meses y a los dos minutos de estar con ella sientes que no ha pasado el tiempo. Nos manteníamos en contacto a lo largo del año y creo que ambas esperábamos con la misma ilusión nuestro reencuentro cuando visitaba a su familia por vacaciones.

Sentía una gran admiración por ella y por lo mucho que había logrado desde que, dejando a un lado todo lo que la condicionaba, se situó en el centro de su vida y tomó las decisiones adecuadas para salir de una situación familiar que hubiese acabado con sus sueños. Admiraba mucho el coraje que había demostrado marchándose al extranjero sin apenas hablar inglés y sin saber muy bien qué hacer con su vida.

En algunas ocasiones habíamos hablado de ello y siempre me decía que las tardes que pasamos cosiendo habían sido en buena medida las «culpables» de que encontrara ese empuje. Se veía atrapada por una situación de la que no era responsable y ante la cual se sentía muy sola. Conocer a sus compañeras de costura, compartir charlas e impresiones con ellas le había abierto los ojos y le había dado las fuerzas que necesitaba para cambiar su destino por completo.

Cuando llegó a Londres, retomó su sueño de convertirse en periodista, que había dejado a un lado para ocuparse de una madre que malvivía sumida en una depresión. No lo tuvo fácil, pero consiguió crecerse ante la adversidad. Había aprendido inglés a base de intercambiar clases de español con nativos y así pudo entrar a la facultad a pesar de que sus conocimientos del idioma eran bastante limitados.

—¡Qué alegría estar de vuelta! ¿Cómo estás? ¿Qué tal mi ahijado? ¿Ha crecido mucho desde la última vez que le vi? —Sara enlazaba una pregunta con otra—. Esto está cambiado —añadió echando un rápido vistazo a la sala.

—¿Te gusta? —preguntó Carmen—. Aquí las jefas se han dejado convencer de que la academia necesitaba un cambio y fíjate, una gotera inoportuna se puso de nuestra parte para hacer una reformita.

—¿Qué tal anda la otra «jefa»? —quiso saber Sara—. Espero verla estos días.

—Amelia está bien, lidiando con algunos problemillas, pero bien de salud y más joven que nunca. Te vas a llevar una sorpresa cuando la veas. Déjame que coja mis cosas y vamos a tomar algo, ¿te parece? —pregunté.

Aunque Carmen era de total confianza, me apetecía charlar a solas con Sara. Estaba segura de que teníamos muchas cosas que contarnos y necesitábamos cierta intimidad. Nos veíamos en contadas ocasiones y cuando por fin asomaba por la academia, nos faltaban horas para ponernos al día. Yo no solía tener mucho que comentar, pero sentía curiosidad por saber qué novedades tendría ella.

—Venga, largaos, que ya me quedo yo al frente del negocio —apuntó mi compañera en tono burlón guiñándome un ojo.

—Si ves que dan las dos y no he vuelto, ¿cierras tú?

—Pues sí que le vais a dar a la sinhueso —rio—. Descuida, yo me encargo. Pasadlo bien. Nos vemos esta tarde.

—Hasta pronto, Carmen. Tengo muchas ganas de saludar a mis compañeras de costura, así que pasaré por aquí de nuevo estos días. Nos vemos —se despidió Sara.

Caminamos hasta una cafetería cercana a la que Amelia y yo íbamos de vez en cuando y que solía estar muy tranquila a esas horas. Nos acomodamos en una mesa pegada a la cristalera, por donde entraba un sol muy agradable, y pedimos algo de beber.

—Qué maravilla tenerte aquí, Sara. Te veo fenomenal. Ya me contarás, pero antes dime, ¿qué tal está tu madre?

—Mejor que nunca. Te costará creerlo, pero se ha echado novio.

—Uy, eso sí que es una buena noticia, ¿no?

—Buenísima. Está muy ilusionada y yo feliz de verla así. Quién me iba a decir que volvería a tener pareja después de tantos años. La última vez que estuve en Madrid ya noté que se traía cierto tonteo con Miguel Ángel, el vecino del cuarto. Ella se empeñó en negarlo entonces y, mira por dónde, al final se ha formalizado la cosa.

—¿Formalizado? —Por lo que sabía de ella, no veía a Fermina casándose de nuevo.

—Me refiero a que ya no lo ocultan al resto de los vecinos. Si los vieras, parece que tuvieran veinte años. Él se quedó viudo hará unos cuatro o cinco años, con el tiempo se fueron haciendo muy amigos y surgió la chispa. La verdad es que se hacen mucha compañía y me da tranquilidad saber que está con alguien. Parecen dos tortolitos. Mis hermanos ya no necesitan estar tan pendientes de ella, ha recuperado su independencia y eso nos da mucha calma. Ha conseguido dejar la medicación y la verdad es que parece otra. Quién me iba a decir que diría esto de mi madre hace unos años. Aunque me marché convencida de que hacía bien y que mis hermanos cuidarían de ella, nunca dejé de sentir que, en cierto modo, la abandonaba. Estábamos tan acostumbradas la una a la otra que no contemplaba otra situación que pasar el resto de mis días a su lado, pendiente de lo que pudiera necesitar.

—Pues qué bien. Va a resultar cierto eso que dicen de

que el amor no tiene edad. Me parece estupendo que tu madre disfrute de nuevo de una ilusión así.

—Imagino que cuando eres mayor buscas otras cosas. Por lo que he visto, tienen una relación muy bonita, se cuidan mucho, viajan juntos y se les ve felices. Es bastante más de lo que tenía mi madre antes de divorciarse —comentó Sara.

En cierto modo entendía cómo se podían sentir. Ramón y yo no éramos tan mayores cuando empezamos a salir, pero sí teníamos una vida más o menos hecha y, al menos yo, no me planteaba formar una familia. Nuestra historia de amor era la prueba de que en cuestión de días las cosas pueden dar un giro inesperado y encontrarte ante un camino con el que ya no contabas. En esas últimas semanas, en las que no pasábamos por nuestro mejor momento, me venía bien recordar cómo había surgido nuestra relación y cómo había venido a cambiar mi vida de un modo tan radical. Aunque ahora me cuestionara algunas cosas, entonces me pareció un regalo del cielo inesperado y sorprendente.

—¿Y qué hay de ti? ¿Algún novio a la vista? Cuenta, cuenta.

—Yo no diría tanto, aunque sí hay un chico con el que me veo bastante desde hace unos meses y disfrutamos mucho juntos. Se llama Paul y es londinense. Fíjate que yo tenía a los ingleses por unos estirados y nada más lejos de la realidad. Es un tío muy majo, divertido e interesante. Le conocí en la facultad, tiene un par de años menos que yo y le encanta España. O eso me dijo nada más conocernos, quizá para allanar el terreno —rio Sara.

—Me alegro un montón por ti. Se te ve ilusionada, vete a saber si la próxima vez que hablemos por teléfono es para darme una gran noticia.

—Uy, quita, no te adelantes. Por el momento solo nos estamos conociendo.

—Si te oyera Carmen, diría que esa frase es la que suelen decir los famosos cuando ya llevan meses liados.

—Entonces, sigue enganchada al *Diez Minutos*, ¿no?

—Totalmente, nos tiene al día de todo lo que pasa en la prensa rosa.

Las dos nos echamos a reír. Alguna vez habíamos comentado lo curioso que resultaba que Carmen, siendo una mujer tan espiritual, disfrutara con los cotilleos del famoseo y conociera sus vidas al dedillo.

—¿Y los estudios, cómo los llevas? Ya te quedará poco para acabar, ¿no?

—Tengo algunas asignaturas colgadas de cursos anteriores, pero, si todo va como yo quiero, en año y medio habré terminado. Hace unos meses que estoy en el periódico de la facultad; me deja poco tiempo libre, pero estoy cogiendo experiencia y me he dado cuenta de que, aunque aún no tengo un trabajo como tal, disfruto cada vez más con esta profesión. ¡Ah! Y he retomado la costura. ¿Te acuerdas de que te dije que me costaba mucho enfrentarme de nuevo a la máquina? El otro día una amiga me comentó que tenía que arreglarse una ropa y me pareció la excusa perfecta para sacarla de su funda y ponerla en marcha. La aceité como me enseñaste y va genial. Suave como la seda, como si no hubiera estado parada todos estos años. Por cierto, que dentro del cajetín de la máquina me he encontrado una llavecita muy misteriosa. Tengo que preguntarle a mi padre si sabe de qué puede ser.

—Me das una alegría. Coser se te daba muy bien y me apenaba que lo hubieras dejado de lado —comenté—. Espero que vuelvas a cogerle el gusto. Con un poco de suerte podrías combinar ambas cosas y hacerte periodista de moda.

—Ja, ja. Sí, es una idea. No te lo vas a creer, pero fue dar las primeras puntadas y empezar a recordar nuestras tardes de costura. Me vinieron a la memoria todas esas charlas y sentí como si tuviese de nuevo a mi lado a las primeras «agujitas». Mirando hacia atrás, aquellos meses marcaron mi vida de una manera muy singular. De no ser por esas mujeres tan maravillosas que tan generosamente compartieron sus historias conmigo, ahora no sería quien soy. Tengo mucho que agradeceros a todas.

Solía comentar con las alumnas, al empezar el curso, que para mí coser era una forma de conectarme con mi madre y que, por ese motivo, cada vez que terminaba una prenda pensaba en ella y me preguntaba si le daría su visto bueno. Las chicas nuevas me miraban extrañadas, pero no solían tardar en darme la razón, ya que muchas de ellas habían visto coser a las mujeres de su familia en alguna ocasión.

Había desarrollado una extraña habilidad para detectar ya en los primeros días de clase quiénes acabarían siendo buenas amigas a final de curso. En lo que coincidíamos todas era en considerar que las tardes de costura eran un bálsamo y que nos hacía mucho bien evadirnos de la vida cotidiana un par de veces a la semana y contarnos nuestras cosas entre telas y patrones.

—Por cierto, estoy deseando verlas. Tenemos que organizar nuestro tradicional desayuno navideño —comentó Sara sacándome de mis pensamientos.

—Descuida, eso es sagrado. Le diré a Carmen que hable con ellas para ver qué día nos viene bien a todas. Yo aún no he hecho las compras de Navidad y tengo que organizarme. Aurelio, mi suegro, viene a pasar estos días con nosotros y este año se me ha echado el tiempo encima. A ver qué tal se da la cosa, porque Ramón y yo no estamos muy bien que digamos y, con su padre en casa, no vamos a tener muchas oportunidades para arreglar las cosas.

—Vaya, no imaginaba que tuvierais problemas. ¿Algo que me quieras contar? —preguntó.

—Hemos discutido por un tema que no viene al caso y eso me ha hecho pensar en nuestra relación. Desde que nació mi hijo me he volcado por completo en él y quizá Ramón y yo nos hemos descuidado el uno al otro. Él está muy centrado en su trabajo y yo tengo la sensación de que, más que vivir, sobrevivo al día a día. Me siento sola, Sara. La casa, mi negocio, Daniel... Es como si tuviera que mantener en equilibrio un montón de platillos y solo dependiera de mí que no cayeran al suelo. A principios de mes íbamos a ir los tres al pueblo a pasar unos días y al final decidí quedarme en casa a solas. Me costó, no creas, pero me ha venido muy bien. Nunca me había separado del crío y pensé que no lo iba a soportar; sin embargo, han sido como unas vacaciones, como esas que hace mucho que no tengo. Verme sola, sin tener que ocuparme de nadie más que de mí misma, sin estar sujeta a horarios, cenas, baños... Me cuesta reconocerlo en voz alta, pero la verdad es que ha sido toda una experiencia. He descubierto que hay que cambiar algunas cosas en nuestra relación si quiero que sigamos adelante. Los años pasan muy deprisa y sin darme cuenta he entrado en una dinámica en la que yo soy lo último de mi lista de prioridades, y eso no puede ser.

—Te escucho hablar y me recuerda tanto a cómo me

sentía yo de atrapada antes de marcharme... Te entiendo perfectamente y creo que tienes toda la razón. Es una situación difícil de mantener en el tiempo sin que te acabe pasando factura.

—El caso es que no encontramos tiempo para estar solos y hablar tranquilamente. Ramón llega tarde del trabajo, a veces Daniel ya está en la cama o a punto de acostarse, y para cuando podemos sentarnos un rato juntos yo estoy agotada. Y gracias a que tenemos a Marina, la canguro, que es un encanto. De lo contrario sería imposible llegar a todo —concluí.

Hablar con Sara era como reflexionar en voz alta. Aunque Amelia era una buena amiga y la mantenía al corriente de todo, no había compartido mis pensamientos tan abiertamente con nadie más. Me hacía bien verbalizarlo y sentir que alguien como ella me escuchaba. No buscaba que me diera su opinión ni que me aconsejara, solo necesitaba que me prestara atención. Estaba segura de que eso me ayudaría a aclarar las ideas.

—Con lo que no contaba estos días era con reencontrarme con Fernando, un amigo de juventud. Hemos coincidido varias veces y hemos pasado buenos ratos recordando los viejos tiempos. No nos veíamos desde los quince años. Andábamos tonteando, pero a esa edad, como te puedes imaginar, la cosa no cuajó. El caso es que al volver a verle he sentido miedo.

—¿Miedo? No entiendo por qué —preguntó Sara extrañada—. No estabas haciendo nada malo.

—Sí, lo sé, no me refiero a eso. Hacía casi treinta años desde la última vez que nos vimos. El caso es que volver a tenerle delante me ha despertado sentimientos que no me esperaba. La primera vez que le vi sentí un hormigueo en el estómago y ahora, cuando estoy con él, me comporto como una cría. Si hasta me pongo nerviosa, Sara. El otro día le solté una mentira absurda a Ramón para ocultarle que me había retrasado para llegar al trabajo por tomarme un café con él. Y eso que nosotros no nos mentimos nunca. Me sorprendí a mí misma intentando imaginar cómo habría sido mi vida si hubiese acudido a la plaza aquella última tarde en que quedamos siendo unos niños. No sé, supongo que echo de menos a mi marido. Al Ramón que conocí, el que estaba pendiente de mí a todas horas, el que siempre tenía algún detalle conmigo y una palabra amable. Tengo la sensación de que nos hemos perdido.

—Bueno, ya sabemos que las sensaciones de los primeros años van cambiando, no puedes pretender vivir enamorada toda la vida. No conozco a nadie que lo consiga.

—Lo sé, pero la forma en la que me trata Fernando me recuerda a esos primeros años de relación. No me parece justo tener que renunciar a volver a sentir ese hormigueo y esos nervios en el estómago. Ramón es mi única pareja y tengo asumido que será el único hombre de mi vida.

No es que ya no le quiera ni que esté enamorada de otro, ni mucho menos, solo que echo de menos ciertas cosas que sé que nunca más volveré a sentir. Eso es lo que me asusta, pensar que las desavenencias de las últimas semanas puedan empujarme a los brazos de otra persona. Hay demasiado en juego. Pero no sé. Es la primera bronca gorda que tenemos y me cuesta olvidarla sin más. Creo que he dejado pasar demasiadas cosas en los últimos años y ahora la situación me tiene desbordada.

—Y ese chico, Fernando, ¿está casado o tiene hijos?

—No creo, me lo hubiera comentado. Yo tampoco he querido preguntar mucho.

—¿Y no has pensado que quizá le estés dando demasiada importancia? Aquello ocurrió hace treinta años, Julia. Ni tú ni él sois los mismos.

—Sin embargo, después de compartir un par de cafés es como si todo ese tiempo hubiera desaparecido de un plumazo. No le veo como un extraño y creo que él a mí tampoco. Es una sensación rara, pero a la vez bonita, muy bonita. Eso me asusta. Te lo cuento porque eres tú, pero ni de lejos se me ocurriría comentarlo con nadie más.

Era ya casi la hora de comer y Sara llamó a casa para avisar a su madre de que no la esperara. Yo estaba tranquila porque sabía que Carmen contaba con que tal vez no volvería para cerrar, así que pedimos unos sándwiches y un par de refrescos.

—Cambiando de tema, háblame de Daniel, ¿cómo está? Estoy deseando verlo, seguro que ha pegado un buen estirón desde mi última visita.

—Sí, ha crecido mucho. Cuando lo miro me doy cuenta de lo rápido que pasa el tiempo. Un día le estás dando el biberón y al siguiente empieza a ir al colegio. A partir de las sospechas de su tutora, nos han confirmado el primer diagnóstico, trastorno por déficit de atención. Estoy leyendo un libro que me ha recomendado el psicólogo para intentar entender cómo le condiciona. Hemos empezado a medicarle hace solo unos días, habrá que ver qué tal responde. Me produce mucha angustia pensar que si lo hubiésemos detectado antes quizá hubiéramos podido evitar las pastillas, aunque ahora de nada sirve lamentarse.

—Lo habéis hecho lo mejor que sabíais. Como dicen algunas de mis amigas que ya han sido madres, los niños no vienen con manual de instrucciones. ¿Cómo ibais a imaginar algo así? Seguro que está en buenas manos y que con el tiempo lo llevará bien. Ni por asomo se te ocurra culparte, que te conozco —añadió cogiéndome las manos y mirándome a los ojos.

—Según Laura, la culpa es inherente a la condición de madre, no podemos evitarlo. Espero que tengas razón y que podamos ayudarle. Gracias por dedicarme este rato, me ha venido fenomenal poder desahogarme.

—No hay por qué darlas, la pena es que estemos tan lejos y no podamos vernos más.

Se hacía tarde. Apuramos las bebidas y pagamos la cuenta.

—Ahora ya sí que tengo que dejarte. Cuando Carmen haya hablado con las chicas te llamo para que organicemos ese desayuno que tanto me apetece. Catherine y Laura se van a poner muy contentas de verte.

Nos despedimos con un par de besos y me encaminé hacia la academia. Me esperaba una nueva tarde de costura con mis alumnas, algo de lo que, afortunadamente, seguía disfrutando como si fuera el primer día.

18

Apenas quedaban unos días para Nochebuena y Aurelio, el padre de Ramón, ya estaba casa. Intentaba organizarme como podía sin desatender el negocio ni a mi suegro. Tenía casi todos los regalos comprados, envueltos y debidamente escondidos para que Daniel no pudiera encontrarlos. Ramón se había encargado de comprar un abeto y la casa ya lucía como mandaba la tradición: nacimiento, luces, árbol y algunos detalles más dispuestos por el salón y la entrada para lograr un ambiente acorde con esos días de ilusión.

Habíamos decidido cerrar El Cuarto de Costura solo los días festivos, ya que aún quedaban algunas entregas pendientes y aunque Carmen estaba al día con los arreglos siempre surgía algo de última hora. Malena se despidió de sus alumnas hasta después de Reyes y aprovecharía los días para visitar algunas exposiciones con Patty y disfrutar de los restaurantes de moda a los que le gustaba llevarla.

En el colegio de Daniel se celebraba la función de Navidad y a él le hacía muchísima ilusión que su abuelo y yo fuésemos a verle. Había estado ensayando durante las últimas semanas y yo no iba a perdérmelo por nada del mundo. Le había cosido un traje de angelito de rasete blanco y entre los dos habíamos hecho unas alas de cartulina a las que pegamos unas tiras de algodón que simulaban las plumas.

Llamé a Carmen por teléfono para comprobar que todo estaba en orden y avisar de que, salvo una emergencia, no pasaría por El Cuarto de Costura hasta el día siguiente.

—No te preocupes, Julia, lo tengo todo controlado. No quedan más que un par de arreglos que acabo de terminar y que vienen a recoger hoy mismo. Dale un beso a esa criaturita de mi parte. Espero que lo paséis muy bien —añadió.

—Seguro que sí, y gracias por encargarte.

—Por cierto, ha llegado el *christmas* de Margarita, puntual como cada año. Nos desea a todos felices fiestas y nos manda una foto con los niños. Los críos están guapísimos y ella es como si durmiera sumergida en formol. Ya la verás cuando vengas por aquí, nada que envidiar a los reportajes de la Preysler en el *¡Hola!* Salen todos muy elegantes y felices. Más cositas, ya está todo organizado para el desayuno de antiguas alumnas de mañana. He avisado a Amelia por si le apetece apuntarse y me ha dicho que se pasará a última hora. Por lo visto Alfonso llega a media mañana de Barcelona.

—Muchas gracias, Carmen; te dejo, que tengo a mi suegro y a mi hijo esperándome en el coche.

La función se nos hizo eterna, pero valió la pena por ver la carita de felicidad de mi hijo cuando nos localizó entre el público. Me emocioné al verle en el escenario entre sus compañeros. Sabía que había puesto mucho empeño en los ensayos y que, aunque su padre le había explicado que no podría ir a verle, él albergaba la esperanza de que le diera una sorpresa en el último momento. Menos mal que era un niño muy comprensivo y se conformó con poder hablar con él por teléfono al terminar la actuación.

Saludé a algunas de las madres de sus compañeros cuyas caras me sonaban de verlas a la entrada del centro. Tenía pocas ocasiones para hablar con ellas porque siempre andaba con prisas al soltarle por la mañana. Antes de marcharnos, su tutora se acercó a nosotros, nos entregó un sobre con sus notas, lo felicitó y se despidió deseándonos felices fiestas. Desde que me había reunido con ella y con la pedagoga tras el diagnóstico definitivo, había menos tensión entre nosotras y se mostraban muy dispuestas a apoyarle en lo que pudiera necesitar para seguir el curso con normalidad.

Al salir del colegio, abuelo y nieto se adelantaron camino del coche. Me hizo mucha gracia comprobar que ambos tenían los mismos andares, algo en lo que no me había fijado hasta ese instante. Iban cogidos de la mano, Daniel no paraba de hablarle mientras el abuelo le seguía la conversación inclinándose hacia él para oírle mejor. Mi hijo se giró de repente.

—Mami, ¿podemos ir ahora a comer tarta de chocolate al bar de Fer? —preguntó alzando la voz.

Noté que las mejillas se me sonrojaban y, rezando para que mi suegro no reparara en ello, me apresuré a contestar.

—Cariño, pero si son casi las dos. ¿No te acuerdas de que dijimos que hoy íbamos a comer una hamburguesa en el híper y luego hacíamos la compra juntos? Mejor dejamos la tarta para merendar, ¿vale?

—¡Sí, hamburguesa! —exclamó entusiasmado.

Le quité el disfraz de angelito que había usado para la función, nos subimos al coche y nos dirigimos al centro comercial. Contaba con que no estuviera atestado de gente a esa hora y pudiera terminar de comprar lo que necesitaba para la cena de Nochebuena. Cada año intentaba que Ramón se involucrara en los preparativos de Navidad, y cada año se las apañaba para que yo cargara con todo. Intentaba no pensar en ello y centrarme en que mi hijo pasara unos días mágicos llenos de ilusión.

—Mira qué bien os viene ahora tener dos coches, ¿no? —comentó Aurelio nada más entrar en el aparcamiento subterráneo.

—Sí, muy bien —contesté sabiendo que no era un comentario gratuito.

No le faltaba razón, pero la observación me irritó. Supuse que su hijo no le habría contado la verdadera razón por la que semanas atrás no los había acompañado al pueblo. Me imaginé a Ramón todo orgulloso enseñándole el coche nuevo a su padre como hizo con Daniel y conmigo, e inventando alguna excusa creíble para justificar mi ausencia. No quería darle más vueltas al tema, así que me centré en la lista de cosas que tenía por hacer para que me cundiera la tarde y poder volver a casa a tiempo de colocar la compra, sacar los manteles de Navidad, bañar a Daniel y preparar la cena.

Una hamburguesa era una apuesta segura para que el niño estuviera contento y acabara rápido, y aunque sabía que no sería del agrado de mi suegro, contaba con que no pondría muchas pegas con tal de ver feliz a su nieto. Antes incluso de entrar en el restaurante, comprobé que no era la única madre a la que se le había ocurrido la misma idea. A pesar de mi falta de originalidad, conseguimos una mesa alejada de la zona de juegos, lo que facilitaba que mi hijo se centrara en su almuerzo antes de lanzarse a escalar la estructura de plástico del parque infantil y perderse entre las bolas de colores que tanto le gustaban.

—Aurelio, ¿te importa quedarte aquí con el niño mientras hago la compra? Le encanta la zona de juegos y estará ahí distraído un buen rato. Solo tienes que echarle un ojo, así termino antes y no os mareo por los pasillos del híper.

—Claro, mujer, sin problema. Vete tranquila, que yo me encargo.

No tener que arrastrarlos era un gran alivio. A Daniel le gustaba acompañarme, pero perdíamos mucho tiempo, se encaprichaba con cualquier golosina y se empeñaba en pesar él la fruta y empujar el carro. Todo eran negociaciones hasta que llegábamos a la caja. A eso se sumaba que el hipermercado estaba lleno de juguetes y con toda seguridad querría pararse a verlos. Estaba segura de que yendo sola no tardaría ni treinta minutos en hacerme con todo lo que necesitaba para esos días. Estaba tan acostumbrada a aprovechar mi tiempo hasta el último segundo que hacía la lista de la compra por pasillos. Ramón se mofaba de mí, pero cuando me acompañaba algún sábado se alegraba de que no echáramos allí la mañana.

Por suerte, habíamos acostumbrado a Daniel a comer de todo, eso facilitaba el menú de Nochebuena y me liberaba de tener que prepararle un plato aparte. Lo único complicado era mantenerle sentado en la mesa el tiempo suficiente para que los demás acabáramos de cenar. Catherine me había pasado una receta de rosbif que nunca había probado, pero, por lo demás, casi siempre repetíamos menú: consomé, cóctel de gambas, rodajas de merluza al horno y, de postre, el mismo flan que preparaba mi madre, con mucho caramelo y nata montada.

Tenía la carne encargada en la carnicería del barrio y solo me quedaba por decidir qué verdura pondría para acompañarla. En la cesta de empresa de Ramón se incluían todo tipo de dulces típicos, vinos y patés, así que una cosa menos que comprar. Aurelio nos traía embutidos del pueblo y dábamos buena cuenta de ellos como aperitivo. No éramos más que tres adultos y un niño que no comía mucho y, aun así, aunque preparara mil cosas, me parecía que iba a faltar y el resultado de varios días cocinando se esfumaba en menos de media hora.

Mientras recorría los pasillos pensaba en esas familias numerosas en las que las cenas de Navidad empezaban a principios de diciembre, cuando las madres se preocupaban por ahorrar un dinero comprando los productos frescos antes de que subieran de precio para congelarlos. Teníamos mucha suerte de que no nos faltara de nada y que esos días los pudiésemos vivir sin ningún tipo de angustia.

De jovencita me gustaba ver esas películas en las que

las mesas se abarrotaban de bandejas de comida y botellas de vino, la casa se llenaba de gente cantando villancicos y había un montón de regalos cuidadosamente envueltos bajo el árbol de Navidad. Sentarme a una mesa llena de comensales era uno de mis deseos más ansiados desde muy pequeña.

Lo más cerca que había estado de algo así fue una Nochebuena en la que cenamos con Amelia, Alfonso y Felipe cuando Daniel era aún un bebé. Mi socia sacó su mejor mantelería, que yo misma recordaba haber planchado en más de una ocasión cuando don Javier aún vivía y recibían gente en casa. Decoró la mesa con unos centros de flores preciosos que encargó para la ocasión en la floristería de Serrano y puso unos candelabros de plata a juego con la cubertería. Sobre los bajoplatos dispuso su vajilla de casada, de una finísima porcelana, que rara vez usaba. El conjunto era una mesa digna de un palacio, que logró sorprenderme y dejar a Ramón con la boca abierta.

Tal como había calculado, en media hora estaba en la cola de la caja. Embolsé las cosas, pagué y me fui directa al aparcamiento para luego volver a subir a la hamburguesería a recogerlos. Contaba con que probablemente Daniel no quisiera marcharse, tuviera que entrar a sacarle a rastras de la piscina de bolas y ponerle yo misma los zapatos.

Estaba a unos metros de la puerta del restaurante

cuando vi a Aurelio hablando con un guardia de seguridad, un señor con un *walkie-talkie* y alguien que parecía ser el encargado del local. Tenía la cara desencajada y se llevaba las manos a la cabeza. Una dependienta salía en ese momento a ofrecerle un vaso de agua y él se movía inquieto intentando explicar algo que no alcanzaba a oír. Me temí lo peor.

Cuando me vio llegar corrió hacia mí con los ojos llenos de lágrimas pronunciando frases inconexas que no conseguía entender. El resto de las personas que estaban con él me rodearon y algunos curiosos se pararon a mirar.

El señor del *walkie* daba instrucciones y el encargado intentaba apartar a los clientes que salían a ver qué pasaba.

—Aurelio, por Dios, ¿qué te pasa? ¿Dónde está Daniel? ¿Quién es toda esta gente?

El corazón me empezó a latir tan rápido que sentía que se me salía del pecho. Todo ese jaleo solo podía significar que algo malo le había sucedido a mi hijo. Para entonces ya me había contagiado del pánico y la angustia que había visto en la cara de mi suegro.

—¿Es usted Julia? —me preguntó el guardia de seguridad.

—Sí, sí, soy yo. ¿Qué ha pasado? ¿Dónde está mi hijo? ¿Qué es todo esto? ¿Me lo pueden explicar, por favor?

—Tranquilícese, señora —fue lo primero que salió por su boca.

Aurelio volvía a acercarse a mí una y otra vez interrumpiendo la explicación del guardia. No hacía más que repetir que había sido culpa suya, que solo le había perdido de vista un minuto mientras se acercaba al mostrador a pedir un descafeinado. Se golpeaba la frente con la mano derecha y movía la cabeza de derecha a izquierda. Al otro lado de los cristales de la hamburguesería veía a muchas mujeres mirando hacia fuera con cara de preocupación, tapándose la boca con la mano y negando con la cabeza. Otras salían a toda prisa del restaurante con los niños cogidos de la muñeca.

Cada vez se agolpaba más gente. Dos guardias más de seguridad acudieron al lugar y se pusieron a disposición del señor que hablaba por *walkie*. Este les dio indicaciones señalando con la mano en varias direcciones.

De pronto oí un anuncio por megafonía que avisaba de que el centro comercial cerraba las puertas temporalmente y solicitaba a los clientes que no se dirigieran a las salidas. Las escaleras mecánicas que había cerca del restaurante dejaron de funcionar y aquel aviso, lejos de conseguir algo de calma, provocó extrañeza entre la gente, que empezó a moverse nerviosa de un lado a otro.

—Dígame, ¿qué ha pasado? ¿Dónde está mi hijo? —volví a preguntar desesperada.

—Según nos ha indicado su suegro, el crío estaba en la zona de juegos. El hombre se ha despistado un momento y cuando ha vuelto ya no estaba. ¿Son estos sus zapatos? —preguntó mostrándome las deportivas que le pasó el encargado del local.

—Sí, son los suyos —contesté agarrándolos como si fuese lo único que pudiera hacer que mi hijo apareciera—. ¿Han comprobado los baños y la piscina de bolas? Es posible que se haya escondido, le gusta jugar a esconderse. ¿Han mirado bien? ¿Seguro? —Empezaba a marearme y a ver borroso.

—El abuelo nos ha facilitado una foto del niño, pero díganos, ¿qué ropa llevaba?

—Un pantalón de pana verde oscuro y una camiseta de Mickey —contesté sin dudar— y unos calcetines de rayas —añadí—. Pónganse a buscarlo, por lo que más quieran. ¡Puede estar en cualquier sitio! —grité mientras miraba alrededor.

Entonces perdí el conocimiento.

Cuando recobré la conciencia unos minutos después, estaba tumbada en el suelo mientras un señor, que se presentó como el gerente del centro comercial, me sostenía las piernas en alto. Me ayudó a incorporarme despacio y me explicó que habían puesto en marcha un protocolo que tenían para esos casos, y que estaba seguro de que Daniel aparecería de un momento a otro.

A unos metros de mí estaba Aurelio sentado en una silla, derrumbado, deshecho en lágrimas. Fui hacia él para consolarle, pero era incapaz de mirarme a la cara. El pobre hombre no dejaba de lamentarse.

—Si le pasa algo a mi nieto, no me lo perdonaré nunca. ¡Nunca! —repetía—. Lo siento, Julia, no sabes cuánto lo siento. Es todo culpa mía. ¿Quién me mandaría a mí alejarme de él?

Intenté consolarle, pero estaba demasiado nerviosa como para tranquilizar a nadie; bastante tenía con mantenerme cuerda. «Esto no puede estar pasando», me repetía a mí misma.

—Mi bolso, ¿dónde está mi bolso? —pregunté.

Necesitaba localizar a Ramón lo antes posible.

Una chica con el uniforme del restaurante me alargó el bolso, que estaba en el suelo. Metí la mano hasta el fondo y revolví todo su contenido buscando el teléfono móvil.

La megafonía del centro no paraba de anunciar que un niño se había extraviado y solicitaba la colaboración de todos los clientes. La gente empezaba a impacientarse y a mostrarse molesta. Tenía la esperanza de que si Daniel oía el mensaje volvería al restaurante, aunque con lo despistado que era no había razón para que se diera por aludido.

Habíamos estado más veces en aquel centro comercial,

pero no estaba segura de que lo conociera tan bien como para encontrar el camino de vuelta a la hamburguesería. Porque nadie se lo había llevado, eso era imposible. Seguro que estaba mirando embobado cualquier escaparate o correteando por algún pasillo. No llevaba zapatos, iba descalzo, tendría frío en los pies. Sentía que me estaba volviendo loca.

Estaba a punto de marcar el número de Ramón cuando vino hacia mí una señora acompañada de un guardia de seguridad que llevaba a Daniel en brazos.

—¡Mami! —exclamó mientras el guardia le dejaba en el suelo.

—Daniel, hijo mío, ¿dónde te habías metido? ¡Te están buscando por todas partes! ¿Estás bien? —Le sujeté por los brazos examinándolo con la mirada durante un segundo, y lo abracé con todas mis fuerzas intentando controlar las lágrimas.

—Ay, me estás apretando mucho —se quejó—. ¿Por qué lloras?

—No es nada, cariño, solo que, como no estabas en la piscina de bolas, el abuelo y yo nos hemos asustado y hemos pensado que te habías perdido —contesté procurando recuperar mi tono de voz habitual.

—¡Daniel! —gritó Aurelio mientras se acercaba lo más rápido que le permitían las piernas.

El niño aceptaba extrañado todos los abrazos y los

aplausos que sonaron espontáneamente de parte de los curiosos que se agolpaban a nuestro alrededor.

Me puse de pie y me giré hacia la señora que le había encontrado. Era la dueña de la tienda de animales. Al parecer mi hijo había salido del restaurante y se había ido directo hacia allí. ¿Cómo no lo había pensado? Le encantaba ver los perritos que exhibían en el escaparate. Tenía que haberlo imaginado. Le di las gracias entre lágrimas y agradecí a todo el mundo la ayuda prestada.

La gente empezó a dispersarse y poco a poco todo volvió a la normalidad. Por megafonía se anunció la reapertura de puertas y las escaleras volvieron a funcionar. El encargado del restaurante salió con un par de globos para Daniel y el gerente nos ofreció su despacho para que nos quedáramos allí hasta que estuviéramos más tranquilos. Declinamos la invitación. Solo pensaba en salir del centro comercial y volver a casa lo antes posible. Ayudé a Daniel a ponerse los zapatos y nos dirigimos al coche.

Durante el camino de vuelta no podía dejar de pensar que si Aurelio y él me hubieran acompañado a hacer la compra nada de eso hubiera pasado. Me culpaba por haberle dejado a cargo de mi suegro solo por ganar algo de tiempo. Mientras conducía, le miraba por el retrovisor y le veía tan tranquilo jugando con una excavadora amarilla que llevaba en el coche, tan ajeno a todo lo que había sucedido, que fui incapaz de enfadarme con él.

Afortunadamente, el hipermercado no quedaba lejos y en poco más de veinte minutos estábamos en casa. Mi suegro me ayudó a sacar la compra del coche y llevarla a la cocina. Me quedé colocando cada cosa en su sitio mientras él subía con Daniel a su habitación. Por la escalera le iba contando que les iba a pedir a los Reyes Magos un perrito.

«Un perro —pensé—, justo lo que nos hacía falta».

Me hice una infusión y me quedé un rato a solas en la cocina intentando que se me pasara el disgusto. Nunca me había parado a pensar que todo el esfuerzo y la ilusión que había puesto en construir mi propia familia se pudieran esfumar en un instante. Cuando me di cuenta de la facilidad con que todo puede desmoronarse me sentí muy frágil, me empezaron a temblar las piernas y se me volvió a acelerar el corazón recordando lo ocurrido.

Oí las llaves en la puerta. Era más temprano de lo habitual y aún no esperaba que Ramón estuviese de vuelta del trabajo, aunque era cierto que cuando su padre estaba con nosotros siempre intentaba pasar más tiempo en casa.

Respiré hondo, salí a recibirle y le abracé antes incluso de que pudiera quitarse la chaqueta. Aquello le pilló por sorpresa.

—Uy, así da gusto llegar a casa. ¿Va todo bien? —preguntó.

—Sí, todo bien, pero no sabes el susto que me he llevado, o mejor, que nos hemos llevado tu padre y yo.

—¿Daniel ha hecho de las suyas? ¿Ha roto alguna cosa?

Le conté lo sucedido evitando algunos detalles que no venían al caso para quitarle hierro al asunto. De nada servía trasladarle toda mi angustia a toro pasado.

—Cariño, qué miedo has debido de pasar. Si me llega a ocurrir a mí, me vuelvo loco. No quiero ni pensarlo —añadió—. Menudo susto también para el encargado del local.

—Ni te lo imaginas, ha sido lo más horrible que he vivido nunca. —Se me saltaban las lágrimas—. Los de seguridad, el gerente, el encargado... todos a una buscándole por todas partes. Ha sido una locura.

—Bueno, ya pasó. Vamos a tranquilizarnos. Lo importante es que estáis bien y que esto pronto quedará en una anécdota. Voy a subir a hablar con mi padre, que imagino que estará muy afectado. ¿Te parece?

—Sí, por favor, habla con él. Yo lo he intentado, pero el pobre no puede ni mirarme a los ojos. Se culpa de lo sucedido cuando fui yo la que le pidió el favor de que se quedara con el niño.

Subió la escalera llamando a Daniel y desde abajo oí que este corría a su encuentro gritando.

—Papi, papi, ya sé lo que les voy a pedir a los Reyes —decía.

Quizá era necesario que sucediera algo así para dejar atrás nuestras riñas y reconocer lo afortunados que éramos. «Vamos, Julia —me dije a mí misma—, van a ser unas Navidades perfectas».

19

El desayuno de Navidad era uno de mis días favoritos del
año. Todas teníamos la misma ilusión por volver a vernos
y siempre había mucho de que hablar. Después del susto
que me había dado mi hijo en el hipermercado esa reunión
iba a ser el bálsamo que necesitaba. Una de las cosas que
más feliz me hacían era pensar que, gracias a las clases de
costura, tenía un grupo de amigas inseparable a pesar de la
distancia. Las mujeres que casualmente coincidieron en el
primer año de la academia se quedaron para siempre en mi
corazón y por su parte el sentimiento era mutuo. Sin haberlo hablado jamás sabíamos lo que cada una significaba
para la otra. Desde entonces, habíamos pasado por experiencias más o menos duras, habíamos sufrido pérdidas y
celebrado conquistas que nos habían transformado y, sin
embargo, nuestra amistad y los lazos que nos habían unido aquel primer curso permanecían inalterables.

Salí de casa algo más tarde de lo habitual y Carmen y yo llegamos a la academia casi a la par.

—Buenos días, jefa, ¿qué tal fue la función de Daniel?

—Hola, Carmen. La función estuvo bien, pero la tarde fue de infarto. Fui con mi suegro a hacer la compra y el niño se nos despistó en el híper.

—Menudo susto, pobre.

—Pobres nosotros, que casi nos da algo. Daniel estaba embobado mirando el escaparate de la tienda de animales, tan pancho. No lo he pasado tan mal en mi vida y Aurelio ni te cuento. No se me fue la angustia hasta que lo acosté. Me he tenido que levantar dos veces esta noche para comprobar que estaba bien.

—¡Cómo sois las madres! Cada vez tengo más claro que hice bien al decidir que no iba a tener hijos —exclamó Carmen.

—Supongo que tendrá alguna ventaja, pero yo no lo cambio por nada del mundo, y mira que no es fácil cuando tienes que atender un negocio y tirar tú sola de la casa. Espero que cuando a mi hijo le llegue la hora de formar una familia, las cosas hayan cambiado un poquito. Las mujeres no podemos seguir siendo las que tiramos de todo, y eso que mi marido ayuda en lo que puede.

—Creo que ahí te equivocas, Julia, y perdona que me meta, pero si los dos trabajáis, deberíais tener las mismas obligaciones también dentro de casa, ¿no te parece? Al fin y al cabo, el niño no es solo cosa tuya, que para algo tiene un padre.

—Puede que tengas razón, pero ahora mismo es lo que hay.

Yo también había llegado a esa conclusión hacía tiempo y alguna vez lo había intentado hablar con Ramón, sin embargo, parecía un punto sobre el que no se podía negociar. Él reconocía que mi trabajo era igual de importante que el suyo, pero también resaltaba que su aportación económica era mayor y que justo por eso debía entender que él pasara más horas fuera de casa. También esgrimía argumentos que yo prefería no rebatir, como que Daniel y yo nos entendíamos mejor. Eran tan triviales que me reafirmaban en la creencia de que no solo no tenía interés por cambiar las cosas, sino que no comprendía que yo pudiera necesitar que nos organizáramos de otra manera. Las normas no escritas le favorecían y era difícil hacerle cambiar de actitud.

—¿A qué hora vienen nuestras «agujitas»? —pregunté cambiando de tema.

—Hemos quedado sobre las doce. Malena se pasará más tarde porque tenía que hacer no sé qué cosa y Laura dijo que quizá vendría antes. Anoche tenía guardia y comentó que, si pasaba por casa, lo más seguro era que se quedara dormida en el sofá esperando que fuese la hora. Así que vendrá directamente desde el hospital para no perderse el desayuno.

—¡Qué mujer! No sé cómo puede manejar trabajo, casa e hijos con esa habilidad y además sacar tiempo para venir a la academia. Menos mal que cada quince días descansa de niños.

—Lo justo sería que eso de tener algún fin de semana libre no fuese exclusivo de las madres divorciadas, de ese modo «todas» andaríais menos cansadas y los padres se involucrarían más —afirmó Carmen—. Porque, a ver, ¿cuándo has salido por ahí tú solita para despejarte un rato y has dejado a tu marido encargado del crío?

—No te creas que no lo he pensado —reí.

—Pues ya sabes, quien no llora no mama, así que a pedir por esa boquita, que tú también te mereces un respiro de vez en cuando.

No le faltaba razón. Sin embargo, las cosas no eran tan sencillas. Desde el principio me había ocupado de organizar los cuidados de Daniel haciendo algunas renuncias y delegando parte de mi trabajo en mis compañeras. Cambiar lo que ya que estaba establecido era algo que ni me planteaba.

—Las chicas han quedado en traer un bizcocho, pero me voy a acercar a la pastelería a por unos cruasancitos de chocolate, por si nos quedamos con hambre.

—¡Mira que te gusta un dulce! Espera, que te doy dinero.

—Anda, mujer, a esto invito yo —contestó cogiendo

el bolso y el abrigo—. Enseguida estoy de vuelta. Se me olvidaba, he dejado ahí el último arreglo que falta por entregar, te lo comento por si viene la clienta mientras estoy fuera.

—Descuida, yo me encargo.

Estaba preparando el café y sacando las tazas para el desayuno cuando oí a Laura saludar desde la puerta.

—Hola, Laura, pasa. Carmen me avisó de que vendrías antes, ¿te sirvo un café?

—Sí, por favor. He pasado la noche bastante fastidiada —añadió.

—Ya veo, traes una carita...

—No es que haya visto a muchos pacientes, sin embargo, casi no he pegado ojo. Ayer por la tarde volví a coincidir con la chica que te conté, la que tiene a su madre en coma, y charlando con ella se me han removido muchos recuerdos. Empecé a darle vueltas a la cabeza y de repente las cosas encajaron. Lo vi todo tan claro que no he podido conciliar el sueño.

—Es normal, la historia que me contaste era muy dura —contesté rememorando aquella conversación.

—Bueno, no se trata de ella, sino de lo que me ha hecho recordar. Es sobre mis abuelos. Me cuesta hablar de ello, pero a ti te lo puedo contar.

—Pues claro, aquí me tienes —dije sentándome a su lado mientras le acercaba la taza de café.

—Ya sabes que me crie en Segovia, en un pueblo muy pequeño, donde todos nos conocíamos. Mi abuelo paterno era un hombre muy arisco. Nunca le vi un gesto de afecto hacia sus hijos y menos hacia mi abuela, todos parecíamos molestarle. Mi padre le disculpaba diciendo que había sufrido mucho, y que la educación que había en su infancia era muy distinta a la que teníamos entonces. Con eso justificaba el carácter agrio que tanto nos atemorizaba.

—Aquellas generaciones lo tuvieron muy difícil. Especialmente las mujeres —apunté.

—Ahí es donde quería ir a parar. Cuando era niña, con nueve o diez años, había días en que mi madre se ausentaba con la excusa de que mi abuela no se encontraba bien y que tenía que ocuparse de ella. Cuando eso ocurría, me dejaba al cargo de la casa y, aunque vivíamos cerca, no veíamos a la abuela durante días. Mi madre nos advertía de que no nos acercáramos por allí por si se trataba algo contagioso y acabábamos cayendo todos enfermos. Algunas temporadas, esto ocurría varias veces al mes. Mi madre siempre se acercaba a cuidarla y mi padre cada vez lo llevaba peor, perdía la paciencia con mayor facilidad y andaba malhumorado. Pero la salud de mi abuela no era el problema, como podrás imaginar.

—Entiendo, no me digas más.

—Me indigna pensar la de años que aguantó la pobre

mujer esa situación sin que nadie abriera la boca; la de tardes que mi abuelo habrá salido borracho del bar sin que nadie le parara los pies. Una mala bestia, ahora puedo decirlo, eso es lo que era mi abuelo, y, para colmo, a ella le tocó cuidarlo hasta que murió poco después de cumplir los setenta por una cirrosis hepática. En casa nunca se habló del tema, yo creo que quizá mis hermanos ni no lo sepan. Fíjate que ni yo misma lo hubiese recordado si no llega a ser por mi paciente y por la conversación que tuve con mi madre.

—Es terrible, no sé qué decir. Son cosas que, si no las pasa una, parece que no existieran. La gente no suele hablar de ello, como si fuese una vergüenza para nosotras. Para algunos hombres sus mujeres siguen siendo una posesión más sobre la que disponen a su antojo. Si además me dices que bebía... No quiero ni pensar en tu pobre abuela. Mira el loco ese que quemó viva a su exmujer hace un par de años. Su vida debió de ser una pesadilla difícil de imaginar.

—Así es, no hay derecho —añadió Laura apurando el café—. Perdona, voy a pasar al baño a refrescarme un poco la cara, que entre una cosa y otra...

Me quedé tan pensativa después de escuchar un relato tan estremecedor que el sonido de la campanita de la puerta me sobresaltó.

—¡Ya estoy de vuelta! Me he traído los últimos que

quedaban —comentó Carmen dejando la bandeja de la pastelería sobre la mesa de centro.

—¡Mira que eres exagerada, aquí hay cruasanes para un regimiento! —exclamé asombrada mientras desenvolvía el paquete.

—Tranquila, yo me encargo de que no sobren —rio.

—Ya ha venido Laura, está en el baño. Las demás estarán al llegar.

—¡Estupendo! Me muero de ganas de verlas.

Tardamos algún tiempo en instaurar esta tradición y fue precisamente Carmen quien la propuso. En el primer desayuno nos habló de los círculos de mujeres y de cómo pueden ayudar a fomentar nuestra creatividad y a sostenernos unas a otras. Eso nos animó a reunirnos, aunque solo fuese una vez al año. En alguna ocasión me había explicado que ella creía que todas estábamos unidas por la energía de la madre tierra y que cuanto más estrechábamos los lazos, más fuertes se volvían estos y nos conectaban con nuestras antepasadas. Todo aquello me sonaba muy extraño, pero entendía que era su forma de explicar la amistad entre mujeres. «Compartir nos ayuda a sanar», esa era la idea y no creo que le faltara razón. No tenía más que recordar las veces que conversar con las chicas me había ayudado a sentirme mejor.

Laura salió de la trastienda con mejor cara y entre las tres acabamos de disponerlo todo sobre la mesa. Catherine y Sara no tardaron en llegar.

—A ver qué nos tiene que contar nuestra «agujita» inglesa —comentó Carmen sirviendo el café e invitando a Sara a relatarnos cómo le había ido desde la última vez que nos reunimos.

—Vaya, creía que ese título era mío —señaló Catherine soltando una carcajada.

Sara las puso al día contestando una por una todas las preguntas. Las más indiscretas, relacionadas con novios o amistades especiales, salían por boca de Carmen e iban cargadas con la pequeña dosis de picardía a la que nos tenía acostumbradas. Laura se interesaba por su familia y sus estudios, y sobre todo por saber qué nuevos países había visitado últimamente. Las observaba mientras charlaban y me sentía muy feliz de que hubiésemos conseguido mantener nuestra amistad después de tantos años.

—Desde luego, esto ha sido un interrogatorio en toda regla, vosotras también tendréis cosas que contarme, ¿no? Catherine, ¿qué tal por tu tierra este verano?

—Muy bien. Visité a mi hermana Amy y estuve un par de semanas en su casa. El nuevo negocio le va de maravilla a la familia.

Según nos había contado años atrás, su hermana sentía adoración por los caballos desde muy pequeña y como su familia no tenía una economía muy boyante se las había arreglado para trabajar en un picadero cerca de casa y así montar sin que le costara dinero. Con el tiempo se convirtió en amazona y participó en muchas competiciones a nivel nacional. Al parecer en Inglaterra la hípica es uno de los deportes preferidos de la alta sociedad y ella logró hacer buenas amistades en ese ambiente, lo que le permitió asociarse con un lord y dedicarse a la doma y el pupilaje en una pequeña finca propiedad de su socio. Incluso dio clases a algunos de los hijos de la aristocracia británica cuyos nombres a mí no me sonaban de nada; sin embargo, Carmen y Amelia los reconocieron enseguida cuando escucharon la historia de boca de Catherine.

Cuando Amy conoció al que sería su marido se marcharon a vivir a la finca familiar de este, una granja de vacas lecheras que regentaban sus suegros y donde trabajaba también su cuñado, un tipo afable con quien se llevaba de maravilla. Aunque los padres de su marido no veían aquel matrimonio con buenos ojos porque Amy le llevaba más de diez años, ella se amoldó a la situación y supo hacer su vida al margen de lo que ellos opinaran. Estaba acostumbrada a trabajar desde muy joven y enseguida se hizo a la granja. Era un negocio próspero hasta que apareció el mal de las vacas locas y tuvieron que sacrificar todo el ganado. Aquello fue un golpe muy duro para la familia, cuya economía dependía de la venta de leche.

—¿Qué negocio es ese? —preguntó Laura—. Seguro que nos sorprendes con una historia curiosa.

—Os va a sonar muy raro, aunque es una idea genial.

—Me muero por oírla —dijo Carmen abriendo mucho los ojos.

—¿Os acordáis de que os conté que habían tenido que sacrificar las vacas? Después de aquello la familia intentó salir adelante como pudo. Durante un tiempo mi hermana trabajó de cocinera en un colegio y su marido encontró un empleo a media jornada en otra granja de la zona. Los ahorros se les acabaron y se plantearon vender, pero en uno de sus paseos por la orilla del río que pasa cerca de la casa, tuvo una idea. Lo único que les quedaba era una granja vacía y toneladas de estiércol, el lugar perfecto para criar gusanos. En la zona hay mucha afición a la pesca y los gusanos de cebo no dan la ni la cuarta parte de trabajo que las vacas. Ahora el negocio va bastante bien, no da el mismo dinero que la leche, pero están levantando cabeza, como decís aquí.

—¡Dios santo! ¡Qué imaginación! —exclamó Carmen—. Desde luego, tu hermana no se va a morir de hambre en la vida.

—De eso puedes estar segura —afirmó Catherine.

Carmen estalló en una de sus risas escandalosas, que nos acabó por contagiar mientras salía corriendo hacia el aseo. Nos tenía acostumbradas a ese tipo de cosas.

—Pues sí que es emprendedora tu hermana. A mí no se me hubiera ocurrido algo así. ¡Qué familia tan peculiar tienes! —comentó Sara.

—Supongo que le viene de mis padres; ellos también montaron varios negocios antes de tener la residencia de ancianos.

Ya casi habíamos acabado con la segunda cafetera, los cruasanes y el bizcocho de manzana de Catherine cuando llegaron Malena y su madre.

—¡Patty! ¡No sabía que estabas ya por aquí! —exclamé levantándome a saludar mientras mis compañeras hacían lo propio.

—Me lo he callado para daros la sorpresa —explicó Malena—. Acabo de recogerla del aeropuerto, por eso no he venido antes. Si llego a tardar un poco más, no dejáis ni las migas —añadió echando un vistazo a la mesa.

—¡Qué gusto encontraros a todas aquí! ¿Qué tal estáis? —quiso saber Patty—. Os veo estupendas y la academia ha quedado preciosa. Ya me lo había dicho Amelia, pero se quedó corta en su descripción. El nuevo tono de pintura es un acierto, el local parece hasta más grande.

—Quitaos los abrigos y sentaos con nosotras —les pedí mientras acercaba unas sillas—. Malena nos tiene más o menos al día de tus cosas. Nos ha contado que has acabado la reforma de la casa y que estás metida de lleno en el mundo del vino.

—Así es, y lo estoy disfrutando como una niña. He descubierto que adoro la vida del campo. Mi capataz es un encanto y tiene mucha paciencia conmigo. Aprendo tan rápido que no descartéis ver mis vinos en El Corte Inglés un día de estos.

—¡Bua! Mamá, qué exagerada eres.

—Anda, cosas más raras se han visto. Cuando una mujer tiene un sueño no hay quien la pare. De eso aquí sabemos un poquito —rio Carmen.

Eran ya casi las dos cuando Amelia y Alfonso entraron por la puerta.

—¡Hola a todas! Quería haberme pasado antes —anunció Amelia—, pero el vuelo de Alfonso se ha retrasado y no he querido moverme de casa hasta que llegara. ¡Qué alegría volver a verte, Sara! Estás guapísima.

—Lo mismo digo —respondió Sara levantándose a saludarla—. ¡Vaya cambio de look! Te queda genial ese nuevo peinado.

Alfonso nos saludó a todas, tan cariñoso como siempre, y se disculpó por habernos privado de la compañía de Amelia. Había venido a recogerla para llevarla a Barcelona y pasar allí las Navidades. Tras los últimos acontecimientos, unos días con su hijo le servirían de distracción.

—Patty, querida, tú y yo tenemos que comer juntas en cuanto vuelva en Año Nuevo. Tenemos que ponernos al día.

—Lo estoy deseando. Llámame en cuanto estés de vuelta. Tengo muchas novedades que contarte, pero seguro que Malena ya te habrá adelantado alguna cosa —añadió mirando a su hija.

Aunque la mañana había dado para mucho, todas la hubiésemos alargado de mil amores. Como cada año, nos despedimos con la promesa de volver a vernos la próxima vez que Sara viniera a Madrid a visitar a su familia. Ahora era mucho más fácil mantenernos en contacto y eso nos acercaba aún más. Me sentía muy afortunada de tener a cada una de estas mujeres en mi vida. Ni en mis mejores sueños podría haber imaginado al abrir el negocio que esas primeras alumnas a las que había contagiado mi amor por la costura me iban a dar tantas alegrías. Como Sara nos dijo en una ocasión, «la distancia no tiene el poder de separar nuestras almas». Tenía esa frase grabada en la memoria.

Había dejado la comida preparada y le había pedido a Aurelio que se encargara de Daniel para que yo pudiera terminar de hacer algunas compras de última hora. Llamé por teléfono para asegurarme de que ambos estaban bien y, después de cerrar, fui al centro comercial que me quedaba más cerca. Las calles estaban abarrotadas y todo el mundo corría de un lugar a otro cargado de paquetes. Por suerte no tardé en comprar lo que necesitaba y al poco tiempo estaba de camino al tren. Solía aprovechar el trayecto para leer. Era uno de los pocos ratos libres en los que podía disfrutar de esta afición que había dejado de lado casi por completo. Un pasajero inesperado llamó mi atención en la parada de Nuevos Ministerios.

—Buenas tardes, señorita, qué casualidad encontrarla aquí.

—Fer, hola. Pues sí que es una casualidad —contesté cerrando el libro y retirando el abrigo para que se sentara a mi lado—. Vienes muy cargado.

—He bajado a comprar unos regalos que me faltaban. Siempre me pasa igual, lo dejo todo para el último día.

—Suele pasar —asentí—. ¿Cenas con la familia de tu hermana en Nochebuena?

—Sí, ceno con ellos desde que murieron mis padres. La Nochevieja la paso en casa de unos amigos que no tienen hijos y montan unas fiestas muy divertidas.

El trayecto nos dio para charlar un buen rato. Me pareció raro que no lo mencionara antes y me decidí a preguntarle si tenía pareja. Me contó que unos años atrás había estado a punto de casarse, pero al final se dio cuenta de que no estaba enamorado y le pareció que lo más honesto era dejar la relación. Fue entonces cuando decidió mudarse a Las Rozas. Imaginé que era un asunto delicado porque enseguida cambió de tema.

—Por cierto, tengo el coche en la estación, si quieres te acerco a casa —comentó poco antes de que llegáramos.

—Muchas gracias, con tanta bolsa me haces un favor.

—Pero antes nos tomamos algo juntos, ¿te parece? Son más de las cuatro y aún no he comido, imagino que tú tampoco.

Me encontraba tan a gusto que acepté sin dudarlo. No tenía prisa por llegar a casa. Daniel y Aurelio habrían almorzado ya y estarían entretenidos jugando a cualquier cosa. Guardamos las bolsas en su coche y caminamos hasta a un bar cercano a la estación.

Después de la primera caña dejamos la barra y nos sentamos en una mesa. Charlábamos sobre cómo había cambiado la zona desde que nos mudamos. Entonces hizo un movimiento de cabeza mientras se reía y volví a fijarme en la quemadura que tenía en la base del cuello. Fernando me sorprendió mirando.

—Es una larga historia —comentó tapándose con la camisa— y ahora que hemos vuelto a encontrarnos me doy cuenta de que además de larga es completamente desafortunada. Esta cicatriz es la culpable de que te diera plantón la última vez que quedamos y quién sabe si de algo más. No solo te pido perdón ahora, sino que vuelvo a maldecir mi mala suerte.

Me había bebido dos cervezas y estaba algo mareada:

aun así, estaba segura de lo que había oído. Esa afirmación me pilló por sorpresa.

—No entiendo, si fui yo la que no se presentó aquella tarde en la plaza. Mi madre tenía trabajo y me pidió que fuese a hacerle un recado. Me dio tanto apuro que luego no quise llamarte y como tú tampoco llamabas pensé que estabas enfadado y que no querías volver a saber de mí.

—Nada de lo que tú hubieras podido hacer me hubiese enfadado tanto como para apartarte de mi vida de esa manera tan brusca.

Me tomó la mano que tenía sobre la mesa y esa vez no la retiré. Me gustó sentir su tacto.

Entonces me contó que el día que habíamos quedado sufrió un accidente en la cocina de su casa. Su madre estaba haciendo la comida. Su hermana pequeña empezó a tirarle del delantal llorando. Él quiso apartarla y llevársela a jugar, se agachó para cogerla, pero en ese momento su madre se giró para reñirlos con tan mala suerte que golpeó la olla con el cazo y esta se cayó sobre ellos. A la pequeña solo le alcanzaron algunas gotas, pero él se llevó la peor parte. Estuvo varios días ingresado en el hospital por las quemaduras.

—Me daba vergüenza que me vieras así. Quise esperar a estar curado, pero fueron pasando los días y al no saber de ti asumí que sencillamente habías perdido el interés —explicó bajando la cabeza.

—Y yo mientras convencida de que eras tú el que no quería volver a verme... ¿Cómo iba a imaginar que te había pasado algo así? Debiste llamarme.

—Sí, ahora me doy cuenta —contestó—. Demasiado tarde. Me he pasado media vida preguntándome qué habría sido de nosotros si aquello no hubiera sucedido.

Levantó la vista y me miró fijamente a los ojos. El brillo de los suyos me encogió el corazón. No sabía qué hacer. Sentía que el destino nos había jugado una mala pasada. Pero ¿cómo saberlo? No podía pensar con claridad.

Pidió la cuenta, me ayudó a ponerme el abrigo y nos dirigimos al aparcamiento de la estación en silencio. Entré en el coche y me puse el cinturón de seguridad. Me fijé en el termómetro: marcaba solo 8 grados, pero me ardían las mejillas. Fernando condujo en dirección a mi casa. Al llegar a la entrada de la urbanización le pedí que parara. Prefería bajarme allí, no quería que nadie me viera llegar con un desconocido. Él notó mi incomodidad.

—Quizá no debería habértelo contado. Después de tantos años no tiene sentido preguntarse qué habría pasado. Ahora las cosas son muy diferentes, tienes tu propia familia y yo no tengo derecho a...

—No digas nada más, Fer. Es mejor así.

—Julia, yo...

En un gesto instintivo retiré el cuello de su camisa y

acaricié la cicatriz, como si al hacerlo tratara de consolarlo. Él me tomó la mano y la llevó hasta su cara. Temí que notara cómo me estremecía con el roce de su mejilla. Me acercó suavemente hacia él y me besó. El mundo entero desapareció y un mar de sensaciones que creía olvidadas me inundó. Quería recrearme en ellas. Mantuve cerrados los ojos, como si pretendiera así que aquel instante durara para siempre. Por un momento sentí que volvía a tener quince años y que éramos aquellos dos críos que se veían por las tardes en la plaza de Embajadores ajenos al rumbo que acabarían tomando nuestras vidas.

20

«La Navidad es para los niños», repetía Carmen cada mes de diciembre, y al ver a Daniel la mañana del 25 no podía más que darle la razón. Eran poco más de las siete cuando sus gritos me sobresaltaron. Desperté a Ramón, cogí la bata y, desperezándonos, bajamos juntos al salón. Encontramos a nuestro hijo sentado en el suelo entre un montón de paquetes.

—¡Mami! ¡Papi! ¡Ha venido Papá Noel, ha venido Papá Noel! —exclamó esforzándose por sacar algunos juguetes de sus cajas.

Nos sentamos a su lado entre un mar de papeles de regalo.

—Baja la voz, que vas a despertar al abuelo —le pidió Ramón—. A ver, enséñame qué te ha traído.

—¡Un Transformer! ¡Lo que yo quería! ¡Lo que yo quería! Mira, mami.

Y libros, pinturas, juegos de mesa, un pijama de Mickey, un puzle... Demasiado para un niño, pero solo por ver su cara merecía la pena. Estaba entusiasmado, hablaba sin parar y se movía nervioso de aquí para allá. Intentaba no perderme ninguna de las expresiones de su rostro. Sabía que toda esa magia pasaría pronto, por eso quería guardar esos momentos en mi memoria para no olvidarlos jamás.

—Papá Noel se ha vuelto loco. ¡Cuántos regalos! ¿Hay alguno para nosotros? —pregunté.

Daniel se levantó y se acercó a una pequeña pila de paquetes que había al pie del árbol. Leyó las etiquetas en voz alta y nos entregó uno a cada uno.

—Aquí hay otro para el abuelo, ¿puedo subir a dárselo?

—No, cariño, es muy temprano. El abuelo está durmiendo. Luego, cuando se levante, se lo das —contestó Ramón volviéndose hacia mí—. Buenos días, corazón, y feliz Navidad —dijo antes de besarme en la mejilla.

—Buenos días —contesté—. Voy a por la cámara.

Las cosas se habían suavizado entre Ramón y yo, pero su beso me puso tensa. No podía olvidarme de lo sucedido con Fernando un par de días atrás. Intentaba no pensar en ello, pero no era capaz. Ni siquiera en un momento tan idílico como el de la mañana de Navidad podía quitarme de la cabeza cómo una llamada de teléfono podría haber cambiado mi vida por completo.

Me preguntaba qué habría significado para él aquel beso y una parte de mí se moría de ganas de volver a verlo para intentar entender qué me estaba pasando. Sin embargo, me daban mucho miedo los sentimientos que eso pudiera despertar. Mi familia era lo más importante y no podía arriesgarla por un simple golpe de nostalgia. Me repetía una y otra vez que tenía que olvidar lo ocurrido y dejar el pasado atrás. Era lo único que tenía sentido. Por otro lado, la aparición de Fernando se me presentaba como una alternativa real a la situación que vivía en mi matrimonio. Estaba hecha un lío.

Volví al salón con la cámara. Daniel quiso posar con cada uno de los regalos y Ramón insistió en que nos hiciéramos una foto juntos. Era el ritual de cada Navidad desde que nació nuestro hijo.

Abrí el paquete con mi nombre y le di las gracias a Ramón al oído. Un set de manicura no era mi regalo soñado, pero supongo que era lo que le habían sugerido en los grandes almacenes. A veces tenía la sensación de que no me conocía en absoluto.

—Ya sabes que lo puedes cambiar si no te gusta. —Era la misma frase de cada año—. El tíquet regalo está dentro.

—Muchas gracias, me encanta. Voy a hacer café. Id recogiendo todo este jaleo de cajas y papeles, y ahora os aviso cuando esté listo el desayuno.

Desde la cocina podía oír los gritos y risas de Daniel

y a Ramón intentando aplacarlo como podía. Enchufé el móvil, que tenía descargado, y un minuto después de encenderlo sonó un mensaje.

«Feliz Navidad. Fer».

Me quedé mirando la pantalla fijamente sin saber qué hacer. Lo natural hubiera sido responder algo como «Igualmente» o «Feliz Navidad», pero ambas opciones me parecían demasiado frías. Decidí no contestar. Apagué el teléfono y lo dejé cargando sobre la encimera.

Oí pasos en la escalera y deduje que mi suegro ya se había levantado. Daniel fue al encuentro de su abuelo y tiraba de él para enseñarle los regalos de Papá Noel.

—¿Te ayudo? —preguntó Ramón entrando en la cocina.

—Sí, mira, saca el mantel que hay en el segundo cajón y pon la mesa en el comedor. Allí estaremos más cómodos. ¿Te parece?

—Lo que tú digas, cariño. Mi padre ya se ha levantado.

—Eso me ha parecido. Ayer se me olvidó comprar descafeinado para él, mejor no le decimos nada.

—No te preocupes, no se dará cuenta. ¿Estás bien? —dijo acercándose por la espalda y rodeándome la cintura con las manos.

Noté cómo se me tensaba todo el cuerpo. Un beso fruto de un momento de debilidad no iba a cambiar lo que habíamos construido juntos estos años. Sin embargo, cerraba los ojos y volvía a sentir la mano de Fernando sobre la mía en aquel bar y de nuevo en su coche. Estaba traicionando a Ramón y a mí misma. Estaba rompiendo una promesa sagrada. Tenía que pasar página. Olvidarlo sin más. Como fuera.

—Sí, estoy bien. Me faltan un par de horas de sueño, eso es todo —contesté volviéndome hacia el frigorífico y aprovechando el movimiento para deshacerme de su abrazo. Saqué el embutido que había sobrado la noche anterior, el bizcocho de nueces y naranja, y metí unas rebanadas de pan en la tostadora.

—Vaya festín —exclamó Aurelio al ver la mesa puesta—. Yo aún estoy haciendo la digestión de la cena. Ven, Daniel, vamos a sentarnos. ¿Quieres un poco de bizcocho?

—No, ese no me gusta —contestó mi hijo volviéndose hacia mí—. Mami, ¿cuándo vamos a ir a la cafetería de Fer? Quiero que me enseñe a hacer la tarta de chocolate que me prometió.

—¿Fer? —preguntó Ramón extrañado.

No podría haber elegido un momento más inoportuno para preguntar. En ese instante me di cuenta de que si le había ocultado a Ramón esa historia era porque me preocupaba lo que pudiera pensar cuando le contara que le había pedido a un amigo, del que nunca le había hablado, que recogiera a nuestro hijo del colegio. Aunque Fernando fuera la única persona que tenía a mano para sacarme de ese apuro sentí que no era el mejor momento para comentárselo a Ramón.

—Fernando, un antiguo amigo del barrio. Resulta que acaba de abrir una cafetería cerca del cole y la otra tarde nos invitó a merendar.

—Y me hizo un dibujo muy chuli —añadió Daniel.

—Pues qué bien, tendremos que ir a conocer esa cafetería y a probar esa tarta —concluyó mirándome a los ojos con una sonrisa que no supe interpretar.

Intuí que había puesto mucho cuidado en que el tono de su voz sonara bastante neutro para no tensar la situación. Estaba intentando reconciliarse conmigo y que las aguas volvieran a su cauce. Una mañana de Navidad, con su padre de testigo, era la ocasión ideal. No le tenía por un hombre celoso y tampoco le había dado motivos para ello; sin embargo, sentía que debía manejar ese asunto con delicadeza para que no imaginara lo que no era.

—Perdonadme un momento, ahora vuelvo —se excusó Aurelio levantándose de la mesa.

—¿Quieres otra tostada, cariño?

Antes de que el crío pudiera contestar, oímos al abuelo bajando las escaleras.

—Papá Noel se ha olvidado este paquete en mi dormitorio —anunció entrando en el salón.

—Ya verás qué sorpresa —me susurró Ramón.

Mi suegro dejó el paquete en el suelo y Daniel no tardó ni un segundo en bajarse de la silla y tirar del lazo que lo envolvía para averiguar qué contenía. Entre los dos rompieron el papel y sacaron del trasportín un cachorrito color arena que se parecía mucho a uno que salía en un anuncio de la tele.

—Mami, papi, ¡mirad! ¡Lo que yo quería, lo que yo quería! —exclamó dando saltos de alegría.

Yo no sabía nada de perros, pero aquel debía de tener un par de meses.

—¿Cómo se llama? —preguntó cogiéndolo en brazos.

—No tiene nombre, se lo tienes que poner tú. ¿Cómo quieres que se llame? —contestó el abuelo tan emocionado como el nieto.

El cachorro logró librarse de los brazos del crío y empezó a corretear por todo el salón mientras él lo perseguía eufórico.

Miré a Ramón y le hice una señal con la cabeza para que me siguiera hasta la cocina.

—¿Tú sabías esto? ¿Te parece normal que entre un perro a esta casa sin que lo hayamos hablado? Pero ¿en qué estabas pensando, si puede saberse?

—Julia, por Dios, no te pongas así. ¿No has visto la cara de tu hijo? Está como loco.

—Loca voy a acabar yo. ¿Vas a cuidar tú del perro?

¿Vas a ser tú quien lo lleve al veterinario, lo bañe, le ponga de comer y lo saque de paseo dos veces al día?

—Mujer, mi padre se sentía muy culpable por haber perdido al niño en el hipermercado y cuando vio que estaba en la tienda de animales se le ocurrió la idea.

—Se le ocurrió regalarle un perro a un niño de seis años sin hablarlo antes con sus padres, ¿en serio?

—Bueno, me lo dijo a mí y fui incapaz de negarme. Venga, ya verás cómo le coges cariño enseguida. Es un labrador, son perros muy listos y sociables. Daniel podrá jugar con él sin riesgo de que le haga daño y puede pasearlo por las tardes con Marina.

—Veo que has pensado en todo. Yo aquí no pinto nada, ¿verdad? Yo, que soy la que al final cargará con el perro. Hazme un favor, vuelve al comedor y déjame sola un rato a ver si soy capaz de salir de la cocina sin que se me note mucho el disgusto.

Por nada del mundo quería estropearle la mañana de Navidad a nuestro hijo, pero eso ya era demasiado. Mi vida era suficientemente complicada como para añadirle más preocupaciones. Me gustaban los animales, pero nunca había tenido un perro y mucho menos me planteaba tener uno ahora, siendo Daniel aún tan pequeño. Sin embargo, tampoco me sentía con fuerzas para rechazar el regalo y pedirle a mi suegro que lo devolviera. Le hubiera roto el corazón. Y bastante culpable me sentía ya... por todo.

Ramón se pasó el fin de semana lo más pendiente que pudo de Daniel y del cachorro, que ya estaba haciendo de las suyas y había mordido las patas de las sillas y arañado algunos otros muebles que encontró cerca.

Mi idea de que las Navidades me sirvieran de descanso para disfrutar de la casa y acercarme a mi marido se había esfumado del todo. La tensión entre nosotros era cada vez mayor. Traté de hacer lo imposible para que Daniel no lo notara y mi suegro no se sintiera incómodo. Por eso, cuando el lunes sonó el despertador, me alegré de haber organizado el horario de la academia de modo que me tocara abrir a mí.

Me daba pena «huir» de casa para encontrar un poco de tranquilidad, pero también me sentía afortunada por tener un lugar donde esconderme, un refugio donde siempre era feliz. Eso era para mí El Cuarto de Costura.

Una vez allí recordé el mensaje que Fernando me había mandado hacía un par de días. Aún no le había contestado y, después de servirme un café y de terminar de hojear la última revista de patrones, le escribí. No habían pasado ni diez minutos cuando sonó el móvil.

—Hola, Julia, ¿cómo estás?

—¿Quieres saber la verdad? Cabreada como una

mona. —No quise contestar con esa brusquedad—. Perdona, me ha salido del alma. Necesitaba desahogarme.

—Ja, ja, ja —rio—. A ver, ¿qué te pasa? No puede ser tan grave.

—¿No te enfadarías si te dieras cuenta de que en tu casa no pintas nada y que se toman decisiones sin contar contigo? ¿Si tuvieras que ir a trabajar para sentir un poquito de paz?

—Pues sí que pareces enfadada, sí. Tengo una idea. Bajo a Madrid dentro de un rato a buscar unas cosas para la cafetería, ¿te parece que pase a verte y charlamos? Dame la dirección de la academia.

No me esperaba una propuesta como esa. No sabía si estaba preparada para volver a verlo, pero él no tenía la culpa de cómo me sentía. Se estaba portando como un amigo.

—Lagasca, 5 —solté tras pensarlo un segundo—. Cierro a la una.

—Allí estaré. A ver si consigo que se te pase el disgusto. Hasta luego.

—Hasta luego —contesté.

Guardé el móvil en el bolso. Me puse de pie y fui hacia el espejo del probador. Examiné mi reflejo. «Vaya pintas llevas», pensé. Me solté el pelo y entré en el baño con la esperanza de encontrar una barra de labios en el neceser que Carmen solía dejar allí. «Por si las moscas —decía—.

Una nunca sabe qué plan se le puede presentar. Es mi botiquín de emergencia». Había de todo: máscara de pestañas, lápiz labial, colorete, sombra de ojos..., mucho más maquillaje del que yo había usado en toda mi vida. Me arreglé un poco el pelo, me di colorete en las mejillas y me pinté los labios.

«Pero ¿qué haces? Julia, ¿todo esto es por Fernando? ¿Qué te está pasando?», me pregunté frente al espejo.

Sonó la campanita de la puerta y salí a ver quién era. Aún no había dado la una.

—Buenos días. —Tenía ante mí una chica de unos treinta años a la que se veía muy apurada.

—Hola —saludó—. Sé que no son fechas, pero me ha fallado mi modista de siempre y necesito que me arregléis este vestido —dijo sacando la prenda de una bolsa de plástico—. No es mucho, sacarle un poco el bajo y cambiarle la cremallera. ¿Podéis hacerlo?

—Claro, no hay problema —contesté—. ¿Quieres pasar al probador y así te marco el bajo?

—No hace falta, he calculado que son cuatro centímetros.

—Como quieras. El miércoles lo tienes. Toma —añadí entregándole una tarjeta—, llámame si quieres antes de venir.

—Lo haré. Muchísimas gracias.

Me alegré de tener algo que hacer mientras esperaba a

Fernando. Saqué mi costurero del armario y me senté en la mesa de centro. Había empezado a descoser el dobladillo cuando Ramón llamó por teléfono.

—Hola, Julia, ¿quieres que pase a recogerte cuando cierre y nos volvemos juntos? —sonaba conciliador.

—No, gracias, no puedo —contesté—. Han entrado arreglos de última hora, como todos los años. Además, tengo que pasar por la mercería. Si ves que no estoy en casa para las dos y media, id comiendo vosotros. Puede que esto me lleve más tiempo del que parece y tengo que terminarlo hoy como sea. He dejado la comida en el frigorífico, no tienes más que poner la olla a fuego lento y dejar que se caliente.

No estaba mintiendo; sin embargo, me di cuenta de que me temblaba la voz. Deseé que él no lo notara.

—De acuerdo, nos vemos.

—Hasta luego.

Colgué y regresé a la mesa. Entonces vi que me había dejado el costurero abierto y sonreí recordando a mi madre. Ella me decía que los costureros siempre debían estar cerrados. «Si dejas el costurero abierto, se escapan tus secretos». Dudo que ni ella misma lo creyera, pero más me valía que fuese solo un dicho. Hasta el momento no era algo de lo que me hubiera preocupado, pero de un tiempo a esa parte había empezado a coleccionar secretos y era mejor que permanecieran guardados. Quizá ese descuido era su forma de decirme, desde donde estuviera, que fuese con ojo. Carmen, que conocía una buena retahíla de dichos sobre costura, me confesó que no lo había oído nunca y le hacía mucha gracia. Lo sumó a su larga lista de supersticiones y se lo repetía a sus alumnas a su manera: «Costurero abierto, secreto al descubierto».

Fernando llegó antes de tiempo.

—Buenos días —dijo nada más entrar por la puerta—. He acabado antes de lo que creía, así que aquí me tienes, todo tuyo. ¿Me vas a contar ahora por qué estás tan enfadada?

—Hola, Fer. Perdona que te contestara así, no tenía derecho.

—Oye, qué sitio más bonito —dijo echando un vistazo—. No es que conozca muchas academias de costura, pero esta es preciosa y muy acogedora.

—Muchas gracias, mi socia y yo estamos muy orgullosas del negocio y de lo bien que se lo pasan aquí nuestras alumnas. Hay chicas que se apuntaron el primer año y ya cosen como los ángeles. Y cada curso se apuntan algunas más. Somos como una familia. Tengo grandes amigas entre ellas. Aquí las tardes se pasan volando. Pasa, que te la enseño. Qué curioso que los dos nos hayamos convertido en empresarios, ¿no te parece?

De repente, me percaté de que estaba hablando muy rápido. Soltaba frases inconexas que no veían a cuento y empezaba a tener calor. Temía que Fernando lo notara, así que opté por cerrar la boca y dejar que hablara él.

—Para, para, para —me pidió posando las manos sobre mis hombros—. Julia, tengo algo que decirte. Verás...

Lo tenía frente a mí, mirándome a los ojos. De su cara se había borrado la expresión desenfadada con la que me había saludado al llegar.

—Cuando te llamé esta mañana tenía una sola intención, pero ahora que estoy aquí siento que lo que iba a decirte no tiene ningún sentido. Es más, si te lo dijera no estaría siendo sincero conmigo mismo.

Le aguanté la mirada como pude y no dije ni una palabra. Entendí que necesitaba un momento para seguir hablando. Lo hacía despacio, midiendo sus palabras como si las hubiera meditado durante algún tiempo.

—Sé que tú tienes tu familia, sé que ha pasado mucho tiempo y que si el destino nos separó hace treinta años fue por algo, pero no puedo fingir que somos amigos. El otro día en el coche...

—Fer, déjalo.

—No puedo. Venía a decirte que aquello no significó nada para mí, pero no puedo mentirte. Por la razón que sea nos hemos vuelto a encontrar y desde entonces no dejo de pensar en ti. Esta vez quiero quedarme en tu vida.

Me apartó un mechón de la cara y me lo llevó detrás de la oreja. Sentí que se me aceleraba el corazón. Era incapaz de apartar la mirada. Me tomó del cuello con ambas manos. Cerré los ojos y me dejé llevar. Recordé cómo era notar que lo eras todo para alguien, que le importabas. Me sentía flotando en una nube, sin nadie alrededor, solo nosotros dos. Al menos en ese instante.

21

No era el primer Fin de Año que Laura pasaba de guardia en la planta de crónicos del hospital. Desde que se divorciaron, Martín y ella se dividían las vacaciones de Navidad para disfrutar de los niños una semana cada uno. Esa era su forma de terminar el año, dedicada a su trabajo, una de sus grandes pasiones. Sergio e Inés, que ya no eran tan críos, entendían que la de su madre no era una profesión cualquiera, así se lo había enseñado desde que eran muy pequeños. Sabía que lo pasarían muy bien con su hermana Rocío y que Mónica, la mujer de Martín, estaba encantada de que estuvieran esos días con ellos.

«Pasar la Nochebuena en familia, en el pueblo, con mi madre sentada a la mesa y mis sobrinos correteando alrededor es suficiente celebración. Antes de quedarme sola en casa viendo las campanadas o acudir a una fiesta de Nochevieja prefiero una guardia. Los compañeros me lo agradecen y suele ser una noche tranquila. Nos tomamos las uvas con un ojo en la tele y otro en los monitores, nos deseamos feliz año y volvemos al trabajo», me había comentado en alguna ocasión.

Me costaba pensar que a una mujer como ella no le apeteciera un plan más atractivo. Pero, conociéndola, estaba segura de que su elección respondía a su sentido de la responsabilidad y del sacrificio.

Elsa, la hija de su paciente en coma, llegó algo más temprano esa tarde. Saludó al personal de planta tan cariñosa como siempre y se dirigió a su habitación. Le habían concedido un permiso para pasar la noche allí. Laura le dio un momento para instalarse y unos minutos después entró a comentarle que estaba de guardia esa noche y que se pasaría poco antes de las doce por si quería tomarse las uvas con los sanitarios.

—Muchas gracias, doctora. Creo que me quedaré aquí todo el rato, pero, si me animo, la aviso. Me he traído los apuntes de las oposiciones, estaré entretenida. Le agradezco muchísimo que me haya permitido quedarme a su lado, sé que no es lo habitual. La Nochevieja era de sus celebraciones favoritas y es importante para mí estar aquí. Quién sabe cuánto tiempo más podré pasar con ella. Puede que esta sea la última que estemos juntas —añadió con la voz afectada.

—De acuerdo. Lo entiendo, pero si necesitas cualquier

cosa no dudes en llamar. Tal vez sea una fecha especial, pero aquí estamos de guardia y atentos a nuestros pacientes. Quizá coincidamos luego en la máquina de café —concluyó con una sonrisa.

—Sí, puede ser. Gracias de nuevo.

Laura cerró la puerta intentando no hacer ruido y las dejó a solas. Empatizó tanto con la historia de su paciente que se involucró en el caso personalmente, como no lo había hecho antes con ningún otro. Incluso me comentó que temía no estar mostrando la profesionalidad habitual. Aunque con los años había aprendido a ser más indulgente con ella misma, algunas veces, en especial cuando se trataba de su trabajo, no podía evitar responsabilizarse de todo. Imagino que sus pacientes y sus compañeros lo agradecían y que por eso gozaba de una excelente reputación en el hospital. En concreto era esa entrega la que la había hecho merecedora también de un gran reconocimiento en la misión de Senegal donde pasaba los veranos y con la que cada vez se sentía más comprometida.

Unos minutos después de hablar con Elsa, la vio salir de la habitación y dirigirse al ascensor. Al abrirse las puertas saludó a un hombre a quien no reconoció hasta que ambos estuvieron más cerca.

—Doctora, ¿recuerda usted a mi tío Andrés? —preguntó la joven.

—Sí, claro —asintió Laura—. Buenas noches.

—Buenas noches, doctora —contestó respondiendo escuetamente a su saludo.

Recordaba haberlo visto durante los primeros meses de ingreso; sin embargo, a medida que fue pasando el tiempo comenzó a espaciar sus visitas. Era algo bastante usual entre familiares de pacientes crónicos, que en absoluto se les podía reprochar. Ni yo misma sabía si sería capaz de permanecer tarde tras tarde sentada junto a la cama de un familiar con pocas posibilidades de recuperar la consciencia.

Tío y sobrina pasaron a la habitación y al cabo de poco más de media hora salieron. Elsa se dirigió a Laura, que estaba hablando con algunos colegas en el pasillo.

—Voy a bajar un momento a la cafetería con mi tío. Está empeñado en que vaya a su casa a cenar y, como me he negado, se ha ofrecido a tomarse algo conmigo antes de marcharse.

—Ve tranquila —le indicó Laura.

La cafetería estaba bastante silenciosa, como era de esperar. Pidieron algo de beber y se sentaron a una mesa apartada de la barra. Tras unos minutos de charla banal, Andrés se derrumbó. Se tapó la cara con las manos y rompió a llorar. Volver a la habitación de su hermana y ver lo que apenas era ya más que un cuerpo inerte postrado en esa cama le había resultado difícil de asumir. Pronto tendría que despedirse definitivamente de una de las personas que más quería en el mundo.

—Tengo algo que contarte, Elsa —confesó con la voz entrecortada—. Quizá no sea el mejor momento para hacerlo, pero no puedo callarlo por más tiempo, me pesa demasiado. Sé que nunca has perdido la esperanza de que tu madre despertara del coma. Yo tenía mis dudas y verla hoy ha sido la confirmación de que ese final que ninguno deseamos es inminente. No me resulta fácil hablar de esto, aun así no quiero que, cuando se marche, ningún pensamiento te atormente; prefiero hablar contigo ahora y que cuando nos deje, puedas llorarla como se merece. Antes de empezar, quiero que sepas hasta qué punto mi hermana es una de las personas más importantes de mi vida. Nuestros padres eran ya mayores cuando ella nació. A mí me parecía que tener un bebé en casa era un incordio, aunque enseguida me encariñé con ella y me metí de lleno en mi papel de hermano mayor. Siempre nos apoyamos el uno en el otro —agregó Andrés.

—Esa es la impresión que tengo, que siempre habéis estado muy unidos. Para mí has sido como el padre que no tuve y nunca te lo podré agradecer lo suficiente.

Su tío siguió hablando, seguro de que había llegado el momento de desvelarle a su sobrina un secreto que había guardado desde hacía más de dos décadas. Era consciente de que le sería difícil asimilar la noticia; sin embargo, llegados a ese punto, tenía derecho a conocer la verdad.

—Te has portado como una hija ejemplar y has cuidado de tu madre con una entereza digna de admiración. No me explico de dónde has sacado esa fortaleza porque yo me he sentido incapaz de visitarla ni siquiera una vez por semana. Se me caía el alma a los pies nada más pisar el hospital y tú, en cambio, no has faltado ni un solo día. Nos tenemos que ir haciendo a la idea de que, como dijeron los médicos, muy pronto habrá que retirarle la alimentación y despedirse de ella.

—Estoy preparada —anunció Elsa con lágrimas en los ojos—. Me he dado cuenta de que ese día está más cerca de lo que me gustaría, pero ya he aceptado que mi madre no va a despertar jamás por mucho que yo lo desee. La doctora me lo ha repetido en varias ocasiones. Sé que tengo que continuar con mi vida, es lo que a ella le hubiera gustado. Le costó mucho sacarme adelante y ahora tengo que demostrar que su esfuerzo mereció la pena.

—Así es. Verás —continuó Andrés—, hace más de veinte años le hice una promesa que nunca pensé que rompería. No fueron pocas las veces que tu madre me recordó mi compromiso de permanecer en silencio, pero creo que ha llegado el momento de que sepas la verdad sobre tu padre, por muy dolorosa que sea.

—¿Qué pasa con mi padre? —preguntó extrañada—. Habla, por favor.

—Quiero que entiendas que todo lo que hizo mi hermana fue por protegerte. Recuerda que nunca te faltó nada y que en los años setenta, cuando tú naciste, no era fácil sacar adelante una hija y una casa siendo madre soltera.

El tema era muy delicado y Andrés no sabía bien cómo abordarlo, lo único de lo que estaba seguro era que necesitaba hablarlo con ella. Su sobrina no era ya ninguna niña y muy pronto tendría que despedirse de su madre.

—Mi hermana era muy jovencita cuando entró como personal de servicio en casa de unos señores bien situados. Trabajaba por horas y nunca se quejó del trato que recibía. Pero una noche llegó a casa muy alterada, se encerró en su cuarto, dijo que no tenía hambre y que estaba cansada, y se acostó. No quiso hablar conmigo ni con tus abuelos. Durante los días siguientes hizo vida normal, pero se comportaba de un modo extraño. Nos evitaba y se mostraba distante a pesar de lo cariñosa que solía ser. Nos pedía que le diéramos largas a su novio cuando iba a buscarla sin ninguna explicación. Tu abuela intentó hablar con ella, pero no hubo manera. Lo dejamos pasar hasta que, transcurridos dos meses, me pidió que la acompañara al parque que teníamos cerca de casa para hablar conmigo a solas. Una vez allí, empezó a llorar desconsoladamente, tanto que apenas podía comprender lo que me decía. En medio de ese llanto pronunció la única frase que alcancé a entender: «Estoy embarazada».

—Sí, eso lo sé. Estaba a punto de casarse con mi padre

cuando se quedó embarazada. Imagino que le fastidió no haber esperado a pasar por el altar, pero tampoco fue un drama. En aquella época la gente decía que el hijo era sietemesino, adelantaba la boda y ya está. No creo que los abuelos se lo tomaran tan mal. Hasta donde yo sé adoraban a mi padre.

—Déjame que siga —le pidió Andrés—. Las cosas no fueron como tú piensas. Espero que sepas entender por qué he estado en silencio todos estos años.

—Te escucho, tío. No voy a reprochártelo. Pero sigue, por favor. Estás empezando a preocuparme.

—En la casa en la que trabajaba tu madre se organizaban cenas y reuniones sociales bastante a menudo. Los señores se relacionaban con gente de dinero, empresarios y hombres de negocios de su círculo social. Cuando se levantaban de la mesa, las señoras se reunían a hablar de sus cosas y ellos se retiraban a un salón aparte a beber y a fumar puros. Era algo muy común en aquellos años. Tu madre trabajaba hasta las ocho, pero en esas ocasiones le pedían que se quedara para ayudar a la interna a servir la cena. Aquella noche, cuando llegó la hora de marcharse, todavía quedaban algunos invitados. Entró en el cuarto de servicio a cambiarse de ropa y, al intentar cerrar la puerta, se encontró de frente con uno de esos «caballeros». La empujó hacia dentro, cerró con pestillo y abusó de ella.

—¡Qué horror! —dijo Elsa echándose las manos a la cabeza.

—Lamento contártelo de una forma tan cruda, pero no encuentro la manera de suavizar esta historia salvo evitándote los detalles que tu madre me contó destrozada y que yo he preferido olvidar. El hombre había bebido demasiado y, por lo que me contó, ya había intentado propasarse varias veces, aunque Consuelo siempre había logrado escabullirse. Me dijo que creía que estaba obsesionado con ella y su miedo era que un día se saliera con la suya. Se sentía acosada; aun así, poco podía hacer.

—Le denunciaría, ¿no?

—Eran otros tiempos, sobrina. La sociedad de entonces era mucho más conservadora. Esas cosas se escondían y sobre todo entre la gente de clase alta. —A Andrés le costaba hacérselo entender—. Estamos a las puertas un nuevo siglo; sin embargo, no hace tanto las cosas eran muy distintas de como son ahora. Se trataba de tu madre, una asistenta, frente a un señor rico. La vergüenza y la culpa caían sobre ella.

—Pero, entonces, ¿mi padre? —Elsa se quedó atónita, no podía asimilar lo que estaba oyendo.

—Cuando Consuelo reunió el valor para contárselo a su novio, este no la creyó, la tachó de infiel y la dejó. Después de eso, no se atrevió a decirles la verdad a sus padres. Temía que la culparan a ella y prefirió que pensaran que, al enterarse del embarazo, él no había querido hacerse cargo. Como no volvieron a verle, tus abuelos hicieron de tripas corazón y apoyaron a tu madre.

—No entiendo nada. ¿Y la foto de mi padre que tengo en el dormitorio? Mamá me contó de pequeña que había muerto en un accidente de moto.

—La foto es del que fue su novio y la historia del accidente es lo que acordamos contarte cuando fuese el momento. Ella estaba muy mal, Elsa, y, para colmo, en cuanto el embarazo se hizo evidente, y sabiendo que era soltera, la despidieron. Quién sabe si estaban enterados y decidieron evitar un posible escándalo. Como hermano mayor no podía quedarme de brazos cruzados. No fue difícil dar con la dirección de ese señor en la guía telefónica: en el barrio de Salamanca no había más que un Javier Gutiérrez Tejada. Una mañana me armé de valor y me planté en su domicilio. Le esperé en el portal hasta que salió camino de su oficina, entonces le abordé y le advertí que no estaba dispuesto a que se fuera de rositas. Lejos de asustarse, reaccionó con una frialdad que me dejó sin palabras. Me dio la tarjeta de su abogado y me dijo que le llamara, que él le daría instrucciones y que jamás se me ocurriera volver a molestarle. El trato fue que mantuviera la boca cerrada a cambio de una cantidad mensual que le pasaría hasta que tú cumplieras los veintiuno. Poco después de que tu madre diera a luz, le conseguí un empleo en la droguería del barrio. Los abuelos se encargaban de cuidarte mientras ella trabajaba. El resto de la historia lo conoces de sobra.

Elsa se quedó inmóvil, con la mirada perdida. Javier Gutiérrez Tejada, ese nombre se le quedó grabado. Estaba desconcertada por el relato que acababa de escuchar. Era algo muy difícil de encajar, máxime en esas circunstancias. Su vida entera había estado basada en una mentira, unos hechos que ahora se presentaban ante ella con toda su crudeza. No sabía cómo reaccionar. Y lo peor era que no lo podía hablar con su madre. Consultó su reloj y se levantó de la silla.

—Se hace tarde, te estarán esperando en casa y quiero volver junto a mi madre. Gracias por contarme todo esto, tío. Intento hacerme a la idea del sufrimiento de mamá y de tu angustia por guardar el secreto durante tantos años, pero ahora mismo lo único que quiero es regresar a la habitación y pasar esta noche con ella. Necesito asimilar esta historia, mi historia.

—Elsa, lo que hizo tu madre, y yo apoyé, fue por tu bien. Su única preocupación era protegerte y darte un futuro. Queríamos que tuvieras una vida feliz y que no crecieras marcada por una circunstancia de la que solo hubo un único culpable.

—No te preocupes, no tengo nada que reprocharos. Anda, vete, que la tía se estará preguntando dónde te has metido. Espero que paséis una feliz Nochevieja. Dales un beso a mis primos y a ella de mi parte. Hablaremos pronto, en cuanto ponga en orden mis ideas. Ahora mismo tengo demasiadas preguntas en la cabeza.

—No quiero dejarte aquí, ¿por qué no vienes a casa a cenar? Me sabe mal que te quedes sola. Anda, a los chicos les vas a dar una sorpresa y tu tía estará feliz de poner un plato más en la mesa.

—Te lo agradezco, pero no puedo. De verdad, quiero pasar esta noche con mi madre. Sé que no tiene mucho sentido, pero... tienes que entenderlo. Ay, ¿cómo pudo pasarle esto? —Elsa hizo una breve pausa—. Espera, ¿dices que mi padre le daba un dinero todos los meses?

—Exacto, no faltó uno solo hasta que cumpliste los veintiún años. La verdad es que en eso cumplió. ¿Por qué lo dices?

—Desde que perdió el trabajo, Ricardo no se esforzó por conseguir otro empleo. Le pedía dinero a mamá casi a diario y se lo gastaba en el juego. Al dejar de recibir ese ingreso mensual seguramente ella le cortó el grifo. Discutían mucho, pero hasta ese momento él nunca se había atrevido a levantarle la mano. En los últimos tres o cuatro años se volvió mucho más violento. Si las cosas fueron como dices, puede que esa fuera la causa.

—Puede ser. Es una lástima que nunca me comentara nada, habría intentado ayudarla como hubiera sido.

—De nada sirve lamentarse, tío. Anda, vete, que la tía se va a preocupar —insistió Elsa.

—Feliz año, pequeña. Cuesta creer ahora que sea posible, pero saldremos adelante. Somos una familia y yo siempre estaré aquí para ti.

—Gracias, tío. Lo sé.

Se despidieron con un largo abrazo y Elsa volvió a la habitación con su madre. Se quedó de pie, a un lado de la cama. Después de hablar con su tío no pudo evitar verla de un modo muy distinto. Ya no era solo una luchadora que había conseguido criarla sola en una sociedad que no les ponía las cosas fáciles a las mujeres en su situación. Ahora la veía también como una superviviente, una que había vivido una experiencia traumática y a pesar de eso había logrado sobreponerse y seguir su camino. Había guardado en lo más profundo de su memoria un secreto que eligió ocultar a su hija para que no sintiera que era producto de un acto execrable. Imaginó el dolor que debía de haber arrastrado toda su vida y la invadió un sentimiento de compasión y amor infinitos.

La noche en la planta estaba siendo bastante tranquila. La sala donde se reunía el personal sanitario empezaba a animarse y desde el pasillo se podía oír el sonido de la tele que poco a poco los iba congregando. Antes de sumarse a sus compañeros, Laura volvió a invitar a Elsa a acompañarlos.

—Gracias, doctora, de verdad que es un detalle, pero prefiero quedarme aquí. No tengo ánimos para otra cosa. No se preocupe, estaré bien.

—Lo entiendo, es normal. Si cambias de opinión, sabes dónde encontrarme. Que descanses y feliz Año Nuevo —le deseó cerrando la puerta de la habitación.

Poco después de la medianoche, tras las campanadas y las felicitaciones de rigor, todo volvió a la calma habitual y Laura se acercó a por un café. Al llegar encontró a Elsa sentada en la breve hilera de sillas de plástico que había al lado de la máquina tomando una infusión.

—Ya sabía yo que nos encontraríamos aquí —apuntó con una sonrisa—. Feliz Año Nuevo.

—Feliz año, doctora. No podía dormir y he venido a por una tila —contestó Elsa.

—¿Estás bien? —preguntó Laura al notar que la chica había llorado.

—No, no estoy bien. Para qué le voy a decir lo contrario.

—Es normal, estas fechas son complicadas. Si necesitas hablar...

—No quiero abusar de su confianza, pero acabo de descubrir un episodio horrible de la vida de mi madre que convierte mi propia vida en una gran mentira y estoy intentando encajarlo.

—A veces las cosas distan mucho de lo que son en realidad y cuando descubrimos la verdad oculta tras ellas es complicado enfrentarse a los hechos.

Laura sabía de lo que hablaba. Le vino a la cabeza su ruptura con Martín y la razón que se escondía tras la ausencia de Michel en la misión aquel verano en el que perdieron el contacto. En ambos casos se sintió engañada y defraudada, y se culpó a sí misma por no haber sido capaz de intuir qué estaba pasando.

—¿Quieres hablar de ello? —le ofreció—. Se me da bien escuchar.

Elsa tomó un sorbo de la tila que sujetaba entre las manos y se secó las lágrimas.

—Crecí huérfana de padre. En casa me contaron que mis padres llevaban varios años de novios y tenían intención de casarse cuando mi madre se quedó embarazada. A pocos meses de la fecha fijada para la boda, mi padre falleció en un accidente de moto. Mi madre vivía con mis abuelos y fueron ellos los que, a pesar de ser ya mayores, se encargaron de criarme mientras ella trabajaba. Mi tío Andrés la ayudó a conseguir un trabajo de dependienta.

—Pareces muy unida a tu tío —comentó Laura intentando que Elsa se tomara un momento para continuar. La voz le temblaba y le costaba contener las lágrimas.

—Así es, y también está muy unido a mi madre. Tanto que, durante más de veinte años, ha respetado una promesa que le hizo acerca de la identidad de mi verdadero padre. Esta tarde me ha contado una historia repugnante sobre él, un sinvergüenza que abusó de ella y la dejó embarazada. No hago más que pensar en lo mucho que habrá sufrido mi madre a lo largo de todos estos años cada vez que me miraba a la cara. Ahora me explico mejor que nunca el empeño que siempre puso por darme unos estudios y una carrera con la que poder ganarme bien la vida y no depender de nadie.

—Las madres son capaces de mucho más de lo que imaginamos. Un hijo lo vale todo y cualquier sacrificio merece la pena por criarlo sano y feliz y darle un futuro —comentó Laura después de escuchar el relato de Elsa.

—El resto ya lo conoce. La relación empezó a deteriorarse cuando su última pareja, Ricardo, se quedó sin trabajo. A partir de ese punto todo fue a peor —concluyó sonándose la nariz.

Laura acompañó a Elsa a la habitación y le ofreció algo para dormir.

—Toma, necesitas descansar —señaló entregándole una pastilla.

—Gracias, doctora. Puede que haya abusado de su confianza, pero quiero que sepa que me ha hecho mucho bien hablar con usted.

—Como médico puedo decirte que las heridas que no se ven son a menudo las más difíciles de curar. Busca ayuda, no tienes por qué superar esto sola. Y ahora intenta descansar. Hasta mañana —agregó en voz baja antes de cerrar la puerta.

Aquella Nochevieja fue diferente de las anteriores. A pesar de que Laura estaba acostumbrada a ser testigo de situaciones muy duras a lo largo de sus años de experiencia, la historia de Elsa le había tocado de manera especial. Se había acercado demasiado y, aunque sabía que no era lo correcto, sintió que saltarse sus propias normas le había permitido reconfortar a esa chica y también darse cuenta de lo importante que era adaptarse a las circunstancias. Acababa de empezar un nuevo siglo y puede que fuera el momento indicado para soltar lastre y deshacerse de la necesidad de mantenerlo todo bajo control. Se había propuesto cambiar su manera de estar en el mundo, dejarse sorprender, ser menos reflexiva y aceptar lo que estaba segura de que la vida le iba a regalar.

22

El nuevo año llegó con absoluta normalidad. El tan temido efecto 2000 pasó a la historia tras sonar la última de las campanadas. Ninguna de las profecías fatales que habían anunciado tuvo lugar y, tras unos segundos de incertidumbre, el mundo entero celebró más que nunca que todo siguiera como antes. Solo yo parecía sentir que algo había cambiado.

Jamás imaginé que Fernando volvería a aparecer en mi vida para ponerla patas arriba. ¿Por qué llegaba ahora, justo cuando mi matrimonio pasaba por su peor momento? ¿Me hubiera acercado a él si estuviese feliz junto a Ramón? Estaba hecha un lío y necesitaba tiempo para poner mis pensamientos en orden. Evité pasar por la cafetería lo que quedaba de Navidad. Mi familia era lo más importante de mi vida y, sin duda, mi mayor logro. No podía ponerla en peligro solo porque mi relación de pareja se hubiera enfriado.

Había asumido que el amor cambia de forma con el tiempo. Aunque fuese un hijo muy deseado, la llegada de Daniel a nuestras vidas había trastocado nuestra relación. Ya no éramos solo dos, nuestro hijo pasó a ser el centro de nuestro mundo. Durante sus primeros años sentí que recaía sobre mí todo el peso de su crianza, pero cuando intenté comentarlo con Ramón, cuando le dije cómo me sentía, no encontré comprensión por su parte. Al contrario, interpretó mis comentarios como reproches y se defendió argumentando que su obligación era volcarse en su trabajo para que no nos faltara de nada. Intenté hacerle entender que necesitaba otro tipo de apoyo por su parte. Pero no supo verlo. Transformarme en madre no había sido fácil. Ocurrió de la noche a la mañana y dejé de lado la mujer que era. Una renuncia por amor, provocada por mi nueva naturaleza, que también Ramón tuvo que aceptar.

Supongo que fue entonces cuando dejé de prestarle tanta atención para volcarme de lleno en la aventura de la maternidad. Puede que eso hiciera que Ramón se sintiese desplazado. Lo que sí es seguro es que con el paso de los años dejamos de cuidarnos, de necesitarnos como lo hacíamos cuando iniciamos nuestra vida juntos. Sabía que el enamoramiento inicial no podía durar para siempre, que se iba transformando en un amor distinto, en complicidad, compañía, amistad... De hecho, habíamos logrado mantener la familia a flote y ofrecerle a nuestro hijo un hogar en el que crecer feliz. Pero nos habíamos perdido el uno al otro por el camino.

El reencuentro con Fernando me había hecho recordar cómo echaba de menos mi relación. Sentirme entre sus brazos y notar cómo mi cuerpo se estremecía con el roce de sus labios era algo que no esperaba. Apostando por mantener mi familia unida estaba renunciando a volver a sentir ese amor que lo llena todo, a la sensación de que te falta el aire cuando esa persona está lejos, a la ansiedad por volver a encontrarse, a no enamorarme nunca más. Experimentar de nuevo el deseo continuo de su cercanía y la necesidad de su contacto y sentir cómo mi cuerpo se ponía alerta con su sola presencia se estaba convirtiendo en una droga a la que me era muy difícil resistirme. Al otro lado de esa renuncia estaban la seguridad, el calor de una familia que con tanta ilusión había formado, la estabilidad... Aunque también la monotonía, la rutina y el ritmo agotador del día a día. Fer no me pedía nada, pero me tendía la mano para cambiarlo todo. Como otras tantas veces esos días me refugié en mi trabajo.

—Buenos días, jefa, y feliz Año Nuevo.

—Igualmente, Carmen. ¿Qué tal las fiestas? —pregunté al llegar a El Cuarto de Costura.

—No se me han dado mal —rio—. Y, lo mejor de todo, parece que no se ha acabado el mundo, los cajeros están operativos, los semáforos funcionan... No entiendo tanto lío con el efecto 2000; aquí estamos, la tierra sigue girando. Ni se cayó la estación espacial ni los ordenadores se han vuelto locos. Aquí los únicos locos que pisan el planeta somos nosotros, y así nos va —añadió haciendo todo tipo de aspavientos con las manos.

—Ahí te doy la razón y a Dios gracias que todo sigue en pie. Menuda se hubiera liado si se llegan a cumplir las predicciones que anunciaban los más agoreros.

—Bueno, a algunos sí que se les ha acabado el mundo. La pobre madre del rey ha tenido que ir a morirse en plenas Navidades. Claro que morirse en vacaciones no está mal del todo. Así deberíamos irnos todos, disfrutando. Que no es lo mismo despedirse de este mundo desde la cama de un hospital que desde la isla de Lanzarote. Noventa años ha dicho la radio que tenía; ya le tocaba.

—Visto así...

—Mujer, ¿cómo quieres que lo vea? Yo firmaba: viejita, rodeada de tu familia y en una isla paradisíaca. No se puede pedir más.

—¡Qué cosas tienes! Voy a ponerme un café, ¿quieres uno?

—No, gracias, ya me lo he tomado. Ahí hay unos cruasancitos de chocolate que he traído, por si te apetecen.

—Estupendo, vengo con el estómago vacío.

Dejé mis cosas en el cuartito de atrás y salí con un café en una mano y un dulce en la otra.

—Cuanto más los miro, más me gusta cómo han quedado los adornos de Navidad que habéis cosido en el grupo de costura creativa. Me encanta lo originales que son. Los comprados se parecen todos, pero estos son únicos —observé.

—Las chicas acabaron el taller muy contentas. Habrá que repetirlo este año —comentó con cara de satisfacción.

—Pues sí, qué buena idea.

—Idea la que tuvo anoche mi amiga Amparo, la vecina del tercero, que vino a casa a contarme que tiene un lío con un tipo del trabajo. Y pasó a pedirme consejo, ya ves tú, ¡a mí! Lleva quince años casada y tiene tres chiquillos, y resulta que un compañero empezó a tirarle los tejos hace unos meses y ahora ella está enamorada hasta las trancas, según me dice. Que vete tú a saber si eso es amor o un calentón. Estas cosas no me gustan ni un pelo, que yo soy muy moderna, pero un matrimonio es un matrimonio y más cuando hay niños de por medio.

—Pero ¿aún se quieren? ¿No has pensado que quizá ella esté desencantada? Puede que lo único que la retenga al lado de su marido sean sus hijos.

—Claro que sí, pero antes de poner unos cuernos digo yo que lo suyo será intentarlo con tu pareja y, si no, separarte.

—No creo que sea tan fácil, los hijos atan mucho y con tal de que no sufran una madre hace lo que haga falta —sentencié en un tono más alto del que me hubiera gustado.

—Vale, vale, no te pongas así, que parece que fuese contigo la cosa.

—No es eso, Carmen —dije intentando serenarme—, es que desde fuera resulta muy fácil juzgar, pero habría que ponerse en el lugar de esa mujer. No creo que esté pasándolo tan bien por muy enamorada que crea que está. Vete a saber, a lo mejor esa aventura le sirve para abrir los ojos y darse cuenta de lo que tiene en casa. Cuando llevas unos años casada, sin darte cuenta puedes descuidar la pareja, caer en la monotonía, no sé... A lo mejor ella necesita coger un poco de aire, volver a sentirse querida y valorada.

—Lo que quieras, pero unos cuernos son unos cuernos y no tienen otro nombre. Ya le he dicho que no quiero saber más del tema, que conozco a su marido y que eso son cosas de ellos dos, nada más. Yo cuanto menos sepa mejor.

No quería seguir hablando del asunto. Temía que en cualquier momento Carmen empezara a atar cabos y sospechara que, sin pretenderlo, estaba refiriéndome a mí misma. Hasta el momento, no consideraba lo de Fer una aventura, no quería. Necesitaba vivirlo como algo mío, distinto, ajeno a mi relación con Ramón. Recuperarle era un regalo que la vida me había hecho y así quería disfrutarlo. No estaba preparada aún para enfrentarme a mis emociones y mucho menos para tomar decisiones. No tenía ni idea de adónde me llevaría, qué significaba ni qué iba a implicar, pero tampoco quería saberlo aún. Pensar que estaba engañando a Ramón no me hacía sentir bien; sin embargo, vivir este episodio inesperado me sacaba de mi desencanto y era como un balón de oxígeno.

Era incapaz de imaginarme dando un cambio radical a mi vida, un salto tan grande, pero, al mismo tiempo, intentaba verme dentro de diez años y el panorama que se presentaba ante mí no me resultaba nada atractivo. Las pocas veces que Ramón y yo habíamos hablado serenamente sobre la deriva que estaba tomando nuestra relación, él parecía no entender lo que quería decirle. De alguna manera percibía que me había instalado en una rutina donde la vida se había vuelto pura repetición y había dejado de ser emocionante. Los días se sucedían idénticos, él parecía sentirse cómodo con eso y durante un tiempo lo acepté. Encontrarme ahora con Fernando me había dado una nueva perspectiva.

Me sorprendía a mí misma cuidando más mi aspecto, maquillándome e incluso soltando alguna mentira para no tener que dar explicaciones. Había dejado de compartir mis confidencias con mis amigas por miedo a que me juzgaran. Apenas me reconocía, ¿o era esta una nueva versión de aquella Julia a la que había olvidado muchos años atrás? ¿Me estaba convirtiendo en otra persona? ¿Estarían cambiando mis valores? No paraba de cuestionármelo todo.

—Y, hablando de otra cosa, ¿te encargas tú de abrir el día 5? Solo hasta las dos. Me gustaría pasar el día con Daniel, estará muy emocionado y no creo que mi suegro pueda con él hasta la hora de la cabalgata sin caer rendido.

—Claro, sin problema. Estos días son muy tranquilos y hay poco trabajo. Aprovecharé esa mañana para quitar la decoración y hacer limpieza.

—Te lo agradezco.

Oímos la campanita de la puerta y vimos a Amelia saludando desde la entrada.

—Ya estoy de vuelta, feliz año a ambas.

—Feliz año, Amelia —coreamos.

—Pensaba que te quedabas más tiempo en Barcelona —añadí.

—Me hubiera gustado, pero tengo que tomar una decisión sobre mi casa cuanto antes. Hablé con Alfonso y no parece que podamos evitar el embargo. Por suerte, hemos trazado un plan B que cada día me apetece más. Quiero hacerle una visita a don Armando para que me aclare el tema de los pagos a la tal Consuelo, seguro que él estaba al tanto... No me parece de recibo que dé la callada por respuesta y que no conteste a mis llamadas. Sea lo que sea lo que esté ocultando quiero saberlo. El disgusto ya me lo he llevado, de modo que, si saca a relucir más asuntos turbios, los asumiré. Estoy decidida a que el pasado de mi marido no condicione lo que me queda de vida. No lo voy a consentir.

La Amelia que conocí se habría derrumbado ante la idea de perder su casa y, aunque sabía que desprenderse de ella le dolería, la mujer que tenía ahora ante mí estaba enfrentando la situación con un optimismo admirable.

—Carmen —dijo alzando la voz para que pudiera oírla desde la trastienda— ¿cómo era el mantra aquel?

—Fuera lo viejo, dentro lo nuevo —recitó saliendo del cuartito—. El mejor mantra para empezar el año, el siglo y el milenio.

—Pero ¿no habíamos quedado en que el siglo empezaba el año que viene? —pregunté.

—Mira, no sé. Está la gente como loca discutiendo por una tontería. ¡Qué más dará! —exclamó mientras se dirigía al mostrador de la entrada a atender a una clienta que acababa de entrar.

—De todos modos, no creo que eso cambie mucho las cosas. Me alegro de que te lo tomes así, Amelia; ya me contarás ese plan B.

—Alfonso y Felipe me han ayudado mucho a verlo todo de otra manera. No te voy a negar que fue duro descubrir la doble vida de mi esposo, pero no voy a dejar que me afecte. Que el pasado se quede en el pasado —sentenció bajando la voz—. Sobre la casa, por suerte conservo el piso de la calle Castelló. Te cuento el plan en cuanto tengamos un ratito, que hoy he quedado con Patty a comer y supongo que estará al llegar —añadió.

Como si al mencionarla la hubiera invocado, entró por la puerta solo un par de minutos más tarde. Nos saludó emocionada, nos deseó feliz año y, cuando Amelia estuvo lista, se dirigieron al restaurante donde ya tenían por costumbre comer cada vez que Patty visitaba Madrid.

—Sabes que no soy nada pesimista, pero tengo la intuición de que los administradores de esas empresas han debido de estar sisándote en tu propia cara. Si no has estado muy pendiente de las cuentas, habrán hecho y deshecho a su antojo sin contar contigo. Esa forma de proceder me suena bastante, ¡qué te voy a contar que no sepas ya! —explicó Patty.

—Creo que llevas toda la razón. Aún no he hablado con don Armando, pero pienso hacerlo cuanto antes. Estoy segura de que él me dará las claves para entender qué ha pasado. No sé si me han tomado por tonta o si de verdad los negocios se han ido al traste sin más. Sea como sea, lo que no puedo consentir es que la academia se vea afectada. Para que te hagas una idea, la última inversión, la que hemos hecho en las nuevas máquinas de coser, la estoy financiando con mi patrimonio personal. Los dividendos que solía recibir cada año han bajado considerablemente. La explicación que me daban era que debían adaptar los equipos informáticos al efecto 2000 y, con esa excusa, han hecho grandes inversiones que yo misma autoricé sin saber lo que firmaba. He descubierto que mi casa está a nombre de una sociedad que está en liquidación y tendré que dejarla muy pronto porque van a ejecutar el embargo en cuestión de unos meses. El único efectivo del que dispongo lo tengo que emplear en poner al día el piso de la calle Castelló para mudarme cuanto antes.

—¿Embargo? Ay, amiga, cuánto hemos delegado en nuestros maridos. Nos hicieron creer que los negocios no eran cosa de mujeres para que no metiéramos las narices en sus chanchullos y mira ahora cómo nos vemos. Por suerte yo recuperé el control hace ya mucho, pero ahora te toca a ti y te voy a ayudar. Se me ocurre algo; bueno, si te parece bien y solo de forma temporal, sin intención de entrometerme en absoluto en la gestión de la academia. —Patty hizo una pausa para ordenar sus ideas y añadió—: ¿Qué te parece si te compro tu parte del negocio con opción a recompra? Eso te daría liquidez inmediata y en cuanto tus cuentas se saneen podrás volver a recuperarla. Piénsatelo y no lo tomes como un favor, más bien como una señal de agradecimiento por darle trabajo a Malena y por introducirla en tu círculo de amistades. Me ha contado que está disfrutando mucho retratando a los nietos de tus amigas.

—Te lo agradezco en el alma. Es muy generoso por tu parte. En principio, parece una alternativa muy atractiva, pero no puedo contestarte hasta que hable con Julia y revise a fondo mi situación económica con Alfonso. Se ha venido unos días conmigo para ayudarme a poner las cosas en orden. Además, hay una historia que ha terminado de colmar el vaso y que te contaré en cuanto ate unos cuantos cabos sueltos. Por adelantarte algo, don Javier me sigue fastidiando hasta después de muerto.

—Eso sí que no, los muertos que se queden donde están. No permitas que salgan de la tumba a molestar, que te estás labrando un presente muy bonito como para que ahora te lo estropee nadie. ¡Faltaría más! Respecto a hablar con Julia, lo entiendo perfectamente. Tómate tu tiempo. Solo quiero que sepas que estoy aquí y que te ayudaré en lo que necesites siempre que esté en mi mano. Cuenta conmigo, ¿entendido?

—¡Entendido, amiga! —contestó Amelia alzando su copa de vino para sellar el trato.

—Oye, y de amoríos ¿cómo vamos? ¿Lo de Pablo tiene ya nombre?

—¿Lo de Pablo? Te lo dije la última vez que nos vimos y te lo repito. Aprecio tanto nuestra amistad que no se me pasaría por la cabeza estropearla por dar un paso en una dirección distinta. Pablo es un tesoro como amigo y los dos estamos muy bien así.

—Yo también estaba muy bien sola, pero los italianos pueden ser muy persuasivos y a mí no me gusta hacerme de rogar. El amor no tiene edad, ¿no es eso lo que dicen? En realidad, tampoco es que sea amor, pero me dejo querer, que a nadie le amarga un dulce. ¿No querrás que te cuente cómo mantengo esta tersura en la piel? —preguntó con una sonrisa pícara.

—Te puedes ahorrar los detalles, ya me hago una idea —contestó Amelia, y ambas rompieron a reír.

La solución que le había planteado Patty le pareció muy acertada. Confiaba en ella y sabía que, aunque se convirtiera en socia de El Cuarto de Costura, no se inmiscuiría en su gestión. Estaba segura de que su apoyo era incondicional y no escondía ningún otro interés más que el de ayudar a que nuestro sueño siguiese en pie. Al menos no tendríamos que preocuparnos por eso.

23

Amelia aprovechó los días que Alfonso estaba en Madrid para terminar de aclarar la situación de su casa y el estado de las cuentas de las empresas que le había dejado su marido. Su hijo renunció a la herencia cuando falleció don Javier y ahora le costaba acercarse a lo que tanto había significado para su padre, aunque tenía el mejor de los motivos. Su madre no merecía llevarse un disgusto más por su causa y estaba dispuesto a zanjar cualquier asunto relacionado con él.

Después de que se marchara de casa, padre e hijo no volvieron a verse jamás. Yo desconocía qué historia difundió don Javier entre sus amistades y socios para explicar la ausencia de su hijo, pero debió de ser muy creíble ante la sorpresa de los administradores al descubrir que Alfonso había pedido reunirse con ellos en representación de su madre.

—Ya estoy de vuelta —anunció Alfonso al llegar a casa.

—Hola, hijo, ¿cómo ha ido? —preguntó Amelia acercándose al recibidor.

—Ahora te cuento, pero antes de nada quiero pedirte perdón, mamá. Después de reunirme con los administradores de la sociedad me arrepiento de haberte dejado sola al frente de los asuntos de mi padre. No debí desentenderme del modo en que lo hice. Que en su momento me viera obligado a alejarme de él no justifica que tras su muerte no me encargara de lo que entonces ya eran tus asuntos y no los suyos. De verdad, lo lamento mucho.

—Estabas en tu derecho y yo confiaba en que don Armando velaría por mis intereses. Además, no tenía sentido que te involucraras, por eso no te lo pedí. Sabía lo doloroso que podía ser para ti, así que no vamos a darle más vueltas a eso.

—De todos modos, tendría que haber sido capaz de dejar al margen mis sentimientos y quedarme a tu lado para ayudarte a poner un poco de orden. Por entonces todavía estaba muy dolido y siento que no estuve a la altura —añadió Alfonso.

—Calla, no digas ni una palabra más. No es necesario. No hay nada que perdonar. Mejor cuéntame qué te han dicho, ¿cómo están las cosas?

—Te confirmo lo que ya sabemos. Este piso está a

nombre de una sociedad en liquidación. La razón de que no estuviera a vuestro nombre es la que imaginábamos, convenía fiscalmente. Pero prefiero no angustiarte con problemas y que nos centremos en las soluciones, que a eso he venido y considero que es lo más inteligente que podemos hacer en este momento.

—Llevas toda la razón, hijo, no me apetece elucubrar sobre las razones que pudo tener tu padre para hacer las cosas de tal o cual manera; lo importante ahora es ver qué opciones tenemos.

—Exacto, vamos a centrarnos en encontrar una salida a todo esto. Calculo que tenemos unos cinco o seis meses antes de que tengas que mudarte. Es tiempo más que suficiente para renovar el piso de Castelló como sugirió Felipe. A ti siempre te gustó aquella casa y creo que vas a estar muy cómoda en ella.

—Estoy convencida. Dijo que calculaba que tardaría unos cuatro meses en completar la reforma si nos ponemos a ello de inmediato. Allí estaré muy a gusto, es un piso más pequeño y podré decorarlo como me apetezca. Además, gastaré menos que en este. Me gusta mucho la idea y seguiré estando en el mismo barrio. Ya sabes que no me dan miedo los cambios y confío ciegamente en Felipe, sé que hará lo imposible para cumplir con su palabra y que el resultado será espectacular. Estoy deseando que empiece. ¿Qué hay del resto?

—El resto es complicado. Me temo que has firmado demasiados papeles sin saber lo que eran, pero no nos vamos a lamentar por ello ahora. Si te parece, voy a solicitarles en tu nombre toda la documentación necesaria para que mis abogados estudien la situación y podamos tener una idea clara y cierta de las cuentas del grupo de empresas. Siento decir esto, pero creo que ahora que han visto que yo estoy al tanto y que no pueden disponer de tu conformidad sin hacer preguntas no se atreverán a mover ficha tan alegremente. Esta reunión les servirá como aviso de que a partir de ahora vamos a estar vigilantes.

—Está claro que me equivoqué, debí estar más pendiente. Me mantuve siempre al margen de los negocios de tu padre y confié en que los administradores actuarían de buena fe. Eso es lo que en su día me aseguró don Armando, que eran de fiar y que podía estar tranquila.

—Mi padre fue el primero que quiso mantenerte alejada de sus asuntos y, después de su muerte, bastante tenías con seguir con tu vida, mamá, no tienes nada que reprocharte. Fue admirable tu determinación para recomponerte al quedarte viuda. Cualquier mujer se hubiera venido abajo y se hubiera encerrado en casa. Lo has visto entre tus amistades. Hiciste muy bien en dedicarte a crear algo tan bonito como El Cuarto de Costura, tu propio negocio, y además apoyando a alguien como Julia, la mejor socia que podrías tener. Ahora lo que te pido es que lo dejes todo en mis manos, no quiero que esto te suponga ni un solo dolor de cabeza. Me gustaría que disfrutaras de la reforma de tu futura casa, que sé que te hace mucha ilusión. ¿Me lo prometes?

—Te lo prometo.

Amelia no podía negarse. Sabía que era una responsabilidad añadida para su hijo, pero también que lo hacía de corazón. Alfonso le había hecho ver que debía permitir que cuidara de ella y aceptar su ayuda.

—Respecto al piso de Castelló, hay algo que no te he contado y había decidido ocultarte por salvaguardar el nombre de tu padre, pero después de pensarlo considero que no tiene mucho sentido. Quizá sea mejor sacudirse todo el polvo del pasado.

—Visto lo visto, no creo que pueda asustarme de nada que me reveles. Ya es tarde para cambiar mis sentimientos hacia él —comentó Alfonso.

—No te descubro nada nuevo si te digo que tu padre era un hombre de su época, con sus costumbres y su particular forma de ver las cosas, «chapado a la antigua» como se suele decir. Para mí no es fácil hablar de esto, aunque no tenga nada que ver en esta historia o, ahora que lo pienso, puede que sí. Quizá sin saberlo fui yo la que le empujó a hacerlo.

—No te sigo, ¿de qué hablas?

—Verás, cuando empezamos a pensar en renovar la

casa, reuní los papeles que necesitaba Felipe para tramitar los permisos de obra. Estaban todos en el despacho de tu padre, salvo los planos, que no aparecían por ningún sitio. Ya no sabía dónde buscarlos y, como último recurso, pensé en el piso de Castelló. Sabía que lo usaba como trastero para guardar documentación de sus empresas, así que me pasé por allí. No había vuelto a ir desde que nos mudamos. No me fue difícil localizarlos, tu padre era muy organizado y tenía archivadores para todo. Eso se lo tengo que agradecer.

—Lo recuerdo. Hacía lo mismo con mis notas del colegio, todas en una carpeta.

—Sí, cierto. El caso es que entre esos archivadores encontré una carpeta sin etiquetar que me llamó la atención. Ay, Alfonso, ahora dudo si tendría que estar contándotelo; al fin y al cabo, era tu padre.

—Sería mi padre, pero, como tú misma has dicho, era un hombre de su tiempo. No me extrañaría que se tomara algunas licencias moralmente reprochables. Seguro que te sienta bien compartirlas. Anda, dime qué contenía esa carpeta.

—Recibos, todos por la misma cantidad, a nombre de una tal Consuelo. Años de recibos ordenados por fecha. Los tengo aquí, en el despacho; quiero preguntarle a don Armando por ellos, a ver qué sabe él. He repasado mentalmente los nombres de nuestras amistades, de las mujeres de sus socios, de las secretarias que tuvo en esos años, y no me suena ninguna Consuelo.

Alfonso cerró con rabia los puños, se puso de pie y empezó a caminar inquieto de un lado a otro del salón. Era previsible que reaccionara de ese modo. Amelia había tragado demasiado en ese matrimonio y había hecho lo imposible por guardar las apariencias. Fue la esposa perfecta, pero, quedaba claro, él no estuvo a la altura.

—Hijo, no te enfades, eso ya es historia. No te voy a negar que me cayó como un jarro de agua fría, no puedo ni describirte cómo me sentí, pero ya han transcurrido unas semanas y me he hecho a la idea. He decidido que de ninguna manera voy a dejar que el pasado me atormente.

—Pensé que se llevaría el secreto a la tumba, pero ya veo que no.

—¿Cómo dices? ¿Qué secreto? ¿Qué sabes tú de todo esto?

—De esto que me cuentas no sé nada, pero que te fuera infiel era una de las razones por las que no podía ni verlo. En cierta ocasión le sorprendí saliendo de un hotel justo aquí al lado, en la calle Velázquez, con una chica mucho más joven que él. Pensó que te iría con el cuento y me hizo prometer que no te comentaría nada. ¿Por qué crees que me fui de casa? Hubiera soportado su desprecio toda la vida, pero lo que no podía tolerar era que te faltara el respeto de esa manera. Sabía que no podría guardarle el secreto. Acabaría por contártelo y por destrozarte la vida. Tú eras otra mujer entonces, mamá, mucho más frágil. Me convencí de que, si me marchaba, vosotros podríais seguir siendo la pareja de siempre y yo buscaría mi propio camino. Sé que te puede resultar doloroso oír esto ahora, pero puestos a sincerarnos me parece importante que sepas por qué me fui.

—Ay, Alfonso, ¿cómo te lo has callado durante tantos años? Ahora comprendo su actitud cuando te marchaste. A mí me dolía tu ausencia cada día; sin embargo, él parecía aliviado, como si se hubiera quitado un peso de encima. Teniéndote lejos, su secreto estaba a salvo y podía seguir haciendo su vida mientras yo lloraba a escondidas y te echaba de menos cada vez más. ¿Crees que nuestro círculo de amistades lo sabía?

—Eso ya no importa. La vergüenza es suya y no tuya. Tú estás aquí y él no. A ti te queda vida por delante y él está bajo tierra. Esa tal Consuelo sería una de tantas, quizá la más lista, la que supo sacarle los cuartos y probablemente vivir a su costa durante un buen puñado de años. En cierto modo, me alegro por ella. No puedo decir otra cosa.

—Ahora sí que voy a hacer una visita a don Armando y que me cuente qué sabe de todo esto. Estoy casi segura de que estaba al tanto. Tu padre le consideraba el más leal de sus amigos. Entre hombres ya se sabe, se tapan unos a otros.

—¿De verdad te merece la pena? Mamá, ¿no crees que es mejor dejarlo correr? —preguntó Alfonso.

—Quiero llegar al fondo de esta cuestión. Lo necesito para pasar página de una vez. Te prometo que no dejaré que me afecte y que cuando conozca la historia al completo la enterraré igual que enterré a mi marido. Te lo digo como lo siento.

—Como quieras. Respeto tu decisión y estoy de tu parte, aunque me preocupa que con tantos disgustos acabes cayendo enferma.

—Te prometo que no. Esta noche llamamos a Felipe y le ponemos al día. Supongo que, aunque tenga los planos, necesitará ver el piso para hacerse una idea del estado de la carpintería, los suelos... Si además pudiéramos aprovechar su visita para elegir materiales sería estupendo. No sabes qué ilusión me hace.

—Sí, lo sé, lo sé —rio Alfonso—. Te conozco perfectamente y sé lo mucho que va a suponer para ti esta reforma. Y también sé que, aunque confías en Felipe, no le vas a quitar ojo el tiempo que dure.

—Puedes jurarlo —asintió Amelia.

Alfonso conocía bien a su madre, la tenía por una mujer fuerte, pero también sabía hasta dónde podía hundirse. Los años siguientes a su marcha, Amelia cayó en una profunda depresión que sobrellevó a base de pastillas que amortiguaban el dolor de haber tenido que despedirse de su hijo. Se vio obligada a disimular y aprendió a ocultar su pena incluso a sus amigas. Ese fue el precio que tuvo que pagar para mantenerse en el lugar que le correspondía. Cuando años después descubrió que podía deshacerse del corsé que la había oprimido toda su vida, se convirtió en una persona muy distinta que solo pedía un poco más de tiempo para disfrutar de todo lo que había conquistado. Estaba en su derecho.

—Cariño, ¿te parece que salgamos a comer? Creo que, aunque todavía nos quedan algunos flecos sueltos, tenemos mucho que celebrar.

—Eres increíble, mamá, no sabes cómo admiro ese espíritu de lucha y lo que me alegro de que consigas enfrentar las cosas con ese ánimo.

—Aprendí hace unos años que de nada servía quedarse anclada en el sufrimiento, que la vida no espera. Como dice Carmen, estamos aquí para disfrutar.

—Y tiene razón. Qué maja es esa mujer y qué humor tiene.

—En el fondo, aunque parezca que se toma todo a la ligera, es muy sabia. Les da a las cosas la importancia justa. Puede que ese sea el secreto de la felicidad.

—No es mala fórmula, no. Anda, ve a arreglarte que mientras llamo para reservar mesa. ¿Donde siempre?

—Por mí, perfecto. Las buenas costumbres no hay que perderlas por muchos años que pasen —añadió Amelia.

Cuando Alfonso era pequeño comían casi todos los domingos en el mismo restaurante. Había aguantado bien el paso de los años y seguía sirviendo su plato favorito. Ahora aprovechaba cada visita a la capital para saborear el cocido madrileño que echaba de menos desde que se mudó a Barcelona. Degustar ese manjar se había convertido en uno de sus rituales preferidos y, aunque los gustos de Amelia iban por otros derroteros, le concedía ese capricho encantada.

—Ya estoy, ¿nos vamos?

—Dame un segundo —le pidió Alfonso mientras tapaba el auricular de su teléfono móvil—. Estoy hablando con el estudio, no tardo.

Amelia revisó el contenido de su bolso para verificar que llevaba todo lo necesario, sacó uno de sus abrigos del armario del recibidor, se lo puso y comprobó su aspecto en el espejo.

—¿Ya? —preguntó al verle cerrar el móvil.

—Sí, listo. Un problemilla que requería mi atención, pero ya está solucionado. Es una suerte tener un equipo tan competente.

—¡Qué bien! —exclamó Amelia—. ¿Vamos a por ese cocido? Uy, qué cabeza, los pendientes. Perdona un momento.

Amelia se dio media vuelta y se dirigió al dormitorio. Un minuto después sonó el timbre. Alfonso abrió la puerta.

—Buenas tardes, quisiera ver a don Javier Gutiérrez Tejada —anunció una chica algo más joven él.

—Ese señor ya no vive aquí —contestó Alfonso en un tono frío.

—¿Y sabe usted dónde puedo encontrarle? —insistió.

—Falleció.

Amelia oyó la conversación mientras se acercaba por el pasillo, y se apresuró a alcanzar la puerta. La visita era tan inesperada como inconveniente.

—Deja, Alfonso, yo me encargo —dijo invitando a su hijo a hacerse a un lado. —He oído que preguntaba por don Javier.

—Así es —contestó la chica.

—Como le ha indicado mi hijo, falleció hace unos años. Yo soy su viuda. ¿En qué puedo ayudarla?

24

El recuerdo de las Navidades pronto quedó atrás. Reanudamos las clases y, como Carmen había predicho, algunas de las alumnas del taller de decoración navideña se interesaron por aprender a coser. Queríamos intentar encajar una clase para principiantes las tardes de los miércoles, después de la hora de Malena. Me apetecía mucho volver a enseñar a un grupo de novatas que me recordara a los primeros años de la academia, pero desde que por fin teníamos un diagnóstico para Daniel, intentaba no robarle más tiempo del imprescindible.

—A mí no me importa dar la clase y así tú te puedes volver a casa al mediodía. No merece la pena que te quedes sin tu tarde libre por hora y media de clase, que tampoco quiero yo organizarte la vida, pero las chicas ya me conocen y creo que les gustará que sea su profe —comentó Carmen.

—Tienes razón, aunque, si te soy sincera, las tardes «libres» no son ningún descanso y menos desde que tenemos a Bimba en casa.

—No te quejes, Julia. Ya verás como cuando crezca y se tranquilice un poco se porta mejor y le coges cariño.

—Eso espero porque por ahora no hay día que no haga una trastada.

—Mujer, es normal, es un cachorro, ¿qué quieres?

—Vamos a dejar el tema, que todavía me estoy acordando de la cara que le puse a Ramón cuando apareció su padre con el perro y del mal rato que pasó mi pobre suegro. En buena hora se le ocurrió semejante idea. Mira que me gustan los animales, pero por mucho que a Daniel le hiciera ilusión no estuvo bien que mi marido no lo hablara antes conmigo. Al final, la que carga con Bimba soy yo.

En medio de la conversación sonó el teléfono y Carmen se acercó a la entrada para contestar.

—Buenos días, bonita, soy Amelia, ¿me puedes pasar con Julia?

—Hola, ahora mismo te la paso. Compañera, tu socia al teléfono —anunció Carmen.

Solté el bolígrafo y fui a atender la llamada de Amelia.

—Buenos días, ¿cómo estás?

—Bien, gracias. Verás, necesito hablar contigo. Tengo algo que contarte y es muy delicado. Ahora mismo salgo a ver a don Armando, ¿te parece que nos veamos esta tarde después de clase? Es importante.

—Vaya, me dejas preocupada, pero sí, esta tarde nos vemos. Le pediré a Marina que se quede un rato más con Daniel.

—¿Estás segura? Podemos dejarlo para mañana.

—No te preocupes, si Marina me pone alguna pega, te aviso, aunque imagino que no tendrá inconveniente y Daniel menos aún —añadí.

—Te lo agradezco. Nos vemos esta tarde en mi casa cuando acabes.

La llamada me dejó intranquila. Si don Armando estaba involucrado, imaginaba que la preocupación de Amelia tendría que ver con las empresas de don Javier. Me había comentado que Alfonso se había reunido en esos días con los administradores. Deseaba de todo corazón que no tuviera que enfrentarse a nada grave, se merecía poder desentenderse ya de ese asunto y centrarse en su nuevo proyecto.

Don Armando vivía en el barrio de Salamanca, así que a Amelia apenas le llevó diez minutos llegar hasta su casa. No había anunciado su visita y sabía que, aunque no era lo correcto, ir a verle en persona era la única forma de conseguir que la recibiera. Desde hacía un tiempo no le devolvía las llamadas y parecía haberse olvidado del afecto que le tenía. Ella nunca sospechó que hubiese nada extraño tras esa actitud hasta que empezaron a surgir los problemas. Ahora necesitaba verle cara a cara y no aceptaría un no por respuesta.

La asistenta la hizo esperar unos minutos en una pequeña sala que había al lado del recibidor. Amelia conocía el piso a la perfección, había estado allí muchas veces. Don Javier y ella eran asiduos a las cenas y reuniones sociales que don Armando solía organizar para celebrar la firma de un contrato importante o agasajar a algún socio en particular. Durante muchos años le acompañó sin rechistar, como se esperaba de ella; sin embargo, a raíz de la marcha de Alfonso, cada vez fueron más las ocasiones en las que él acudió sin su esposa.

Don Armando debía de rondar los ochenta años y se había quedado viudo recientemente. Siempre se había mostrado muy solícito y se había prestado a asistir a Amelia con la mayor diligencia en todos los asuntos que ella le había confiado.

Finalmente, la asistenta la condujo hasta el salón principal, una estancia que no había sufrido ni un solo cambio desde la última vez que estuvo allí. La decoración era recargada y opulenta, y se respiraba un ligero olor a puro.

—Doña Amelia, un placer saludarla. ¿A qué debo este honor?

—Buenos días, don Armando. Necesito hablar con usted, pero no le robaré mucho tiempo. No es mi intención venir a su casa a molestarle; sin embargo, el tema es muy serio y no me parecía oportuno hablarlo por teléfono.

—Pase, por favor, siéntese —le indicó.

—Ya le hice llegar mi pésame, pero le reitero mis condolencias. Adela era una gran mujer.

—Gracias. Así es, y ha dejado un gran vacío. Dios quiera que pronto pueda reunirme con ella. Pero, dígame, ¿qué es eso tan importante que quiere tratar conmigo? —preguntó.

—Me resulta complicado exponerle esto y, como entiendo que no es de recibo abusar de su confianza, no me andaré con rodeos. Confío en que sabrá usted disculpar mi rudeza.

Intuyendo que la conversación iba a ser más seria de lo que podía imaginar, don Armando la invitó a pasar a su despacho y cerró la puerta tras él. Sentado tras su mesa adquiría un aire formal que no consiguió intimidar a Amelia.

—Usted dirá —planteó apoyando los codos en la mesa y entrelazando las manos a la altura de la barbilla.

—Como le he adelantado, se trata de un tema delicado y no estaría aquí si no fuera porque tengo la convicción de que usted puede arrojar luz sobre él.

—La escucho —aseguró don Armando algo inquieto.

—Ambos sabemos que mi marido y usted tenían una relación que iba más allá de lo estrictamente profesional. Javier le consideraba un amigo leal y puedo suponer que el sentimiento era mutuo.

—En efecto, y me siento muy honrado de haber contado con su confianza y con su amistad todos estos años. Su marido era un buen hombre y un gran empresario. Tenía un olfato especial para los negocios y sabía mantenerse a flote incluso en las condiciones menos favorables.

—No he venido a hablar de su faceta de empresario, sino de su vida personal. Aun a riesgo de parecer grosera, iré al grano. ¿Qué sabe usted acerca de la amante de mi marido?

Don Armando se recostó sobre el respaldo de la silla y cruzó los brazos intentando que ningún gesto pudiera delatarle.

—Me va usted a perdonar, doña Amelia, pero no entiendo su pregunta.

—Como le he dicho a mi llegada, no pretendo robarle más tiempo del necesario, de modo que creo que podemos ahorrarnos cualquier intento de ocultar unos hechos que doy por ciertos.

—Vaya por delante que su marido era todo un caballero, no veo la necesidad de manchar su buen nombre tantos años después.

—Yo se lo explico. —Metió la mano en el bolso y sacó un sobre que contenía los recibos que había encontrado en el piso de la calle Castelló. Tenía la certeza de que don Armando podía explicarle qué significaban—. El primer recibo está fechado en 1975 y el último en 1989, un año antes de que falleciera mi marido. Resulta fácil hacer la cuenta, estuvo manteniendo a una tal Consuelo durante quince años —expuso Amelia extendiendo los recibos sobre la mesa a la vista de don Armando.

El abogado era un experto en usar las palabras a su favor y en darles mil vueltas a las frases para contestar sin desvelar nada que no quisiera, pero la insistencia de Amelia era difícil de salvar. Ella no estaba dispuesta a marcharse de su casa sin conocer todos los detalles acerca del asunto que la había llevado hasta allí, y tras unos minutos de tensa conversación, don Armando pareció darse por vencido. Debió de considerar que, una vez fallecido don Javier y acabada su relación profesional, no tenía por qué seguir afanándose en tapar sus errores.

—Una cosa puedo decirle: la única falta de su marido fue cometer un desliz con una jovencita, que tampoco estaría libre de culpa. La chica, Consuelo se llamaba, quedó embarazada y don Javier actuó como el señor que era y asumió su responsabilidad. Ese dinero era para asegurar la manutención de la criatura. No tenía por qué, pero vuelvo a repetirle que era todo un caballero y actuó en consecuencia. No tengo nada más que añadir. —Don Armando empezaba a mostrar signos de cansancio y a removerse incómodo en la silla—. Me va usted a perdonar, doña Amelia, pero vamos a dejarlo aquí.

Amelia estaba furiosa y complacida a la vez. Se confirmaban sus sospechas y, aunque fuera doloroso, conocer la verdadera historia que escondían esos recibos despejaba una incógnita que la había mantenido en vilo desde hacía días.

—Antes de marcharme, dígame: ¿tiene usted conocimiento de otros descendientes que pudo dejar mi marido en este mundo? No me gustan este tipo de sorpresas.

—No tengo nada más que contarle, si acaso reiterar que fue un honor para mí trabajar para su marido y que su memoria no merece verse ensombrecida por un momento de debilidad. No es justo que le juzgue solo por algo así. Un único acto no puede enturbiar una vida llena de triunfos y prosperidad que le procuró a su familia todas las comodidades que merecían.

—Nunca puse en duda su lealtad, pero esta forma de ocultar la verdad no habla de usted como una persona leal, sino como un cobarde que no fue capaz de plantarle cara a la mano que le daba de comer —concluyó Amelia sin intentar controlar ya el tono de sus palabras.

—Es lamentable que lo vea usted así después de que haya velado por sus intereses sin pedirle nada a cambio.

—Hubiera sido la última persona a la que habría recurrido si llego a saber que estaba vendido a los enredos de mi esposo.

—No le consiento que intente humillarme en mi propia casa. Le ruego que se marche de inmediato, no tenemos nada más que hablar. Buenos días —añadió levantándose de la mesa con dificultad y abriendo la puerta del despacho.

Amelia salió de casa del abogado hecha un manojo de nervios. Mantener la decisión de que los asuntos del pasado no le afectaran se ponía cada vez más complicado. Podía encajar que su marido le fuera infiel, pero que tuviese un hijo ilegítimo era más de lo que esperaba descubrir. Cuando consiguió calmarse decidió llamar a Alfonso para adelantarle parte de la conversación.

—Hijo, acabo de salir de casa de don Armando.

—¿Y qué has averiguado?

—Más de lo que hubiera querido. Tu padre no solo me fue infiel. Al parecer dejó embarazada a la tal Consuelo, por eso le pasaba una cantidad todos los meses.

—¿Cómo es posible? Entonces ¿se supone que tengo un hermanastro?

—O hermanastra. ¿Recuerdas la chica que se presentó en casa preguntando por él? ¿Cómo dijo que se llamaba? Desde que he salido de esa casa no me la quito de la cabeza.

—No lo dijo, se marchó en cuanto se lo preguntaste. Es increíble, solo él podría haber ocultado algo así incluso después de su muerte. Don Armando ha demostrado ser un digno siervo de su señor. No quisiera que te vieras metida en más problemas, bastante tienes ya. Vete a casa y trata de tranquilizarte. Voy camino del aeropuerto, si quieres esta noche lo hablamos con tranquilidad.

—Puede que lleves razón, pero no te preocupes por mí. Que tengas un buen vuelo y dale recuerdos a Felipe. Dile que estoy deseando que venga por aquí.

Esa mañana recibimos una visita muy esperada en la academia. Catherine y su hija pasaron un momento para que conociéramos al bebé. Ya había cumplido los dos meses y tenía unos mofletes que me recordaron a los que tenía Daniel a esa edad. Teresa estaba disfrutando de su baja por maternidad y había accedido a pasarse para que conociéramos al crío. Sabía que su madre nos hablaba con frecuencia de la familia y que nos tenía al tanto de su embarazo y del nacimiento del pequeño.

—Pero qué ricura de niño —exclamó Carmen tomándolo del carrito y levantándolo en el aire ante la cara de sorpresa de su madre—. ¿A quién se parece?

—¡Carmen! —la reprendí—. ¿Cómo lo sacas del coche sin preguntar?

—No te preocupes —intervino la madre—, no pasa nada. Está despierto.

—¿Ves, mujer? Vamos a quitarte este gorrito, Esteban, que luego sales y coges frío.

Mientras Carmen le hacía todo tipo de carantoñas y Catherine sujetaba la ropa de abrigo que le iba quitando, me volví hacia Teresa.

—Tu hijo está precioso, ¡qué carita tan linda tiene! ¿Qué tal te encuentras tú?

—Me estoy recuperando bastante rápido, mejor que con el embarazo de la niña. Y más me vale, porque Sandra está un poco celosa y me pide más atención que nunca. Cuando vuelve a casa después del colegio intento estar con ella el mayor tiempo posible, aunque es complicado dándole el pecho al niño.

—Yo no pude darle el pecho a Daniel más que un par de meses. Tiene ya seis años y todavía me arrepiento de no haber seguido. El pediatra me dijo que, como no cogía peso, complementara su alimentación con leche de fórmula, y le hice caso. Una vez que probó el biberón, se acabó la lactancia materna.

—Sí, una pena. Me pasó algo parecido con Sandra. Lo importante es que creció sana y feliz, y que las noches se hicieron más llevaderas porque mi marido y yo nos turnábamos para darle la toma. Muy pesado tendría que ponerse el pediatra esta vez para que me pasara lo mismo con Esteban.

—Y la abuela, ¿cómo está? —pregunté acercándome a Catherine.

—Imagínate, como si fuera el primero. Los niños son regalos del cielo.

—Sobre todo si duermen del tirón —intervino Carmen soltando una de sus risotadas.

—Por cierto, muchas gracias por las sabanitas del cuco. Me vinieron muy bien —comentó Teresa—, las guardaré por si las vuelvo a necesitar, aunque creo que nos vamos a plantar aquí.

—Toma, cógelo tú un rato, que voy a contestar —me pidió cuando sonó el teléfono, y, al minuto, añadió—: Es Amelia, pregunta por ti.

Le devolví el bebé a su madre, me acerqué al mostrador y cogí el auricular que Carmen había dejado descolgado.

—Julia, al final no podré quedar contigo esta tarde, ¿te importa que lo dejemos para otro día? Yo te aviso, me paso una mañana por ahí y salimos a tomar un café si no tienes mucha tarea. Me vas a perdonar, pero estoy algo cansada y prefiero comer algo ligero y echarme un rato.

—Claro, sin problema. ¿Estás bien? —Tenía la voz más apagada que de costumbre.

—Sí, pero necesito descansar. Ya hablaremos, tengo mucho que contarte, aunque nada que no pueda esperar.

—¿Está Alfonso contigo? —Me preocupaba que necesitara compañía.

—No, se ha marchado a media mañana. A estas horas estará llegando a Barcelona. No te preocupes, estoy bien.

—Perfecto, pásate cuando quieras —asentí mientras tomaba nota de que tenía que avisar a Marina.

Justo después de colgar entró una clienta.

—Hola, solo vengo para daros las gracias. El vestido fue un éxito. Quería haber venido antes, pero no he podido. A mis amigas les encantó y quería que lo supierais. Yo diría que quedó casi más bonito que el original.

Sin darme cuenta, Carmen se plantó a mi lado y se adueñó de la conversación.

—Deja, Julia, ya la atiendo yo —se apresuró a decir invitándome a dejarlas solas.

Me excusé con la clienta y volví a la sala. Teresa ya estaba poniendo a Esteban en el carrito para marcharse. Nos despedimos de Catherine y de su hija haciéndole prometer que pasaría de nuevo antes de que se le acabara la baja.

—Anda, jefa, déjalo ya. Son casi las dos. ¿Cerramos y nos tomamos una cervecita?

—No gano nada negándome, ¿verdad?

—Nada —rio.

Entramos a por nuestras cosas, apagué las luces y eché la llave.

—Hoy invito yo —anunció Carmen nada más pisar la calle.

25

Esquivar a Fernando en las últimas semanas no estaba dando el resultado esperado. Lejos de conseguir apartarle de mi mente, me sorprendía a mí misma pensando en él en cuanto bajaba la guardia. Deseaba con locura volver a verle y, al mismo tiempo, al hacerlo temía poner en peligro la estabilidad de mi familia, el bienestar de Daniel. Ramón me había dicho que en las últimas semanas me notaba tensa. Intentaba evitar cualquier gesto que le hiciera sospechar que algo había cambiado, pero la verdad era que nuestra convivencia se había resentido.

Podía escudarme en nuestros últimos desencuentros y justificar de ese modo que me mostrara más fría que de costumbre, aunque sabía que a mi marido no le servirían de excusa mucho más tiempo y forzaría una conversación para aclarar la situación. No me sentía preparada para hablar de ello, no antes de poner en orden mis ideas y sopesar si servía de algo confesar abiertamente qué me estaba pasando.

Ni yo misma entendía cómo me había dejado llevar de ese modo. Desde que nos casamos, o puede que incluso desde que empezamos a salir, Ramón se había convertido en el centro de mi vida, en una apuesta firme que nunca me cuestioné. Jamás hubiera imaginado verme en esta situación. Fernando era el soplo de aire fresco que necesitaba. Me sacó de la rutina, era una aventura, recuperar la emoción de una nueva primera vez. Era una tentación que le daba color a mis días. Necesitaba averiguar si lo que pasaba entre nosotros era real o si solo se trataba de la nostalgia compartida de un tiempo pasado o algo tan simple como la necesidad de sentir un afecto y una atención que ya no recibía de parte de mi marido. Él entendía que mi situación no era agradable ni fácil de manejar y respetaba mi espacio quedándose a un lado cuando se lo pedía. Sin embargo, a medida que pasaban los días, nuestras ganas de volver a vernos eran más fuertes y cada vez me costaba más encontrar razones para resistirme.

Estaba segura de que hablar con Laura me ayudaría a aclarar mis ideas; sin embargo, sabía lo que ella opinaba sobre la infidelidad y, por primera vez desde que nos conocíamos, tenía miedo de que me juzgara. Ella sabía muy bien lo que era que te rompieran el corazón y ver cómo el sueño de crear una familia, una vez hecho realidad, se te escapa entre los dedos. No quería eso ni para Ramón ni para Daniel, y ni me lo hubiera planteado de no haber sido porque desde hacía un tiempo estaba aprendiendo a pensar en mí y a ponerme al principio de mi lista de prioridades.

Había hablado con Sara a menudo de ese tema y ella siempre insistía en que no podía seguir simplemente viviendo, sino que debía ser capaz de entender que cada día tenía que ser producto de una decisión. Verme subida en una rueda de hámster no era agradable, aunque me garantizaba que las cosas funcionarían mientras siguiese girando. Pretender racionalizar cada paso que daba y salir del proceso automático en que había convertido mis rutinas diarias era casi impensable.

Por suerte, el trayecto en tren hasta la academia no me llevaba más de media hora; de lo contrario me hubiera vuelto loca.

—Buenos días, Carmen —saludé cerrando la puerta tras de mí.

—Hola, jefa, ¿cómo hemos amanecido esta mañana?

—He tenido noches mejores —contesté con poco ánimo.

—Eso se arregla con un cafelito —sentenció pasando a la trastienda a por una taza.

La seguí hasta el cuartito de atrás para dejar mis cosas y aceptar ese café que tanta falta me hacía.

—He estado pensando en la chica que vino ayer a última hora. Amelia mencionó que quizá tuviera más prendas cosidas por mi madre, que recordaba que la abuela de la chica le había encargado varios trajes. Solo conservo algún vestido de jovencita confeccionado por ella, me encantaría tener alguna de esas joyas.

—Bah, imagina cómo estarán después de tantos años. No merece la pena. Igual verlos te causa más tristeza que alegría. Además, fuera lo viejo, dentro lo nuevo. ¿Recuerdas? Es el mantra de este año. Ni se te ocurra volver la vista atrás, no sirve de nada. Hay que vivir el momento y tener nuevas ilusiones; déjate de vestidos viejos, por muy bonitos que sean —comentó intentando zanjar el asunto.

—Tienes toda la razón. Eres la persona más práctica que conozco, y mira que yo me tengo por alguien con los pies en la tierra. ¿Qué tienes para hoy?

—Mira —señaló una pila de ropa doblada al lado de la plancha—, todo eso de ahí está para entregar. No me queda más que darle un poquito de vapor y listo.

—Tu capacidad de trabajo es admirable. Pareces no cansarte nunca y, además, siempre estás de buen humor. A ver cuándo me cuentas tu secreto.

—Bueno, yo no tengo una familia de la que ocuparme. Si tuviera que cargar con todo lo que llevas tú a la espalda, otro gallo cantaría. ¿Qué? ¿Ese café no consigue espabilarte? Hoy te noto más flojita que de costumbre.

Carmen me conocía bastante bien. De nada me servía intentar ocultarle mi estado de ánimo; sin embargo, no podía confesarle lo que me preocupaba y tampoco estaba segura de que pudiera ayudarme a encontrar un modo de salir del lío en el que estaba metida.

A media mañana, Malena empujó la puerta cargada con dos bolsas. No esperábamos su visita hasta la tarde.

—Hola, chicas.

—Malena, ¡qué sorpresa! No te esperábamos —comentó Carmen desde la plancha.

—¡Qué cargada vienes! Espera, que te ayudo —ofrecí cogiendo una de las bolsas.

—Muchas gracias. El domingo estuve en el rastro comprando vaqueros viejos para el próximo proyecto. Vamos a coser un bolso parecido al mío y les dije a las chicas que yo me encargaba de buscar los pantalones. Se me fue un poco la mano, la verdad. Esto no es más que una parte de lo que compré. Si lo traigo de una sola vez, no llego ni muerta.

—Mira que eres exagerada, aquí hay pantalones para hacer tropecientos bolsos —apuntó Carmen.

—Sí, puede, pero estaban tirados de precio. Te aseguro que se me ocurrirán más cosas que hacer con ellos. Nunca se tienen suficientes vaqueros viejos —añadió guiñando un ojo—. A ver si consigo hacerles un hueco en el armario.

—Supongo que Patty llegó bien —comenté preguntando por su viaje de vuelta a Italia.

—Sí, sí. Mi madre ya está en casa y sigue empeñada en abrir la galería para jóvenes artistas. Está en plan mecenas. Ojalá le diera por abrir una aquí, no me vendría mal. Por cierto, que antes de marcharse me dijo que igual la veíamos pronto de nuevo por Madrid. Aunque no me contó por qué. Cosas suyas, supongo.

Aquel comentario de Malena me dio qué pensar. Amelia había hecho una visita el día anterior a don Armando y parecía que Patty volvía a Madrid en breve. Me preocupó que tuviéramos problemas de nuevo con el local. Ese podría ser el motivo por el que mi socia quería verme en persona. De todas formas, algo no cuadraba.

Malena terminó de colocar los pantalones en el armario y se despidió hasta la tarde.

—Cuando venga a clase me traeré otra bolsa que falta.

—¿Y dónde la vas a meter? En el armario ya no cabe ni un alfiler —se quejó Carmen—. Mejor déjala en casa y cuando la necesites te la traes.

—Vaaale. Tranqui, no te enfades —intentó apaciguarla.

Aunque confiaba en Amelia y no adelantaba nada con angustiarme, la situación me inquietaba. La clase de la tarde me serviría para evadirme de mis preocupaciones. Las alumnas y yo habíamos quedado en planificar algunas costuras para primavera y verano, y ese día iban a traer un boceto de lo que quería coser cada una. En ocasiones sacaban los patrones de las revistas que comprábamos en El Cuarto de Costura, pero otras veces hacían sus propios diseños y yo las ayudaba a trazar el patrón. Era un proceso muy enriquecedor para todas porque participaban unas de las ideas de las otras y conseguíamos diseños muy originales no exentos de dificultad. Ahí estaba la diversión: en encontrar soluciones técnicas a efectos o patrones que cada vez eran más sofisticados. Las propuestas eran de lo más variado y para mí era un reto emocionante que me recordaba por qué no concebía hacer otra cosa en la vida que dedicarme a la costura. Me recordaba la importancia de dedicar tiempo y mimo a lo que consideraba importante, y me servía de excusa para despejar la cabeza. «En la vida, como en la costura, las prisas no son buenas», me parecía escuchar a mi madre pronunciando aquella frase que yo misma repetía a mis alumnas cuando veía que se atascaban en algún punto o que se frustraban porque las cosas no resultaban como querían.

Verlas tan entregadas a sus proyectos me daba una satisfacción difícil de describir. Cada día que pasaba allí agradecía todo lo andado. Era curioso cómo la vida me tenía reservado un plan que ni siquiera me había atrevido a imaginar y que encajaba tan bien con mis sueños. Todo habría sido muy distinto si, como tenía pensado en un principio, hubiese alquilado el pequeño local de mi barrio y me hubiera dedicado a los arreglos. Me habría visto sola frente a un negocio, asumiendo toda la carga que ahora compartía con Amelia. Muy probablemente no hubiese conocido a Ramón y no tendría un hijo como Daniel. No habría podido compartir mis conocimientos con tantas mujeres como habían pasado por allí y no me habría alimentado de todas las conversaciones y vivencias que compartíamos entre telas y patrones.

Las mujeres que formaban ahora parte de mi vida gracias a la costura eran un regalo añadido. Ellas se nutrían de mis enseñanzas y yo conocía otras realidades a través de sus ojos. Sara me dijo un día que en las clases se había dado cuenta de que la costura era mucho más que unir piezas de tela, de que coser la conectaba con su tía y con su abuela y reavivaba recuerdos muy dulces de su infancia. Creo que cada una de las mujeres que venían a clase tenía sus razones y, aunque todas eran válidas, a veces me daba la sensación de que aprender a coser se convertía en una excusa para reunirse.

Cuando Carmen nos veía cosiendo juntas nos llamaba «el círculo de mujeres» y nos decía que puntada a puntada generábamos una energía mágica que nos mantendría unidas para siempre. La idea me hacía sonreír, y no le faltaba verdad. Cada vez tenía más claro que cuando un grupo de mujeres comparte un espacio y cuida de lo que las une se crea una atmósfera especial. De alguna manera forjábamos unos vínculos muy fuertes, nos hermanábamos. Así sentía yo esas tardes con las alumnas que llevaban años asistiendo a mis clases.

Una de ellas me dijo una vez que le impresionó tanto la vehemencia con la que explicaba qué era la costura para mí que, aunque no llegara nunca a coser bien, quería estar cerca para sentir parte de esa pasión. Ahora, años después, lo que yo necesitaba era sentirla también fuera de El Cuarto de Costura. Quizá por eso había dejado que Fer se colara de nuevo en mi vida.

26

Era una de esas mañanas que anuncian que la primavera está a la vuelta de la esquina. Aún hacía frío, pero después de un invierno tan tormentoso en todos los sentidos era de agradecer. Como cada día, después de dejar a Daniel en el colegio, cogí el tren hacia Madrid. Durante el trayecto no dejaba de pensar qué tendría que contarme Amelia y rezaba para que no tuviera que ver con la academia. En este momento de mi vida no me sentía capaz de encajar más problemas.

Entre unas cosas y otras no habíamos tenido tiempo de vernos. Le propuse acercarme a su casa durante el fin de semana para que pudiera desahogarse, pero insistió en que, aunque era importante, no era nada que no pudiera esperar unos días más. Tras asomarme por El Cuarto de Costura a comprobar que todo estaba bien, me dirigí a su casa.

—Julia, querida, pasa. Muchas gracias por venir hasta aquí.

—Buenos días, Amelia. Sabes que no me cuesta nada pasarme, pero te confieso que tu llamada del viernes me dejó un poco preocupada.

Dejé el abrigo en el perchero de la entrada y pasamos a la salita.

—No era mi intención, aunque lo que tengo que contarte es serio. Me ha venido bien dejar pasar unos días, así he podido reflexionar y ordenar mis ideas. Ahora me será más sencillo contártelo con calma.

—Tú dirás, soy toda oídos.

—Alfonso ya ha indagado en el estado de las empresas de don Javier y parece que estábamos en lo cierto. Como te comenté, tendré que dejar esta casa en unos meses. Hemos decidido remodelar el antiguo piso de la calle Castelló para que pueda mudarme allí. Estoy contenta con esa solución e ilusionada con la reforma. En unos meses estaré estrenando casa, el cambio me sentará bien y seguiré estando muy cerca de El Cuarto de Costura.

—Si es así, me alegro mucho—comenté expectante—. Yo también creo que estarás más cómoda en tu antiguo piso; al ser más pequeño te resultará más acogedor y, como bien dices, no queda lejos de Lagasca.

—La cosa no acaba ahí. No entraré en detalles, pero hay algo que te incumbe y quería comentártelo para conocer tu opinión. Alfonso sospecha que la gestión de las empresas de mi marido no ha sido transparente y ha solicitado a los administradores toda la documentación para que sus abogados la estudien con detenimiento y así detectar posibles irregularidades.

Seguía sin entender cómo podía afectar eso a nuestro negocio. El Cuarto de Costura no generaba grandes beneficios, pero daba lo suficiente para cubrir gastos con holgura. En el pasado algún mes habíamos estado apuradas para afrontar todos los pagos; sin embargo, desde hacía ya un tiempo abonábamos el alquiler, la gestoría, las nóminas y el resto de las facturas sin angustias.

—Te lo comento porque, hoy por hoy, la continuidad de los negocios de mi marido está en entredicho y no dispongo de la liquidez que pensaba. Me temo que pasará un tiempo hasta que Alfonso consiga hacerse una idea de cómo están las cosas y pueda tomar decisiones sobre qué me conviene más. Pero, centrándonos en lo que nos interesa a ambas, quería informarte de que cuando comí con Patty en Navidad hablamos del tema. Sabes que nos ha apoyado desde el principio, que la tenemos de nuestra parte y que siempre se ha mostrado dispuesta a ayudarnos cuando fuese necesario. Me ha hecho una propuesta sobre la que no he querido pronunciarme hasta comentarla contigo.

—Me tienes en ascuas. Dime de qué se trata, Amelia, por favor.

—Se ha ofrecido a comprar mi parte de El Cuarto de Costura para que cuente con una cantidad que me permita hacer frente a esta situación. El trato está sujeto a dos condiciones: que yo pueda recomprar mi parte cuando esté en disposición de hacerlo y que ella se mantenga al margen de la gestión. Durante ese tiempo, tú seguirías al frente del negocio. No hay nada decidido porque para mí es esencial que tú estés de acuerdo antes de aceptar su ofrecimiento —expuso Amelia.

—No imaginaba que tu situación fuese tan complicada. —Aquello me pilló completamente por sorpresa—. En principio parece una buena solución, aunque me gustaría analizarla despacio. Aprecio a Patty y es cierto que siempre ha sido un gran apoyo. Nos hemos entendido muy bien. Mi única preocupación es que alguien más pueda decidir sobre la marcha del negocio, pero si, como dices, ella se ha comprometido a no hacerlo...

—Quisiera contestarle cuanto antes, pero no tienes por qué decidir en este preciso momento. Me parece que es una buena solución para todos y estoy convencida de que ella respetará su compromiso. Aunque yo tenga cierta urgencia por dejarlo todo resuelto, no quiero presionarte. Tómate tu tiempo, Julia.

A continuación me pidió que le llevara un poco de agua antes de irme. Me extrañó que no me acompañara a la puerta. Le dejé el vaso sobre el velador de la salita y me disponía a marcharme cuando me pidió que volviera a sentarme.

—Esto no es lo más importante que quería contarte, Julia —comentó tras beber un sorbo de agua—. Hace unos días, cuando Alfonso aún estaba aquí, recibí la visita de una joven que preguntaba por mi marido. Le expliqué que don Javier había fallecido y quise saber qué quería de él. Pero mi respuesta le debió de pillar por sorpresa y se marchó rápidamente.

—No te sigo, Amelia. ¿De dónde sale esta chica? ¿Adónde quieres llegar? —exclamé sorprendida.

—Eso mismo me pregunté yo, pero me fui con Alfonso a comer y me olvidé del tema. Después de descubrir los recibos de la presunta amante de mi marido, la tal Consuelo, y de la reunión de mi hijo con los administradores, quedó claro que el paso siguiente era que yo tuviera una conversación con don Armando. Él era el único que podía saber algo; al fin y al cabo, era su hombre de confianza.

—Sí, recuerdo que se portó muy bien con nosotras cuando abrimos la academia. ¿Crees que sería capaz de ocultarte algo así?

—Exacto. Don Armando tenía que estar al tanto de este asunto, por eso fui a visitarle la semana pasada para pedirle una explicación. Si vieras cómo intentó por todos los medios seguir tapando a mi marido incluso después de muerto... Su actitud me pareció deleznable. Sabía lo mucho que don Javier confiaba en él, pero no podía imaginar que su lealtad llegara hasta ese punto. Se negó a hablar del tema durante un buen rato, hasta que le mostré los recibos. Ante mi insistencia, no tuvo más remedio que confesarme la verdad —prosiguió—. Pero no me esperaba descubrir lo que me contó. Esa mujer no era su amante, sino una pobre infeliz a la que dejó embarazada. Al parecer, la cantidad mensual que le pasaba era para asegurar la manutención de la criatura. En aquel momento casi pierdo la compostura. Le veía parapetado tras su mesa de despacho, un anciano de más de ochenta años, viudo, guardando lealtad a un muerto. Era casi ridículo. Le hablé en un tono bastante duro y se mostró muy molesto conmigo, prácticamente me echó de su casa. No quise saber más, ni quién era esa mujer ni cuáles eran sus circunstancias. Ahora me alegro de que al menos mi marido asumiera su responsabilidad y la pobre contase con algo de ayuda para criar a su bebé. Aunque tanta generosidad no terminara de cuadrarme.

—¡Dios santo, Amelia! No sé qué decir —exclamé atónita—. No puedo ni imaginar cómo te sentiste. Una cosa es confirmar que tuvo una amante, como sospechabas en un primer momento, y otra muy distinta que tuviera un hijo de esa relación, o una...

—Una hija, sí. Tan pronto puse un pie en la calle volvió a mi cabeza la visita de aquella chica misteriosa. No tuvimos ocasión de hablar porque, cuando le dije que mi marido había fallecido, se puso nerviosa y, sin más, se marchó.

—¿Y ya le has contado toda la historia a tu hijo? —pregunté.

—Sí, aunque me arrepiento de haberlo hablado por teléfono. Me pareció que contárselo serviría para dejar las cosas más claras, pero está furioso con su padre. No quiere ni oír hablar de la que sería su hermanastra. Desconfía de todo lo que venga de don Javier. Entiendo que quiera protegerme. De alguna manera se culpa por no haber tomado las riendas de mi patrimonio cuando me quedé viuda.

—Dale tiempo. Lo ha pasado muy mal y esto debe de estar reabriendo viejas heridas.

—Por suerte, Felipe y él volverán en breve a Madrid para comenzar con los preparativos de la reforma y podremos hablarlo con más tranquilidad. La pena es que la chica se marchó sin darme más detalles, no me dejó un teléfono ni modo de localizarla. Y eso me hace pensar que solo tenía intención de conocer a su padre. Si hubiera querido reclamarnos algo, como sospecha Alfonso, se habría identificado de alguna manera o habría quedado en contactar con nosotros de nuevo. La verdad es que no sé muy bien qué creer. Me gustaría poder encontrarla y hablar con ella con más calma.

—¿Qué edad dirías que tiene? Por saber si cuadra con la fecha de los recibos.

—Por su aspecto yo diría que tiene algo más de veinte años. Lo que sí me llamó la atención fue el hoyuelo de su barbilla, el mismo que lucía don Javier, ¿te acuerdas?

—Sí, ahora que lo dices. Tengo entendido que es genético.

—Lo sé. Alfonso lo heredó de su padre. Dios mío, Julia, esa chica podría ser la hija de mi marido —apuntó Amelia.

Hizo una pausa y se puso de pie. Empezó a caminar de un lado a otro de la habitación, pero no dejaba ver su nerviosismo; parecía buscar un movimiento que la ayudara a pensar.

—Parece que este nuevo año me depara algunos retos: el tema de mi casa, mi patrimonio puesto en entredicho y ahora lo de esta chica. La herencia de don Javier era mucho mayor de lo que dejó escrito en el testamento. No contaba con todo esto, pero sé que lo voy a superar porque no soy la misma mujer que escuchó sus últimas voluntades sentada en el despacho de su abogado.

—Me alegra que lo veas así porque es fácil que este tipo de historias afecten a la salud y no quiero que enfermes ni que nadie te haga sufrir.

—No te preocupes por mí, Julia. Sé que cuento con muchos apoyos y también tengo la serenidad que me dan los años. Quizá te cueste creerlo, pero a determinada edad, aunque la vida te sorprenda con algo así, lo ves todo con otra perspectiva.

No dudaba de la fuerza y de la entereza de Amelia y sabía que Alfonso velaría por ella; sin embargo, eran muchos problemas en muy poco espacio de tiempo y me angustiaba pensar que pudieran hacer mella en su salud.

—¿Tienes que volver ahora a El Cuarto de Costura? Te lo pregunto por si quieres que comamos juntas. Lo menos que puedo hacer después de haberte fastidiado contándote mis problemas es invitarte a comer. Así de paso me distraigo un poco, parece que hace buen día.

—Como contigo encantada, pero ni por un momento pienses que me has estropeado el día. Si no podemos contar la una con la otra, ¡apaga y vámonos! Además, tú siempre has estado a mi lado. ¡Escucharte es lo menos que puedo hacer por ti! —exclamé con una sonrisa que ella me devolvió de inmediato.

Durante la comida me preguntó por Daniel y por cómo iban las cosas con Ramón. No quise causarle más preocupaciones, de modo que traté de parecer convincente y le dije que todo iba bien. Disfrutamos del almuerzo en un restaurante cercano a su domicilio y luego la acompañé a casa. Quería llegar a la academia antes de las cuatro para revisar que todo estuviera a punto para la clase de la tarde.

La primera en llegar fue Catherine.

—Buenas tardes —dijo cerrando la puerta tras de ella poco antes de la hora.

—Hola, qué pronto llegas hoy.

—Me he escapado de casa de mi hija porque me apetecía pasear un rato y no he calculado bien el tiempo.

—No pasa nada, yo encantada de tenerte por aquí. ¿Qué tal Esteban?

—Muy bien, aunque mi hija lleva las noches regular. El pequeño se despierta muy a menudo con cólicos y es muy difícil calmarle.

—Ay, pobre. Recuerdo los primeros meses de Daniel con horror. No sabes lo importante que es dormir hasta que tienes un bebé que se despierta cada tres horas. —Me puse en su piel durante unos segundos y sentí mucha angustia.

—Con Sandra no le pasó y ahora se le está haciendo un poco cuesta arriba; además, la llaman del trabajo a menudo para preguntarle cosas y eso la pone muy nerviosa.

—Es increíble que no respeten una baja maternal —concluí.

El resto de las chicas llegaron enseguida, saludaron y ocuparon sus respectivos asientos. En un momento la mesa del centro se llenó de proyectos a medio terminar. Las máquinas de coser se pusieron en marcha y tijeras, dedales e hilos abandonaron sus costureros.

Era fascinante seguir los avances de las alumnas cada tarde y ver lo rápido que aprendían, casi tanto como asistir a las conversaciones que surgían entre ellas. Me sorprendía ver cómo las que llegaban más contentas contagiaban al resto su estado de ánimo y cómo, tras un rato de charla, las preocupaciones quedaban a un lado y los problemas parecían más pequeños. Entonces era cuando surgían los comentarios más divertidos y nos reíamos casi de cualquier cosa. Y si encima Carmen estaba por allí, la conversación subía de tono y las risotadas sonaban más fuertes que nunca. Tenía que darle la razón, era un círculo de mujeres mágico donde solo importábamos nosotras. El Cuarto de Costura era nuestro oasis particular.

La clase se me pasó volando, como suele ocurrir cuando te entregas a lo que te apasiona y lo disfrutas como el primer día. En cuanto acabó, ayudé a Carmen con algunos arreglos pendientes y me fui derecha hacia la estación de Cercanías. Aunque sabía que Daniel estaba muy feliz a cargo de Marina, intentaba no retrasarme para poder dedicarle un rato antes de empezar con el baño y la cena.

La media hora de tren que tenía hasta llegar a casa me servía de descanso; sin embargo, hasta que no salíamos de Chamartín no lograba relajarme. Era una tontería, pero tenía la idea de que en algún momento coincidiría de nuevo con Fernando y charlaríamos alegremente hasta llegar a Las Rozas. Era absurdo, intentaba evitarle y, al mismo tiempo, deseaba encontrarme con él. Decidí seguir haciendo mi vida y dejar que el destino se ocupara de nosotros. No quería forzar las cosas.

Le daba vueltas una y otra vez a lo que me acababa de contar Amelia. Al no tener forma de localizar a la chica no podía saber qué la había llevado a aparecer en la puerta de su casa justo en aquel momento. Me impresionó la serenidad con la que se lo estaba tomando. Deseé poder tomarme las cosas con esa perspectiva de la que me habló y que al parecer llega con los años. Sin embargo, mi presente me esperaba en cuanto cruzase la puerta de casa. Solo podía confiar en que el tiempo acabase poniendo todo en su sitio. Pero confiar se me estaba haciendo cada vez más difícil.

27

Laura formaba parte del primer grupo de alumnas a quien Carmen llamaba cariñosamente «nuestras agujitas» y con el tiempo se había convertido en una de mis mejores amigas. Me maravillaba su capacidad para compaginar su trabajo como médico y la familia, en especial desde que me convertí en madre. Admiraba su compromiso y su entrega, pero sobre todo la generosidad con que dedicaba su tiempo de vacaciones a causas tan nobles como la misión en Senegal. Muchas veces, durante los primeros días de clase, nos relataba las historias tan duras a las que se enfrentaban las mujeres en aquel lugar de África. Era descorazonador escucharla; sin embargo, nos hacía bien conocer otras realidades para darnos cuenta de lo distinta que podía ser la vida en otros puntos del mundo y lo afortunadas que éramos en realidad.

—La mejor manera de hacer desaparecer tus problemas por un momento es escuchar los de los demás —nos dijo Catherine en una de esas ocasiones.

No le faltaba razón. Por eso cuando Carmen y Malena propusieron montar un mercadillo benéfico con las creaciones de sus alumnas y donar las ventas a la ONG con la que Laura colaboraba, Amelia y yo no dudamos en aplaudir la idea. Las chicas se entusiasmaron con la propuesta y Carmen se movió con rapidez para conseguir que las tiendas de telas que conocíamos nos regalaran los muestrarios que desechaban al finalizar la temporada.

—No sé cómo agradecéroslo —nos dijo en una de las clases de costura—. Estoy segura de que las mujeres de la misión os abrazarían una por una si pudieran. Cualquier ayuda, por pequeña que sea, es bienvenida. Le he hablado a Aminaya de vosotras muchas veces y uno de sus sueños es poder conoceros algún día. Vuestro apoyo significa mucho para mí.

Hacía tan solo unos meses que Médicos Sin Fronteras había ganado el Nobel de la Paz y Laura había recibido una oferta de trabajo muy tentadora para ponerse al frente de la misión de Senegal. Con un reconocimiento internacional de esa magnitud y la inyección importante de fondos que suponía el galardón, se podía llevar a cabo una ampliación del hospital que permitiera atender a más pacientes y poner en marcha una unidad especial de maternidad. Aceptar el puesto suponía dejar a Inés y a Sergio a cargo de Martín durante, al menos, dos años. Aunque tendría permisos cada tres meses para volver a casa por unos días, la decisión de dejar a sus hijos al cuidado de su padre era difícil de tomar. Su exmarido sabía lo mucho que significaba para ella la misión y, tanto él como Mónica, su mujer, se habían mostrado dispuestos a apoyarla.

Además, estaban Aminaya y su hija Ndeye. Si se trasladaba allí tendría la oportunidad de verla crecer y de estrechar los lazos que las unían. Cuidar de ellas era mucho más que un compromiso personal. Cuando conoció la historia de la joven repudiada por su comunidad, se juró a sí misma dejarse la piel para que tuviera un futuro y un nuevo círculo al que pudiera llamar familia.

Sin embargo, decidirse por Senegal implicaba algo más. Trabajaría codo a codo con Michel, quien ya había aceptado formar parte de la dirección del hospital. Tenía que sopesarlo con calma. Lo más probable es que su relación se convirtiera en algo muy distinto a lo que habían tenido hasta ahora y no sabía si estaba preparada. Aún no había asimilado cómo se había sentido al descubrir que estaba casado y debía solucionarlo antes de tomar una decisión.

Desde que se despidieron a finales del verano anterior, Michel había comenzado a llamarla con cierta frecuencia. A Laura le resultaba sencillo mantener el contacto en la distancia, pero trabajar juntos durante dos años sería muy diferente. Ella, que estaba tan acostumbrada a mantener el control en situaciones complicadas, ahora dudaba de sí misma. Ya había experimentado lo que significaba estar cerca de Michel y disfrutaba de la complicidad que ambos habían creado, aunque la posibilidad de volver a enamorarse la asustaba. Se había propuesto no sufrir por amor nunca más después de su divorcio y una relación tan estrecha la exponía demasiado.

Una tarde, Laura sacó el tema mientras cosíamos juntas en la mesa del centro.

—Michel quiere venir a verme y pasar un fin de semana en Madrid. Le preocupa ser la razón por la que no acabe de decidirme a aceptar el puesto en Senegal sabiendo lo mucho que me apetece. Dice que, si nos viéramos cara a cara, podríamos hablar con franqueza de nuestros sentimientos y aclarar la situación de una vez.

—No parece mala idea —apunté.

—Estoy bastante indecisa. Creo que me asusta descubrir qué siento hacia él en realidad. A lo mejor, si nos vemos antes y consigo aclararme, cuando estemos en la misión nos podremos centrar en el trabajo. Allí hay tanto que hacer que me disgustaría mucho no ser capaz de sacar adelante el proyecto por un tema personal.

—Tú siempre has sido muy valiente —intervino Catherine—, no tengas miedo. El corazón pocas veces se equivoca.

—Puede que tengáis razón. Quizá ya sea hora de olvidarme de lo que tuvimos en el pasado y plantearme esto como una etapa nueva y ver adónde me lleva.

—Ni te lo pienses. Dile que venga y déjate llevar; a veces sienta muy bien —solté.

—Mírala, no te creía yo tan lanzada —señaló Laura con una sonrisa pícara.

—Bueno, no sé, supongo que después de conoceros tan bien no sería raro que surgiera una relación más seria, ya no hay nada que lo impida.

—Por el momento voy a dejarlo correr, aún tengo tiempo para decidirme sobre el puesto y no quiero precipitarme. Lo bueno es que cuento con Martín y él mismo me ayudaría a contárselo a los niños si llegara el momento. No sabes lo mucho que facilita las cosas llevarte bien con tu ex. Lo nuestro podría ser un horror y, sin embargo, es todo lo contrario. Está de mi parte y no solo él, también Mónica. Es una suerte.

—Seguro que tomas la decisión correcta. No conozco a nadie que sopese tan bien las cosas como tú.

—Oye, ¿y Carmen? ¿Está bien? Echo de menos sus comentarios.

—Sí, me pidió la tarde libre. No sé para qué, la verdad;

a veces se pone muy misteriosa. Supongo que tendría cosas que hacer.

Dieron las seis y, salvo Catherine, que había acabado su blusa y la tenía lista para llevársela a casa, el resto de las alumnas guardaron sus proyectos en el armario y recogieron sus costureros.

—Ya no os queda nada para estrenar modelito esta primavera, estoy muy orgullosa de todas vosotras —anuncié mientras las acompañaba a la puerta.

Las alumnas se despidieron hasta el próximo día.

En cuanto me quedé a solas llamé a Amelia por teléfono para ver qué tal estaba. Como suponía, me confesó que necesitaba conocer toda la verdad sobre la historia de esa chica para poder pasar página. Intentaba mantener a Alfonso al margen de ese asunto. A su hijo le partía el corazón ver a su madre preocupada por temas que pertenecían al pasado. Ella sabía que se había esforzado por perdonar a su padre y que ese nuevo capítulo desconocido de su vida despertaba sentimientos que no le hacían ningún bien. Como madre no podía evitar preocuparse por su hijo. Daba igual cuántos años tuviera.

A la sorpresa inicial le siguió la rabia por sentirse engañada por su marido y la vergüenza al pensar que sus amistades más cercanas podrían estar al tanto de los escarceos de don Javier. Pero, sobre todo, descubrir que Alfonso conocía los líos de faldas de su padre y que los había callado durante tantos años era un dolor añadido. Amelia se había afanado en mostrar su mejor cara y en ocultar las grietas de su matrimonio durante muchos años, y ahora sentía que su esfuerzo no solo podría haber sido en vano, sino que su marido no había sido merecedor de ello. Después de todo, la habían educado como «una mujer de su tiempo». Por eso mismo necesitaba dejar aquella época atrás, y eso avivaba su deseo de localizar a aquella chica, que parecía aún más perdida que ella.

Mi socia todavía tenía en la cabeza la imagen de la joven en la puerta de casa, un encuentro tan breve como inesperado en el que no tuvo tiempo de preguntarle ni tan siquiera su nombre antes de que desapareciera escaleras abajo. Traté de darle esperanzas. Intenté convencerla de que estaba todo muy reciente, de que quizá con el tiempo lo viera de otra forma y no necesitase ahondar más en esa herida. Si tenía que conocer a la hija de su marido, quizá el destino se encargara de ponerla de nuevo en su camino. Lo más importante ahora, insistí, era que se cuidara mucho.

Recogí las sillas, vacié los cestillos de hilos y, en cuanto dieron las ocho, cerré El Cuarto de Costura y me dirigí al tren. Durante el trayecto a casa pensaba en Laura y en Michel, y deseé que pudieran encauzar su relación. Ella se merecía tener a su lado a alguien que la quisiera sin condiciones y, sobre todo, se merecía ese puesto. Sabía que haría un gran trabajo en Senegal y que sería muy satisfactorio para ella tener la oportunidad de poner nuevos proyectos en marcha en la misión. Su entrega estaba fuera de toda duda. Tras dedicarse en cuerpo y alma a su familia, había llegado el momento de apostar por su profesión y delegar el cuidado de sus hijos durante un tiempo. Tenía una relación excelente con Mónica y Martín, y ellos sabían lo que una oferta como esa suponía para una profesional tan comprometida con la medicina.

Una de sus frases me retumbaba en la cabeza: «No sabes lo mucho que facilita las cosas llevarte bien con tu ex». No entendía por qué me parecía oír esa afirmación una y otra vez. Fer había irrumpido en mi vida de un modo tan demoledor que me estaba cuestionando mi relación con Ramón sin ser consciente de ello. Lo cierto era que nuestro matrimonio ya no era el de antes. Me costaba reconocer que fuera así, pero resultaba más que evidente. No me hacía feliz. Sin embargo, ¿qué garantías tenía de que apostando por lo que pudiera construir junto a Fer conseguiría serlo? Tenía ante mí la posibilidad de cambiar el rumbo de mi vida, dejarme llevar y quizá perderlo todo o volver a sentir. Entre Ramón y yo el amor parecía haberse aletargado, necesitaba recuperar las emociones que un día me habían empujado a unir mi destino a la vida de otra persona y compartir con ella un camino común. Pero ¿era yo esa mujer capaz de poner en riesgo todo cuanto había conseguido? No se trataba de elegir entre la vida que podía vivir junto a cada uno de ellos, no se trataba de decidir entre dos hombres, sino entre la mujer que creía ser y la que parecía asomar ahora. A un lado lo construido, al otro un espejismo.

Al llegar a Las Rozas tomé el autobús que me llevaba a casa. Justo antes de pasar por la cafetería el semáforo se puso en rojo y desde mi asiento eché un vistazo a su interior. Era hora de cerrar y pude ver cómo la camarera recogía los servilleteros y colocaba las sillas bajo las mesas preparando la sala para el día siguiente. Fer estaba en la barra, de espaldas; parecía estar limpiando la máquina de café.

«Hola preciosa, te echo de menos». Un mensaje sonó en mi móvil.

Me dio un vuelco el corazón. Parecía que intuyera que estaba a unos metros de él. «Si le miro fijamente se volverá y me saludará con la mano», era lo que pensaba cuando éramos unos críos y nos despedíamos después de pasar la tarde tonteando. Siempre teníamos mucho de que hablar y conseguía hacerme reír con una facilidad pasmosa. Las horas pasaban volando y apenas nos habíamos despedido cuando ya deseaba volver a verle. Ese rato en la plaza y los paseos por las calles de alrededor eran lo mejor del día. No necesitaba más para evadirme. A veces aquellos días parecían tan cercanos y otras parecían no haber sucedido jamás.

Una llamada de teléfono podía haberlo cambiado todo. Treinta años después no tenía sentido darle vueltas y, sin embargo, desde que nos besamos por última vez no conseguía alejar esa idea de mi cabeza y el deseo de volver a verle se hacía más fuerte a medida que pasaban los días. El claxon de un coche me devolvió a la realidad cuando la luz se puso verde de nuevo y el autobús arrancó.

—¡Mami! —exclamó Daniel corriendo hacia mis brazos en cuanto me oyó cerrar la puerta al llegar a casa.

—Hola, corazón. ¿Has cenado ya?

—Sopa con estrellitas, mi favorita. Estaba muy caliente, pero he soplado como tú me enseñaste.

—Hola, Julia, estaba a punto de acostarlo —comentó Marina acercándose al recibidor.

—Deja, yo me encargo. Ya es muy tarde, nos vemos mañana.

—Pues recojo la cocina y me voy.

—No, es tarde, ya lo hago yo luego. Venga, nos vemos mañana. Gracias.

Marina se despidió de Daniel con un beso y subimos al dormitorio. Antes de que terminara de contarle el cuento, se quedó dormido. Me gustaba permanecer un rato sentada en el filo de su cama para observarle. Era uno de mis momentos preferidos del día. El ritmo de su respiración me resultaba relajante, me ayudaba a olvidarlo todo y a recordar lo afortunada que era de tenerle.

Bajé las escaleras intentando no hacer ruido, retiré los platos de la mesa de la cocina y lavé los cacharros que Marina había dejado en el fregadero. Ramón estaba de viaje y no llegaría hasta el día siguiente, de modo que un sándwich de jamón y queso me pareció la cena perfecta para no complicarme mucho. Fui al salón, me descalcé y me dejé caer sobre el sofá aprovechando que esa noche lo tenía todo para mí. Recordé el mensaje de Fer y me levanté a coger el móvil. Lo releí: «Hola preciosa, te echo de menos». Sentí que aquellas pocas palabras encerraban más ternura de la que había experimentado en esos últimos años. Anhelé sentirme de nuevo entre sus brazos. Deseé ser libre para poder llamarle sin remordimientos. «Yo también te echo de menos y quisiera que estuvieses a mi lado en este momento», le hubiera dicho. Ojalá tuviera la determinación para expresar lo que sentía al leerle, pero mi realidad era otra, ¿de verdad estaba dispuesta a arriesgarlo todo?

28

Mi socia me había enseñado los planos y estaba entusiasmada con el proyecto que le habían propuesto. Aunque tenía menos metros que el de Claudio Coello, el piso de Castelló no era pequeño. Estaba en un inmueble de principios del siglo pasado en el que las estancias eran amplias y tenían luz natural. No habían previsto grandes cambios en la distribución original, ya que no necesitaba una reforma integral, más bien renovar las instalaciones y adaptarlo a los gustos del momento.

Era un piso con muchas posibilidades y Felipe estaba decidido a sacarle el máximo partido sin gastar más de lo necesario. Su intención era convertirlo en un lugar cómodo y práctico, teniendo en cuenta las ideas que Amelia había sacado de las revistas de decoración que había ido comprando desde que surgió la idea de la reforma.

Felipe ya había seleccionado algunos materiales para

suelos, baños y cocina, y ella solo tenía que escoger entre las opciones que le presentaba y dejar el resto en sus manos. Se habían organizado para poder dedicar varios días a visitar tiendas de decoración. El objetivo era encontrar muebles más modernos y funcionales, y textiles más alegres, que aportaran ese ambiente relajado que ella quería. Carmen se había ofrecido a confeccionar las cortinas, fundas de cojines o almohadones que necesitara, y yo estaba encantada de poder aportar mi granito de arena. Amelia parecía una cría con zapatos nuevos. No tenía ninguna duda de que conseguirían crear un hogar mucho más cálido y acogedor que el piso de Claudio Coello.

Aunque era muy distinto de la idea inicial, Amelia se amoldó al nuevo plan con ilusión. Renunciar a la reforma de su casa no era tan doloroso teniendo este otro proyecto a la vista. Había aprendido a no aferrarse a las cosas materiales y estaba viviendo el cambio como una oportunidad de dejar atrás mucho más que muebles viejos, también recuerdos dolorosos que intentaba olvidar para no anclarse a un pasado que ya no reconocía como propio. Estaba convencida de que sería muy feliz en su nuevo hogar.

Aquella mañana los tres se dirigieron a la calle Castelló para comprobar cómo había quedado el piso tras la limpieza y retirada de muebles y enseres que Alfonso había contratado. Los archivadores de cartón y las carpetas llenas de papeles viejos que Amelia se había encontrado en su visita anterior habían desaparecido y una luz primaveral inundaba todo el espacio.

—Qué maravilla verlo así. Con esta luz tan radiante parece mucho más grande, ya me estoy imaginando cómo va a quedar —exclamó Amelia nada más abrir la puerta.

—Ja, ja, ja, no tan deprisa, mamá, tenemos mucho trabajo por delante —rio Alfonso.

—En efecto, pero eso corre de mi cuenta —se apresuró a señalar Felipe—. Dentro de unos meses este lugar parecerá otro, y sin tener que meternos en mucha obra.

Pasaron al salón, que se llenó de luz nada más abrir las dos ventanas que daban a los pequeños balcones de la fachada principal del edificio.

—El suelo está en buen estado, solo necesitamos pulirlo y abrillantarlo, quedará como nuevo, y las puertas las mandaremos lacar. Ya no se ve madera maciza como esta, es una pena no aprovecharla. ¿Te parece?

—Por mí, perfecto; cuanto más aligeremos el presupuesto, mejor —contestó Amelia al hilo del comentario de su yerno.

—Lacaremos también las puertas de los armarios y los vestiremos para que sean más funcionales. Estos viejos cajones de madera pesan demasiado —observó Felipe inspeccionando los dormitorios—. Podemos estucar alguna de las paredes para darle protagonismo. Las ventanas no están mal, si acaso cambiaremos los cristales para mejorar el aislamiento térmico.

Recorrieron juntos todas las estancias de la casa. Amelia iba tomando nota mental de cada una de las observaciones para formarse una idea del resultado final.

—Verás qué cambio les vamos a dar a los baños. Estas piezas de porcelana son una maravilla, pero habría que restaurarlas y no tenemos mucho tiempo. En mi opinión, será más práctico poner todas las piezas nuevas. Ya he localizado una tienda que tiene lo que busco. Aprovecharemos estos días para ir a verla juntos y que me des tu opinión. Con respecto a la cocina, todo esto va fuera —continuó Felipe señalando los armarios—. Lo único que me gustaría conservar es la encimera de mármol. Si nos encaja, nos la quedamos. Ya no se ven encimeras como esta, está hecha para durar toda la vida.

—Por lo que dices, me parece que no nos llevará tanto como teníamos previsto. Quizá en tres meses esté lista —señaló Alfonso.

—Sí, podría ser. Hay que contar con que pueden surgir problemas, pero, si todo va bien, tres meses serán suficientes para convertir este piso en tu nuevo hogar. Quedará irreconocible.

—¡Ojalá! Ya estoy deseando mudarme. No sabéis qué alegría me dais. Hoy mismo me pongo a embalar mis cosas. De paso aprovecho y hago limpieza. ¡No sabéis la de trastos que acumula una a lo largo de los años! Es increíble.

—Así estás entretenida mientras nosotros nos ocupamos de la reforma. Vas a estar muy bien aquí, mamá. Ya te estoy viendo invitando a sus amigas y dejándolas con la boca abierta. Te van a envidiar mucho —añadió Alfonso riendo.

—Tengo la sensación de que este va a ser un nuevo comienzo; fijaos, a mis años, quién me lo iba a decir. Esta vez va a ser mi propia casa, no voy a pensar en nadie más que en mí. No me miréis así, uno de los dormitorios será para vosotros y podéis decorarlo a vuestro gusto —concluyó sumándose a las risas de Alfonso.

—Me das una alegría, suegra; te veía ya tan decidida que creía que tendríamos que buscarnos un hotel para venir a Madrid a verte.

—Anda, no seas tonto, con lo que yo os quiero. Estoy feliz, muchas gracias por hacer esto por mí. Es un soplo de aire fresco, justo lo que necesito en este momento.

—Mañana mismo nos ponemos manos a la obra. Ahora nos vamos, que aquí no tenemos nada que hacer —añadió Alfonso acompañándolos a la puerta.

Justo al salir coincidieron en el descansillo con una vecina de la misma planta que se les quedó mirando extrañada.

—¿Amelia? —preguntó tras darles las buenas tardes—. ¿Eres tú? Soy Sofía. ¿No te acuerdas de mí?

La señora, que salía de la puerta de enfrente, parecía tener más o menos la misma edad que ella, aunque iba menos arreglada y su estilo era más clásico. Se conocían desde hacía muchísimos años, pero no se habían vuelto a ver desde que Amelia se mudó al piso de Claudio Coello.

—¡Sofía! Claro que me acuerdo, no imaginaba que siguieras viviendo aquí. Qué sorpresa más grata —exclamó Amelia acercándose a ella para saludarla—. ¿Cómo estás?

—Sí que es toda una sorpresa. Estoy bien, gracias, y a ti te veo estupenda. ¿Son tus hijos?

—Bueno, este es mi hijo, Alfonso, al que conociste de pequeño, y este es Felipe, mi yerno —añadió con una gran sonrisa ante la cara de asombro de Sofía.

No esperaban que Amelia utilizara en público el apelativo cariñoso con el que a veces se dirigía a Felipe y les alegró comprobar la normalidad con la que los presentó. Después de haber ocultado su relación durante tantos años, al fin había aprendido a hablar de ella sin tapujos. Estaba orgullosa de los dos y sentía que no había nada que esconder. Aunque su educación había sido muy tradicional y había crecido en un ambiente muy conservador, Amelia se había adaptado a los nuevos tiempos desprendiéndose de los antiguos clichés que aún imperaban entre la mayoría de las señoras de su círculo.

Ambos se acercaron a estrecharle la mano.

—¡Alfonso! La última vez que te vi no eras más que un niño. Habrán pasado más de treinta años desde entonces. No sabía que el piso seguía siendo vuestro.

—Durante un tiempo nos planteamos venderlo, pero por suerte descartamos la idea. En los próximos meses vamos a hacer una pequeña reforma y me mudaré en cuando esté acabada —anunció Amelia—. Volveremos a ser vecinas. Espero que la obra dure lo menos posible y no se convierta en un incordio para el resto del bloque.

—Ya sabemos cómo son las obras, no te preocupes por eso. Me alegra tenerte de nuevo por aquí. En el edificio ya no vive ninguno de los vecinos que tú conociste, todo son parejas jóvenes con niños pequeños.

—Nos haremos compañía entonces —concluyó Amelia sonriendo.

—¿Baja usted con nosotros? —preguntó Alfonso abriendo la puerta del ascensor.

—No, somos muchos. Bajad vosotros, que yo lo cojo a la vuelta. Espero que nos veamos pronto, Amelia.

—Una vez que haya empezado la obra, vendré a echar un ojo para ver cómo avanza la reforma.

—Me avisas y nos tomamos un té juntas, seguro que tenemos mucho de que hablar.

—Así lo haré —aseguró—. Cuídate, Sofía.

Felipe y Alfonso se despidieron de la señora y subieron al ascensor con Amelia.

—Mamá, tenemos que hacer algunas compras y luego hemos quedado con unos amigos a los que hace mucho que no vemos. No creo que la cena se alargue mucho, pero, si se nos hace tarde, te aviso.

—No os preocupéis por mí y no tengáis prisa en volver. Podéis llegar a la hora que queráis, yo me acuesto temprano, de modo que nos veremos por la mañana. Disfrutad de esos amigos y divertíos mucho. No me quejo de la vida que tengo, pero quién tuviera ahora vuestros años y toda la vida por delante.

—¿Quieres que te acompañemos? —se ofreció Felipe.

—No es necesario, gracias. Voy a pasarme por la academia a saludar y después volveré a casa. Quedé en hablar con Pablo esta tarde y estará esperando mi llamada.

Su amigo Pablo se había ofrecido a ayudarla a deshacerse de algunos de los muebles más antiguos. Cuando lo amueblaron, en 1968, don Javier puso mucho interés en decorar el piso con un estilo lujoso y elegante, a la altura del estatus social que pretendía alcanzar. Solo conservaron su dormitorio de casados; el resto lo compraron a crédito. Algunas piezas ni siquiera eran del gusto de Amelia y resultaban demasiado ostentosas, pero no era algo a lo que ella prestara atención en ese momento, volcada como estaba en la crianza de su hijo.

Felipe había sugerido que venderlos a un anticuario o depositarlos en una casa de subastas podría ser una forma de conseguir algo de efectivo que ayudara a pagar el mobiliario nuevo, y Pablo era la persona perfecta para hacerlo. Durante la reforma de Villa Teresa en San Sebastián lo habían pasado en grande recorriendo anticuarios del sur de Francia y recuperando piezas antiguas para restaurarlas. Amelia estaba segura de que, moviendo los hilos adecuados, su amigo podría ponerla en contacto con algún tasador y podrían venderse por un buen precio. El resto había pensado donarlo a una asociación benéfica que los recogía a domicilio. Algunos los restauraban y los ponían a la venta, y otros servían para hacer talleres ocupacionales para jóvenes en rehabilitación. Aunque estuvieran pasados de moda, eran de maderas nobles y se hallaban en buen estado. Saber que alguien podría aprovecharlos la reconfortaba.

Era consciente de que amueblar el piso supondría un gasto importante, pero contaba con la ayuda de Felipe, que le había asegurado que lograría ceñirse al presupuesto teniendo en cuenta sus propuestas.

Por muy bien que encajara la idea desde el principio, mudarse iba a suponer un gran cambio y, a pesar de su edad, lo afrontaba con la ilusión y la energía que tiempo atrás había puesto en abrir El Cuarto de Costura. Yo la admiraba por ello.

En poco más de una hora estaba de vuelta en Claudio Coello. Se puso cómoda, pasó a la salita donde tenía el inalámbrico y marcó el número de Pablo.

—Buenas tardes, querido; acabo de volver del piso de Castelló con Alfonso y Felipe, y vengo encantada.

—Amelia, qué alegría me das. A pesar de que te notaba animada, tenía la sensación de que te iba a costar mucho despedirte de tu casa.

—Últimamente han pasado tantas cosas que eso es lo que menos me preocupa. Prefiero no mirar atrás, no puedo hacer nada para quedarme aquí, así que es mejor no lamentarse y adaptarse a lo que hay. Además, si vieras lo que Felipe tiene pensado, te enamorarías del proyecto tanto como yo. Bueno, tú eres más clásico, pero aun así.

—Ya me imagino, tu yerno tiene un gusto exquisito. Por cierto, tengo que pasarle el teléfono de un contacto para lo que hablamos sobre los muebles de anticuario. Hice algunas llamadas y creo que podremos colocarlos sin problema. En una ciudad como Madrid siempre hay alguien dispuesto a invertir en piezas especiales.

—Estupendo, te lo agradezco porque sería una pena tener que tirarlos.

—¿Qué tal van el resto de tus asuntos?

Amelia le tenía al tanto de todo. Solían hablar un par

de veces a la semana, a veces durante horas. Para ella haber recuperado su amistad poco tiempo después de que hubiera fallecido don Javier y recordar los veranos que pasaban juntos cuando eran jóvenes había sido un regalo. Se entendían de maravilla y tenían muchos intereses en común, entre otros, un gusto por el arte que su esposo no compartía con ella. En algún momento pensé que su tonteo de juventud podría transformarse ahora, años después, en algo más que una sólida amistad. Incluso que podrían llegar a casarse. Sin embargo, mi socia tenía las cosas muy claras y apreciaba tanto la relación tan especial entre ambos que ni se lo planteaba.

—Ay, amigo, no sé qué decirte. Por un lado, me alegro de que se vayan aclarando las cosas, pero, por otro, aún me fastidia haber vivido tan ajena a lo que tenía a mi alrededor. Alfonso todavía está muy enfadado con su padre o, mejor dicho, con lo que hemos descubierto. Aunque sigue diciendo que nada de esto le sorprende, está furioso porque sabe que me afecta. Yo intento hacerle ver que estoy decidida a olvidarlo todo y que mudarme de casa incluso me va a ayudar a dejar atrás muchas cosas, pero él está preocupado.

—Le entiendo. Los que te queremos no deseamos verte sufrir y esto, por muy bien que te lo estés tomando, es un golpe bajo. Oye, ¿qué te parece si voy a verte? Podría ayudarte a elegir los muebles nuevos, como hicimos este verano en Villa Teresa. Aprovecharíamos para salir por ahí, ir al teatro y visitar alguno de esos museos que tanto echo de menos en San Sebastián —propuso Pablo.

—No es mala idea, no. Déjame que lo piense porque suena muy apetecible. Todavía no sé cuánto tiempo se quedará Alfonso por aquí. Hablaré con él.

—Conociéndote, ya habrás empezado a empaquetar algunas cosas. Dime que me equivoco.

—Ja, ja, ja —rio Amelia—. Cierto, me conoces bien. No es que haya empezado aún, pero estoy haciendo listas de lo que me voy a llevar y estoy decidida a aprovechar la oportunidad para deshacerme de muchas cosas que en realidad no sirven de mucho. Quiero quedarme con lo imprescindible y quitarme de encima las mil figuritas, jarrones y adornos que he ido recopilando en toda mi vida. Ahora los veo como un lastre.

—Me parece fenomenal. Cuando vaya a verte te echo una mano. En un par de tardes acabamos con ese pasado de porcelana —concluyó Pablo riendo.

—¡Cómo eres!

—Bueno, querida, ahora te tengo que dejar, que vienen unos amigos a cenar y todavía tengo que vestirme. Cuídate mucho.

Amelia colgó el teléfono ilusionada por la inminente visita de Pablo y contenta de poder compartir esa nueva aventura con él. Su amistad significaba mucho para ella.

Había vuelto a su vida en el momento adecuado. Retomar el contacto había supuesto volver a su querido San Sebastián que tanto añoraba y donde había pasado los veranos más felices que recordaba. Desde que se casó, los intereses de don Javier los obligaban a veranear en Marbella, en un ambiente muy distinto al que ella estaba acostumbrada. Aquel mundo le parecía demasiado superficial y carente de atractivo. Lo que para ella era puro aburrimiento para su esposo suponía la ocasión perfecta para hacer contactos y moverse entre nombres destacados del círculo empresarial del momento. Era gratificante comprobar cómo, después de tantos años de sumisión, Amelia había conseguido desprenderse de los convencionalismos que la mantenían aletargada. Me sentía muy afortunada por tener a mi lado a una mujer que había decidido vivir su propia vida con sus propios valores y una energía tal que era capaz de afrontar cualquier adversidad.

29

Los miércoles Carmen no perdonaba el *Diez Minutos* y aquel no era un miércoles cualquiera. Almodóvar había ganado el Oscar a la mejor película extranjera por *Todo sobre mi madre* y Penélope Cruz gritaba su nombre desde el escenario de la gala con un «¡Pedroooo!» que resonaría hasta muchos días después.

Nada más entrar por la puerta la encontré sentada a la mesa del centro con una taza de café y unos cruasanes de chocolate, escudriñando cada fotografía de la revista.

—Buenos días, Carmen.

Me hizo un gesto con la mano y contestó como pudo con la boca llena.

—Perdona, me has pillado desayunando —se excusó tragando un sorbo de café—. ¿Quieres uno?

—No, gracias. Veo que ya has pasado por el quiosco —observé señalando el semanario.

—Estaba como loca por ver los modelitos de los Oscar. Mira que es mona nuestra Pe, y con el pelo retirado de la cara más todavía. ¡Lo que favorece un moño bien hecho! —añadió recogiéndose el pelo con una pinza—. Antonio iba muy repeinado, está más guapo cuando lleva el pelo corto y luce sus rizos naturales, aunque el hombre, se peine como se peine, es un bombón. Qué salao es y qué arte tiene. Pedro no me ha gustado. Iba muy de negro; claro que al lado de estos dos bellezones... Una camisa blanca le hubiera quedado mejor y le hubiera dado un poco de luz a la cara. Vamos, en mi modesta opinión.

—¿De quién es el vestido de Penélope? —pregunté acercándome a ella.

—Un americano, Ralph Lauren, pone aquí.

—Mujer, lo dices como si fuera un diseñador cualquiera.

—Ay, no sé, a mí no me suena de nada. El traje es divino, pero yo le hubiera puesto un poquito de pedrería en el escote o algo de encaje. Va muy fina, pero un poco sosa para mi gusto. Eso sí, el color azul le queda de escándalo. Esta chica siempre va mona; claro que la que es guapa lo es se ponga lo que se ponga...

—Es una maravilla. No me parece que necesite ningún adorno, la sencillez es la clave de la elegancia —comenté.

—Para gustos, colores. A mí lo de «menos es más» como que no me convence del todo —añadió fiel a su estilo.

—El palabra de honor es uno de mis escotes favoritos y ella lo luce como nadie.

—Ahí te doy la razón, aunque es un escote para tener buenos reflejos. Si no fuera por lo rápida que estuvo llevándose las manos al pecho le hubiéramos visto hasta el ombligo del bote que pegó al anunciar el ganador.

—Mira que eres exagerada. Supongo que le fue imposible contener la emoción, no era para menos. ¿Tú te imaginas? Yo creo que todo el país estaba pendiente de esa nominación. Tengo muchas ganas de ver la película, pero Ramón y yo hace mil años que no vamos al cine y no lo tenemos fácil. Me conformaré con alquilarla cuando esté en vídeo.

—Yo no me la pienso perder. Deja a tu marido con el crío y nos vamos las dos al cine cuando cerremos una tarde de estas.

—No es mal plan, pero lo veo complicado. Lo dicho, me esperaré al vídeo —insistí intentando zanjar el tema.

—Desde luego, me vas a perdonar, pero de un tiempo a esta parte ves las cosas más complicadas de lo que son. Organízate, que él salga un poco antes o que Marina se quede hasta que él llegue, no es tan difícil.

Preferí no contestar. Nuestros mundos eran tan distintos que, por mucho que me esforzara, no creo que se hiciera una idea de lo que dedicar la tarde a una simple sesión de cine suponía para mí.

Carmen seguía examinando cada fotografía del reportaje deteniéndose en las de sus actores favoritos, señalando cada traje y fijándose en cada detalle: las joyas, los peinados, el maquillaje... Para todo tenía un comentario.

—La gala me parece un tostón, tanto rato ahí sentados y tanta cámara pendiente de cada movimiento, de las caras que ponen los nominados, del que aplaude más o menos. Y los discursos en inglés, me da pereza solo de pensarlo. A mí lo que me gustaría es que me invitaran a alguna de las fiestas privadas que hay después. Eso sí que debe de ser un cachondeo apoteósico.

—Apoteósico, sí, apoteósico —reí al ver la cara de fascinación de mi compañera.

—Pues fíjate que creo que yo no sería mala actriz. La cosa esa de la farándula siempre me ha llamado la atención. Y en este cuerpo cabe una buena dosis de glamour —agregó levantándose de la silla y simulando caminar sobre una alfombra roja.

—Amiga, ¡eres la bomba!

Ya estaba acostumbrada a su humor, pero todavía me sorprendía su capacidad para reírse de sí misma. Todos tenemos nuestros días; sin embargo, Carmen era pura alegría siempre. No la había visto decaída en todos los años que llevaba en la academia. A pesar de su desparpajo y de su modo de expresarse, era más reservada de lo que una podía imaginar. En los ratos en los que le dábamos a la aguja surgían mil temas de conversación, en especial recuerdos de las alumnas relacionados con la costura que daban para largas charlas. Sin embargo, ella rara vez hablaba de su familia o mencionaba historias de su pasado. Me resultaba curioso. Tampoco compartía sus planes de futuro, vivía al día.

«La vida tiene dos bocas —me explicó una vez—, por una te dice "cuidadito, que aquí mando yo" y no te queda otra que amoldarte a lo que te venga, y por la otra te confiesa "esto no sé cómo va". Esa es nuestra oportunidad para elegir nuestro destino. Puede ser muy puñetera, pero a veces nos deja decidir. Por eso yo no hago planes, tengo ilusiones. Los planes se pueden ir al garete, las ilusiones no me las puede quitar nadie».

Las mañanas en El Cuarto de Costura solían ser tranquilas. Mi compañera atendía a las clientas que se pasaban a recoger arreglos y el resto del tiempo lo dedicábamos a coser juntas. Se acercaba la temporada de bodas y eventos sociales, y los encargos para confección a medida consumían casi todo mi tiempo. Con tanta carga de trabajo, las clases de la tarde eran casi un descanso.

Cuando volví de comer encontré a Carmen sentada a la máquina. Tenía varias ideas para confeccionar pequeños neceseres y carteritas que vender en el rastrillo que íbamos a organizar con sus alumnas, y estaba haciendo unas pruebas.

—Los retales que he conseguido nos van a cundir un montón con lo que tengo pensado. Mira —dijo mostrándome unos monederos de tela que había confeccionado.

—Qué cosa más mona —exclamé cogiendo un par de ellos.

—Y se hacen en un momento. Las chicas ya les han perdido el miedo a las cremalleras y esto lo van a coser con los ojos cerrados. Va a ser un éxito, ya lo estoy viendo.

—Qué alegría verte tan entusiasmada, la verdad es que la idea es muy buena. Tus alumnas han sido muy generosas al apoyarnos de esta manera.

—A ellas les viene bien practicar y están deseando ayudar. Les he prometido que Laura vendría una tarde para contarles cosas sobre la misión. Tienen mucha curiosidad por conocerla. Lo he estado meditando y ya tengo claro cómo vamos a organizar el espacio el día del rastrillo para que la gente pueda entrar y curiosear a sus anchas. Se me ha ocurrido que podríamos poner unas galletas o unos bizcochitos para las clientas. Eso siempre gusta.

—Claro, claro, Carmen; el dulce que no falte.

—Imagínate que por lo que sea a alguna le da una bajada de azúcar y nos llevamos un disgusto —comentó guiñándome un ojo.

Nos miramos y nos echamos a reír con tantas ganas que se nos saltaron las lágrimas. Con Carmen era imposible no acabar riendo a carcajada limpia. Esta mujer era un tesoro. Me sentía muy afortunada de que formáramos un equipo tan unido.

Las alumnas de la tarde llegaron puntuales a la clase de las cuatro. Me encantaba comprobar que en cuanto soltaban sus cosas y se sentaban a coser parecían otras, más relajadas, más felices. Aquel lugar tenía en ellas ese efecto calmante que tanto agradecían. En una ocasión, una de ellas propuso un juego, describir El Cuarto de Costura con una sola palabra. «Oasis», «calma», «relax», «diversión», «creatividad» o «imaginación» fueron algunos de los términos que utilizaron. En lo que todas coincidían era en que las tardes que cosían juntas se convertían en una terapia que las transformaba de un modo muy especial. Me parecía casi mágico.

—¿Te has decidido ya sobre la visita de Michel? —pregunté a Laura apenas tuve ocasión.

—No ha hecho falta. Me mandó un mensaje esta mañana, está de camino y llega esta tarde.

—¿Qué? ¿Se ha cogido un avión sin más? Ese hombre te quiere —concluí asombrada.

—Ja, ja, ja. Sí, puede ser. Eso o está loco de remate. Comprar un billete de repente y venir casi sin avisar no es de ser muy normal. —Acostumbrada a una vida en la que casi todo estaba medido al milímetro, a Laura le costaba entender una reacción así—. Le estoy dando vueltas todavía. Si acepto el puesto en Senegal, seremos compañeros de trabajo y no solo durante un mes, sino al menos dos años. Estar juntos podría ser un inconveniente porque el trabajo me exigirá una entrega total. No me quiero enamorar, Julia. Todo se complica cuando te enamoras.

—¡Pero si es lo más bonito del mundo! Sentir ese hormigueo en la tripa, esas ganas continuas de estar con esa persona, la sonrisa tonta que se te graba en la cara nada más pensar en él... Eso no tiene precio, aunque sí, todo se complica cuando te enamoras.

—Da gusto oírte hablar así después de tantos años de matrimonio. Espera. —Laura dejó la aguja y se volvió hacia mí—. ¿Por qué dices que todo se complica? Intuyo que no estás hablando de tu relación con Ramón. Julia, dime que me equivoco.

De pronto me sentí tan torpe... No tenía ninguna intención de hablar con ella sobre Fernando, sabía que no le iba a gustar. No era el momento ni el lugar. Fer me había dejado claro su deseo y había despertado el mío. Era tentador imaginar una vida junto a él, pero había demasiadas cosas en juego. Era pronto para saber si lo nuestro se convertiría en algo serio o se diluiría hasta desaparecer.

—Lo has dicho tú, yo solo te daba la razón. No me hagas caso —contesté con la esperanza de que no siguiera indagando en mis palabras y me levanté con la excusa de ir a buscar algo a la trastienda.

Al salir, unos minutos después, la encontré guardando el costurero en el armario.

—He terminado de hilvanar el dobladillo y podría acabarlo en un momento, pero prefiero dejarlo para el próximo día. Tengo la cabeza en otro sitio. Michel debe de estar a punto de aterrizar. No me da tiempo a recogerle en el aeropuerto, así que me pasaré por casa a cambiarme de ropa y arreglarme un poco, y le esperaré en el hotel. Con suerte llegaré antes que él y le daré la sorpresa; después de que haya venido hasta Madrid es lo mínimo que puedo hacer. Martín tiene guardia esta noche, pero Mónica no me ha puesto pegas para quedarse con los niños.

—Este reencuentro os vendrá fenomenal, estoy convencida.

—No sé, estoy más nerviosa de lo que suponía. Nos vamos a encontrar en un escenario muy distinto al que estamos acostumbrados, y no es que Senegal nos transforme tanto como para no reconocernos, pero allí las emociones están a flor de piel, todo es más intenso. Puede que aquí no exista esa magia. En fin, solo hay una forma de descubrirlo.

Por un momento deseé tener la oportunidad de estar a solas con Fer en un lugar íntimo en el que nos sintiéramos aislados del resto del mundo. Quizá era eso lo que necesitaba para enfrentarme a mis verdaderos sentimientos, tal y como Laura iba a hacer ahora. Anhelaba poder encontrarme con él frente a frente, dejar a un lado la razón y escuchar a mi corazón. Sin embargo, había una diferencia entre nosotras: ella estaba divorciada y además era una mujer valiente y decidida que sabía sopesar las consecuencias de sus decisiones y cuyo único miedo era enamorarse.

Laura se despidió hasta la semana siguiente y se dirigió al hotel donde se alojaría Michel. Cuando llegó preguntó por él y, al descubrir que aún no se había registrado, se dirigió al bar y pidió una copa de vino blanco en la barra con la intención de aplacar sus nervios. No estaba acostumbrada a beber, pero no creyó que en esas circunstancias le afectara lo más mínimo, si acaso conseguiría relajarse un poco. De pronto se sintió como una jovencita que se fuga de casa soltando una mentira a sus padres. La idea la excitó.

A través del cristal que la separaba de la recepción del hotel vio una silueta que le pareció familiar. Un hombre alto con el pelo peinado hacia atrás y una pequeña maleta con ruedas se paró a unos pasos del mostrador y sacó su teléfono.

Laura sintió su móvil vibrar dentro del bolso.

«Estoy aquí. ¿Cuándo nos vemos?», el mensaje lo decía todo.

Su primer impulso fue acercarse a él, pero prefirió apurar la bebida y dedicar unos instantes a observarle mientras entregaba la documentación y recogía la llave de la habitación. Nunca se habían visto fuera de la misión y su aspecto era muy distinto al que ella conocía. La cinta con la que se recogía el pelo en el consultorio había sido sustituida por una buena dosis de fijador que le oscurecía el cabello y escondía los mechones rubios que le salpicaban la cabeza, y una gabardina de impecable corte clásico reemplazaba el chaleco de bolsillos con el que le había conocido años atrás. También su equipaje distaba mucho de la bolsa de cuero desgastado que usaba en Senegal. Sin embargo, la piel de su rostro aún retenía parte de ese precioso color dorado que se intensificaba tras las primeras semanas en la misión.

Dejó la copa en la barra, cogió el bolso y se dirigió hacia él.

—¡Michel! —exclamó cuando estaba a escasos metros—. Bienvenido a Madrid.

—Laura, amiga, no esperaba verte aquí. Qué guapa estás— añadió dándole un beso en la mejilla—. Había pensado llamarte después de instalarme.

Esa última frase la hizo sentirse insegura, vulnerable. Estaba demostrando un interés excesivo en volver a verle y no era eso lo que quería. Aunque si habían quedado en verse para aclarar sus sentimientos, ¿qué sentido tenía disimular su alegría?

—Lo menos que podía hacer era venir a recibirte —contestó con rapidez.

—Es todo un detalle por tu parte. ¿Me acompañas a la habitación? Quisiera cambiarme y luego podemos ir a comer algo, ¿te parece?

—Claro, he reservado mesa en un restaurante cercano que hace los mejores ñoquis de Madrid. Creo que te gustará.

—Eso suena muy bien —asintió mientras tomaban el ascensor.

La habitación era espaciosa, clásica pero confortable y acogedora. Laura se quitó el abrigo y se sentó en la butaca que había bajo la ventana mientras Michel colgaba algunas prendas en el armario. No paró de hablar ni un minuto: preguntaba por el tiempo en París, comentaba las novedades de la misión, se interesaba por el vuelo... Se sentía incómoda ante la posibilidad de que se hiciera un silencio entre ellos que no pudiera llenar.

—¿Te importa que me dé una ducha rápida? Estoy en pie desde las seis de la mañana y hoy ha sido un día intenso en el hospital.

—No, para nada. No tenemos prisa. Tómate tu tiempo y dúchate tranquilo.

De nuevo pensó que no debería haberse presentado en el hotel y que lo acertado hubiera sido esperar a que él la llamara.

—Pon la tele si quieres, no tardo —le sugirió mientras entraba en el cuarto de baño.

Laura cogió el mando a distancia, se quitó los zapatos y se sentó en la cama colocándose dos almohadones en la espalda. Cambió de canal varias veces y apagó el televisor. Se puso en pie y caminó descalza de un lado a otro de la habitación. A través de la puerta entreabierta oyó cómo Michel apagaba el grifo y salía de la ducha.

—¿Qué tal están tus hijos? — le oyó preguntar.

—Muy bien, creciendo, que es lo que le toca —contestó apoyando la espalda en el marco de la puerta para que él pudiera oírla sin tener que levantar la voz—. Este fin de semana están con Martín —agregó.

—¿Entonces eres toda para mí?

No supo qué contestar, contuvo la respiración y permaneció en silencio.

Michel salió del baño con una toalla blanca enrollada en la cintura. A Laura se le aceleró el corazón. Sus ojos parecían más verdes en aquella luz. Se fijó en las gotas de agua que le caían desde el pelo, ahora despeinado, y que le resbalaban por los hombros, y en sus pestañas húmedas. Le había visto desnudo en muchas ocasiones, pero esa vez era diferente. No había pacientes esperando, no había formas que guardar. Eran libres y, aunque estaban muy lejos del lugar que los había unido, la atracción era la misma.

—¿Te he dicho ya que estás muy guapa? Un poco más

pálida que de costumbre —bromeó—, pero guapa —añadió tomándola de las manos y observándola.

—Anda, no te rías de mí, que bastante duros son los inviernos en Madrid como para que te mofes de mi aspecto.

—Estás preciosa. —Sus dedos se perdieron entre su pelo—. Me moría de ganas de verte —le susurró al oído con ese acento francés que tanto le gustaba.

—Michel...

Antes de que ella pudiera añadir una sola palabra, él posó el dedo índice sobre sus labios, se acercó a ella y la besó en el cuello. Buscó con las manos su cintura y le tiró suavemente de la blusa para encontrarse con su piel. Laura se desabrochó los botones despacio, sin dejar de mirarle a los ojos, sintiendo cómo él le acariciaba la espalda y hacía que se le erizara la piel. En el momento en que sus cuerpos se tocaron, todo se desvaneció. Dejó de oír el tráfico de la Gran Vía que se colaba por la ventana y olvidó la mesa del restaurante que había reservado esa misma mañana. Entonces se dio cuenta de que la moqueta que había bajo sus pies nada tenía en común con el suelo de tierra que pisaban en aquel lugar de África. A pesar de ello no había duda: seguían siendo los mismos.

30

Amelia estaba terminando de organizar el cambio de armario cuando a media mañana sonó el timbre.

—Doña Amelia —anunció María, la asistenta, entrando en el vestidor—, una chica pregunta por usted. Bueno, en realidad, ha preguntado por «la viuda de don Javier».

—¿Cómo? —Aquello la pillaba por sorpresa; aun así, no tardó más que unos segundos en atravesar el dormitorio y acercarse al recibidor.

Al llegar se quedó observándola. Había algo en su mirada que le recordaba la tristeza en los ojos de un joven Alfonso que solo pretendía la aprobación de su padre.

—Buenos días, soy Amelia, la viuda de don Javier —la saludó amablemente.

—Buenos días, yo soy Elsa.

—¿Quieres pasar?

—Se lo agradezco. Verá, no sé muy bien cómo he

llegado hasta aquí, pero necesitaba verla. El otro día me marché de muy malos modos y quería disculparme. Yo solo quería... En fin, al entender que mi visita no tenía sentido creí que era mejor no molestarla, por eso me fui sin más. —La chica titubeaba y tenía la mirada algo perdida—. Luego pensé que no había actuado bien al presentarme así en su casa, sin decir quién era ni aclarar el motivo de mi visita. Yo no soy así. La situación me superó.

Se la veía abatida, como si le costara reunir las fuerzas para tratar de explicarse.

—Yo también necesitaba verte. Si tienes un momento, puedo pedirle a María que nos prepare café y hablamos con calma.

—Se lo agradezco; no he podido pegar ojo y me ayudará a despejarme.

Amelia la hizo pasar a la salita.

—No sabía de tu existencia y por eso me quedé tan impactada cuando viniste a casa hace unos días. Desde entonces no he dejado de pensar en ti. Creo que a ambas nos vendrá bien hablar. Enseguida estoy contigo; ponte cómoda, por favor.

La dejó sola un minuto mientras iba a avisar a María. En el pasillo sintió cómo se le aceleraba el pulso. Tenía en su casa a la que casi con seguridad era la hija de su marido y se preguntaba por qué aparecía justo en ese momento.

Intentó serenarse un poco antes de volver con ella. Se había desentendido del resto de los asuntos de su difunto marido, pero aquello era distinto, podría ser la hermanastra de su hijo y quería confirmar sus sospechas. De algún modo, Amelia también era una víctima del hombre con el que había estado casada y con quien había compartido media vida. Creía conocer bien a su esposo; sin embargo, todo lo que había salido a la luz desde que murió no hacía más que confirmarle que no era en absoluto digno de su amor ni ella merecedora del sufrimiento que le había causado.

María les sirvió una taza de café y se retiró. Ahora que la tenía frente a ella, Amelia volvió a fijarse en el hoyuelo de su barbilla, el mismo que el de su marido, el mismo que el de Alfonso.

—Hace solo unas semanas que descubrí la verdad sobre mi padre. Mi tío me reveló su nombre completo, busqué su dirección en la guía y sentí el impulso de conocerle y presentarme ante él con la única intención de que me mirara a la cara. Desde niña, mi madre me hizo creer que mi padre había muerto poco antes de que yo naciera y fue mi tío, su hermano, el que hace unos pocos meses me confesó la verdad. Lo mínimo que podía hacer era intentar encontrarle. Mi intención no es irrumpir en su vida, solo quiero hallar respuestas, pero parece que llego tarde.

—Entiendo. Mi marido falleció repentinamente hace

unos años. Yo también acabo de conocer esta historia y aún estoy perpleja. Llevábamos más de veinte años casados cuando aquello sucedió. Hasta donde yo sé, tu madre, Consuelo, y él no tuvieron una relación estable, sino más bien una aventura. Pese a todo, me gustaría que supieras que tu padre fue un hombre respetable —añadió Amelia en un intento vano de presentarle como una buena persona.

—Perdone, Amelia, pero no sé si la estoy entendiendo. ¿Una aventura, dice? Si eso es lo que cree, le aseguro que le han informado mal —exclamó indignada.

—Disculpa, esa es la versión que me dio su abogado. Si difiere de la tuya, estaré encantada de oírla. —Amelia se puso a la defensiva.

—Dudo que sea de su agrado, pero yo no tengo inconveniente en compartirla con usted. Mi madre tenía apenas veinte años y un futuro por delante. Trabajaba sirviendo en casa de una familia de buena posición cuando su marido abusó de ella y la dejó embarazada. Corrijo: no fue un abuso, fue una violación.

Amelia se quedó atónita. Lo que don Armando había calificado de «desliz» acababa de revelarse como un delito de una bajeza casi inimaginable. Su marido podía ser muchas cosas, pero nunca se le hubiera pasado por la cabeza que fuese capaz de algo así.

—Por la cara que pone veo que le sorprende mi versión, pero le aseguro que es la verdad. Esa noche los señores dieron una cena. Cuando se habían marchado la mayoría de los invitados y mi madre fue a cambiarse para regresar a casa, él la siguió hasta la habitación del servicio. —Hizo una pausa para tomar aire—. Verá, voy a evitarle los detalles por respeto. Solo le diré que cuando el embarazo de mi madre se hizo evidente, la mujer de don Armando la despidió.

—Espera, ¿don Armando? ¿El abogado de mi marido? ¿Qué tiene él que ver en todo esto?

—Tiene todo que ver, pero ya veo que a usted le ha contado solo lo que le convenía. Entre hombres ya se sabe. Mi madre trabajaba de asistenta en su casa desde hacía un par de años cuando aquello ocurrió. Su marido, ese «hombre respetable», la había acosado en ocasiones anteriores. Ella siempre conseguía evitarle, pero aquella noche la acorraló y no pudo deshacerse de él. Mi madre tenía novio, ¿sabe? Habían hecho planes de boda, pero él la dejó cuando supo que estaba embarazada porque sabía que el crío no podía ser suyo. No sé si entiende lo que quiero decir —la rebatió indignada.

No conseguía reprimir su rabia y luchaba por contener las lágrimas para seguir hablando. Amelia permanecía callada. Le costaba asimilar lo que oía. Era repugnante. ¿Cómo había vivido con un hombre tan despreciable? No se veía capaz de ofrecerle consuelo a la pobre chica.

—Al menos, gracias a que mi tío habló con él, su marido accedió a pasarle un dinero cada mes hasta que yo cumplí los veintiún años y, entre eso y su sueldo, mi madre pudo sacarme adelante y pagarme los estudios. Claro que soltar unos cuantos miles de pesetas al mes no debía de suponerle ningún esfuerzo, dada su posición.

Después de oír aquello, Amelia se dio cuenta de que la historia no encajaba del todo. Los recibos que ella encontró en el piso de Castelló iban de 1975 a 1989; eso no eran veintiún años. Puede que estuviera equivocada o puede que don Armando le hubiera ocultado algún detalle. Sin embargo, consideró que no era el momento de cuestionar el testimonio de la joven.

—Quizá se pregunte por qué le cuento todo esto ahora. Como le he dicho al llegar, yo tampoco entiendo muy bien qué hago aquí. Mi madre está en coma y esta misma tarde van a retirarle los aparatos que la han mantenido con vida este último año. Supongo que ahora que voy a perderla intento completar mi propia historia con las piezas que me quedaban por unir.

—¿En coma, dices? ¿Qué le ha pasado?

—Esa es otra historia terrible que la pobre no se merecía vivir. Su marido no fue el único hombre que la marcó. Su última pareja es el responsable de que sea cuestión de horas que deje este mundo.

—Lo lamento muchísimo. Cuesta creer que la vida te

golpee de esa manera sin tener culpa de nada. Me parte el corazón verte así. Ojalá yo pudiera subsanar el mal que mi marido le causó a tu madre, pero es imposible. Ni siquiera puedo ponerme en tu lugar ni hacerme una idea de cómo te habrás sentido al averiguar la verdad. Solo puedo ofrecerte mi amistad y tenderte la mano por si de algún modo puedo ayudarte. Pese a todo, eres la hija de mi marido y la hermana de mi hijo. Cuando todo esto pase, me gustaría que volviéramos a vernos, si te parece bien. Por lo que a mí respecta, somos familia.

—Gracias. Yo también le debo una disculpa, la juzgué mal y ahora veo que es una persona muy distinta a la que había imaginado. ¿Familia? Sería bonito tener otra familia, pero necesito tiempo.

—Lo comprendo. Ten presente que no estás sola, que, aunque es tarde para cambiar lo que pasó, quizá pueda, si me lo permites, formar parte de tu vida. No porque deba pagar por la atrocidad que cometió mi marido, sino porque eres la hermana de mi hijo Alfonso.

—Es curioso, tener un hermano era mi mayor deseo desde niña —apuntó con los ojos llenos de lágrimas.

Amelia le acercó una caja de pañuelos de papel que tenía a mano.

—Ya sabes dónde vivo y antes de que te marches te daré mi tarjeta. Ahí tienes mi teléfono. Puedes llamarme cuando quieras. Mi ofrecimiento es sincero.

—Gracias, de nuevo, Amelia. Siento haber sido yo la que le ha tenido que abrir los ojos y contarle una historia tan horrible, pero... Entienda, he dedicado el último año de mi vida a visitar a mi madre cada tarde, a sentarme a su lado en una habitación de hospital con la esperanza de que en algún momento abriera los ojos y me dijera «volvamos a casa», y ahora debo despedirme de ella. Tengo el corazón roto.

—Es comprensible, ojalá pudiera consolarte de algún modo. Ha debido de ser muy duro para ti tener esta conversación, por eso te agradezco tanto que hayas venido.

Amelia la acompañó hasta la puerta y se despidieron con dos besos.

Se quedó con el ánimo más magullado de lo que esperaba. Descubrir que su marido había sido protagonista de un episodio tan abominable en la vida de esa pobre mujer era demasiado. Sentía cierta resistencia ante la idea de volver a ver a don Armando para hablar sobre el asunto de los recibos; sin embargo, ya había llegado muy lejos y ese era el único punto que quedaba por aclarar. No era una mujer que se diera por vencida y esa no iba a ser la primera ocasión en que lo hiciera. Debía hablar con Alfonso y exponerle la cruda realidad. No sería ella quien se preocupara por revelar una nueva mancha en la reputación de su marido.

Tras ponerse cómoda y tomarse un analgésico, descolgó el teléfono y llamó a Pablo.

—Hola, querida, ¿cómo estás? —saludó su amigo al otro lado del auricular.

Escuchar su voz y percibir el optimismo que siempre desprendían sus palabras le subía el ánimo de inmediato.

—Ay, Pablo, me gustaría decirte que estoy estupendamente, pero para qué vamos a andarnos con disimulos. He conocido a la hija de la tal Consuelo. Se llama Elsa. Vino de nuevo a casa, cosa que le agradezco porque no me la quitaba de la cabeza. Hemos estado conversando un buen rato. Me ha parecido muy buena chica. Al fin he averiguado la auténtica versión de los hechos y es deplorable. No quiero aburrirte con detalles, ya te lo contaré cuando nos veamos, pero me ha confirmado que es hija de Javier. Ella misma lo supo hace poco. La vida de su madre pende de un hilo, lleva en coma casi un año y esta misma tarde la van a desconectar. Se quedará huérfana, por eso vino a casa buscando a su padre. Imagínate, está destrozada.

—Amelia, no sé qué decir. Siempre he creído que conocer la verdad, por muy dolorosa que sea, es mucho mejor que vivir en la ignorancia. Me entristece escucharte, se te nota en la voz que estás muy afectada.

—Eso no es lo único que me tiene así. Lo que me

atormenta de verdad es que Alfonso estuviera al tanto de las aventuras de su padre, que no debieron de ser pocas, y que eso fuera lo que hizo que se decidiera a marcharse de casa. Me ha confesado que lo que más le apenaba no era sentir el rechazo de su padre, sino que Javier me faltara al respeto de esa manera. Me duele en el alma pensar que tuvo que marcharse de mi lado, irse de su propia casa para evitar que la tensión entre ellos fuera tal que el asunto estallara y yo me acabara enterando de la peor manera. Ambos sufríamos mientras mi marido saltaba de cama en cama. Qué injusto me parece y qué pena tan grande que estuviéramos tanto tiempo alejados por su culpa.

—Qué rabia me da que Javier te siga dando disgustos a estas alturas, menos mal que para eso tengo un remedio infalible. A nuestra edad no conviene posponer las cosas, de modo que, si te parece bien, mañana mismo me paso por la agencia de viajes y compro un billete de avión para ir a verte. Ya te dije que me apetecía muchísimo disfrutar de unos días en Madrid. Te servirá de distracción y podremos hablar largo y tendido del tema.

—¿Quién podría negarse a una propuesta así?

—Pues cuenta con ello, hablamos mañana cuando vuelva de la agencia —anunció Pablo.

Su visita era justo lo que necesitaba para sentirse acompañada en esos días. Pablo era la persona indicada para subirle el ánimo, distraerse un poco y volver a celebrar que, pese a todo, todavía contaba con suficiente energía para superar cualquier adversidad. Solo había que tomarse las cosas de una en una y confiar en que todo acabaría resolviéndose.

31

Desde que Amelia me había contado la oferta de Patty para comprarle su parte de El Cuarto de Costura, le había dado mil vueltas al asunto. Cuando mi socia decidió ayudarme a cumplir mi sueño para hacerlo más grande de lo que yo lo había imaginado, pusimos toda nuestra energía en sacarlo adelante como fuera. Habíamos pasado por épocas más holgadas y otras en las que nos costaba pagar el alquiler; sin embargo, en aquel momento era un negocio estable y solvente. Me apenaba que tuviese que renunciar a su parte para salvar su situación económica y recuperar cierta liquidez.

Patty y ella se habían convertido en grandes amigas al descubrir que sus vidas tenían más en común de lo que cabría pensar a simple vista. Gracias a eso, jamás nos faltó su apoyo en todos esos años y era de agradecer que estuviera más decidida que nunca a materializarlo.

Con la puesta en marcha del viñedo que había comprado en Italia y sus planes para convertirse en mecenas y abrir una galería de arte, temía que quisiera extender su espíritu emprendedor hasta aquí y deseara involucrarse en la gestión de nuestro negocio. Su propuesta era muy generosa y aliviaba la preocupación de Amelia, pero a mí me suscitaba dudas. Sin embargo, me importó más que Amelia recuperara la tranquilidad que había perdido en los últimos meses, de modo que acabé por aceptar el trato. Confiar en que todo iría bien era una de las claves para que yo también sintiera la calma que necesitaba y que ella pudiera centrarse en solucionar los problemas que la acuciaban. Si confió en mí y me apoyó como lo hizo en su día, ahora era yo la que debía devolverle la confianza y continuar trabajando para que nuestro negocio nos siguiera dando alegrías. No tenía por qué salir mal.

—Buenos días, compañera —anunció Carmen cuando me vio entrar—. Te acaba de llamar Sara desde Francia. Le he dicho que estarías a punto de llegar y que te telefoneara un poco más tarde.

—Buenos días, Carmen, gracias. No sé qué ha pasado hoy con el tren, pero se ha retrasado. ¿Desde Francia, dices?

—Sí, está en casa de su padre.

—Claro, estará de vacaciones. Me dijo que iría a verle, pero lo había olvidado por completo.

—En cuanto sueltes tus cosas y te tomes tu cafelito, me voy a la mercería. Nos estamos quedando sin hilo y quiero comprar también algunas cremalleras pequeñas para los monederitos que vamos a coser para el rastrillo. Con suerte, a esta hora todavía no habrá mucha gente.

—Lo dudo, Pontejos siempre está hasta arriba, y no me extraña. Yo misma me quedo embobada mirando todo lo que tienen y al final salgo con mucho más de lo que había ido a buscar.

—Pontejos es la pastelería de las costureras golosas —concluyó soltando una risotada.

—Tú y los dulces. No tienes remedio. Anda, vete antes de que se te haga más tarde y no quepa un alfiler en la tienda.

Esa mañana esperaba la visita de una clienta, una señora de mediana edad muy elegante para quien nunca había cosido y que venía recomendada por la hija de unos conocidos de Amelia. Le estaba confeccionando un vestido de invitada para una boda en junio. En ninguna de las pruebas comentó de qué enlace se trataba, pero sospechaba que los novios serían bastante conocidos y de ahí que pusiera tanto empeño en no desvelar ni la fecha concreta ni el lugar de la celebración. Mi madre acostumbraba a decir que las modistas éramos como confesoras y que las clientas solían confiarnos sus secretos, pero ese no era el caso. Cuando venía a probarse no comentaba ni el más mínimo detalle. Solo había avisado de que necesitaba el traje para principios de junio. Lo único que podía deducir, por el largo de la falda, era que se trataba de una boda de mañana y que sería un acontecimiento social importante, ya que las telas que había elegido eran de una calidad y una belleza extraordinarias. Además, me había pedido que le guardara los retales para forrar los zapatos y el bolso de mano.

Saqué la prenda del armario y estaba terminando de colocarla sobre el maniquí cuando sonó el teléfono.

—¿Hola? —oí la voz de mi amiga al otro lado...

—¡Sara! Qué alegría oírte. Ya me ha dicho Carmen que habías llamado. ¿Cómo estás?

—De maravilla. En Toulouse, disfrutando de mi padre y de mi hermanito Fran.

—¿Hermanito?

—Por decir algo. Diecisiete años ya y casi un metro noventa. ¡No sé adónde va a llegar! Cada vez que le veo está más alto.

—Tranquila, no puede crecer indefinidamente.

—No, claro, eso espero. —Oí que intentaba contener la risa.

—¿Qué tal sigue tu padre? Cuéntame.

—Está fenomenal. Le dieron el alta definitiva en Oncología y, desde que se jubiló, ha rejuvenecido. Natalia, su mujer, está centrada en su trabajo y él tiene todo el tiempo del mundo para dedicárselo a su hijo. El año que viene irá a la universidad y ahí andan los dos intentando elegir carrera.

—¡Cuánto me alegro! ¿Y el resto de la familia?

—Pues tengo novedades. Mi madre y su novio se van a vivir juntos. Bueno, en realidad, él se muda a la casa de mi madre. Parece que se han cansado de estar ascensor arriba y abajo, y han elegido la opción más práctica. El que anda tristón es Luis, me temo que las cosas entre él y mi cuñada no van del todo bien, y me da mucha pena por mis sobrinos. Sé lo que es crecer en una familia rota y, desde luego, no es un trago agradable.

—Vaya, lo siento. Con críos de por medio estas cosas son complicadas. Pero, como bien dices, qué te voy a contar a ti. Oye, me alegro mucho por Fermina.

—Sí, está feliz. Ahora echo la vista atrás y no la reconozco —comentó Sara.

—Si es que de todo se sale. Y hablando de parejas, lo de Paul ¿ya está encaminado?

—Ja, ja, ja, qué ganas tenéis todos de casarme. He de reconocer que cada vez pasamos más tiempo juntos y mi padre me acaba de proponer que me acompañe cuando vaya a Almuñécar de vacaciones y así se conocen. Quién sabe, quizá le haga caso; me apetece enseñarle el pueblo de los veranos de mi infancia. Bueno, cuéntame cómo está Daniel, ¿mejor con la medicación?

—Creo que le está ayudando, aunque no me gustaría que tuviera que pasarse toda la niñez tomando pastillas. Los médicos me han asegurado que este es el mejor tratamiento y que con el tiempo, si todo va bien, se le podría retirar. No sé, a ratos dudo de que el diagnóstico sea el acertado, pero no me queda otra que confiar en su criterio y esperar que no nos estemos equivocando. En el colegio me dicen que ven avances y ya no necesita sesiones semanales con el psicólogo.

—Eso son buenas noticias. Háblame de ti, ¿cómo están las cosas con Ramón? ¿Problema resuelto?

Sabía que en algún momento saldría el tema y estaba convencida de que hablar con Sara me vendría bien. Con ella podía ser sincera, tanto como conmigo misma.

—En realidad no. Aunque no le culpo, se trata de mí, Sara. Llevo meses haciéndome preguntas para las que no logro encontrar respuestas. Hay días que no me reconozco, que dudo de quién soy y me da por cuestionármelo todo. Las cosas se están complicando...

—¿Te refieres a Fernando? —Sara recordó la conversación que habíamos tenido en Navidad.

—Sí. Creo que he cruzado una línea roja. Me ha confesado sus sentimientos y estoy más confusa que nunca. Verás, desde que nos encontramos en diciembre hemos vuelto a coincidir varias veces. Me hace sentir apreciada, querida, me trata de un modo especial que echaba de menos en mi matrimonio. He experimentado sensaciones que tenía olvidadas y ahora me debato entre arriesgarlo todo y tomar un camino nuevo o apostar por mantener a mi familia unida. Hay veces que me siento como una auténtica quinceañera esperando a que suene el teléfono, y otras como una mujer nueva que sabe que puede cambiar el rumbo de su vida cuando quiera y buscar su felicidad por encima de todo.

—Pero Ramón...

—Ramón no sabe nada. Sabe que no estamos bien, porque es más que evidente, pero no sospecha. Seguimos haciendo vida normal y evitamos tocar el tema. De todos modos, casi no tenemos tiempo para hablar y creo que a ninguno de los dos nos apetece dar el primer paso. No me veo capaz aún, antes tengo que aclarar mis ideas. No voy a tener una conversación con él sin saber qué quiero de verdad. Estoy hecha un lío. No sé qué me está pasando, no sé a qué viene esto ahora. Tengo todo cuanto siempre he querido. Todos mis sueños se han cumplido. No entiendo nada, Sara.

—Así son a veces los sentimientos, incomprensibles. No todo se puede explicar con la razón. Por eso estamos hechos de cabeza y corazón, para poner uno donde no llega el otro.

—Tengo tantas dudas...

—Todos pasamos por momentos de debilidad y siempre hay una salida. Cuando tengo algún problema, hablo con Manah, la madre de la familia hindú con la que vivo. Casi todas nuestras conversaciones acaban con un dicho que no se cansa de repetirme: «No hay árbol que el viento no haya sacudido». Tú eres una mujer valiente, sabrás tomar la mejor decisión.

—No, no lo soy, ahora mismo todo me da miedo. Me da miedo enamorarme, me da miedo perder lo que he construido, me da miedo empezar de nuevo. No, Sara, no soy valiente. No sé cómo enfrentar esta incertidumbre. Y me aterroriza la idea de mirar atrás cuando pasen unos años y ver que me he perdido por el camino; que no queda de mí nada más que la madre, la compañera, la trabajadora, y no encontrar a la mujer que era.

—Tú siempre serás Julia, con todas esas facetas. No tienes que renunciar a ninguna de ellas, todas forman parte de ti. Solo debes recuperar el equilibrio.

Aquella última frase resonó en lo más profundo de mi corazón. Esa era la clave. El equilibrio. Tenía que armarme de valor y enfrentar las cosas sin miedo. No quería seguir sintiéndome una víctima de lo que me rodeaba. Tenía que demostrarme a mí misma que yo llevaba las riendas y que podía recuperar a esa mujer que había tenido la determinación para cumplir sus sueños. Ahora era más sabia y más fuerte.

—Puede que tengas razón. Quizá lo que me pasa es

que llevo demasiado tiempo dejando que una de esas «Julias» eclipse al resto. Quizá deba luchar para que las demás encuentren su espacio. Prestarles atención y dejar que vuelvan a formar parte de mí. Tengo que recordar quién era.

—No tienes que hacer una gran revolución, solo pequeños cambios que te coloquen en el lugar en el que te sientas a gusto contigo misma. Lo bonito de la vida es que nos permite evolucionar. No es necesario que vuelvas a ser la Julia de antes, no puedes. Has aprendido, has vivido y eso, inevitablemente, te ha transformado. Es un proceso natural, no hay por qué tenerle miedo. Eres valiente, yo te conozco.

—Si es que no tengo tiempo de parar. El día a día me devora, me dejo llevar por la inercia. No encuentro la calma que necesito para reflexionar y tomar decisiones.

—Usa tus apoyos. No solo para sacar más tiempo para trabajar o para poder atender más tareas, también para tu propio disfrute. No hay nada malo en tomarse una tarde libre para ir a la peluquería o para dar un paseo. Las mujeres necesitamos una red de apoyos que nos sostenga. No te estoy contando nada nuevo. En El Cuarto de Costura lo habéis hecho siempre así, quizá no te hayas dado cuenta porque es nuestra forma natural de ayudarnos unas a otras.

A través del escaparate vi que la clienta que estaba

esperando se disponía a cruzar la calle. Tenía un minuto para despedirme de Sara.

—Perdona que te corte, pero tengo que dejarte —me disculpé.

—Claro, no te preocupes. Dales recuerdos a mis compañeras de costura, un abrazo para Amelia y un beso enorme para Daniel.

—Cuídate mucho y mantenme informada. Me muero por saber cómo progresa la relación con Paul —añadí.

—Descuida, si hay novedades serás la primera en saberlo —prometió Sara—. Y recuerda que, aunque estemos lejos, existe el teléfono. Llámame cuando necesites hablar, ¿de acuerdo?

—Lo haré. Gracias, Sara.

Colgué el auricular feliz, más ligera, con la sensación de que Sara me había ayudado a desprenderme de un velo que me impedía ver con claridad. Ella debió de perderse también en su papel de cuidadora cuando su madre atravesó los peores años de su vida. Estaba claro que, después de tomar distancia, había descubierto a la mujer que era y había recuperado sus ilusiones.

Recibí a la clienta y la hice pasar al probador. Después de unos ajustes en las mangas, que ya estaban hilvanadas, la ayudé a quitarse el traje y volví a colocarlo en el maniquí mientras ella acababa de vestirse.

—Para la próxima prueba necesitaría que trajera los

zapatos. Verse con ellos le ayudará a decidir el largo que desea.

—De acuerdo. Me gusta mucho cómo está quedando y es increíble lo bien que sienta. Sabía que no me equivocaba al encargarte este traje. En la boda habrá muchas invitadas que lucirán diseños de firma, pero yo estoy convencida de que el mío llamará la atención. Si queda como creo, no será el único que te pida. Eso tenlo por seguro.

—Me alegro de que le esté gustando. Aún no está acabado, ni mucho menos, y faltan muchos detalles por pulir, pero sí, está quedando muy bien y le sienta como un guante. Las telas son una maravilla y eso ayuda —añadí.

—No te quites mérito. Yo no sé nada de costura, sin embargo, siempre me fijo en el acabado de las prendas y sé reconocer un buen trabajo. Se nota que llevas muchos años en esto. Eres muy buena.

—Sí, ya llevo unos cuantos a mis espaldas —sonreí—. Mi madre cosía cuando yo era pequeña. Aprendí mucho de ella y luego tuve la oportunidad de formarme en una academia con muy buen nombre. Le agradezco el cumplido.

—No hay de qué. Se nota que lo llevas en la sangre.

La cité para una próxima prueba y, una vez que consultó su agenda, acordamos vernos en tres semanas. La acompañé a la puerta y se despidió muy agradecida.

Era tan reconfortante que la clienta apreciara mi trabajo... Cuando tenía una prenda como esa entre manos no podía evitar remontarme a aquellos años en los que miraba embobada cómo mi madre confeccionaba los trajes de Amelia. En ocasiones le pedía permiso para inspeccionar algunas de las creaciones de renombrados diseñadores de la época que tenía en su armario. Luego trasladaba lo aprendido a las que ella misma le cosía poniendo especial atención a los detalles. Esa era su seña de identidad y una de las primeras lecciones que aprendí.

—¡Dios santo! ¡Qué calor! Como esto siga así no sé cómo vamos a estar en junio —exclamó Carmen entrando por la puerta.

—Mira que eres exagerada. Será que vienes corriendo y por eso te has acalorado —señalé mientras me acercaba a ella para ayudarla con las bolsas—. Veo que al final has comprado muchas más cosas de las que tenías en mente.

—Sí, es que allí se le va a una la cabeza; y porque no quería echar toda la mañana, que si no...

—¿Te has fijado en que se te ha descosido la costura del costado? —dije señalando la falda.

—¡Ah, era eso! He notado un ruido sospechoso en la mercería cuando se me ha caído el monedero y me he agachado a recogerlo. Ni me voy a molestar en arreglarla, esta falda ya lleva un tiempo pidiendo que la cambie de armario.

—¿Cómo que la cambies de armario? A ver, explícame eso.

—Este cuerpecito serrano que tantas alegrías me da va por libre, Julia. Igual coge unos kilitos que los suelta. Bueno, esto último es más raro, pero a veces pasa. Para no volverme loca, en casa tengo tres armarios.

—¿Cómo que para no volverte loca? ¿Tres armarios? No te entiendo.

—Es muy fácil. Tengo el armario normal, el armario de «la esperanza» y el de «nunca jamás».

—No te sigo.

—Uno es para la ropa que me está bien, otro para la que algún día me entrará y el altillo es el armario de «nunca jamás». Ya me entiendes. Hay que ser práctica. Y realista —agregó—. ¡No me digas que no es buena idea!

Mi primer impulso fue reírme a carcajadas. Pero luego dudé. Tal vez lo que estaba escuchando fuera un invento y Carmen me estuviera gastando una de sus bromas. La miré lo más seria que pude hasta que un gesto de su cara me convenció de que no estaba bromeando y de que esperaba una respuesta.

—Amiga, eres la bomba.

—¡Lo sé! ¡Lo sé! —exclamó entre lágrimas de risa.

Aquellas carcajadas pusieron el punto final a una mañana muy productiva. En el tren de vuelta a casa no dejaba de pensar en una frase: «Usa tus apoyos». Tenía a mi alrededor mujeres maravillosas que desde hacía mucho eran mi sostén sin que tuviera que pedirlo. Ninguna me dejaría caer sin estar cerca para tenderme una mano. Hablar con Sara me había dado las fuerzas para ver mi vida desde otro ángulo. Por fin tenía claro cuál sería mi próximo paso.

32

Amelia decidió dedicar los días siguientes a evadirse de sus preocupaciones y disfrutar de la compañía de su amigo Pablo, que llegaría esa misma tarde. Pero antes quería pasar por casa de don Armando para terminar de aclarar la última cuestión que no le cuadraba en la historia de Elsa. Daba por hecho que él podría sacarla de dudas.

—Buenos días, me urge hablar con don Armando, ¿puede anunciarle que deseo verle, por favor? —solicitó cuando la asistenta la recibió en el domicilio.

Unos instantes después apareció una enfermera en el recibidor.

—Buenos días. Don Armando se encuentra muy delicado de salud y no recibe visitas. ¿Puedo ayudarla? —preguntó.

—Cuánto lo siento, aunque me temo que no. Se trata un

asunto personal, pero le garantizo que no le molestaré más de un minuto. Somos viejos conocidos y es de vital importancia para mí hablar con él. —Tuvo que emplear todo su poder de persuasión para que la ATS le permitiera verle.

La persona que se encontró era muy distinta a aquel abogado arrogante que casi la echó de su casa semanas atrás. Don Armando había sufrido un infarto y precisaba de una botella de oxígeno para respirar. Estaba sentado en uno de los orejeros del salón, con una manta sobre las rodillas. Al verla corrigió su postura y levantó la barbilla en un intento de mostrar un aspecto más respetable.

—Lamento comprobar que su estado de salud ha empeorado. Le estoy muy agradecida de que me reciba y no le robaré más tiempo del imprescindible.

—Tome asiento, doña Amelia. Usted dirá. —Hizo una señal a la enfermera para que los dejara a solas.

Ella se sentó en uno de los sillones y dejó el bolso de mano sobre la mesa de centro.

—Seré breve. Al hilo de nuestra última conversación sobre la hija ilegítima de mi marido, quiero que sepa que he conocido a la chica en cuestión y hemos aclarado la verdadera historia detrás del embarazo de su madre, Consuelo. Me ahorraré darle mi opinión sobre el calificativo que utilizó usted para describir el encuentro que tuvo mi marido con esa pobre mujer. He de decir que en nada se asemeja a la versión que he escuchado por boca de Elsa, que así es como se llama la criatura. Doy por sentado que usted la conoce tan bien como yo.

Don Armando guardó silencio. Parecía escuchar con cierta atención sin abandonar un aire de dignidad impostada que no la convencía.

—Aunque ya conozco el relato real de lo sucedido, hay algo que no me cuadra y por eso he decidido venir a verle —argumentó Amelia.

—La escucho —acertó a decir retirándose por un instante la máscara de oxígeno que le cubría la boca.

Abrió el bolso y sacó el sobre que don Armando ya había visto en su anterior visita.

—Según estos recibos, Javier estuvo pagando la manutención de la chica hasta que falleció. Sin embargo, Elsa me ha contado que su madre recibió una cantidad mensual hasta que ella cumplió los veintiuno. ¿Puede usted explicarme cómo pudo percibir esa asignación después de que mi marido falleciera? Las fechas no coinciden y este es el único punto que queda por aclarar en todo este sucio asunto. Veo que le cuesta hablar, así que puede expresarse sin rodeos. Si necesita escatimar esfuerzos, preferiría que se centrara en explicarme cómo pudo Consuelo seguir recibiendo ese dinero hasta que su hija, la hija de Javier, cumplió veintiún años.

A Amelia le costaba fingir una serenidad que no sentía. Aunque en el pasado había aprendido a disimular sus emociones, en esa ocasión no le resultaba sencillo actuar con el sosiego que requería el momento.

La enfermera los interrumpió para comprobar que todo iba bien y preguntar a don Armando si necesitaba algo. Él asintió con la cabeza y le hizo un gesto con la mano para que se retirara. De inmediato, hizo sonar la pequeña campana que tenía a su lado en el velador y apareció su asistenta. Le pidió que se acercara y, retirándose el oxígeno, le dio unas indicaciones. Al minuto la muchacha estaba de vuelta con una carpeta. La depositó sobre la mesa y se marchó cerrando la puerta tras ella.

—Ahí tiene los que faltan. Coja la carpeta. De nada sirve ya ocultarle esto.

Amelia se levantó del sillón, se inclinó para cogerla y volvió a sentarse.

—Ábrala —le pidió el abogado.

Apoyó la carpeta sobre sus rodillas e hizo lo que le pedía. Descubrió dentro otro buen fajo de recibos, todos ellos a nombre de Consuelo y con la misma firma ilegible que figuraba en los que ella tenía en su poder.

—Cuando su marido supo del embarazo de la muchacha, me encargó que le hiciese llegar mensualmente una cantidad para la cría. Su tío venía puntual a cobrarla en mano. Al fallecer don Javier, yo mismo me hice cargo de aquel pago para respetar la voluntad de su marido. Ahí tiene el último recibo fechado el mes en que la chica cumplió los veintiuno.

Don Armando volvió a colocarse la máscara de oxígeno e inspiró varias veces.

—No me importó abonarlos de mi propio bolsillo —añadió con dificultad— para que se cumpliera el compromiso de don Javier con esa criatura.

—Todo un detalle. Aunque, más que respetar su voluntad, yo diría que lo que usted pretendía era lavar su conciencia. No crea que ignoro dónde sucedió todo y qué relación le unía a Consuelo. Despedirla embarazada fue de una bajeza indescriptible. No quiero ni imaginar lo que pasaría la pobre, sola y sin trabajo.

El anciano se mostraba incómodo y malhumorado. La escuchaba sin manifestar interés, más pendiente de mantener el tipo que de añadir ninguna otra frase a su discurso. No tenía sentido seguir allí y, aunque mi socia se consideraba con todo el derecho del mundo a exigir las explicaciones oportunas, no pretendía hacerle pasar un mal rato y menos socavar su delicada salud. Antes de que Amelia pudiera levantarse, volvió a sonar la campanita y la chica de servicio entró en el salón.

—Algo me dice que no volveremos a vernos. Dios se apiade de su alma cuando le llegue la hora —añadió Amelia como despedida.

El abogado adoptó un gesto aún más agrio y no pronunció una palabra más.

La acompañaron a la puerta y se marchó satisfecha. Al fin tenía todas las piezas del puzle. Pero, lejos de sentirse en paz, la asaltó una terrible angustia. Por un momento se puso en la piel de Consuelo y lamentó profundamente no haber sabido de ese episodio de la vida de su marido. De haber sido así, podría haberla ayudado y, en cierta medida, haber reparado parte del daño que le había causado don Javier.

Regresó a casa con la intención de descansar un poco hasta que llegara Pablo y aprovechó para llamar a Alfonso.

—Disculpa, mamá, estoy a punto de entrar en una reunión. Luego te llamo, ¿te parece?

—Claro, hijo. No he debido interrumpirte en horas de trabajo.

—Espera, no tienes buena voz. ¿Qué te pasa? ¿Te encuentras bien?

—Sí, no te preocupes. Acabo de volver de casa de don Armando y estoy un poco alterada. Solo necesito relajarme un rato.

—Mira que eres cabezota, te dije que lo dejaras estar. Desde luego, no hay derecho.

—Lo sé. No te enfades conmigo. Necesitaba llegar al fondo de este asunto y por fin lo he logrado.

—En cuanto acabe la reunión te llamo yo y me lo cuentas con calma. Ahora tengo que colgar, me están esperando.

—Entiendo. Un beso, hijo.

Le pidió a María que le preparara una infusión y cuando la muchacha entró en la salita a servírsela notó a Amelia desorientada, con mal color y falta de fuerzas. Ella sabía qué debía hacer si se daba una situación así y enseguida me llamó por teléfono. Por suerte, yo estaba en El Cuarto de Costura y no tardé ni diez minutos en llegar a su casa. A pesar de que la chica había descrito su estado con precisión, me asusté al verla.

—Tienes el teléfono de su médico, ¿verdad?

—Sí, está en su agenda —contestó solícita.

—Llámalo, quizá pueda acercarse a verla —le indiqué—. ¿Ha desayunado esta mañana?

—Se tomó un té antes de salir, pero no ha comido nada.

—Puede que sea solo eso. Pero mejor curarnos en salud.

El médico no tardó en llegar, la reconoció y nos dio algunas indicaciones.

—¿Pueden prepararle algo de comer? Una tostada pequeña con queso fresco le vendrá bien, y asegúrense de que beba agua a pequeños sorbos. Es importante que se mantenga hidratada. Doña Amelia —dijo volviéndose hacia ella—, no parece más que una bajada de tensión sin importancia, pero quiero verla en mi consulta en unos días.

—Muchas gracias, doctor; mañana mismo llamaré para

pedir cita. Estas últimas semanas han sido un poco agitadas y puede que eso me esté afectando. Le agradezco que se haya acercado hasta aquí.

—No hay de qué. Tómese el resto del día con calma e intente descansar. El cuerpo es sabio y hay que prestarle atención.

María le acompañó hasta la puerta y yo me quedé con ella en la salita.

—¿Tienes prisa o puedes estarte conmigo un rato? —me preguntó.

—He dejado a Carmen al mando. Me quedo lo que haga falta. Ya tienes mejor color —afirmé.

—Gracias, Julia. Me encuentro mejor, sí; acabo de volver de casa de don Armando y creo que es eso lo que me ha alterado.

—Pero...

—No hemos tenido ocasión de hablar. Déjame que te cuente. Hace solo un par de días aquella chica que se presentó en mi casa vino de nuevo a verme. Quería disculparse por haber desaparecido sin más cuando escuchó que Javier había fallecido. Está a punto de perder a su madre y su tío le ha contado la verdad acerca de su padre, a quien creía muerto desde antes de nacer ella. Después de una larga conversación se confirma que es hija de mi marido, como ya sospechaba.

—Entonces, la tal Consuelo era su amante.

—No, ojalá hubiera sido así, pero la verdad es mucho más terrible que eso. Seguro que recuerdas que poco después de que Alfonso se marchara a Barcelona, Javier y yo dejamos de fingir que teníamos un matrimonio bien avenido. Con el tiempo, me negué a seguir recibiendo en casa a sus socios y amigos para agasajarlos con el pretexto de tal o cual negocio. Aquellas cenas, de las que me negaba a formar parte, empezaron a celebrarse en casa de su abogado. En una de ellas, mi marido abusó de Consuelo, una de las chicas del servicio de don Armando, y la dejó embarazada. Unos días después, la despidieron del trabajo y su novio la abandonó acusándola de haberle engañado. Cuando su hermano lo supo, habló con Javier y mi marido lo dispuso todo para que la muchacha recibiera una cantidad de dinero todos los meses, como ya sabíamos por los recibos de los que te hablé. Elsa, que así se llama la chica, me contó que su madre siguió cobrando esa asignación hasta que ella cumplió los veintiún años. Pero las fechas no encajaban y por eso fui a ver al abogado, quien me ha confirmado que, cuando mi marido falleció, él mismo se encargó de seguir haciéndole llegar esa paga a Consuelo. Conociéndole puedo suponer que no lo haría por la muchacha, sino por limpiar su conciencia y evitar problemas.

—Dios santo, Amelia. Me dejas de piedra. ¡Qué barbaridad!

—Imagínate la cara que se me quedó cuando Elsa me lo contó todo. Puedo asumir que mi marido me fuera infiel, pero esto... Esto es una atrocidad. Supongo que mantenerle la boca cerrada a base de dinero fue lo único que se le ocurrió para responsabilizarse de sus actos. Ha sido muy duro sacar a la luz la verdadera historia que se escondía tras esos recibos y descubrir la naturaleza de la persona con quien compartí mi vida tantos años, pero lo necesitaba para zanjar este asunto.

—No me esperaba algo así de don Javier. Al menos, como tú misma dices, ya está todo aclarado, y, si eso te hace sentir mejor, bienvenido sea. Y esa chica, ¿qué tal es?

—Parece muy buena persona. Pese a lo incómodo de la situación, fue muy educada y respetuosa, aunque, como te puedes imaginar, está destrozada. Su madre está muy enferma, se va a quedar huérfana, Julia, y no tiene más que a su tío. Se me cayó el alma a los pies cuando me dijo que esa misma tarde iban a desconectarla. Me he ofrecido a ayudarla en lo que necesite, pero no sé si querrá tener trato conmigo; para ella debe de ser complicado. Me contó que de niña una de sus mayores ilusiones era tener un hermano, y Alfonso lo es. Mi hijo no ha llevado bien este asunto y desde el principio me dejó claro que no quería saber nada, pero confío en que en un futuro pueda aceptarla.

—Cada cosa a su tiempo. Está todo muy reciente, pero seguro que cuando pasen unos meses entrará en razón y, si tú se lo pides, hará todo lo necesario para acercarse a ella. Como bien dices, son hermanos, y Alfonso es muy noble. Ella no tiene culpa de nada y él bastante ha sufrido ya; quizá sea el momento de reconciliarse con el pasado y sacar algo bueno de tanto sufrimiento. Ahora lo importante es que tú te repongas, hagas caso a tu médico y vayas a verle en cuanto puedas. ¿Me lo prometes?

—Descuida. Lo haré —asintió Amelia—. Esta tarde llega Pablo y se quedará unos días por aquí, tenemos entradas para el teatro y hay un par de exposiciones a las que quiere llevarme. Un poco de entretenimiento me vendrá bien.

—Estupendo entonces, pero tómatelo con calma. No queremos que esto se repita.

—Tranquila, sé que ya no soy una niña y que el cuerpo manda. Bajaré el ritmo —rio.

—Por suerte, sé que Pablo no es capaz de seguirte, así que confío en que te obligará a descansar aunque no quieras.

—Ahora más que una amiga pareces mi madre. Anda, márchate, que bastante tiempo te he robado ya.

Me despedí de ella algo intranquila, pero contenta por saber que había resuelto uno de los problemas que la inquietaban y que Pablo le serviría de apoyo hasta que terminara de encajar ese horrible episodio. Era descorazonador comprobar cómo la vida de una persona podía quedar marcada de esa manera por los actos de un desalmado. Estaba segura de que aquella muchacha tenía sus propios planes antes de convertirse en víctima de don Javier. Debió de armarse de un arrojo digno de admiración para lograr sobreponerse y criar a su hija. Qué triste resultaba imaginar la angustia que había pasado callando un secreto así para protegerla de una verdad tan dolorosa.

Después de conocer la historia de Consuelo y Elsa, mis propios problemas me parecían mucho más pequeños, casi insignificantes. Estaba deseando cerrar la academia durante unos días en Semana Santa y tener ocasión de hablar con Ramón con calma. Había pasado demasiados años sin prestarme atención, viviendo el día a día pendiente de lo que necesitaban los de mi alrededor. Era el momento de pensar qué quería realmente yo y empezar a tomar decisiones. A veces conocer otras realidades, por muy duras que sean, te abre los ojos y te recuerda que tienes solo una vida. Estaba decidida a hacer que mereciera la pena vivirla con toda la intensidad posible.

33

Las semanas siguientes pasaron en un suspiro. Las alumnas de la academia habían conseguido coser un buen número de proyectos pequeños que íbamos a vender. Además, habían tenido la oportunidad de conocer a Laura en persona. El encuentro había sido un aliciente para que difundieran el mercadillo entre sus conocidos y conseguir que fuese un éxito. Se habían empleado a fondo y estaban deseando que llegara el día.

Por su parte, Laura andaba angustiada; las noticias que le llegaban de Senegal no eran buenas. Al parecer, Aminaya estaba enferma. Sus compañeros no habían querido decirle nada antes para no preocuparla, pero su estado no mejoraba y comenzaban a temer por su vida. Al final, Laura había aceptado el puesto al frente de la misión y aquella circunstancia la reafirmaba en su decisión. Se mostraba intranquila durante las tardes de costura, le preocupaba cómo la encontraría cuando se incorporara. Pese a saber que la estaban cuidando con todo el cariño y los medios a su disposición, no conseguía quitársela de la cabeza. Incluso se planteó la idea de adelantar su viaje y volar allí en cuanto sus hijos acabaran el curso a finales de junio.

Mientras tanto, la reforma del piso de Amelia progresaba a buen ritmo. Después de hablar con Alfonso, se liberó del peso que la había atormentado en los últimos meses y se centró en terminar de elegir la decoración de su nueva casa. Dedicaba gran parte de su día a trabajar codo con codo con Felipe para crear un hogar a su medida. Había empleado mucho tiempo en deshacerse de viejos recuerdos y enseres que no quería conservar y eso la había hecho sentir más ligera. Sin embargo, su salud se había resentido. Culpaba de sus achaques a los últimos acontecimientos y, aunque las pruebas médicas no eran concluyentes, parecía no tener a la misma vitalidad que antes.

La vida de los demás seguía su curso, pero yo tenía la sensación de que la mía se había estancado. Lejos de desesperarme, estaba tranquila; tal vez el destino me estuviera dando una tregua para que pudiera decidir qué camino tomar. Había vuelto a ver a Fer en un par de ocasiones más y, aunque me había propuesto mantener las distancias en todo momento, no conseguía controlar mis emociones estando con él. Parecía una cría intentando convencerme de que nuestros encuentros eran casuales. Leía sus mensajes una y otra vez, y dejaba que se me escapara el autobús para pasar caminando por delante de la cafetería con la esperanza de que me viera desde la barra y saliera a saludar.

En el fondo no quería renunciar a ese cosquilleo que se apoderaba de mí cuando pensaba en él, y no paraba de buscar razones para justificarme. Tenía la impresión de que vivía solo para el encuentro siguiente, como si el tiempo que transcurría entre uno y otro no contara; como si esos días carecieran de interés; como si aguantara la respiración hasta la próxima vez que lo viera porque, a esas alturas, él era el oxígeno que me llenaba de vida.

Así fue también esa mañana. Carmen había llamado para decir que no se encontraba bien y que no vendría hasta la tarde, y yo estaba sola en El Cuarto de Costura acabando el vestido de ceremonia que tenía entre manos.

«Estoy en Madrid. ¿Nos vemos?».

Bastaban unas pocas palabras en la pequeña pantalla de mi móvil para hacerme sentir viva.

«Me encantaría. Cierro a las dos», respondí.

Mi primer impulso fue buscar el «botiquín de Carmen» y descubrir si un poco de colorete y un cepillado serían suficientes para verme más guapa. El espejo me devolvió el reflejo de una mujer ilusionada. No quedaba rastro de la esposa con remordimientos ni de la madre presa de la culpa. Me había desdoblado. La Julia que se presentaba ante mí estaba dispuesta a aceptar aquel reencuentro como un regalo del destino sin cuestionarse cuál sería el precio que tendría que pagar por ello. Solo así era capaz de dejar que mis emociones afloraran y me permitieran vivir ese momento sin miedo. Si no había conseguido ponerle nombre a lo que sentía, si no había logrado decidir qué dirección tomar, al menos iba a vivir cada instante como lo que era, la oportunidad de hacer una elección para descubrir la mujer que quería ser.

De pronto caí en la cuenta de que, aunque era yo la que debía tomar decisiones, Fernando podría estar viviendo lo nuestro con una gran incertidumbre. Al fin y al cabo, yo tenía ante mí dos alternativas muy diferentes y era dueña de elegir la que más feliz me hiciera. Sin embargo, él había dejado en mi mano la llave de un sueño: construir un futuro juntos. Sentí un peso con el que no contaba; no era lógico que asumiera que la felicidad de otra persona era asunto mío, pero, en cierto modo, era así. Me invadió una sensación de vértigo que no había sentido hasta entonces.

El par de horas que quedaba hasta nuestro encuentro se me hicieron eternas. Después de descoser varias veces la cremallera del vestido en el que estaba trabajando, decidí dejarlo para otro día. Era incapaz de concentrarme en algo que requería toda mi atención. No podía dar lo mejor de mí si no me entregaba por completo. Acepté que aquel encargo debía esperar y empleé el tiempo en hacer un arreglo sencillo que Carmen tenía pendiente.

Poco antes de las dos, le vi llegar a través de la ventana del escaparate y me puse en pie para recibirle.

—Hola, preciosa —me saludó y me dio un beso en la mejilla nada más entrar.

—Fer, ten cuidado.

—Disculpa, no he querido incomodarte. Estamos solos, ¿no?

—Sí. Perdona, no pasa nada, es que... —Era un saludo de lo más normal, pero me preocupaba que alguien pudiera vernos. Actuaba sin pensar cuando le tenía cerca.

—He venido a traer unos papeles a la gestoría y se me ocurrió que podríamos comer juntos. ¿Te apetece que tomemos algo?

—Sí, dame un minuto. Solo tengo que dejar esto recogido y nos vamos. Esta tarde no tengo clase y Daniel no llega a casa hasta las cinco.

—Perfecto —exclamó—, comemos y luego te vuelves conmigo. Tengo el coche en el aparcamiento de Colón.

Desenchufé la plancha, despejé la mesa y entré al cuartito para apagar las luces antes de marcharme. Fer entró detrás de mí sin que me diera cuenta.

—Ven —susurró cogiéndome por la muñeca e invitándome a soltar mis cosas—. Me he levantado esta mañana pensando en ti.

—Fer... —Su boca estaba tan cerca de la mía que apenas me llegaba el aire para pronunciar una palabra. No era necesario.

El calor de sus manos en mi cintura me invitó a cerrar los ojos y a abandonarme a ese instante como si no existiera nada más a nuestro alrededor. Desapareció el suelo bajo nuestros pies y las manecillas del reloj se pararon en seco. Se esfumaron las dudas y se desvanecieron las preguntas. Mi cuerpo reaccionaba a sus caricias como si escapara a mi control, como si fuera incapaz de hacer otra cosa que no fuera entregarse a él. Se rendía gozoso al tacto de sus dedos con una sumisión que apartaba la razón hasta anularla.

Nuestra ropa era una barrera invisible que salvamos sin dificultad y sus labios buscaron rincones de mi piel que no conocían. Eran como dos extraños a los que acogía con avidez. El deseo, silenciado durante tanto tiempo, encontraba ahora su espacio y se extendía sin cautela, como si se proclamara dueño de aquella sucesión de minutos que anhelé que fuese infinita.

Al ver su torso desnudo, deseé que cada poro de su piel encontrara reposo en la mía y me asusté. No era el momento ni el lugar y, si me dejaba llevar, podría estar tomando una decisión que marcara el resto de mi vida.

Y la de Daniel. En un segundo, la esposa sin remordimientos y la madre sin culpa desaparecieron.

Le aparté con suavidad.

—Fer, no puedo. Lo siento.

—Tranquila —contestó abrochándose la camisa.

—Verás... —intenté explicarme.

—Julia, no tienes que decir nada más. Lo entiendo, de verdad —añadió tomándome la cara con las dos manos.

No quería que las cosas sucedieran así, quería que fueran producto de una decisión meditada. Ya me había dejado llevar en otras ocasiones. Si debía existir un encuentro definitivo tenía que darse tras una decisión firme. Tenía que estar segura de lo que quería y de qué significaría ese paso para poder entregarme sin reservas. Los lazos que me unían a Fer eran cada vez más fuertes y quería poder elegirle sin que la pasión nublara la razón.

Me fue muy difícil mantener la cabeza fría en el restaurante. Mientras Fernando charlaba como si nada, yo tenía que hacer un esfuerzo para seguir la conversación y no dar pie a silencios incómodos. Observaba cada uno de sus gestos como si quisiera retenerlos en mi memoria.

—Fer, he pensado que será mejor que vuelva a El Cuarto de Costura cuando acabemos aquí. Carmen no se encontraba bien y no he sabido nada de ella desde esta mañana. Sería raro que faltara, pero quizá tenga que dar su clase esta tarde. Prefiero quedarme por si no aparece.

—Entiendo. Me volveré solo —añadió haciendo pucheros en un intento de hacerme reír.

—Mira que eres tonto —concluí.

Apuramos los cafés, pagamos la cuenta y me acompañó de regreso al trabajo.

—He hecho bien en volver. No parece que Carmen esté por aquí —comenté al ver que las luces de la academia seguían apagadas—. La llamaré ahora a ver qué tal sigue.

—Espero que no sea nada. Que pases buena tarde, bonita —me deseó antes de despedirse con un beso.

Al meter la llave en la cerradura descubrí que no estaba echada. «¿Dónde tienes la cabeza, Julia? Te has dejado la puerta abierta», pensé.

—Buenas tardes, compañera —oí nada más empujarla.

—Carmen, qué susto me has dado. ¿Qué haces aquí con las luces apagadas? —pregunté sobresaltada.

—He llegado pronto y no he querido encenderlas antes de tiempo. Estaba aprovechando este ratito para tomarme una manzanilla. Tengo la tripa revuelta.

—¿Te encuentras mejor? Cuando has llamado esta mañana me he quedado preocupada.

—Sí, estoy mejor, no es nada. ¿Y tú?

—¿Yo? Bien, ¿por qué lo preguntas? —contesté extrañada.

—No pretendo meterme donde no me llaman, pero he visto que venías acompañada y que te miraban con ojos golosones.

—¡Qué cosas tienes! No sé de dónde te sacas eso. Fernando es un amigo de toda la vida. Nos hemos vuelto a encontrar después de muchos años. —A Carmen no se le escapaba una y temía que el rubor de mis mejillas estuviera a punto de delatarme.

—Un amigo de juventud, ya.

—Sí, no sé qué tiene de raro.

—Llámame loca, pero tengo dos ojos en la cara y lo que yo he visto a través del escaparate no eran dos amigos «de toda la vida» despidiéndose. ¿Estáis liados?

—¡Carmen! —Me costaba creer que fuese tan directa.

—Deja, no contestes, me da que ya lo has hecho. Por eso cuando te conté el lío que tiene mi vecina con su compañero de trabajo saltaste a defenderla como si te fuera la vida en ello. Me acuerdo perfectamente de que buscaste unas cuantas razones para justificarla. Que soy muy larga, Julia.

No supe reaccionar. Ya había sacado sus propias conclusiones y supuse que nada de lo que dijera la iba a hacer cambiar de opinión.

—Amiga, no te juzgo. Ya eres mayorcita y tú sabrás dónde te metes.

—Volvimos a encontrarnos hace solo unos meses y nos hemos visto un par de veces —traté de explicarme—. No te voy a negar que lo pasamos muy bien juntos y no dejo de preguntarme cómo es posible que hayamos vuelto a coincidir después de tantos años. Tú crees mucho en el destino, ¿funciona así?

—Sí, pero a veces hay que darle pistas. No puedes dejarlo todo en sus manos y menos cuando tu vida no es solo tuya —añadió en clara alusión a Daniel—. Para caminar solo necesitas un horizonte al que dirigir tus pasos, tú decides a quién colocas en él.

Apreciaba mucho a Carmen. Sabía que era sincera y no pretendía inmiscuirse en mi vida, pero no deseaba mantener esa conversación con ella.

—Todos buscamos ser felices —continuó—, pero la felicidad es un proyecto a largo plazo que se construye con esfuerzo. No podemos pretender que sea fácil alcanzarla porque entonces no le daríamos valor. Los humanos somos así de torpes: para disfrutar de algo nos tiene que costar. Cuando algo te cae del cielo sin que lo hayas peleado lo das por sentado y no le otorgas el valor que tiene, por eso para creernos merecedores de algo y sentirlo como propio tenemos que esforzarnos. Nada que merezca la pena se consigue sin esfuerzo. Ser feliz no puede ser una meta, ser feliz debe ser un camino asfaltado con hechos y decisiones que te acerquen a tu idea de la felicidad.

Luego está el placer, pero el placer es otra cosa. Es inmediato, no precisa de constancia. A veces lo puedes confundir con la felicidad porque te hace sentir bien. Te puede llenar, pero es temporal. Cuando construyes con esfuerzo la recompensa es mayor. La vida está llena de caminos y toda elección conlleva una renuncia.

Escuchaba a Carmen con atención y con cierta incredulidad. Nunca, en todo el tiempo que hacía que nos conocíamos, habíamos tenido una conversación tan seria. Tampoco la había oído encadenar más de tres o cuatro frases sin que la última acabara en risas. Me daba cuenta de que tras sus palabras se escondía mucho más de lo que podía intuir.

—A veces olvidamos el esfuerzo que hicimos para lograr algo y con eso lo despojamos de su valor. Celebra siempre lo conseguido, Julia, aunque solo sea para recordar por qué un día pusiste todo tu empeño en llegar a esa meta —concluyó mi compañera.

La campanita de la puerta zanjó nuestra conversación bruscamente. Antes de que pudiéramos saludar a las alumnas de la tarde solo me dio tiempo a acercarme a Carmen y darle las gracias al oído.

—Buenas tardes, agujitas, ¿listas para seguir cosiendo cosas bonitas? —preguntó al darles la bienvenida.

Las chicas fueron sacando sus costureros y ocupando su sitio en la mesa de centro.

—Si no me necesitas por aquí, me marcho a casa. Me apetece mucho pasar la tarde con Daniel.

—Por aquí está todo controlado, jefa. Mañana nos vemos.

Me despedí del resto de las chicas y me dirigí a la estación de Cercanías. Sin duda, la academia era uno de esos logros de los que me había hablado mi compañera. Lo había conseguido a base de esfuerzo y tesón, y lo celebraba cada vez que veía a una alumna entusiasmada con la costura. Tan solo tenía que llevar esa misma mirada a mi vida familiar. Debía celebrar la confianza, la complicidad, la amistad, las noches en vela, las ilusiones compartidas, los desayunos de los sábados y tantas cosas más que hacían la lista interminable. Quizá fuera ahí donde residiera la felicidad. Quizá solo tenía que apartar algunas cosas que me impedían ver mi horizonte con claridad. Estaba decidida a hacerlo.

34

El despertador sonó a las siete, como cada mañana. Me volví para avisar a Ramón y me di cuenta de que no estaba. Me pareció extraño porque, entre semana, yo era la encargada de despertar a toda la familia. Ni siquiera me había dado tiempo a desperezarme todavía cuando Daniel entró en el dormitorio.

—¡Mami, mami! ¡Felicidades! —gritó intentando esconder un paquetito que traía entre las manos. No tardó ni un segundo en meterse en la cama conmigo y rodearme con sus brazos.

No podía creerlo: me había olvidado de mi propio cumpleaños. Sabía que últimamente no tenía la cabeza en su sitio, pero aquello era demasiado.

—Gracias, cielo. ¿Qué tienes ahí? ¿Es para mí?

—Sí, pero me ha dicho papá que no lo puedes abrir hasta que venga él.

Oí a Ramón subiendo las escaleras y, al instante, apareció por la puerta cargando una bandeja.

—Buenos días, princesa, y feliz cumpleaños. Hoy hemos preparado nosotros el desayuno, ¿verdad, Daniel?

—Mi marido no me tenía acostumbrada a ese tipo de detalles, así que cómo iba a rechazarlo.

—Sí, se nos han quemado un poco las tostadas, pero las hemos raspado —confesó Daniel señalando el plato con una rebanada de pan de un color más oscuro de lo habitual.

Ramón dejó la bandeja en la mesita de noche, me besó en la mejilla y me acercó un cojín para que pudiera incorporarme.

—Gracias. ¡Menuda sorpresa! —exclamé.

—El menú no es muy atractivo, pero te aseguro que le hemos puesto mucho cariño.

—Lo que cuenta es la intención, muchas gracias. No me lo esperaba. Ni siquiera recordaba que hoy fuese un día especial.

—Y eso que no ha hecho más que empezar —añadió con un tono misterioso.

Daniel no paraba de moverse para llamar la atención de su padre. Levantaba la mano donde tenía la cajita y con la otra la señalaba.

—Ten cuidado, que vas a conseguir que se le derrame el zumo a mamá. Anda, ya le puedes dar su regalo.

—Cierra los ojos, mami —me pidió entusiasmado.

No dudé en obedecer y, al segundo, sentí que dejaba el regalo sobre mis piernas.

—¡Ya! ¡Ábrelo! ¿Te ayudo?

—Lo tiene que abrir ella, Daniel, es su cumpleaños —comentó Ramón intentando que dejara de moverse inquieto de un lado a otro.

—Espera, mami —me pidió, y salió corriendo de la habitación.

Ramón y yo nos miramos extrañados. Oímos unos ruidos en su dormitorio y en un santiamén estaba de vuelta. Traía una tarjeta en la mano.

«Eres la mejor mamá del mundo. Feliz cumpleaños», decía. Supuse que Marina le había ayudado a escribirla.

—Muchas gracias, hijo. Es preciosa. La pondré en la mesita y así podré verla cuando abra los ojos por la mañana. ¿Te parece? Y, ahora, ¿puedo abrir ya mi regalo?

La cajita contenía una pulsera muy original con abalorios en forma de dedales y tijeras.

—Ya sé que no eres de llevar joyas, pero la dependienta me aseguró que, siendo costurera, este sería el regalo perfecto para ti —me aclaró.

—Es ideal. Muchas gracias, me encanta. ¿Me ayudas a ponérmela?

Ramón se sentó en el borde de la cama para abrocharme la pulsera. Nos besamos y Daniel aprovechó para abrazarse a nosotros. Les hice un sitio a ambos y compartimos la tostada entre risas. Me acordé de Carmen. La felicidad podía ser una cama llena de migas de pan.

—Hoy me encargo yo de Daniel, dúchate tranquila y ponte guapa, que después de dejarle en el cole nos vamos a desayunar juntos. A ver si soy capaz de que olvides ese pan quemado que te has comido sin rechistar —añadió con una sonrisa.

En algo más de media hora estábamos todos listos. Qué distinto era hacer las cosas entre dos. Las mañanas solían ser una carrera contra el reloj para preparar a mi hijo, darle el desayuno, revisar su mochila y llegar al colegio a tiempo. Hoy todo había ido como la seda, ni me acordaba de lo que era ducharse sin prisas.

Acercamos a Daniel al cole y nos despidió feliz desde la cancela de entrada. Ramón estaba especialmente cariñoso, me tomó por la cintura, como solía hacer de novios, y caminamos hacia el aparcamiento.

—Mejor dejamos el coche aquí y nos acercamos andando a la cafetería nueva. Me dijiste que tenían un pan buenísimo.

Intenté encontrar una excusa creíble para rechazar su invitación. No me veía capaz de sentarme allí con mi marido mientras Fernando nos preparaba un café. Pensé en decirle que había quedado con alguna de mis clientas para entregarle un encargo, pero él sabía que Carmen podía hacerlo por mí. Debería haberme inventado cualquier pretexto para evitarlo, pero me bloqueé. Solo imaginarlo me ponía nerviosa y no quería que Ramón notara nada extraño. El día había empezado de un modo muy especial, se había esforzado por darme una bonita sorpresa y, además, había decidido que pasar un rato conmigo era mejor que llegar el primero al trabajo. No podía negarme.

Según nos acercábamos, me fijé en que detrás de la barra solo estaba la camarera atendiendo a una pareja joven. Respiré más tranquila. Con suerte ese día Fernando llegaría más tarde. Saludamos y nos sentamos a una mesa. Ya empezaba a recuperar el ritmo normal de mi respiración cuando le vi salir del obrador. Menos mal que Ramón estaba distraído mirando la carta y no pudo ver mi cara de sorpresa. Cuando levantó el rostro para preguntarme qué iba a tomar, disimulé como pude y le sugerí que pidiera la tostada de pan con semillas, con tal vehemencia que parecía que fuese el manjar más rico sobre la faz de la tierra.

—Veo que lo tienes clarísimo. Si me lo recomiendas tan decidida, no tengo más que pensar —concluyó cerrando la carta.

Fer no tardó en venir hasta nuestra mesa para atendernos.

—Buenos días, Julia.

—Buenos días, Fernando. Te presento a mi marido —añadí de inmediato evitando mirarle a la cara.

—Encantado... —saludó tendiéndole la mano.

—Ramón. —Estaba tan nerviosa que olvidé mencionar su nombre—. Igualmente. Me han hablado muy bien de este sitio. He oído que mi hijo Daniel es un fan de tu tarta de chocolate.

—Ja, ja, sí, eso dicen. ¿Habéis decidido qué vais a tomar?

No podía creer que Fer se comportara con esa naturalidad. Mientras a mí me temblaban las piernas bajo la mesa, él nos atendía como si fuésemos unos clientes más. No dejaba de preguntarme cómo se le había ocurrido a Ramón llevarme allí. Habíamos sido muy cuidadosos las veces que nos habíamos visto en público, no tenía por qué sospechar nada. Me repetía a mí misma que no había de qué preocuparse. Era normal que mi marido quisiese conocer la cafetería de la que le había hablado Daniel; sin embargo, lo de desayunar juntos antes de ir a trabajar era nuevo. ¿Sabía algo y me estaba poniendo a prueba? Intuía que no iba a ser el desayuno más relajado de mi vida.

Los cafés no tardaron en llegar y, poco después, las tostadas, servidas con una sonrisa que me puso más nerviosa todavía.

—¿Estás bien, cariño? —preguntó Ramón al verme echar parte del azúcar fuera de la taza.

—Uy, qué torpe estoy. Sí, claro. Es solo que hoy tengo bastante lío y no me quito el trabajo de la cabeza.

—Pensé que te gustaría venir aquí, aunque a lo mejor no ha sido buena idea.

—¿Qué dices? Me encanta poder disfrutar de un desayuno contigo, ha sido todo un detalle que lo sugirieras.

—Me dijiste que Fernando era un antiguo amigo de juventud, ¿no?

¿Era una pregunta inocente o estaba intentando sonsacarme? ¿Cómo había dejado que la conversación llegara a ese punto? Estaba empezando a angustiarme solo de pensar que, si hablaba de Fer, acabaría metiendo la pata y le daría motivos para desconfiar.

—¿Todo bien por aquí, pareja?

—Todo bien, gracias —contesté con frialdad sin entender qué hacía de nuevo Fernando en nuestra mesa.

—Le estaba preguntando a Julia de qué os conocíais.

—De cuando vivíamos en Embajadores, hace mil años —rio despreocupado—. Ha sido una casualidad tremenda que acabáramos los dos en Las Rozas. Más de treinta años sin vernos y ahora, mírate, aquí sentada en mi cafetería —añadió poniéndome la mano en el hombro.

Se me tensó la espalda y me giré hacia la silla que tenía al lado con la excusa de coger un pañuelo del bolso. Él parecía no darse cuenta de lo incómoda que era la situación; al contrario, por su actitud habría dicho que le divertía.

—Mucha gente se está mudando ahora a las afueras de Madrid —apuntó Ramón.

—Por eso se está poniendo esto cada vez más caro —comenté con la esperanza de que pudiéramos cambiar de tema—. Y eso que no paran de construir urbanizaciones.

—¿Os apetece otro café?

—Otro día. Se está muy bien aquí, pero ya es hora de ir a trabajar. ¿No, Julia?

—Sí, yo ya voy tarde. ¿Nos traes la cuenta?

Sentí un gran alivio al salir de la cafetería. Estaba molesta con Fer. Me costaba entender por qué se había comportado así. Aunque, pensándolo bien, nos había tratado como a una pareja de clientes más. Era yo la que había estado rara.

«Felicidades».

Su mensaje apareció en la pantalla de mi móvil poco después de que Ramón me dejara en la calle Lagasca. Me pareció todo un detalle que esperara a que estuviese en Madrid. Había calculado el tiempo al minuto.

Era increíble que pudiera recordar la fecha de mi cumpleaños tanto tiempo después. Menos mal que no me había felicitado en persona. Ramón podría haber imaginado que lo nuestro había sido algo más que una amistad. No necesitaba añadir más tensión a nuestra relación, especialmente ahora que tenía las ideas más claras que nunca.

—¡Buenos días! —oí corear a Carmen y Amelia al entrar en El Cuarto de Costura.

—Buenos días. Amelia, ¿cómo tú por aquí a estas horas? —Desde hacía unas semanas mi socia no solía venir a la academia por las mañanas, al menos, no antes del mediodía.

Me fijé en que Manoli, el antiguo maniquí de mi madre, estaba cubierto con una funda de algodón blanco.

—He querido ser de las primeras en desearte feliz cumpleaños —exclamó Amelia acercándose.

Carmen me plantó dos besos y se puso a cantar.

—Anda, suelta tus cosas y vuelve aquí, que tenemos un regalito para ti.

Hice como me indicaba mi compañera y volví a la sala. Habían movido a Manoli y la habían colocado delante de la pizarra.

—Ven, Julia, vamos a sentarnos —me pidió Amelia.

Carmen permaneció de pie y, con muchísima ceremonia, retiró la funda de tela que cubría el maniquí. No podía creer lo que tenía ante los ojos. Me apenó pensar que no volvería a verlo nunca más y ahora ahí estaba, colocado en el busto con el que mi madre trabajó toda su vida y que ocupaba un lugar destacado en El Cuarto de Costura.

—¡El vestido de mi madre! Pero ¿cómo es posible? ¿Cómo lo habéis conseguido? —Me levanté de inmediato de la silla y me acerqué para contemplarlo. Tenía los ojos llenos de lágrimas y apenas podía apreciar aquella pieza tan especial.

Carmen aplaudía como loca y mi socia se me acercó.

—Sabía que era importante para ti. Hablé con la chica que lo trajo y entre Carmen y yo la convencimos para que nos lo cediera a cambio de confeccionarle uno igual para Nochevieja. No encontramos el mismo tejido porque ya no se hacen telas como esta. La clienta añadió un par de cambios y quedó precioso.

—Ya viste lo contenta que estaba cuando vino a contarnos que había triunfado en la fiesta de Fin de Año —añadió Carmen emocionada.

—No sé qué decir. Esto no me lo esperaba. Ni en mis mejores sueños pensé que volvería a ver este vestido. Lo guardaré como un tesoro. Gracias, no sabéis lo que significa esto para mí. Sois increíbles.

El sonido de la campanita de la puerta nos sorprendió.

—Buenos días, ¿cómo está la cumpleañera?

—Laura, ¿qué haces tú por aquí?

—Acabo de salir de una guardia y he querido pasarme a felicitarte porque esta tarde no puedo venir a clase. ¿Qué te ha parecido la sorpresa? —preguntó dándome dos besos.

—¿No me digas que tú también estabas al tanto? Desde luego sois únicas guardando secretos.

—¿Te pongo un cafelito? —preguntó Carmen dirigiéndose a la trastienda—. Uy, pero así, a palo seco... Mejor voy a por algo para acompañar. Enseguida estoy de vuelta —agregó mientras se disponía a salir.

—Me vendrá bien ese café. La noche ha sido movidita. Además, ayer vino Elsa a darme las gracias por todo. El día que desconectaron a su madre se marchó con su tío y apenas tuvimos tiempo de cruzar unas palabras. Estaba demasiado afectada. Hoy ha vuelto para despedirse de todo el personal con más calma y nos ha traído una caja de bombones. Después de un año viéndola todas las tardes, la vamos a echar de menos.

Al escucharla, Amelia y yo nos miramos. De pronto hilé la historia de la hija de don Javier con la paciente de Laura, pero no quise hacer ningún comentario. No me correspondía a mí desvelar secretos que mi socia no había comentado con ella. Laura intuyó que pasaba algo.

—¿No te acuerdas de que te hablé de ella, Julia? Su madre ingresó en coma tras recibir una paliza de su pareja y en el hospital poco hemos podido hacer salvo mantenerla viva unos meses. Esta paciente me hizo recordar episodios muy amargos de la vida de mi abuela —explicó girándose hacia Amelia—. Me ha resultado complicado enfrentarme a ellos, pero creo que me ha hecho bien. Es curioso cómo podemos sacar cosas buenas de una tragedia así —añadió.

—Lo recuerdo. Me impactó mucho conocer ese caso. Pobre chica.

—Espera, ¿tu paciente se llamaba Consuelo? —quiso saber Amelia.

—¿Cómo lo sabes? —se extrañó Laura.

—Es una larga historia y, según parece, una increíble coincidencia. Hace unas pocas semanas he sabido que mi marido tuvo una hija ilegítima. No pensé que pudiera contarlo así, sin más, pero ya lo tengo asumido y no hay razón para ocultarlo, máxime después de lo que ha pasado la pobre. Vino a casa buscando a su padre y me pilló de sorpresa. Indagué en la historia en busca de más detalles e incluso hemos tenido ocasión de hablar entre nosotras hasta atar todos los cabos sueltos y llegar al fondo del asunto. Ahora veo que todo cuadra: su madre era la mujer que acabas de mencionar. Me avergüenzo del comportamiento de Javier, pero, por más que me disculpe con Elsa, no puedo cambiar las cosas.

—Vaya, en la vida hubiera imaginado que tu difunto marido estuviera relacionado con este caso. Elsa se quedó destrozada cuando descubrió la verdadera identidad de su padre. Recuerdo la noche en que me lo contó. Para ella fue un golpe durísimo. Es muy buena chica y ha sufrido mucho.

—Me consta, por eso le he ofrecido mi amistad y espero que cuando las aguas se calmen podamos volver a vernos y entablar una relación. Quisiera ser parte de su vida y así se lo he hecho saber. Además, Alfonso es su hermano.

Oímos a Carmen llegar y dimos por terminada la conversación.

—Estaban terminando de bañar los cruasancitos en chocolate y por eso he tardado un poco más, pero ya estoy aquí —se excusó nada más llegar dejando la bandeja de dulces sobre la mesa—. ¡Qué mustias estáis! Esto parece un funeral más que un cumpleaños. Aquí lo que hace falta es un poco de *asúúúúcar* —soltó a lo Celia Cruz levantando la voz.

Las tres nos miramos y nos echamos a reír.

—Tienes toda la razón —se apresuró a sentenciar Laura—. Venga ese cafelito y ese bollo, que voy a llegar a casa lista para meterme en la cama.

La mañana fue muy intensa y llena de emociones, y la clase de la tarde tuvo más de celebración que de costura. Las alumnas se habían empeñado en que el día de mi cumpleaños había que festejarlo y me sorprendieron con una tarta enorme y unas botellas de champán. Carmen aplaudió la idea y nos amenizó la fiesta contándonos mil y una anécdotas de sus reuniones de las «mujeres diosas», como ella las llamaba.

—El día que os deis cuenta de lo que valéis cada una

de vosotras os cambiará la vida. Somos lo más bonito de la creación, el mejor fruto de la madre tierra. Nuestra feminidad nos otorga una intuición especial y un gran poder «adquisitivo» —soltó con rotundidad en una de sus intervenciones.

Por suerte las chicas ya habían acabado con la segunda botella y prestaban poca atención, pero yo tomé nota de esa última frase para añadirla a la inaudita colección de expresiones de Carmen que merecían ser recordadas.

—¡Somos poderosas! —añadió como un grito de guerra levantando su copa.

—¡Somos poderosas! —corearon las alumnas imitándola.

De camino a casa caí en la cuenta de que no había contestado el mensaje de Fer. Fui a coger el teléfono del bolso cuando sonó una llamada.

—¿Cómo está mi chica favorita?

—Hola, Ramón. Estoy en el tren. Dime.

—¿Ya? Perfecto. Salgo ahora. Ve arreglándote, que esta noche salimos a cenar.

—Pero... ¿y Daniel?

—Está todo resuelto, ya lo he hablado con Marina. Se queda esta noche con él para que nosotros podamos celebrar tu cumpleaños como te mereces.

—Estupendo. Entonces nos vemos dentro de un ratito. Un beso.

Colgué el teléfono atónita. Eso sí que era una sorpresa. El Ramón con el que me había despertado esa mañana era muy distinto al que veía cada día al abrir los ojos. Hacía años que no salíamos solos y esa predisposición suya a organizarlo todo por su cuenta e invitarme a cenar fuera de casa me extrañaba mucho. Su actitud me reafirmaba en mi decisión.

Solo unas paradas me separaban de casa. «Casa —me repetía—, allí es a donde quiero ir. Donde me espera todo lo que amo, lo que da sentido a mi existencia». Mi vida no era un trabajo, aunque fuese mi pasión; mi vida eran personas, era Daniel, era Ramón y ahora podía decirlo en alto: era la mujer que había descubierto bajo unas capas de rutina y letargo. Quizá Fer había aparecido para hacerme ver lo que se ocultaba tras ellas. Quizá tenía que sentir ese miedo que tuve al verme entre sus brazos, el temor a perderlo todo. Sin embargo, preferí no arriesgar, tenía el convencimiento de que arriesgar no era el camino. Mis sueños se habían cumplido, solo necesitaba abrir los ojos, recordarme lo mucho que había luchado por ellos.

35

La cena de cumpleaños con mi marido fue reveladora. Después de aquel encuentro todo parecía haber vuelto a la normalidad. Nada más abrir los ojos noté una sensación de ligereza. La rutina que debía repetir cada mañana para dejar la casa lista antes de ir a trabajar y para que Daniel llegase al colegio a tiempo ya no era una carga. La familiaridad que acompañaba cada uno de mis movimientos adquiría un color distinto. La única explicación que le encontraba era pensar que algo había cambiado, aunque, a simple vista, todo siguiese igual. Volvía a ser yo. Me había desprendido de un peso que me estaba ahogando y que había convertido mi vida en una rutina insoportable. Tan solo los encuentros con Fer habían logrado liberarme de ese devenir sin alicientes y me habían devuelto parte de la alegría que había perdido. La felicidad había estado siempre al alcance de mi mano. Visto en ese momento, me dio cierta pena que Ramón y yo no hubiéramos sido capaces de hablar así antes.

—Esta noche estás preciosa —me dijo nada más sentarnos en el restaurante—. Ese vestido es nuevo. ¿Te lo has hecho tú?

—Sí, lo tengo desde hace mucho, pero no lo había estrenado. —Su comentario me transportó a nuestras primeras citas, en las que Ramón se fijaba en mi ropa y alababa mi destreza con la aguja. Como vendedor de máquinas de coser, el mundo de la costura no le era ajeno, y me pareció un detalle bonito que reparara en ello—. Te agradezco mucho que lo hayas organizado todo para que pudiéramos cenar solos, lo echaba de menos —respondí sonriendo.

—Yo también, y creo que estos ratos a solas nos hacen mucha falta. Estoy algo confuso, desorientado más bien, te he visto triste y no he encontrado la forma de llegar a ti. Me doy cuenta de que nuestra relación se ha enfriado y no entiendo bien qué nos ha pasado, pero te puedo asegurar que te sigo queriendo como el primer día... ¿Qué digo? Más que el primer día —exclamó tomándome la mano—. Quizá sin querer haya metido la pata, pero estoy dispuesto a poner de mi parte para que volvamos a ser felices. Te tengo aquí delante y me acuerdo de esas primeras cervezas que nos tomábamos a mediodía cuando pasaba por la academia a recogerte. Te decía cualquier tontería y te ponías colorada, y yo tenía que hacer un esfuerzo para no reírme. Puede que ahora no seamos los mismos, pero nos queremos y eso debería bastar para superar cualquier obstáculo.

Parecía que ambos estábamos preparados para mantener la conversación que debería haberse producido hacía un tiempo y que habíamos estado posponiendo seguramente por miedo.

—Tenía muchas ganas de que encontráramos el momento para hablar, aunque no sé muy bien por dónde empezar. Le he dado muchas vueltas a la cabeza últimamente.

—Adelante, te escucho —accedió.

—Voy a ser sincera contigo porque lo más importante en mi vida es lo que hemos construido juntos y porque necesito contarte cómo me siento. Desde hace un tiempo no me reconozco. He buscado a la Julia que fui y tengo la sensación de que casi no queda nada de ella. Se perdió entre pañales y biberones, y a partir de ahí me ha sido cada vez más difícil recuperar a esa mujer. Entiéndeme, Daniel es lo mejor que me ha pasado en la vida. Acuérdate de sus primeros meses, cómo nos quedábamos embobados mirándolo cuando dormía y nos reíamos de cada mueca que hacía, ¡era tan gracioso! Y cuando empezó a andar, ¡qué risa! Creo que no habrá niño en el mundo que tenga más fotos de su primer año.

—¡Qué rico era! Por Daniel —brindó Ramón.

—Por Daniel —repetí alzando mi copa—. Verás —continué—, no pretendo ser la misma de hace diez años, no es eso. Me siento muy afortunada de ser su madre, pero quiero más. Quiero recuperar nuestra relación. Desde que nos convertimos en padres es como si poco a poco hubiéramos dejado de ser Ramón y Julia y fuésemos solo papá y mamá. Nos casamos y asumimos que nuestra vida familiar era lo primero, y eso está bien; no obstante, hemos descuidado algunas cosas. No sé si tú estás cómodo en el papel que te ha tocado, pero yo necesito hacer unos cambios. Pensé que el amor era entregarse por completo y así lo hice; sin embargo, me he dado cuenta de que en estos últimos años las renuncias me pesan demasiado y creo que esa es la razón por la que he cambiado tanto. Puede que haya sido yo misma la que se ha ido cargando con demasiadas responsabilidades y no ha sabido hacerte ver que necesitaba un compañero con el que compartirlas.

Ramón me escuchaba con atención. No sabía si había captado lo que quería decirle; sin embargo, estaba decidida a hacerme entender. Por fin había conseguido ordenar mis pensamientos y ahora solo tenía que lograr que mi marido me comprendiera. Tenía la sensación de que ninguno de los dos nos hacíamos una idea de cómo se sentía el otro. Hasta ahora me había centrado en cómo me sentía yo sin tener en cuenta que quizá él también estuviese pasando por un momento complicado.

—Para atender a las necesidades de mi familia, mi casa, mi negocio... he tenido que convertirme en una mujer distinta de la que era. Por razones que no vienen al caso —tenía a Fer en la cabeza— me he dado cuenta de que me he olvidado de mí misma, pero además te echo de menos a ti, a nosotros.

—No creas que no aprecio tu dedicación a la familia y tu esfuerzo por hacer que tu negocio prospere. Es admirable que saques todo adelante. Muchas veces me pregunto cómo puedes.

—Puedo porque me borré de mi lista de prioridades. Y eso es precisamente lo que necesito cambiar. Siento que, si no lo hago, no podré daros a Daniel y a ti lo mejor de mí. Sentiré que me debéis algo. No es fácil hacer que todo encaje. Tú también estás entregado a tu trabajo, lo sé, pero creo que nos hemos descuidado, que el día a día nos ha devorado de tal manera que no encontramos espacio para buscarnos el uno al otro. Me doy cuenta de que es complicado, de que ambos estamos muy liados, y necesito que volvamos a encontrarnos. El asunto del coche y la discusión que tuvimos fue solo el detonante, mi insatisfacción venía de mucho antes y aquello fue lo que hizo que estallara. Me hiciste sentir que ya no éramos un equipo, que tomabas las decisiones sin contar conmigo.

No quiero que volvamos a hablar del tema, me quedó claro que tu intención era buena.

—Lo del coche...

—Sí, lo sé, solo querías darme una sorpresa. Pero para mí fue la confirmación de que no me veías de la misma forma, como tu compañera. Necesité poner distancia para analizar qué me estaba pasando, qué había hecho que llegáramos a esa situación, y me asusté. Me di cuenta de que me costaba encontrar razones para luchar por nosotros. Me encontré muy sola en algunos momentos. Temí que nuestra familia estuviera en peligro, que lo que habíamos logrado pudiera tambalearse.

—Julia, ¿por qué no me has dicho nada antes? —Noté por su cara de preocupación que no tenía la más mínima idea de qué me pasaba.

—Estaba muy dolida y confusa. Además, no estaba preparada, no sabía qué quería realmente y necesitaba un tiempo para decidir qué camino quería seguir. Quizá por eso me hayas notado más esquiva y distante de lo habitual. Para mí ha sido muy duro descubrir que no era a tu lado donde me apetecía estar. Debía apartarme para poder pensar con claridad. Espero que sepas entender lo que quiero decir.

—No estoy seguro. Soy torpe para estas cosas, pero algo sí puedo decirte con toda certeza: te quiero y quiero a mi familia, y estoy dispuesto a hacer que valga la pena seguir adelante juntos. Puede que te haya descuidado sin querer. Dime qué necesitas y haré lo que haga falta para que seas feliz. No quiero perderte, Julia.

¿Cómo podía explicarle que no era él quien tenía que hacerme feliz? ¿Cómo hacerle ver que no era yo la que debía poner las normas para que lo nuestro funcionase? Era frustrante comprobar que no lograba hacerme entender del todo, aunque agradecía la buena disposición de Ramón. En cierto modo, contaba con ello. Quizá había dado por hecho que le iba a ser fácil ponerse en mi lugar. Sin embargo, si la única forma de obtener lo que quería era pedirlo, ese era el momento. Imagino que, como cualquier madre, me había acostumbrado a dar y ahora debía aprender a pedir sin sentirme una egoísta por ello.

No me costó mucho enumerar las cosas que necesitaba. El reencuentro con Fer me había servido para remover algunas sensaciones que quería recuperar en mi matrimonio. Sabía que estaban ahí, lo único que tenía que hacer era alimentarlas. Ya había decidido cuál era mi apuesta, no iba a desechar lo que tanto me había costado construir. Ahora debía conseguir que Ramón fuera consciente de que, para que nuestra relación funcionara, necesitábamos esforzarnos.

Le hablé de lo sola que me había sentido durante mis primeros años de maternidad y del apoyo que me faltó cuando empezaron los problemas de Daniel en el colegio nuevo: las reuniones con la tutora, las visitas al pediatra, buscar un psicólogo que nos diera un diagnóstico claro... En todos esos momentos me faltaba, pero él se debía a su trabajo.

A ratos fue divertido. Yo hablaba sin parar como si alguien hubiera abierto una compuerta y las palabras salieran disparadas. Él me miraba intentando seguir mis razonamientos y asintiendo con la cabeza con la esperanza de que yo notara que me estaba escuchando. Entre mis cortísimas pausas intercalaba algún «entiendo, cariño» que indicaba que estaba conforme con lo que iba exponiendo.

—Entonces, si te parece bien, este verano alquilamos el apartamento de Torremolinos y nos vamos de vacaciones a la zona de Altea o Calpe; me han dicho que es preciosa y un cambio de destino nos vendrá bien. Seguro que Daniel también disfruta descubriendo playas nuevas. Tu padre puede venir a casa en julio, a mí me vendrá de perlas que cuide del niño por las mañanas. Pueden ir juntos a la piscina o ir al parque. Seguro que lo pasan en grande. Así el abuelo disfruta del nieto y nosotros tenemos nuestro mes de vacaciones familiares con un poco más de intimidad. Será divertido hacer cosas los tres juntos, como antes.

Tuve la sensación de que mi idea de pasar las vacaciones de verano sin mi suegro no le entusiasmó, pero iba a defenderla a capa y espada. Sería una de mis primeras conquistas. Lo demás vendría poco a poco. Ya que había mostrado su interés por conocer cómo podíamos mejorar nuestra relación, estaba dispuesta a hacerle todas las sugerencias que se me ocurrieran.

En algún punto de la conversación barajé la idea de sincerarme del todo y contarle lo que fuera que me había ocurrido con Fernando, pero lo descarté rápidamente y decidí guardar aquello como un regalo del destino: la oportunidad de despertar que me había obligado a plantearme muchas cosas que me habían pasado desapercibidas y que me pesaban más de lo que yo creía. En cierto modo, encontrarle a él, alguien que me conocía desde niña y que solo deseaba mi felicidad, había sido una bendición y, lejos de hacer que mi matrimonio se resintiera, había conseguido que sus cimientos se fortalecieran aún más.

Cenar juntos había sido todo un acierto. Aunque estaba segura de que Ramón no había imaginado que la conversación fuera a tomar el rumbo que tomó, se alegró de que pudiésemos hablar sin tapujos de lo que nos preocupaba. Creo que ambos sentimos un gran alivio al descubrir que volvíamos a mirar en la misma dirección.

A la mañana siguiente, pasé por la cafetería de Fernando antes de ir a trabajar. Necesitaba verle. Quería averiguar cómo me sentía ante él tras aclarar mis sentimientos. En cierto modo creía que era responsable de aquello.

—Buenos días, Julia —me saludó con una gran sonrisa—. ¿Café con leche y unas tostadas?

—Buenos días. No, hoy solo un café —contesté sentándome a una mesa apartada de la barra.

Un par de minutos después me acercó el café y le pedí que se sentara conmigo. Había unos cuantos clientes en la cafetería, pero todos parecían estar servidos y pensé que podría dedicarme un momento.

—Fer, quería hablar contigo.

—Puede que no sea necesario.

Me sorprendió una afirmación tan tajante. Con tantas emociones, el día de mi cumpleaños se me había pasado contestar su último mensaje y quizá lo había interpretado mal.

—Intuyo lo que vas a decir. —Su tono era muy neutro, como si no quisiera mostrar ninguna emoción—. Cuando te vi aquí con tu marido el otro día me di cuenta de que no era justo pedirte que intentáramos seguir donde lo dejamos siendo unos críos, poner el broche perfecto a lo que solo fue un sueño para los dos, una ilusión que nos ha devuelto la alegría a ambos. Vi cómo te miraba y sé lo mucho que has luchado por tener una familia. No me voy a interponer, Julia. No te digo nada nuevo si te confieso que me entusiasmé con la idea de tenerte en mi vida, pero ahora sé que llego tarde.

—No he querido darte falsas esperanzas. Lo que hemos compartido ha sido verdadero, pero creo que hicimos bien en pararlo antes de que lo arruinara todo. He tenido la suerte de que fueras tú quien se cruzara en mi camino en mi momento más frágil y siempre te agradeceré tu honestidad. Gracias por ser ese amigo que cuidó de mí.

—Tranquila, llevas razón. No tienes que disculparte. He sido yo el que ha forzado la situación. Cuando volvimos a encontrarnos di por hecho que la vida nos brindaba la oportunidad que perdimos y no quise desaprovecharla, no quise ver que ya no éramos los mismos, que tú habías formado una familia, aunque no estuvieras pasando tu mejor momento. Solo vi a aquella chiquilla de la plaza, aquella que creí haber perdido para siempre. Puede que los recuerdos de una historia interrumpida por un capricho del destino me hicieran imaginar algo que no debía ser. El tiempo que hemos pasado juntos lo guardaré como un tesoro, pero entiendo que no tengo derecho a pedirte nada más.

—Y es una oportunidad, quiero que sigas formando parte de mi vida. Podemos ser grandes amigos. Apareciste en un momento en el que andaba perdida y fuiste como un bálsamo. Hemos pasado muy buenos ratos juntos y no voy a renunciar a ti; sin embargo, he reflexionado mucho sobre quién soy y qué le pido a la vida, y he decidido apostar por mí y por mi familia, por todo lo que he logrado hacer de mi vida hasta ahora.

Esa era toda la verdad. Me había mirado en el espejo esa mañana y había reconocido mi mirada. Mis ojos ya no brillaban igual que hacía diez años, pero la alegría había vuelto y era maravilloso sentir una ligereza que, aunque inusitada, no me era extraña. Mi reflejo me recordó a la mujer que se había lanzado sin miedo a cumplir un sueño y había fundado una familia cuando todo apuntaba a que ya era demasiado tarde para ella. Estaba ante esa Julia que se sentía orgullosa de lo conseguido a base de esfuerzo. Apostaba por ella sin reservas.

—Ahora sé lo que quiero —continué—. Puede que mi vida no sea perfecta, pero deseo seguir construyendo un futuro para Daniel junto a Ramón. He aceptado que tengo que cambiar algunas cosas para recuperar a la mujer que era y he encontrado el coraje para hacerlo. Quizá te duela oír esto; sin embargo, quiero darte las gracias porque tú me has ayudado a encontrar mi camino y a salir de mi letargo. Te resultará raro, pero es así. Yo también guardaré los momentos que hemos compartido como algo muy especial.

—No quería aceptarlo, pero creo que en el fondo sabía que llegaría este momento. Ya sabes lo que siento por ti, y una parte de mí se alegra de tu decisión. Sé lo que es estar perdido y no saber qué quieres ni quién eres. Solo puedo decirte que aquí tienes un amigo para siempre, aunque tenga que aprender a mirarte con otros ojos. Lo más importante eres tú.

—Entiendo que quizá no era este el final que esperabas, por eso te agradezco tus palabras; son la prueba de lo mucho que me aprecias y sé que son sinceras.

—Así es, Julia.

Nos despedimos con la promesa de que no dejaríamos de tomarnos un café juntos de cuando en cuando. Estaba decidida a mantener nuestra amistad. Me había demostrado que de verdad le importaba y no quería perderle.

La conversación con Fer hizo que me retrasara más de lo debido y cogí el tren más tarde de lo habitual. Estaba deseando llegar a El Cuarto de Costura esa mañana. Había quedado para entregarle el traje a la clienta que tenía la boda en junio y estaba ilusionada por descubrir qué le parecía. Carmen se moría de ganas de sonsacarle más detalles acerca del enlace, tanto que le tuve que prohibir hacer el más mínimo comentario y le supliqué que se lo quitara de la cabeza; temía que la señora se sintiera acosada y perdiéramos futuros encargos.

—Buenos días, compañera —saludé al llegar.

—Hola, jefa. ¿Se te han pegado las sábanas?

—No, es que me he tomado un café con un amigo.

—¿Ese «amigo de toda la vida»?

—Sí, ese. Mi amigo Fernando. Este fin de semana ha sido muy intenso y he pensado mucho en la conversación que tuvimos el otro día. Me vino muy bien hablar contigo.

—Pues entonces me alegro mucho.

—No tengo por qué ocultártelo, estos últimos meses he sentido que la vida me sacudía, pero ya he posado los pies en la tierra y he vuelto a tomar las riendas. En serio, muchas gracias, Carmen.

—Pues, hala, no hay más que hablar —sentenció.

Por más que intentaba transmitirle mi agradecimiento, no conseguía que ella abandonara esa actitud superficial con la que había empezado nuestra charla. Era como si no supiese aceptar un cumplido. Me resultaba muy difícil llegar a ella e intuía que su coraza escondía mucho más de lo que aparentaba.

—¿Todo listo para el mercadillo de mañana? —pregunté.

—¡Más que listo! —contestó señalando dos bolsas grandes que había en el suelo—. Las chicas están entusiasmadas. He quedado con Malena esta tarde. En cuanto cerremos nos ponemos a colocar las cositas y así quedará todo preparado para mañana. Laura ha dicho que intentará pasarse y Amelia va a venir con unas amigas, según me dijo.

—Me tiene preocupada. Siempre ha tenido una salud

de hierro y últimamente no está bien. Con todo lo que ha vivido estos meses supongo que es normal, pero tengo un mal presentimiento.

—Mujer, no te pongas en lo peor. Verás como cuando acabe la reforma y se mude a su piso nuevo mejora. Si es que lleva mucho pasado... —concluyó Carmen.

—Dios te oiga —contesté como quien formula un deseo—. Por cierto, ¿ya tienes pensado adónde vas a ir de vacaciones?

—Me voy a Las Alpujarras. —Su respuesta me sorprendió.

—Pensé que querías volver a Galicia, al retiro de mujeres que me contaste. Parecías muy ilusionada con la idea. ¿Qué ha pasado?

—Bueno, he cambiado de planes. Vamos a dejarlo ahí. ¿Y tú? A Torremolinos, como todos los años, supongo.

—No, este verano cambiamos de destino. Estoy un poco harta de repetir el mismo sitio de siempre. Necesitamos un cambio. Lo he hablado con Ramón y creo que iremos a la zona de Levante. Me han dicho que es preciosa y que tiene unas playas espectaculares.

—¡Buenos días! —Amelia nos sorprendió con una visita inesperada.

—Buenos días —contestamos a la vez.

—¡Qué madrugadora! —observó Carmen.

—Tenía que hacerme unos análisis de sangre, así que

me ha tocado madrugar. Julia, si no estás muy liada, ¿me acompañas a desayunar?

—¡Claro! —acepté sin dudarlo.

—Yo me quedo al frente del castillo —anunció Carmen poniéndose de pie y cuadrándose como si fuese un soldado.

—Ya que te veo tan dispuesta, te voy a pedir un favor, Carmen. No cambies nunca.

—Descuida, Amelia, seguiré haciendo el tonto toda la vida —aseguró soltando una risotada.

«Ensarta», así empezaban nuestros paseos. Tras esa palabra intercambiábamos una mirada de complicidad. Desde aquel primer día en que salimos juntas del local recién alquilado nos habíamos acostumbrado a cogernos del brazo cuando caminábamos por la calle. Era algo que las dos disfrutábamos.

—¿Cómo va esa reforma? —pregunté cuando tomamos asiento en la cafetería de Serrano que nos quedaba a unos pasos.

—Mucho mejor de lo que esperaba. Creo que podré mudarme antes de lo previsto. He pasado por el piso un par de veces y ya me puedo hacer una idea de cómo va a quedar. El otro día estuve tomándome un té con la vecina de enfrente, Sofía. No teníamos mucho trato cuando vivíamos allí, pero me parece que nos vamos a llevar bien.

—¡Qué maravilla! Entonces no te queda nada para estrenar casa. Después de todo lo pasado, me alegro mucho de que las cosas vuelvan a su cauce y estoy segura de que cuando te instales vas a estar muy cómoda.

—Parece que todo se va solucionando; sin embargo, me preocupa Alfonso. Hemos discutido y está molesto conmigo. Sigue sin fiarse de Elsa y yo no dejo de pensar que son hermanos.

—Las mujeres para estas cosas tenemos más instinto. Si a ti te ha dado buena impresión, no tienes por qué dudar; además, Laura ha tratado con ella. No creo que te equivoques, pero es normal que él te proteja porque, aunque siempre será tu pequeño, ya es un adulto y no quiere que sufras.

—No sé en qué momento los hijos, al ver que nos hacemos mayores, insisten en protegernos; es como si se invirtieran las tornas. No entiendo que Alfonso me vea ahora como una mujer desvalida, considero que ya le he demostrado que puedo enfrentarme a cualquier cosa. Con los años y la experiencia comienzas a relativizar las cosas. No es que te den igual, pero le das importancia a lo que de verdad la tiene. Eliges las batallas que quieres librar y el resto lo apartas. Aprendes que no tiene sentido preocuparse de lo que escapa a tu control. A mi edad tengo que medir mis fuerzas y he elegido vivir intensamente lo que me quede, así que no voy a malgastar mis energías en lo que no depende de mí. Confiar es un arte que se logra con el tiempo.

—Pues entonces dale ese tiempo a tu hijo y no insistas más. Necesitas descansar.

Escuchaba a Amelia como la que asiste a una clase magistral, con todos los sentidos puestos en sus palabras. Lo que estaba compartiendo conmigo era una gran lección de vida que, como todas, tendría que experimentar en mi propia piel para que me calara hondo. Confiar se había vuelto una de mis aspiraciones vitales y estaba convencida de que era uno de los secretos de la felicidad. La vida me había demostrado que no era un camino fácil, pero también que, cuando decides entregarte a él, casi como por arte de magia las piezas empiezan a encajar. Nos pasó con El Cuarto de Costura, me pasó con Daniel y acababa de pasarme con mi matrimonio. Sin duda, confiar en una misma y en los que te importan era una de las claves de la felicidad y ahora que lo había descubierto me esforzaría en que siguiera siendo así.

36

Junio iba a ser un mes lleno de emociones. Daniel acababa el curso y, aunque El Cuarto de Costura seguía abierto, la academia cerraba sus puertas hasta septiembre. Este año, además, celebrábamos el mercadillo para ayudar a la comunidad senegalesa donde estaba el hospital de Laura.

Esa mañana Carmen y Malena llegaron muy temprano con la intención de tenerlo todo listo para la hora de abrir. A las doce de la mañana, la mesa del centro, que habían desplazado de su lugar habitual, lucía llena de carteritas, fundas de gafas, neceseres y otros artículos que las chicas habían preparado con gran ilusión.

Llegué a primera hora y encontré a mis compañeras charlando animosamente. Aunque estaban convencidas de que sería todo un éxito, se mostraban nerviosas y expectantes.

—¡Qué bonita se ve la mesa! Es increíble el trabajo que han hecho las chicas —exclamé.

—Buenos días, Julia —respondió Carmen al verme llegar—. Estábamos decidiendo si poner los monederos en esta esquina o en la otra, junto a los bolsitos que han hecho las alumnas de Malena. ¿Qué te parece?

—Yo digo que separados por colores queda más original —añadió Malena.

—Pues no sé, eso os lo dejo a vosotras. Tal como habéis colocado la mesa la gente podrá moverse alrededor y ver todos los artículos sin problema. No creo que debáis preocuparos mucho. La variedad y el colorido de las telas hacen que el resultado sea muy atractivo. Laura intentará pasarse después. No sabéis la de veces que me ha agradecido la iniciativa, para ella significa mucho.

—No es por echarme flores, pero me parece que ha quedado demostrado que no soy solo una cara bonita —argumentó Carmen con chulería para recalcar que la idea había sido suya.

—Eso es indiscutible, compañera —asintió Malena—. Cuando esa cabeza se pone a trabajar... Anda, Julia, ¿quién te iba a decir que estarías rodeada de mentes privilegiadas como las nuestras?

—Es un lujo teneros aquí, de eso no me cabe ni la menor duda —concluí entre risas.

Carmen fue hasta la trastienda y salió con una bandejita de dulces en las manos.

—Me he traído los bizcochitos de una pastelería de mi barrio, así nos ahorramos un dinerillo.

Sonó la campanita y las tres nos giramos para ver quién entraba.

—Buenos días, ¿preparadas para el gran día? —preguntó Amelia mientras asomaba por la puerta.

—¡Buenos días, qué madrugadora! ¿Qué tal estás? ¿Te ha vuelto a dar algún mareo?

—Estoy bien, Julia, no hay de qué preocuparse. Los achaques son cosa de la edad, tendré que ir haciéndome a la idea. Veo que ya lo tenéis todo listo —añadió echando un vistazo a la mesa.

—Así es, estamos deseando que den las doce para que lleguen las primeras clientas. Me encargaré personalmente de que ninguna salga por esa puerta con las manos vacías.

—No lo dudo. Por cierto, aprovechando que estamos todas, quería comentaros algo.

Amelia les explicó el acuerdo con Patty sin mencionar las razones exactas que la habían llevado a tomar esa decisión. Por su educación y el ambiente en el que había vivido no solía hablar de dinero y no iba a entrar en detalles. Sin embargo, éramos como una pequeña familia y pensaba que tenían derecho a conocer cómo estaban las cosas, aunque eso no cambiara en nada nuestra relación laboral con ellas.

—Así que ahora Malena es la hija de la jefa. Espero que no se te suba a la cabeza —soltó Carmen volviéndose hacia su compañera.

—Anda, déjate de tonterías. Mi madre me ha dicho que las cosas seguirán igual. Se supone que es algo temporal.

—Eso es lo que hemos acordado; en cuanto pueda le recompraré mi parte y tendréis que llamarme jefa de nuevo. Ahora os dejo, que tengo que contratar la mudanza. Alfonso ya ha hablado con la empresa y solo queda pagar la señal y acordar una fecha. Quiero dejarlo zanjado cuanto antes, estoy deseando verme ya en mi nuevo piso. Volveré pronto porque he quedado aquí con unas amigas.

—Entonces, hasta luego —señalé acompañándola a la entrada—, aunque quizá te apetezca que te acompañe.

—¡Julia! Ya te he dicho que estoy bien. Pero ¿qué os pasa a todos? Pablo está igual de pesado que tú. Me llamó anoche e insistió en que me fuese ya a San Sebastián. Intentó convencerme diciendo que debía dejarme mimar, que Alfonso podría encargarse de supervisar la mudanza y que solo tendría que volver a primeros de septiembre e instalarme sin más. No sé qué os ha dado a todos. Anda, deja de preocuparte tú también.

—Como quieras, Amelia. Luego te veo. Pero entiende

que has vivido un choque emocional muy fuerte y es normal que nos preocupe que te haya afectado.

Mi socia era mucho más fuerte de lo que pudiera parecer, pero a todos nos pasan factura los problemas y, en los últimos meses, ella se había enfrentado a unos cuantos. Según me había dicho, seguía molesta con Alfonso. Los asuntos empresariales de su padre habían acabado salpicándole y de ningún modo quería que los personales repercutiesen ni sobre él ni sobre su madre. Amelia sabía de su buen corazón, por eso le costaba entender su actitud, aunque estaba dispuesta a respetarla porque, en el fondo, confiaba en que en algún momento terminaría por cambiar de parecer.

Laura apareció poco antes del mediodía y tuvimos ocasión de charlar en la trastienda mientras tomábamos un café y Carmen y Malena seguían moviendo las cosas de un lado para otro de la mesa buscando la manera de que quedara lo más vistosa posible.

—Esta mañana he vuelto a recibir noticias de Aminaya. Estoy muy angustiada por ella y cuento los días para volver a la misión. Me temo que mis compañeros no me están diciendo toda la verdad —me confesó—. Me preocupa su hija, Ndeye; es tan pequeña... Si la conocieras, si vieras lo que ha luchado esa mujer por dejar atrás las cosas horribles que ha vivido y construirse una vida y un futuro para ambas... Es encomiable. Cuando me surge un problema, enseguida pienso en ella y eso me da fuerzas. Nos quejamos de tantas cosas, Julia, y damos por sentado que tenemos derecho a vivir con tantas comodidades que no apreciamos lo que tenemos. Creo que por eso Senegal me tiene tan enganchada. Quizá necesitamos de las peores circunstancias para fijarnos en lo importante y valorarlo en su justa medida.

—Es verdad que muchas veces hacemos un mundo de cualquier tontería. Confía, seguro que se recupera —afirmé con la esperanza de aliviarla.

—Tengo mis dudas. Allí las cosas son tan distintas... Los medios son más limitados y la vida mucho más frágil. Es complicado hacerse una idea. No estaré tranquila hasta que la vea con mis propios ojos.

—Siento curiosidad, ¿qué tal fue el encuentro con Michel?

—Más que bien. Pasamos todo el fin de semana juntos, aprovechamos para salir y hablamos de muchas cosas. Con ese absurdo acuerdo que teníamos no nos habíamos contado nuestras vidas. Cuando nos veíamos en Senegal nos limitábamos a vivir el momento sin hacer preguntas y en este tiempo nos hemos puesto al día. Yo pensaba que le conocía bien y he descubierto a un hombre más fascinante aún de lo que había imaginado. Puede que, en un intento por evitar otra decepción amorosa, no haya querido reconocer lo que sentía por él. Ahora que los dos somos libres y sabemos lo que sentimos el uno por el otro, no hay nada que me impida apostar por esta relación. Estoy más convencida que nunca de que podemos tener un futuro juntos y formar un gran equipo al frente de la misión. Estamos igual de comprometidos con el proyecto y seguros de que tenemos mucho que aportar. Supongo que él tenía más claro que yo lo que sentía por mí y eso fue lo que le impulsó a venir a verme. Me alegro de que lo hiciera sin consultármelo porque yo le hubiera dado mil vueltas y quizá le hubiera quitado la idea de la cabeza. Ya sabes que soy de pensar las cosas con detenimiento; que alguien tome decisiones así de precipitadas me da un poco de vértigo. Por suerte todo ha salido bien y nos hemos despedido con muchas ganas de volver a encontrarnos en agosto.

—¡Qué maravilla! Eso sí que son buenas noticias. Y tus hijos, ¿se lo has dicho ya a ellos?

—Después de hablarlo con Martín, le invité a casa para contárselo juntos a los niños. Sergio parece que lo ha encajado mejor que Inés, pero confío en que en las semanas que quedan hasta que me vaya se irá haciendo a la idea. En casa de su padre siempre han estado muy bien, claro que no es lo mismo pasar unos días que dos años. Mónica me llamó ayer para decirme que me apoyaba y que estaba segura de que los críos me echarían de menos, pero que se adaptarían rápido. Es un encanto. Martín tuvo mucha suerte al dar con alguien como ella que entiende su profesión y es tan generosa con los hijos de su pareja.

Poco a poco El Cuarto de Costura se fue llenando de gente. Las chicas más jóvenes eran sin duda amigas o compañeras de carrera de Malena, y el resto, gente que pasaba por la calle atraída por el animado ambiente que se podía ver a través del escaparate y, cómo no, la invitación de Carmen desde la puerta para que pasaran. Amelia no tardó en llegar y, tras ella, algunas de sus amistades. La mesa donde estaban expuestos los artículos se vació con una rapidez increíble. El mercadillo fue un éxito y, gracias al esfuerzo de todas, conseguimos recaudar una buena suma. Nadie se fue con las manos vacías. Además, cuando algunas de las clientas habituales supieron a dónde iba destinado el dinero, no dudaron en hacer generosos donativos que Laura agradeció encantada.

—¡Qué pasada! ¿Habéis visto cómo ha volado todo? —exclamó Malena después de que se hubiese marchado todo el mundo.

—Visto y no visto. ¡Hemos triunfado! —subrayó Carmen.

—¿Recogemos esto y nos tomamos algo por aquí? Yo invito.

—Claro, Julia, vamos a dejarlo todo en su sitio y a celebrarlo. Malena, ¿qué me dices?

—Que van a caer unas cervecitas —asintió con ganas.

Entre las tres devolvimos cada mueble a su posición y en unos minutos El Cuarto de Costura volvía a ser el de siempre. Cerramos y nos fuimos a un bar cercano a celebrar nuestro éxito.

—¿A que no imagináis a dónde nos vamos mi novio y yo de vacaciones? A Argentina. Ya tenemos los billetes. ¡Por fin voy a cumplir mi sueño! —anunció Malena mientras apuraba una cerveza—. Estoy flipando.

—La primera vez que apareciste por la academia me contaste toda la historia sobre tu nombre, que tenía que ver con un viejo tango. Porque tu padre era argentino, ¿no? No paraste de hablar y luego te disculpaste por soltarme de pronto tantos detalles sobre tu vida. Lo recuerdo como si fuera ayer.

—Sí, por eso tengo tantas ganas de conocer esa tierra. Mi madre me ha contado muchas anécdotas de sus años por allá. Llegamos a Europa cuando yo era pequeña y siempre he querido ir a visitarla. A ella también le hace ilusión volver algún día, pero no quiero que se nos acople. Me pasaré a verla antes de empezar las clases para llevarle el bote de dulce de leche que me ha encargado. Dice que el que se vende aquí no tiene nada que ver. Y vosotras, ¿qué vais a hacer en agosto?

Compartí con mis compañeras mis planes de verano, que parecían estar cada vez más cerca. Ramón ya había hablado con su padre, había asumido el cambio de destino y se estaba encargando de poner anuncios para alquilar nuestro piso de Torremolinos. Los pequeños cambios que le pedí estaban empezando a verse y eso me ayudaba a sentirme mejor.

—Y tú, ¿de nuevo a Galicia? —preguntó Malena dirigiéndose a Carmen.

—No, este verano me voy a Las Alpujarras.

—Anda, ¿y eso? —Yo ya conocía su cambio de planes, pero a Malena le chocó su respuesta.

—Cosas mías —contestó Carmen tan escuetamente que no nos atrevimos a indagar más.

—¡Qué misteriosa te pones! Bueno, ya nos contarás a la vuelta.

Terminamos de picar algo y me despedí de mis compañeras para volver a casa. Era una de mis tardes libres y quería aprovecharla para terminar de darle las últimas puntadas al disfraz que Daniel tenía que llevar a la función de fin de curso. Tenía unas cuantas tareas más en la lista, pero las enfrentaba con el ánimo bien alto. La mañana en la academia me había dejado un buen sabor de boca. Saber que con nuestro esfuerzo podíamos apoyar a una comunidad a miles de kilómetros de nosotras era reconfortante y me hacía creer en la fuerza de pequeñas acciones llevadas a cabo con amor. Todas sabíamos que el mercadillo por sí mismo no cambiaría la vida de nadie, pero de alguna manera nos hermanaba con aquellas mujeres.

En los últimos días, mi hijo se mostraba muy nervioso e ilusionado, le habían dado un papel «importante», según sus propias palabras, así que no paraba de ensayar en su cuarto a puerta cerrada delante del espejo. Quería darnos una gran sorpresa. Ramón me había comentado que haría todo lo posible por asistir, aunque yo no las tenía todas conmigo. Un par de minutos antes de que empezara la función miré hacia atrás desde mi butaca, le vi al fondo del salón de actos intentando localizarme y le hice una señal con la mano.

—Parece que llego justo a tiempo —comentó al sentarse a mi lado.

—Sí, cariño. La clase de Daniel actúa en tercer lugar —dije entregándole el programa que me habían dado en la puerta—. Le he visto un segundo al llegar y estaba muy nervioso. Y cuando te vea desde el escenario, no se lo va a creer.

Daniel nos localizó entre el público y se le iluminó la cara al ver a su padre; era la primera vez que Ramón asistía a una de sus representaciones. Cuando acabó, su tutora se acercó a saludarnos y a felicitarnos por el progreso tan favorable que había observado en nuestro hijo. Había superado los objetivos del curso y se le veía feliz entre sus compañeros. Era reconfortante saber que nuestros esfuerzos habían dado su fruto. El crío se lanzó a nuestros brazos nada más salir, nos dio mil explicaciones sobre la obra y nos contó las anécdotas que había vivido entre bastidores.

—Este éxito habrá que celebrarlo, ¿no os parece? Nos vamos a comer por ahí. ¿Qué os apetece? —nos preguntó Ramón al salir del colegio.

—¡Hamburguesa! —gritó Daniel sin pensarlo.

—¿No tienes que volver al trabajo? —pregunté extrañada.

—No, esta tarde soy todo vuestro —contestó—. No pienso perderme ni una más. Daniel crece muy deprisa y quiero estar cerca para festejar todos sus logros. Gracias por abrirme los ojos —añadió dándome un beso en la mejilla—. Soy el hombre más afortunado del planeta.

Nos cogimos de la mano y nos dirigimos al coche. Comer en un centro comercial lleno de niños armando escándalo también podía ser un plan perfecto, lo teníamos todo para que así fuera.

Parecía que Ramón había comprendido la importancia de involucrarse más en nuestra vida familiar y asumir algunos de los papeles que yo misma me había asignado desde que nos casamos. Su gesto me confirmaba que estaba decidido a poner de su parte para que volviéramos a ser un equipo con un sueño en común: ver crecer a Daniel y darle un hogar en el que pudiera ser feliz. Volvíamos a ser compañeros. Después de tantas dudas sabía lo que quería y volver a sentirle a mi lado me daba las fuerzas para seguir apostando por lo que habíamos construido juntos.

Me di cuenta de que a veces las cosas son más fáciles de cambiar de lo que parece y de que quizá era yo misma la que las había dado por imposibles antes siquiera de poner todo mi empeño en ello. La vida me demostraba que hay mucho más en nuestra mano de lo que creemos y que, incluso cuando es el destino el que toma las decisiones, depende de nosotros cómo vivimos lo que nos sucede y qué hacemos con las cartas que nos toca jugar. Había cogido las riendas de nuevo y sentía que no estaba sola, que el nuestro era un sueño compartido. Había aceptado que las relaciones no son perfectas, que pueden transformarse con los años, pero la esencia, lo que nos unió, seguía ahí. Le elegí, nos elegimos mucho tiempo atrás, y ahora, después de todo lo pasado, podía mirarle y reconocerle de nuevo como mi compañero de vida.

37

Catherine me dijo en cierta ocasión que, a veces, la única forma de salvar una planta era retirar las hojas viejas para que pudieran crecer las nuevas, aunque el tallo quedara desnudo y pobre durante un tiempo. Tras unos meses bastante convulsos, empezaba a tener la sensación de que mi vida volvía a estar encaminada, como si unas hojitas verdes comenzaran a brotar con fuerza dentro de mí. Me había desprendido de aquello que lastraba mi ánimo y me sentía feliz en mi piel. Al fin había encontrado el coraje para tomar las decisiones que había pospuesto durante demasiado tiempo. Me sentía renacer.

Esa mañana me regalé el espacio diario que me propuse reservar para mí misma y, antes de ir a El Cuarto de Costura, di un pequeño paseo por el Retiro aprovechando que aún no hacía demasiado calor. Había paseado por el parque en incontables ocasiones; sin embargo, caminar por sus calles me transportaba siempre al primer año de la academia. Recordaba que iba hasta allí cuando cerraba al mediodía, me sentaba en un banco a comer un sándwich y notar el calor del sol en la cara. Pensar en aquellos días en los que mi vida era tan distinta me llenó de una gratitud que jamás había sentido.

Si alguien me hubiese dicho entonces que tan solo se había cumplido uno de mis mayores sueños y que me esperaban otros aún más grandes, no le hubiese creído. Allí estaba, nueve años después, dueña de mi propio negocio, esposa y madre con una familia preciosa y rodeada del afecto de mis alumnas, que se habían convertido en amigas y de las que tanto había aprendido. Tenía mil razones para celebrar y estaba dispuesta a no pasarlas por alto. Había entendido que debía valorar lo conseguido y sentirme merecedora de mis logros. La humildad y el pudor no iban a conseguir que les restara importancia, pero tampoco iban a ser lo único que me definiera. Por encima de todo, volvía a ser Julia, con todas sus aristas, con todos sus matices.

Esperaba con ilusión la merienda que cada año celebrábamos en la academia con motivo del fin de curso. Era la única ocasión en la que coincidían todas las alumnas y el momento en que Carmen, Malena y yo nos mirábamos satisfechas y orgullosas de seguir sembrando el gusanillo de la costura entre todo tipo de mujeres. Ya habían pasado unos años desde aquella primera vez y, sin embargo, las más veteranas seguían poniendo la misma ilusión en organizarla. Aprovechaban para lucir sus propios diseños, comentar algunas de las anécdotas que habían vivido durante el curso y compartir sus planes para el verano.

—El mes que viene viajo con mi hija y toda su familia a Inglaterra. Mis hermanas están deseando conocer al pequeño Esteban y Amy tiene muchas ganas de enseñarnos el nuevo negocio que ha puesto en marcha —comentó Catherine.

—Espero que esta vez no tenga nada que ver con gusanos —observó Carmen.

—Aquello se acabó. Esta vez tiene que ver con arreglos florales y, aunque acaba de empezar a funcionar, ya le está yendo bastante bien, según me ha contado —aclaró.

—Esa idea me huele mucho mejor —bromeó Carmen guiñando un ojo.

—Compañera, eres la caña. Le sacas punta a todo. —Malena estaba tan acostumbrada a ese humor que, cuando se juntaban las dos, las risas estaban garantizadas.

Laura se me acercó para darme las gracias de nuevo por el dinero recaudado en el mercadillo y preguntar por Amelia.

—No creo que se pase. Últimamente está un poco floja. Me tiene preocupada.

—No es de extrañar, después de los acontecimientos de los últimos meses. ¿Cómo lleva lo de Elsa? Ya es casualidad que su madre fuese paciente mía.

—Precisamente eso es lo que la ha terminado de convencer de que quiere tener una relación de amistad con ella. Que tú la consideres buena chica le ha dado argumentos para reforzar su decisión. La pena es que su hijo no está abierto a conocerla y eso la tiene afligida.

—Todo se andará. Hay dolores que no podemos paliar y tenemos que asumirlo, pero también hay momentos en los que podemos ser un bálsamo para otros y Amelia puede convertirse en un gran apoyo para Elsa. Cuando pase un tiempo estoy segura de que se ganará la confianza de Alfonso —dijo Laura convencida de que así sería.

—Eso mismo le he dicho yo. Es increíble que el pasado vuelva así, de repente, y ponga tu vida patas arriba.

Por un instante pensé en Fer y me alegré de haber aclarado mis dudas y seguir con mi vida con tal convicción que me costaba reconocer que en algún momento hubiese considerado arriesgarlo todo.

—Imagino que ya estarás preparando tu viaje.

—Sí, ya me he puesto las primeras vacunas y estoy organizando las cosas en casa para que los niños se muden con Martín y Mónica. Rocío, su hija, está muy contenta con la idea de tener a sus hermanos en casa. Una de mis compañeras está pensando en venirse conmigo a la misión a pasar el mes de agosto. Me hace ilusión, porque allí toda ayuda es poca. Se me está haciendo tan larga la espera que no veo la hora de marcharme. Si por mí fuera me iba ahora mismo; tengo un mal presentimiento, pero ojalá me equivoque.

—Verás como todo va bien. Y no te olvides de escribirnos de vez en cuando, que dos años es mucho tiempo.

—Cuenta con ello. Es más, intentaré pasarme cuando venga por Madrid. Echaré de menos mis tardes de costura. Nunca te podré agradecer lo que ha significado para mí descubrir este lugar. Ya sabes cómo llegué aquí, triste y rota. Aprender a coser y compartirlo con otras mujeres me ha hecho tanto bien que nunca olvidaré todo lo que he aprendido, y no me refiero solo a lo que me has enseñado en tus clases.

—No sabes lo que significa para mí escuchar esas palabras. Siempre he pensado que cosemos más que telas y que las puntadas que damos juntas nos unen con un hilo invisible. Yo también he aprendido mucho de ti, Laura, y me hace muy feliz pensar que El Cuarto de Costura se ha convertido en un lugar tan especial.

Nos fundimos en un abrazo y nos integramos en el resto del grupo, que se arremolinaba en torno a Carmen.

—Que no me falte ninguna el curso que viene, que aquí mi compañera y yo ya estamos dándole a la cabecita para sorprenderos con nuestras locas ideas. Paso lista a mediados de septiembre, no lo olvidéis.

—Lo mismo digo. Como no les demos salida a las bolsas de vaqueros viejos que nos han quedado en el armario, me echan del trabajo —añadió Malena en medio de unas risas.

Alargamos la celebración casi hasta la hora de cerrar. Después de recogerlo todo me despedí de mis compañeras y me dirigí al tren. De camino a casa recorrí con la memoria cada uno de los años que habían pasado desde la primavera de 1991, cuando comenzó esta aventura. Me sentía afortunada de haber conocido a todas y cada una de las mujeres que, por muy distintas razones, habían pasado por la academia. Guardaba como un tesoro las historias que compartieron mientras aprendían a coser. Cuando alguna me llamaba «maestra» no podía más que sonreír y pensar que ellas eran las auténticas maestras, las que me enseñaban cosas nuevas cada día. Al recorrer la vieja sombrerería con Amelia aquella mañana en que nos citamos con el agente inmobiliario en el número 5 de la calle Lagasca, era imposible hacerse una idea de lo que íbamos a vivir allí. Eso me recordaba que cada día era una nueva oportunidad y que estaba en mi mano sacarle el mejor provecho. Me lo debía a mí misma y a los míos.

El curso acababa con muchas satisfacciones, pero aún quedaba una sorpresa inesperada que podía empujarme hacia una nueva aventura y llevarme más allá de mis sueños.

—Buenos días —saludé al llegar esa mañana.

—¡Julia, al fin! Menos mal que ya estás aquí.

—¿Qué pasa? —pregunté extrañada ante el recibimiento de Carmen.

—Eso me gustaría saber a mí. El teléfono no ha dejado de sonar desde que entré por la puerta. Han llamado un montón de señoras preguntando por Julia Castillo, así, con nombre y apellido. Algunas han dicho que telefonearían luego, y a otras les he cogido el número para que las llames tú.

—¿Ninguna te ha dicho qué quería?

—Hablar contigo. No han dicho nada más —concluyó mi compañera—. Ahí te he dejado apuntados algunos números, estoy deseando que las llames a ver si averiguamos a qué se debe esta locura.

Pasé a la trastienda a dejar mis cosas y Carmen se quedó sentada a la máquina acabando algunos arreglos. Era una época del año tranquila. Tras terminar las clases y con medio Madrid deseando marcharse de vacaciones no teníamos mucho trabajo, así que podíamos dedicar unos días a planificar el curso siguiente, recopilar ideas nuevas, hacer balance... antes de cerrar en agosto para disfrutar de un merecido descanso.

Unos minutos después volvió a sonar el teléfono.

—¿Qué te apuestas a que es para ti?

—Deja, ya contesto yo.

Esa llamada me dio la clave. El traje que había cosido para aquella discreta clienta que tenía una boda en junio era el causante del revuelo. Al parecer sus amistades se habían fijado en el diseño y ella no había dudado en recomendarme. Eso fue lo que deduje de la conversación. Sin embargo, el asunto iba a adquirir una magnitud difícil de imaginar.

Amelia había aceptado la propuesta de su amigo Pablo y se marchaba esa misma mañana a San Sebastián. Felipe y Alfonso se iban a hacer cargo de supervisar el final de la reforma y que la mudanza se llevara a cabo en su ausencia. La habían convencido de que eso le evitaría un estrés que no le haría ningún bien. Probablemente estaba terminando de hacer el equipaje cuando llamó a El Cuarto de Costura.

Carmen se levantó para contestar.

—Buenos días. Am... ¿Qué? ¡Dios santo! Vale. Voy volando.

Colgó el auricular, cogió el bolso y salió corriendo.

—Vuelvo enseguida —anunció.

Me preguntaba qué podía haberla hecho despedirse a toda prisa y marcharse de esa manera. Carmen era impulsiva e imprevisible, pero no conseguía encontrar una explicación a ese comportamiento. En unos minutos estaba de vuelta. Traía una revista en la mano, le gustaba estar al día de las noticias que recogía la prensa rosa, aunque por la expresión de su cara la de esa semana debía ser muy especial.

—Deja todo lo que estés haciendo y ven a sentarte —me ordenó decidida.

—¿Me vas a obligar a leer los cotilleos de los famosos? Ya sabes que a mí no me van esas cosas. Por cierto, ¿quién ha llamado por teléfono hace un momento?

—Siéntate si no quieres caerte de culo.

No entendía bien qué pretendía, pero, ante su insistencia, obedecí sin rechistar.

—¿No me digas que estos dos no te suenan de nada? Tendrías que vivir en otro mundo para no saber quiénes son.

La portada mostraba la foto de la boda de un conocido empresario madrileño y una joven novia que, según me explicó mi compañera, era campeona de tiro al pichón.

—Bueno, da igual —dijo buscando ansiosa las páginas centrales de la revista—. La que ha llamado antes era Amelia. ¡Ay, madre! Estoy tan nerviosa...

Intentaba reconstruir la historia en mi cabeza. «Amelia llama por teléfono, Carmen sale disparada, vuelve con el *¡Hola!* bajo el brazo y me pide que me siente con ella a hojearlo». No entendía nada.

—¿Te acuerdas de la clienta que tenía una boda en junio?

—Sí, claro. ¿Me estás diciendo que esta es la boda a la que se refería? ¿Todo este teatro es para contarme eso?

—No, todo este teatro es para que veas esto.

Pasó un par de páginas más, deslizó la revista hacia mí y me señaló una fotografía en la que descubrí el traje que había cosido. En el grupo se podía ver a la novia rodeada de sus invitadas.

—Lee —me ordenó señalando el pie de foto.

Allí aparecían los nombres de cada una de ellas. El de mi clienta iba seguido de una frase que me dejó sin habla:

«[...] luciendo un diseño de Julia Castillo».

—¿Entiendes ahora por qué el teléfono ha sonado esta mañana como si esto fuera un ministerio? ¡Te acabas de hacer famosa! ¿Te haces una idea de lo que significa esto?

Carmen estaba fuera de sí y yo no conseguía reaccionar. Ver mi nombre en la revista más importante de la prensa rosa, en el reportaje de una boda tan destacada, podía suponer mucho para el negocio. Volvió a sonar.

—¿Puedes cogerlo tú? Si preguntan por mí toma nota del nombre y del número, y di que devolveré la llamada esta misma tarde. —Sentía un hormigueo por las piernas que me impedía pensar con claridad; no me veía capaz de contestar.

Unos minutos después, apareció Amelia.

—Lo habéis visto, ¿no? —preguntó entusiasmada—. Es la boda del año y hablan de tu vestido, Julia. ¿Te das cuenta de lo que esto puede suponer para ti? Que hayas conseguido que una invitada de un evento social de esta importancia lleve uno de tus diseños es algo maravilloso. ¡Un sueño! Te van a llover las clientas.

—El teléfono no ha dejado de sonar desde primera hora de la mañana —señaló Carmen—. Yo creo que aquí la jefa todavía no se imagina todo lo bueno que le va a venir ahora. Ya lo estoy viendo: «Julia Castillo, la diseñadora de las famosas».

—Qué ganas de pitorreo tienes. Anda, no exageres —comenté.

—Julia, esto es muy serio. Podría suponer un hito en tu carrera. Quién sabe si tendrías que plantearte darle un giro al negocio o abrir un taller —añadió Amelia.

—El local de al lado acaba de colgar un cartel de SE ALQUILA, no te digo más.

—Amigas, creo que os estáis pasando de soñadoras. Es solo una boda y es solo un vestido. Me hace ilusión ver mi nombre en la revista, pero no le deis más vueltas. La semana que viene se habrá olvidado.

—Uy, ¿me vas a decir a mí qué puedo y qué no puedo soñar? De eso nada; además, ya lo estoy viendo. Alquilamos el local de al lado, colocamos un elegante cartel en la fachada y esperamos a que las famosas hagan cola en la puerta. Lo llamaremos «El taller de Julia Castillo» o mejor aún «Atelier Julie Chateau», que en francés suena mucho más glamuroso.

Las tres nos miramos y rompimos a reír. Amelia y

Carmen podrían o no estar en lo cierto, pero lo que ninguna podíamos negar es que soñar nos llenaba de ilusión y eso era lo que le daba sentido a la vida. Puede que la fiesta no durara para siempre, pero bailaríamos mientras sonara la música. Nos merecíamos imaginar un futuro lleno de éxitos y celebrarlos como tales.

En medio del entusiasmo y la risa más feliz me vinieron a la cabeza imágenes de los últimos meses. Recordé las dudas, la soledad, el cansancio, la culpa, la incertidumbre, y de inmediato los sustituyeron el agradecimiento y una inusual dicha que me invadía y lo ocupaba todo. Era tan afortunada que casi podía sentir cómo se me ensanchaba el corazón.

Acompañada de esas mujeres decididas y valientes, con las que compartía mucho más que charlas entre costuras, la vida se convertía en una celebración. Y a pesar de que vendrían días grises, sabía hacia dónde tenía que mirar para encontrar un motivo por el que sonreír. Ninguno de mis pasos había sido en vano. Cada uno había merecido la pena, cada uno me había enseñado algo y me había convertido en la mujer que era. Ahora sé que, aunque mi camino se vuelva a desdibujar, aunque la vida me lleve caprichosamente de un lado a otro, si me pierdo, siempre puedo volver a los días que cosemos juntas.

Epílogo

Jávea, agosto de 2000

Unos diminutos granos de arena blanca se esconden entre los dedos de mis pies mientras el sonido de las olas mece mis ideas. Sonrío feliz al comprender que los caminos más difíciles de transitar son los que más nos enseñan. El curso ha sido uno de los más complicados desde que abrimos la academia. Las cosas se torcieron desde el principio, pero tenían un propósito.

Ver a Ramón y a Daniel a lo lejos haciendo castillos de arena es lo único que necesito en este momento para sentir que todo esfuerzo vale la pena si te acerca a lo que deseas. La felicidad es escurridiza y hoy la encuentro sobre una piel con sabor a sal y un cabello despeinado por el viento. También estaba entre telas y alfileres, entre conversaciones banales o secretos en voz baja; podía hallarla en cualquier lugar porque, si algo había aprendido, era que residía en mí. Podía llevarla conmigo, se multiplicaba cuando la compartía y se contagiaba entre los que quería. Somos felices con poco, pero este poco es mucho, es todo.

Encontrarme, descubrirme, reconocerme y mostrarme como soy, con mis limitaciones, mis anhelos, mis virtudes y mis torpezas, ha sido el viaje más apasionante que he vivido jamás. El punto de partida es ahora un lugar brumoso que casi no reconozco y la meta brilla más que nunca. Aquí está todo lo que necesito y voy a guardarlo en la retina para no olvidar jamás que debo asir cada instante por pequeño que sea, pues en él se encierra una enseñanza, la oportunidad de crecer.

Ahora sé que era necesario saltar de la rueda que yo misma hacía girar sin conciencia, mirar desde fuera, sin miedo. Qué grandes parecen las cosas cuando nos rodea el ruido y se nos nubla la vista, y que difícil se nos hace parar y darnos cuenta de que, si tenemos un suelo que pisar y alguien a quien amar, lo tenemos todo. Y que nada tenemos si no nos tenemos a nosotras mismas, y que es fácil perderse y maravilloso encontrarse.

Me hago el firme propósito de vivir con las manos abiertas para recibir todo lo que la vida me depare y para sostener a otras mujeres a las que les cueste ver su camino. Todas estamos unidas por un hilo invisible desde tiempos remotos; todas formamos parte de una madeja infinita, a veces tersa y a veces enmarañada, pero tenemos la fuerza para desenredarla.

Guardamos en nuestro interior la sabiduría de siglos. Solo hay que mirar hacia dentro para hallar respuestas.

He estado muy cerca de perderlo todo. Arriesgar es menos complicado cuando lo que te juegas no es tan importante. Durante un tiempo pensé que era la única manera de salir de una vida anodina hasta que pude abrir los ojos y entender que yo creaba mi propia realidad y que estaba en mi mano cambiarla. Cuando hay amor todo es más sencillo. Esa es la clave.

Me había refugiado en mi lugar seguro, en el que me sentía querida y apreciada, y allí tomaba oxígeno, pero la vida no es solo un trabajo, aunque sea tu pasión. Al resto no le pedía más porque sobrevivía con cada bocanada de aire que tomaba entre telas y patrones. Estaba rodeada de amor, pero me faltaba el más valioso: el amor propio. Ese que permite que te creas merecedora de todo lo bueno, el que te permite quererte y valorarte y abrirte sin miedo para recibir y entregarte por completo para dar.

Sí, ha sido un curso complicado, pero a mi lado he tenido mujeres en las que apoyarme, de las que aprender. Me sostienen con sus risas y me alientan compartiendo con generosidad sus vivencias. Carmen dice que somos poderosas; sin embargo, el auténtico poder, el que tiene la capacidad de transformarnos, de hacer que superemos cualquier obstáculo, no está solo en nosotras, está en nuestra unión. Los caminos son más llanos cuando caminamos juntas.

En estos últimos meses he conseguido volver a encontrarme con esa mujer llena de sueños, la que tuvo el empuje de apostar por ellos, la que construyó más allá de lo que nunca hubiese imaginado. No voy a olvidarla. Si en algún momento la pierdo de vista, volveré a donde la encontré, en mi interior, y la cogeré fuerte de la mano susurrándole al oído: «Mereces ser amada».

Agradecimientos

Echo la vista atrás y puedo sentir el teclado bajo las yemas de mis dedos escribiendo la primera frase de esta novela. Entre ese momento y el punto final que la cierra mis emociones han recorrido una montaña rusa y mi familia, mis hermanos y mis amigos han estado cerca para sostenerme, para animarme en las horas bajas, para disipar mis dudas y para celebrar. A todos ellos, gracias por ser los pilares de mi vida. Vuestro entusiasmo me ha servido de combustible más veces de las que creéis. Soy una chica con suerte.

A mi gran contadora de historias, algunas de las cuales se recogen en esta novela, por preguntar incansablemente cuándo habrá una segunda parte. Te quiero, mamá. Y a nuestro enlace, Yolanda. Es reconfortante saber que tienes un ángel a tu lado.

Mención especial merecen Roni y a sus compañeros

del PTS de Granada, a los que he acribillado a consultas médicas, y Patricia, mi «consultora legal» que será de las primeras en leerme.

Gracias a Loreto, que sin pretenderlo inspiró un trocito de la trama. Tu grandeza va más allá de lo que puedes imaginar.

Gracias a Rebeca por animarme a sacar una parte de mí que aún permanecía oculta. Contigo es tan fácil reír.

A mi amiga Cova, la mejor compañera de camino, mi cómplice. Gracias por cuidarme, entenderme e invitarme a dar siempre lo mejor de mí. Te debo una «amburguesa».

A Clara y a Carmen por animarme a seguir contando historias. Me gusta.

A los libreros que, sin conocerme, me abrieron las puertas de sus casas y me trataron con la cercanía de los que aman a los libros. En especial a Irene y a Antonio (qué bonito es que te quieran en tu pueblo) y a Máximo y Doña Leo, fundadores del kilómetro cero de la felicidad.

Mi más sincero agradecimiento a los lectores de *Siete agujas de coser* y a mis seguidores en redes sociales. Vuestro apoyo y el cariño con el que acogisteis mi primera novela ha sido increíble.

Acabo esta novela emocionada y expectante, con los brazos abiertos y el corazón agradecido.